灌木與攀緣植物
園藝圖鑑

灌木與攀緣植物
園藝圖鑑

貓頭鷹出版

A Dorling Kindersley Book
www.dk.com

園藝圖鑑 5：灌木與攀緣植物園藝圖鑑

Original Title：RHS PLANT GUIDES：SHRUBS & CLIMBERS

作者　安德魯、貝克特等著

翻譯　高慧雯

植物譯名審定　張育森／編輯顧問　吳昭祥

編輯總監　謝宜英

執行副主編　蔡淑雯

特約編輯　林惠瑟

行銷企畫　鄭麗玉、陳金德、黃文慧

美術設計　陳麗純／電腦排版　李曉青

發行人　蘇拾平

出版　貓頭鷹出版社

發行　城邦文化事業股份有限公司

台北市愛國東路 100 號

讀者服務專線　（02）2396-5698／傳眞（02）2351-9187

網址　www.cite.com.tw

郵撥帳號　18966004　城邦文化事業股份有限公司

香港發行所　城邦（香港）出版集團

電話　852-2508 6231／傳眞　852-2578 9337

馬新發行　城邦（馬新）出版集團

電話　603-9056 3833／傳眞　603-9056 2833

印製　成陽印刷股份有限公司

初版　2002 年 8 月

定價　新臺幣 750 元

ISBN　986-7879-04-X

目 次

攀緣植物

本書特別致謝

協力作家

蘇辛・安德魯斯（Susyn Andrews）
冬青

肯尼斯・貝克特（Kenneth A. Beckett）
不耐寒之灌木與攀緣植物

艾倫・科莫斯（Allen J. Coombes）
耐寒灌木、繡球花、洋丁香、木蘭花

雷蒙・艾維森（Raymond Evison）
鐵線蓮

維多利亞・馬修（Victoria Matthews）
耐寒攀緣植物

查理斯・普多（Charles Puddle）
山茶花

彼得・羅斯（Peter Q. Rose）
常春藤

湯尼・席林（Tony Schilling）
杜鵑花

約翰・萊特（John Wright）
吊鐘花

如何使用本書

本書中含有完整豐富的資訊，可作爲您選擇與鑑定灌木和攀緣植物時的快速參考指南。

〈庭園裡的灌木和攀緣植物〉一章包含實用的園藝入門簡介，對於如何爲特定的基地或目的挑選適合的植物，如盆栽、綠屏或單純的點景植物等，提供了詳實中肯的建議。

需要選擇或鑑定植物時，您可參閱〈灌木與攀緣植物園藝圖鑑〉一章，該章之內容均以圖片搭配簡潔的文字說明，並依據植物的株形大小和開花季節加以分類。此外，如果您對於色彩有特殊的偏好，本書亦針對植物的色彩加以分類（參見下圖之色輪），可方便您參照選擇。每一條目之下均附有清晰的植物特性和栽培條件的詳細說明。

欲知種植方法、日常照料與繁殖方法之相關資訊，請參閱「灌木與攀緣植物的栽培」一章，各種有關植物栽培的資訊均囊括於其中。

色輪

本書所介紹的植物均依照其主要花色加以分類。

書中介紹之植物係依照下圖色輪指示之順序排列，其順序依次爲白、紅、藍、

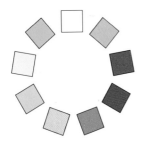

黃、橙，斑葉品種則以斑葉之主要雜色（如白或黃色）加以分類。

株形大小的分類

圖鑑中介紹之植物係根據各種植物的平均高度進行區分，但實際株高可能因栽培地點、氣候和株齡的不同而有所差異。

分類如下：
大型植株　超過 3 公尺以上
中型植株　最高 1.5-3 公尺
小型植株　最高 1.5 公尺以下

符號說明

下列爲〈灌木與攀緣植物園藝圖鑑〉所使用的各種符號，用以表示植物喜好之生長條件和耐寒性，但是栽培基地的氣候和土壤條件也應該一併納入考量，因爲這些條件都會影響植物的生長情況。

☼ 喜全日照　　　◌ 喜排水良好之土壤
◑ 喜半遮陰　　　◐ 喜溼潤土壤
● 喜深度遮陰　　● 喜潮溼土壤

♨ 需酸性土壤

❄　　　　半耐寒　可忍受 0℃
❄❄　　　耐霜凍　可忍受-5℃
❄❄❄　　耐寒　　可忍受-15℃

♡　RHS英國皇家園藝學會獎。擁有這個符號的植物表示是由英國皇家園藝學會評鑑爲品質最佳、最值得信賴的品種。這些植物必須擁有良好的體質，不易遭受病蟲害，也不需要任何高度專業的照料。

如何使用本書

書眉
每一章均依據植物的平均株形大小和主要花季區分為數節。

植物科名

植物英名

植物學名

植物特寫
以彩色照片將呈現植物之主要特點及顏色（參見左頁之色輪）。

圖鑑條目
描述每一種植物之性狀，以及花、果、葉之特徵；植物之原生地、栽培與繁殖方法，以及其他分類學名，一併列出。

符號
標示植物所需之日照、土壤和溫度條件（參左頁之符號表）。針對無法忍受0℃以下低溫之植物，將另提供生長適溫以供參考。

豆科
Leguminosae　　　HOLLY FLAME PEA

冬青葉柊豆 *Chorizema ilicifolium*
性狀：株形直立至蔓性。花：蝶形，並聚成總狀花序，春夏開花，旗瓣色橙黃，龍骨瓣色紫紅。葉：常綠，具刺狀齒緣，形似冬青葉，色鮮綠。
· 原生地　澳洲西部海岸與河岸之砂礫地。
· 栽培　宜種植於溫室中，以添加肥砂之中至酸性沃土或培養土栽培，生長期間應適量澆水，此外則宜少澆。
· 繁殖　春季播種。

🔆 △ 🌡
最低溫
7℃
株高
50公分-
1公尺
株寬
75公分

苦苣苔科
Gesneriaceae　　　CLOG PLANT

袋鼠花 *Nematanthus gregarius*
性狀：攀緣性或蔓性。花：腰部膨大之筒花，1-3朵疏聚成簇，春至秋季開花，花呈鮮明之橙、黃色。葉：常綠，橢圓形至卵形，肉質，色翠綠。
· 原生地　南美洲東岸。
· 栽培　宜種植於居家室內或溫室中，以富含腐殖質之土壤或培養土栽培，生長全盛期應適量澆水，需待土壤接近乾燥時方才可再度澆水。
· 繁殖　夏季實施軟木插或綠木插。
· 異學名　*N. radicans*, *Hypocyrta radicans*.

🔆 🌡
最低溫
13-15℃
株高
逾80公分
株寬
80公分

八仙花科
Hydrangeaceae

蒙氏溲疏 *Deutzia monbeigii*
性狀：枝條彎曲，分枝細長。花：星形小花聚成花簇，早至仲夏大量綻放，花色潔白耀眼。葉：落葉性，葉小，卵形至披針形，色鮮綠。
· 原生地　中國雲南之高海拔岡巒叢叢。
· 栽培　可耐部分遮陰，幾乎能適應任何肥沃而排水良好的土壤，即使植於遇旱不雨、富含腐殖質之土壤中生長最佳。
· 繁殖　夏季實施軟木插。

🔆 △
❄❄ ❄❄
株高
1-1.5公尺
株寬
1.5公尺

玄參科
Scrophulariaceae

短管長階花「白寶」
Hebe brachysiphon 'White Gem'
性狀：低矮，枝葉濃密，株形渾圓。花：花小，具4枚聚繖，聚成總狀花序，早夏開花，色白。葉：小型常綠葉，卵至披針形，葉面平滑色鮮綠。
· 原生地　園藝品種。
· 栽培　可適應海濱石園，宜種植於可避免寒冷冬風、土壤肥沃、排水迅速之地點。利用春季修剪可限制植株之生長或整理疏長枝。
· 繁殖　夏季實施半硬木插。

🔆 △
❄❄ ❄❄
株高
75公分-
1公尺
株寬
1公尺

樹形輪廓
標示灌木之外形與高寬比例。

株高與株寬
提供植株之平均高度與展幅尺寸，但此類特性可能隨基地、氣候與株齡之差異而有所出入。

常春藤

常春藤（*Ivy*）是一群多年生的常綠木質藤本植物，判斷變化，多半為生於綠籬、亞洲和北美森林地的林緣地帶，分佈於北半球的溫和地區。

常春藤能適合用來遮蓋牆面或籬笆，特別是金屬或其他色澤黯沉，或是人行道易使行人滑倒的牆面，同為這類植物種當它比較明亮的光澤；亦為最品種與基礎防護的理想的地被植物。常春藤的心攀登一向的時候才是完足型，而且植株並十分耐寒，與紫紅葉之牆面的多年型則能更使主籬牆和株的，較小植的的變種可因接受近粗糙的牆分的地方，亦盆接越近種而常春的盆的讓籬，可把夏季實施軟木插或截取已具種植的嫩枝實繁。

常春藤「直立」
性狀：主枝鮮明節直立生長。葉：有深3裂片，濃綠色葉脈，淡色葉緣。
· 栽培　適在室內良好照明之光照，葉面不宜過度潮濕。
· 株高　1公尺
· 株寬　1.2公尺

常春藤「直立」
H. helix 'Erecta'

波斯常春藤「盆寶」
性狀：主莖鮮明。花：葉大而具深3裂片，葉脈深綠色，葉緣有乳黃寬邊。葉：大型不規則狀綠葉，葉緣具乳黃斑。
· 栽培　植株性喜明亮的散射光，但需耐受潮濕。
· 株高　60公尺
· 株寬　1公尺

常春藤「鳥爪」
性狀：主莖鮮明葉青。葉：具5銳裂片，有光綠斑的裂片，葉緣綠邊。
· 栽培　最喜部分遮陰之明亮散射光。
· 株高　1公尺
· 株寬　1公尺

常春藤「親波」
性狀：葉具5裂片，葉緣深至深淺，具光綠斑葉綠色，深綠色之深綠色葉片。
· 栽培　1.2公尺
· 株高　1.2公尺

常春藤「豐葉」
H. helix 'Green Ripple'

常春藤「捲尾」
性狀：具深3裂片葉，葉緣捲曲，葉背褐綠色，色淡綠。
· 栽培　2公尺
· 株高　2公尺

常春藤「捲尾」
H. helix 'Telecurl'

愛爾蘭常春藤「三角葉」
性狀：主莖鮮明。葉：三裂片，深綠色之卵三角葉。
· 栽培　耐陰之散射光之明亮散射光。
· 株高　2公尺
· 株寬　1公尺

愛爾蘭常春藤「三角葉」
H. hibernica 'Deltoidea'

常春藤「乳斑」
H. helix 'Pedata'

品種簡介
對於栽培者具有特殊應用價值的植物群或屬將以個別的品種描述方塊說明之。

庭園裡的灌木和攀緣植物

灌木可謂植栽設計的核心，它的葉、花、果實都富有裝飾性，就像一塊色彩豐富的調色板，提供了許多造型、色彩和質感。灌木也可以為草花嬌美而短暫的花海提供堅實的對比架構，或利用常綠與落葉性植物的搭配，創造不同的庭園景觀。

攀緣植物也同樣具有幾乎無限變化的用途，可用支架加以扶持，也可以任其優雅地在其他植物之間四處蔓生。攀緣植物和其他元素的搭配組合，可以為植栽計畫賦予高度、色彩、質感或明確的水平或垂直線條等無數設計變化，是花園裡無價的串連元素，而說到屏蔽或偽裝花園不雅觀的角落，攀緣植物更具有無出其右的要角，

而且多半的建築物在緣壁而上的綠色藤蔓的軟化之下，都會變得更加出色漂亮；同樣地，花園的圍牆和籬笆披上錦簇花團之後，往往也都能變成花園裡的一大勝景。

灌木和攀緣植物的選擇

為家裡的庭園選擇灌木和攀緣植物時，必須詳加考慮幾項因素，其中最重要的一點是：務必選擇能夠在當地氣候和花園環境中生長良好的種類。其他的考慮因素尚有：成株高度、枝葉展幅以及生長速率。這些因素是所有花園設計的成功之鑰。

植栽過多不僅是一種浪費，養護的開支更是高昂，而且過度擁擠的植物鮮少能夠發育良好，或充分展現當初因之雀屏中選的姿態或造型。植物的生長勢和習性也很重要，例如蔓長春花是一種非常好的地被植物，但必須注意限定栽種範圍，以免四周一些生長勢較差的植物被它淹沒了。

雖然灌木和攀緣植物在庭園裡是舉足輕重的架構性植栽，但是它們的角色卻遠勝於功能性的補白陪襯。這類植物廣受人們喜愛的部分原因也在於它們可以提供各種修景效果，如果能有一番仔細地規畫，不難造就一幅四時更迭的花葉美景。

栽種地點、座向與微氣候

庭園設計的成功關鍵在於：選擇可以適應你的庭園環境、就地欣欣向榮的植物。配合土壤特性挑選適合的植物（見第209頁）是最基本的考慮重點，另外還得留意植物對於日照或遮陰的偏好，並找出可以適應花園氣溫和風力條件的植物。半耐寒植物必須種植在溫暖而向陽的圍牆邊或避

攀緣植物和灌木的結合
攀緣植物可以當作其他植物的花裳，圖中開著嬌豔桃紅色花朵的葡萄胞鐵線蓮「燦花」便是攀附在錦帶花「斑葉」之上。

風角落等微氣候區中才能茂盛生長。花園和海邊的距離也要納入考慮，因為海濱花園的氣候通常比較溫暖，但是這類基地必須運用可耐鹽、耐風吹襲的植物。

規畫全年不斷的繽紛花宴

只要經過仔細的規畫，灌木和攀緣植物將可以為花園提供四時不斷的繽紛色彩。有許多灌木和攀緣植物可以在溫暖的季節裡提供香味、色彩和活潑的氣氛，更有許多可以在入秋以後結成漂亮的果實或漿果，或蛻變出一身鮮明亮麗的葉色。

氣候陰鬱的月份對於植栽設計來說是一大挑戰，這時常綠觀葉植物的色彩和質感便成為隆冬花園裡的無價之寶。一到冬天，洋榛「旋枝」這類枝枒奇趣可愛的植物便開始大放異彩；枝色鮮明的植物，如：二花莓或紅瑞木「西伯利亞」也不遑多讓，在和煦冬陽照耀之下顯得格外光彩

覆蓋在牆面上當成背景

在這面牆上所使用的攀緣植物（從左至右）分別是歐洲葡萄、鐵線蓮「藍珍珠」和捲鬚鐵線蓮「紫星」。

奪目；絲穗木這種葉色濃綠的常綠植物，一到冬天便綴滿懸垂的灰色柔荑花序，此時最是優美動人；香氣襲人的冬花自然特別受人歡迎，好比金縷梅的許多品種：矮性野扇花和灌木忍冬等；而冬季開花的攀緣植物如常綠的捲鬚鐵線蓮也同樣備受珍愛。此外，由於攀緣植物可以穿梭生長在其他灌木之間，用途因而更加廣泛，特別是如果花期恰好又在其寄主灌木之前或之後，效果便更加突出了。

以灌木作為架構性植栽

灌木植物具有變化繁多的大小和株形，從低矮而呈圓頂形的小葉黃楊「綠枕」到

幾近樹形的杜鵑，它們提供了各式各樣的形狀和性狀，包括：圓形、拱形、筆直等均可任君選用。

灌木的妙用

灌木最大的貢獻在於為庭園造景設計提供了形式、結構與內涵，其外形可以為房舍和花園搭起視覺聯繫的橋樑，在建築物的剛硬線條、花壇和草坪的柔和形狀之間，構成溫和的視覺過渡地帶。具有空間架構功能的植栽是用來凸顯入口、界定車道、框界花園區域的無價之寶，使用時須考慮造型、形狀、顏色、質感和其他植物、牆壁和鋪面等周邊元素的搭配效果。

灌木的花壇栽植

以花壇設計手法栽種灌木是最簡單的運用方式，有些非常成功的植栽計畫幾乎完全運用植物的葉色變化創造而成。設計時必須兼顧量體、質感、色彩和形狀的平衡，但你可別一頭栽進花朵的誘惑喔！因為就算為了創造連續賞花樂趣而精心挑選的植栽，它們的花期也都很短暫，設計時一定要同時考慮各種灌木的高度、展幅、修景效果以及整體造型的季節變化。

有些灌木需要很長的時間才能培育成形，有些則會快速成熟老化，規劃時必須在需要長期栽培的植栽之間留下足夠的空間，如此一來，當植物茁壯成形以後，便毋須時時動用大幅修剪的方式保持生長形態。你也可以把成長快速的灌木納入其中，但如果它們的生長對於核心植物造成排擠，這時就必須盡快疏枝。

混合式花壇可以把灌木和其他不同植物

花園裡的深秋豔色
入秋以後，雞爪槭和許多槭樹類植物便開始燃起了一身豔麗的楓紅，為夏花落幕後的庭園平添幾許鮮活色彩。

冬季難得的花朵
植株低矮、終年常綠的月桂瑞香「菲律賓」會在冬末春初時節開出清香的淺綠色花朵，而後黑色的球形果實輪番登場。

常綠植物的夏、冬風情
常綠的乳白花栒子夏天裡會開出小小白花，秋冬一到，舞台便讓給了漂亮的紅色漿果。

的美結合起來，前者具有襯托、組織後者的效果。多年生、一年生的草花和球根花卉可以間雜種植在灌木之間，這樣不僅可以營造視覺上的對比效果，還可以在灌木的非開花期間提供接連不斷的繽紛花影。生長密集的地被植物可以抑制雜草，鋪設覆被也是個好辦法，不僅可以抑制雜草萌發，還能減少植物定根期間的水分蒸散、保持土壤濕潤。

攀緣植物的設計

攀緣植物是用途最廣的植物，這些植物為庭園設計提供了許多創意揮灑的空間，可以提供色彩亮麗的花朵或葉姿，或是用於創造寬廣而精巧的庭園背景。

許多攀緣植物——特別是葡萄、紫藤和

南蛇藤等纏繞性的攀緣植物，在冬葉落盡以後，饒富趣味的骨幹造型便一覽無遺。攀緣植物可以美化或偽裝牆面、籬笆、花架、支柱或涼亭，在植栽計畫中垂直的視覺效果。它們可以把石頭或磚牆變得溫暖可親，讓剛硬的線條變柔和，枝葉茂密、生長旺盛的攀緣植物，甚至把最難看的庭園建築偽裝得不露痕跡。依附在花架等支撐物上生長的攀緣植物可以形成緊密的視覺屏障，或是發揮過濾強風的屏蔽效果。如果任其隨地蔓生，則雲南黃馨這類蔓垂性或蔓生性的植物是效果極佳的地被植

**習性相近的
攀緣植物組合**
讓幾種攀緣植物糾結在一
起可以創造巧妙的花色變
化，圖中的混合植栽包含
幾種鐵線蓮、忍冬、藤
茄、西番蓮和牽牛花。

物，被覆在河岸上或垂落於陽台邊時，尤
其美麗動人。

攀緣植物在混合式花壇也佔有一席之
地。你可以讓它們攀緣在金字塔形的花架
上，或是蔓爬在其他植物之間，將賞花期
延長，攀緣植物的這種應用方式可以在整
個色彩搭配上發揮絕佳的連結、調和或對
比效果。如果是以牆面為背景的花壇，攀
緣植物更可以創造出各種高度變化，美化
或修飾庭園裡的固定設施。

攀緣特性與支撐方法

攀緣植物有很多種攀緣技巧，可以讓自
己攀附在寄主植物上，以便追尋陽光。在
花園裡，不管用的是天然或人造的支撐
物，一定要符合選定植物的攀緣習性。

有些攀緣植物具有附壁性，可以利用氣
生根，如常春藤或有吸附性的捲鬚尖端，
如美洲地錦，把藤莖附著在牆面上，這類
植物可以爬上任何有附著之處的表面，但
栽種初期必須以藤架、繩網或鐵絲網支
撐，直到植株牢牢地吸附住為止。纏繞性
攀緣植物可以順時針或逆時針方向盤繞支
架而上，這類植物需要格架或鐵絲網提供
永久性的支撐，或是攀爬在擁有強健枝幹
的寄主植物上。

鐵線蓮和某些金蓮花屬等攀緣植物是利
用捲曲的葉柄來伸展爬高。捲鬚性植物則
是利用觸感敏銳的捲鬚來達到攀緣的目
的，這類捲鬚有時是變形葉，如：豌豆，
有時則是側枝，如西番蓮，或是末梢枝，
如葡萄。

灌木和攀緣植物分類

適合多風環境的灌木
帚石南（及栽培品種）
紅枝四照花（及栽培品種）
紅柳山茱萸（及栽培品種）
平枝栒子（及栽培品種）
春花歐石南（及栽培品種）
扶芳藤（及栽培品種）
沙棘（及栽培品種）
圓錐繡球花（及栽培品種）
狹葉冬青（及栽培品種）
棣棠花（及栽培品種）
蕊帽忍冬（及栽培品種）
胡桃葉十大功勞（及栽培品種）
黑刺李「紫葉」（及栽培品種）
火刺木屬（多數品種）
義大利鼠李
鷹爪豆
繡線菊屬（多數品種）
多枝檉柳
歐洲莢蒾（及栽培品種）

適合北向與東向牆面的攀緣植物
木通
南蛇藤
繡球藤（及栽培品種）
波斯常春藤（及栽培品種）
常春藤（及栽培品種）
啤酒花
蔓性繡球花
寬葉香豌豆（及栽培品種）
美國忍冬
伯朗忍冬（及栽培品種）

灌木類（承上欄）
雙寶忍冬（及栽培品種）
貫月忍冬
紅金忍冬
青棉花
全葉鑽地風
火焰金蓮花
紫葛葡萄

可耐空氣污染的植物
攀緣植物類
美國凌霄
俄羅斯藤
蔓性繡球花

灌木類
日本桃葉珊瑚
小蘗屬（多數品種）
大葉醉魚草（及栽培品種）
紅柳山茱萸「佛拉娜米」
鋪地蜈蚣屬（多數品種）
冬青衛矛「白邊」（及栽培品種）
八角金盤
短筒吊鐘花（及栽培品種）
絲穗木
雜交冬青（及栽培品種）
狹葉冬青（及栽培品種）
來色木
女貞屬（所有品種）
蕊帽冬青
胡桃葉十大功勞
山梅花屬（多數品種）
繡線菊屬（多數品種）
莢蒾屬（多數品種）

可耐深度遮陰的灌木
日本桃葉珊瑚（及栽培品種）
洋黃楊「花壇」
月桂瑞香「菲律賓」
扶芳藤（及栽培品種）
冬青衛矛（及栽培品種）
熊掌木
八角金盤
雜交冬青（及綠葉栽培品種）
狹葉冬青（及綠葉栽培品種）

宿萼金絲桃
木藜蘆
桂櫻（栽培品種）
葡萄牙稠李（栽培品種）
雞麻
假葉樹屬（所有品種）
野扇花屬（所有品種）
茵芋屬（所有品種）
蔓長春花屬（所有品種）

適合海濱花園的灌木
墨西哥桔屬（所有品種）
魚鰾槐屬（所有品種）
鐵絲網木
金雀花屬（許多品種）
老鼠刺屬（多數品種）
染料木屬（多數品種）
長階花屬（所有品種）

適合酸性土壤的植物
山茶屬
瑞木屬（多數品種）
鈴兒花屬（所有品種）
巫赤楊
山月桂屬（所有品種）
馬醉木屬（所有品種）
杜鵑花屬
越橘屬（所有品種）

適合鹼性土壤的植物
攀緣植物類
木通
素方花
紫藤

灌木類
鋪地蜈蚣屬（所有品種）
溲疏屬（所有品種）
連翹屬（所有品種）
山梅花屬（所有品種）

灌木與攀緣植物
園藝圖鑑

薔薇科
Rosaceae

SARGENT CRAB APPLE

薩金海棠 *Malus sargentii*

性狀：枝葉開展，多刺，有時可隨株齡增長漸成樹形。**花**：淺杯狀，春末大量綻放，色潔白。**果實**：持久不落，球狀，似漿果，色深紅。**葉**：落葉性，卵形，有時呈掌裂狀，色暗綠。

• 原生地　日本境內之灌叢帶與森林地帶。

• 栽培　可耐半遮陰，土質不拘，但忌澇溼，必要時可於冬季修剪枯、病枝，易感染火燒病。此種為觀賞期長久的漂亮灌木，春季全株密被花裳，秋季可結大量形似櫻桃的小果實，適合栽種於小型庭園，並可應用於灌木花壇，或植於草坪中央當作獨立標本樹。

• 繁殖　夏末實施芽接，或冬季實施嫁接。

株高
5公尺

株寬
5公尺

木樨科	
Oleaceae	

山桂花 *Osmanthus delavayi* ♔

性狀：植株圓叢形，枝幹彎曲。花：筒型花有香氣，仲春至晚春蔚為花海，色白。葉：小型常綠葉呈卵形，有細齒緣，有光澤，色暗綠。

- 原生地　雲南省境之旱坡地，常分布於石灰岩地之灌叢帶或森林中。
- 栽培　可耐半遮陰及富含石灰質之土壤，花後應實施修剪以限制生長。
- 繁殖　夏季實施半硬木插。
- 異學名　*Siphononsmanthus delavayi.*

☀ ◌
❀❀❀

株高
4公尺

株寬
4公尺

醬薇科	
Rosaceae	

拉馬克唐棣 *Amelanchier lamarckii* ♔

性狀：灌叢狀、展幅大。花：小花星形，與葉同時萌發，仲春至晚春蔚為花海，花色白。果實：小型，似漿果，色黑。葉：落葉性，橢圓至長橢圓形，新葉呈紅褐色，後轉暗綠，入秋轉為鮮豔之紅、橙等色。

- 原生地　可能為北美洲東部地區。
- 栽培　宜以中至酸性、富含腐殖質之土壤栽培，可耐半遮陰。
- 繁殖　秋季播種或以壓條法繁殖。

☀ ◌
❀❀❀

株高
6公尺

株寬
4公尺

杜鵑花科	LILY-OF-THE-VALLEY BUSH
Ericaceae	

梫木 *Pieris japonica* ♔

性狀：植株圓叢形，枝葉濃密。花：蠟質小花呈壺形，春季吐露下垂之圓錐花序，色白。葉：常綠葉呈披針形，有光澤，色暗綠，新葉紅褐色。

- 原生地　日本、台灣及中國東部之山區疏林地。
- 栽培　宜以濕潤之泥炭質土壤栽培，種植地點需避風，幼嫩枝梢易受霜害，霜害後應儘速將枝條剪短至健康枝段上方。
- 繁殖　夏季實施軟木插或半硬木插。

☀ ◌ pH
❀❀❀

株高
2.5-4公尺

株寬
2.5-4公尺

鼠刺科	THSMANIAN LAUREL
Escalloniaceae	

塔斯馬尼亞月桂樹 *Anopterus glandulosus*

性狀：灌叢狀，隨株齡增長漸成樹形。花：杯狀，花瓣蠟質，仲春至晚春成簇綻放，色白或粉紅。葉：常綠，卵形至披針形，革質有光澤、色暗綠。

- 原生地　澳洲塔斯馬尼亞島之溫帶雨林。
- 栽培　宜以排水性佳、富含腐殖質之酸性土壤或培養土栽培，生長期間需充分澆水，低溫時則應減少澆水。花後應實施修剪以限制大小，宜置於低溫栽培室中。
- 繁殖　夏季實施半硬木插。

☀ ◌ pH
❀

株高
5公尺

株寬
5公尺

忍冬科 Caprifoliaceae	

雪球莢蒾「馬理斯」 🏆
Viburnum plicatum ‘Mariesii’

性狀：灌叢狀，枝葉傘狀開展，枝條水平層狀分布。**花**：蕾絲帽型（Lace-cap type）小花聚成大型平展狀頭花，春末夏初為花期，色白。**葉**：落葉性，卵形至橢圓形，色鮮綠，入秋轉為紫褐色。

- 原生地　園藝品種，原生種分布於日本山區。
- 栽培　喜深厚肥沃、不甚乾旱之土壤，全日照或半遮陰環境，除去除枯枝以外，甚少需要修剪。
- 繁殖　夏季實施軟木插。

株高
3公尺以上

株寬
4公尺

木樨科 Oleaceae	

博氏木樨 *Osmanthus* × *burkwoodii* 🏆

性狀：枝葉茂密，株形渾圓。**花**：小而極香之筒型花，裂瓣外展，仲至晚春成簇開放，色白。**葉**：小型常綠葉，呈卵至橢圓形，革質，色暗綠。

- 原生地　園藝品種。
- 栽培　可耐半遮陰，喜肥力適中、排水性佳之土壤，白堊土亦可，適合培植為綠籬。
- 繁殖　夏季實施半硬木插。
- 異學名　× *Osmarea burkwoodii*.

株高
3公尺

株寬
3公尺

薔薇科 Rosaceae	ALLEGHENY SERVICEBERRY

平滑唐棣 *Amelanchier laevis*

性狀：枝葉傘狀開展，成株呈樹形。**花**：星形花有香氣，春季大量盛放，色白。**果實**：紫色圓形肉果，形似漿果。**葉**：落葉性，卵形，新葉初為紅褐，後轉暗綠，秋季則轉變成鮮豔的紅、橙等色。

- 原生地　北美洲阿利根尼山脈（Allegheny mountains）之潮濕林地與河畔。
- 栽培　適合富含腐殖質之中至酸性土壤。
- 繁殖　秋播新鮮的種子或實施壓條。

株高
8公尺以上

株寬
8公尺

忍冬科 Caprifoliaceae	

雲南雙盾木 *Dipelta yunnanensis*

性狀：多分枝主幹，植株初為株形直立，後逐漸彎垂。**花**：筒型，春末成簇綻放，色乳白，花喉橙色。**果實**：醒目，具紙質果翅。**葉**：落葉性，卵至披針形，色翠綠。

- 原生地　雲南西北高原丘陵地之灌叢帶和松林。
- 栽培　可耐半遮陰，任何中度肥沃、富含腐殖質之土壤均適用於栽培，花後僅需對擁擠枝實施疏枝修剪。
- 繁殖　夏季實施軟木插。

株高
3.5公尺

株寬
3公尺

省沽油科 Staphyleaceae	EUROPEAN BLADDERNUT

羽葉省沽油 *Staphylea pinnata*

性狀：生長勢強，株形直立。**花**：小型，春末成簇綻放，初為白色，老化後轉為粉紅色。**果實**：紙質，膨大成膀胱狀，色綠。**葉**：落葉性，羽裂為3-7片長卵圓形小葉，色鮮綠。

- 原生地　歐洲至小亞細亞一帶之潮濕灌叢帶與森林地。
- 栽培　適合任何肥沃之土壤，宜種植於全日照或半遮陰環境，修剪可視需要於開花後進行。
- 繁殖　夏季播種，或實施軟木插或綠木插。

☼ ◐
❄ ❄ ❄

株高
5公尺

株寬
5公尺

忍冬科 Caprifoliaceae	

雙盾木 *Dipelta floribunda*

性狀：生長勢強，株形直立。**花**：漏斗狀，有香氣，春末夏初成簇綻放，花色白而略帶粉紅，內側有黃斑。**果實**：醒目，具有紙質果翅。**葉**：落葉性，橢圓形至披針形，色淺綠。**樹皮**：剝落狀，呈淺黃褐色。

- 原生地　中國中、西部之坡地森林與疏灌叢帶。
- 栽培　可耐半遮陰，適合任何肥沃之土壤。
- 繁殖　夏季實施軟木插。

☼ ◐
❄ ❄ ❄

株高
4公尺

株寬
4公尺

杜鵑花科 Ericaceae	FURIN-TSUTSUJI, REDVEIN ENKIANTHUS

美鈴兒花 *Enkianthus campanulatus* ♛

性狀：矮灌叢狀，枝葉傘狀開展。**花**：小而呈鐘形，春末吐露懸垂之花序，色乳黃，瓣脈紅色。**葉**：落葉性，卵形至橢圓形，簇生於枝梢，色綠、無光澤，入秋轉橙紅。

- 原生地　日本山區之灌木與疏林地帶。
- 栽培　可耐半遮陰，適合泥炭質或富含腐殖質之酸性土壤。
- 繁殖　秋季播種，或夏季實施半硬木插。

☼ ◐ pH
❄ ❄ ❄

株高
4公尺

株寬
4公尺

忍冬科	
Caprifoliaceae	

雜交香莢蒾 *Viburnum × carlcephalum* 🏆

性狀：生長勢強，植株圓叢形。**花**：小而芳香，聚成大型頭狀花序，春末開花，色白，花苞粉紅色。**葉**：落葉性，廣卵形，基部心形，上層葉色綠、無光澤，下層葉顏色較淺，入秋略呈紅色。
- 原生地　園藝品種。
- 栽培　可耐半遮陰之環境，喜深厚肥沃、保水力佳之土壤。
- 繁殖　早夏取嫩枝扦插。

株高
3.5 公尺

株寬
3.5 公尺

省沽油科	
Staphyleaceae	

膀胱果「大花」

Staphylea holocarpa 'Rosea'

性狀：株形直立，枝葉傘狀開展，隨株齡增長漸成樹形。**花**：小花聚成低垂之花序，仲春至晚春開花，色淺粉紅。**果實**：膨大成膀胱狀，色淺綠。**葉**：落葉性，掌裂為 3 片橢圓至長橢圓形小葉，初葉紅褐色，後轉藍綠色。
- 原生地　中國境內之灌叢帶與森林邊緣。
- 栽培　可耐半遮陰及任何濕潤肥沃之土壤。
- 繁殖　夏季實施軟木或綠木插。

株高
6 公尺

株寬
6 公尺

薔薇科	
Rosaceae	

阿諾海棠 *Malus × arnoldiana*

性狀：枝葉濃密，枝幹彎垂。**花**：芳香，淺杯狀，仲至晚春綻放，初開時為淡粉紅色，老化後逐漸褪為白色。**果實**：小而形似豌豆，色黃，略帶紅色，秋季結實。**葉**：落葉性，卵形，葉緣有深鋸齒，色翠綠。
- 原生地　園藝品種。
- 栽培　可耐半遮陰，但生長於全日照下開花結果最盛，土質不拘，但忌澇溼。
- 繁殖　夏末芽接或仲冬實施嫁接。

株高
3 公尺以上

株寬
3 公尺以上

薔薇科 Rosaceae	JAPANESE CRAB

垂絲海棠 *Malus floribunda*

性狀：枝葉濃密之傘狀開展形灌木或小喬木。**花**：淺杯狀，仲至晚春綴滿全枝，淡粉紅色，花苞桃紅色。**果實**：細小，形似豌豆之黃色野蘋果。**葉**：落葉性，卵至橢圓形，葉緣有深鋸齒，色翠綠。

- **原生地**　日本之灌叢帶及疏林地。
- **栽培**　土質不拘，但忌澇溼，可耐半遮陰，生長於全日照下開花結果最盛。冬季為修剪適期，需修剪枯枝或交錯枝。垂絲海棠是花期最早的海棠類植物，繁花盛開、美麗絕倫，優美的彎曲枝幹和綿長的觀賞期深受人們喜愛，細小的野蘋果通常可在樹梢維持至入冬，是花園野生動物珍貴的食物來源。
- **繁殖**　可在秋季播種、夏末芽接、或於冬末嫁接繁殖。

☼ ◊
❀ ❀ ❀

株高
4-10公尺

株寬　可
達 10 公尺

薔薇科 Rosaceae	

銅頂石楠「伯明罕」

Photinia × *fraseri* 'Birmingham'

性狀：枝葉濃密，灌叢狀，株形直立。**花**：五瓣小花聚成顯著之花序，春末開花，色白。**葉**：常綠葉呈卵形，革質，色暗綠，新葉呈鮮豔之紫紅色。

- 原生地　園藝品種。
- 栽培　可耐輕度遮陰，喜肥力適中而排水性佳之土壤，宜栽種於可避免乾冷寒風吹襲之避風地點。植株以觀葉為主，非屬觀花植物。
- 繁殖　夏季實施半硬木插。

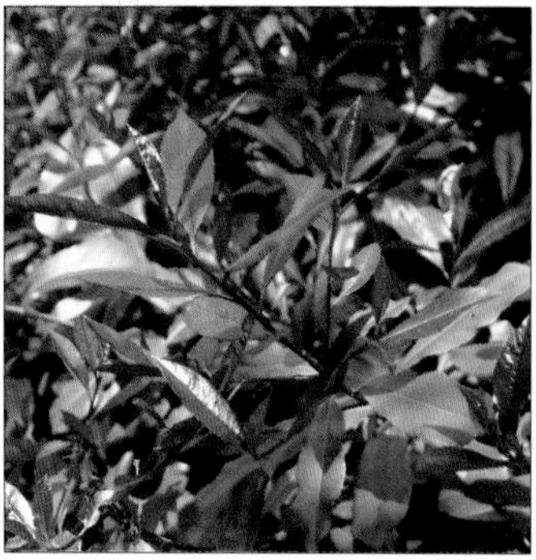

株高
5公尺以上

株寬
5公尺

交讓木科 Daphniphyllaceae	

小交讓木 *Daphniphyllum macropodum*

性狀：枝葉濃密，粗硬之枝幹形成灌叢狀。**花**：雌株開綠色小花，氣味刺鼻；雄花紫紅色。**果實**：果實小，色藍黑。**葉**：常綠葉呈長橢圓形，葉面有光澤、色暗綠，中肋和葉柄為紅色。

- 原生地　日本、中國及韓國。
- 栽培　可耐半遮陰和略含石灰質之環境，喜深厚肥沃、濕潤而排水性佳之土壤，須防寒風吹襲。
- 繁殖　夏季實施半硬木插。
- 異學名　*D. glaucescens*.

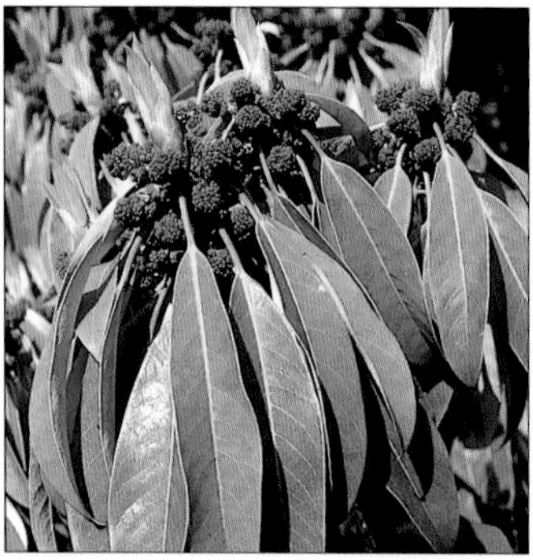

株高
6公尺

株寬
6公尺

木蘭科 Magnoliaceae	BANANA SHRUB

含笑花 *Michelia figo*

性狀：枝葉濃密，植株呈圓形，分枝旺盛。**花**：杯狀小花具有香蕉般之香甜氣味，春夏之交開花，色乳黃，瓣緣鑲栗色邊。**葉**：常綠葉呈卵形，葉面有光澤、色鮮綠。

- 原生地　中國。
- 栽培　宜栽種於溫室中，可耐半遮陰，喜富含腐殖質、中至酸性之土壤或培養土。
- 繁殖　秋播新鮮種子，或夏季實施半硬木插。
- 異學名　*M. fuscata*.

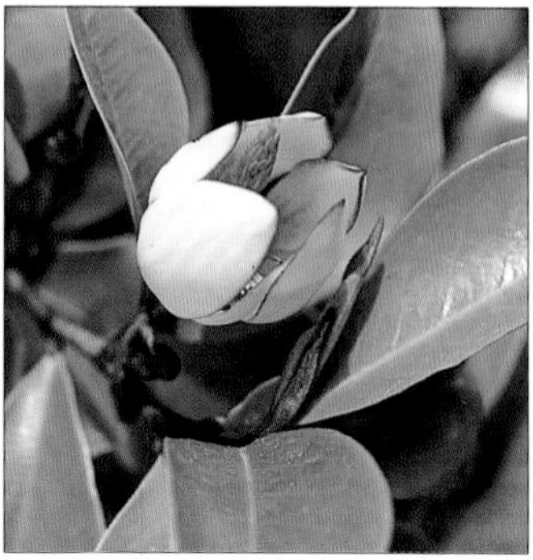

最低溫
5℃

株高
4公尺以上

株寬
4公尺

金縷梅科 Hamamelidaceae	

疏毛瑞木 *Corylopsis glabrescens*

性狀：枝葉傘狀疏展，多細枝。**花**：小而芳香，形成下垂之纓形花穗，仲春綻放於裸枝上，色淡黃。**葉**：落葉性，卵形，葉緣有剛毛狀細齒，葉面暗綠色，葉背藍綠色。

- 原生地　日本九州霧島山（Kirishima mountains）。
- 栽培　喜中至酸性土壤，須防強風與末期霜雪侵襲，需修剪整形。
- 繁殖　秋季播種，或夏初實施軟木插。

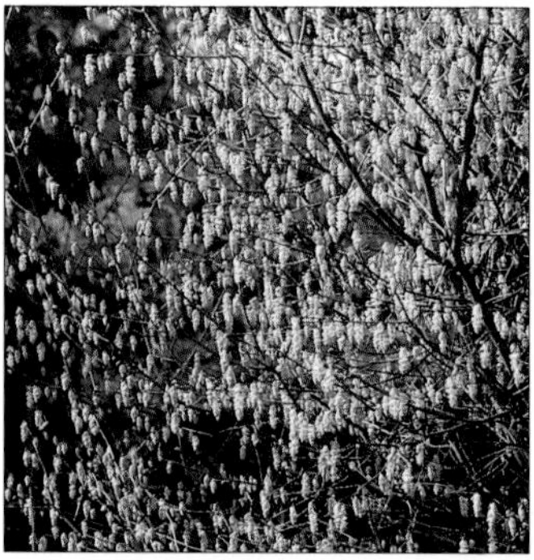

pH

株高
4公尺

株寬
4公尺

小蘗科 Berberidaceae	DARWIN BARBERRY

達爾文小蘗 *Berberis darwinii*

性狀：生長勢強，枝幹彎曲。**花**：小型球狀花，仲至晚春蔚為花海，深金橙色。**果實**：球狀小漿果，表面被藍色果粉。**葉**：小型常綠葉呈卵形，有尖銳齒緣，葉面有光澤，色暗綠。

- 原生地　南美洲巴塔戈尼亞高原（Patagonia）及智利山區。
- 栽培　土質不拘，但忌澇溼，須防寒風吹襲。此種植物經常從基部抽芽，可形成茂密的灌叢帶，適合作為綠籬。花後需實施修剪，此外毋須經常修剪。在半遮陰環境亦能生長良好。此原生種常被視為最漂亮、最穩當的早花性灌木。這種植物還有個有趣的小典故：由於為達爾文在小獵犬號（Beagle）航行期間發現之物種，因而依發現者命名為「達爾文」。
- 繁殖　夏季實施半硬木插。

株高
3公尺以上

株寬
3公尺

洋丁香

　　洋丁香（Syringa）包含落葉喬木與灌木品種，其小型筒狀花常具有濃郁之香氣，因而受到廣泛的栽培，小花密或疏聚爲角形圓錐花序，春季和初夏時開花。

　　最有名、也最受喜愛的洋丁香栽培品種，很多都是從紫丁香（Syringa vulgaris）繁衍而來，花色有純白、乳白，乃至最鮮豔的紫紅色等變化。

　　很多株形比較嬌小的品種，具有非常小巧細緻、香氣甜美的花朵，特別適合應用在無法栽種樹型洋丁香的小花園中。

　　所有的洋丁香都十分耐寒，株形較高大的原生種和栽培品種，可以列植成美麗的綠屏或自然形綠籬，或是作爲灌木和混合式花壇的烘托背景。

　　洋丁香的花枝很適合作爲切花，可爲插花作品的創意加分，切花用的花枝最好在清晨採收，以免花苞早凋。洋丁香適合生長在全日照環境中，性喜深厚肥沃、保水力佳的土壤，鹼性土壤尤佳。

　　剛定植的洋丁香需要摘除花苞，移植後頭幾年必須除花，直到植株完全定根爲止，除花時，小心勿傷及新芽。冬季應修剪弱枝和傷枝，夏季則對生長勢強的植株實施摘芽，以美化株形，並促進植株之叢狀發育。老株可於冬季實施重度修剪促進更新，將全株修剪至基部，並選擇強壯之新芽培育成新的主幹，修剪後並應施用追肥及加以覆蓋。洋丁香在重度修剪後的次年可能無法開花，但二、三年內即可重展花顏。盡量購買未經嫁接的苗木，因爲嫁接過的植株容易萌發吸芽，而生長勢強的吸芽最後可能會取代嫁接之栽培品種。原生種可於春季以種子或吸芽繁殖，栽培種則可於夏季採取嫩枝扦插。植株可能感染潛葉蟲（Leaf miners）、葉斑病（Leaf spot）和洋丁香枯焦病（Lilac blight）。

丁香「史戴普曼夫人」

性狀：株形直立，隨株齡增長漸成傘狀開展形。
花：單瓣花有香氣，密聚為圓錐花序，仲至晚春開花，色柔白，花苞乳黃色。**葉**：心形，色暗綠。
- 株高　4公尺
- 株寬　4公尺

丁香「史戴普曼夫人」
S. 'Mme Florent Stepman'

☀ ◊ ✿✿✿

丁香「托爾」

性狀：株形直立，隨株齡增長漸成傘狀開展形。
花：單瓣花有香氣，聚成長圓錐花序，仲至晚春開花，色潔白。**葉**：心形，色暗綠。
- 株高　4公尺
- 株寬　4公尺

丁香「托爾」
S. 'Jan van Tol'

☀ ◊ ✿✿✿

丁香「布蘭德」

性狀：枝幹開展，株形直立，會隨株齡增長而漸成傘狀開展形。**花**：重瓣花有香氣，疏聚成極大之圓錐花序，仲至晚春開花，色潔白。**葉**：廣心形，色翠綠。
- 株高　3-4公尺
- 株寬　3-4公尺

丁香「布蘭德」
S. 'Cora Brandt'

☀ ◊ ✿✿✿

丁香「雷蒙奈夫人」

性狀：叢生株形直立，隨株齡增長漸成傘狀開展形。**花**：重瓣花大而芳香，密聚成圓錐花序，春末夏初開花，花苞乳黃色，花色純白。**葉**：心形，色翠綠、無光澤。
- 株高　4公尺
- 株寬　4公尺

丁香「雷蒙奈夫人」
S. 'Mme Lemoine'

☀ ◊ ✿✿✿ 🏆

魯昂丁香

性狀：枝葉濃密，矮灌木狀，枝條彎垂。**花**：筒型單瓣花，有香氣，聚成而彎垂之圓錐花序，春末綻放，花色淡紫近乎白。**葉**：卵形，色暗綠。

- 英名　Rouen lilac.
- 株高　4公尺
- 株寬　4公尺

魯昂丁香
S. × correlata

☀ ◊ ✿✿✿

雲南丁香

性狀：株形直立，枝幹疏展。**花**：芳香，聚成柔美之圓錐花序，初夏綻放，花朵初為粉橘紅色，後褪為白色。**葉**：大，橢圓至長橢圓披針形，橄欖綠色，葉背略帶藍色。

- 英名　Yunnan lilac.
- 株高　3-4公尺
- 株寬　2.5公尺

雲南丁香
S. yunnanensis

☀ ◊ ✿✿✿

四季丁香「麗花」

性狀：植株圓叢形，不定期開花。**花**：極芳香，疏聚成小型圓錐花序，春季開花，可斷續綻放至秋初，色粉玫瑰紅。**葉**：小型，卵形，先端銳尖，色翠綠。

- 株高　1.5 2公尺
- 株寬　1.5-2公尺

四季丁香「麗花」
S. microphylla 'Superba'

☀ ◊ ✿✿✿ ♔

丁香「麥可巴奇納」

性狀：株形直立，會隨株齡增長而漸成傘狀開展形。**花**：重瓣花大而芳香，密聚成狹長之圓錐花序，仲至晚春開花，呈清麗之淡紫紅色。**葉**：心形，色暗綠。

- 株高　4公尺
- 株寬　4公尺

丁香「麥可巴奇納」
S. 'Michel Buchner'

☀ ◊ ✿✿✿

丁香「佛奇」

性狀：叢生株形直立，會隨株齡增長而漸成傘狀開展形。**花**：大而芳香之單瓣花疏聚成粗大之圓錐花序，春末至夏初開花，花色粉洋紅。**葉**：心形，呈翠綠色。

- 株高　4公尺
- 株寬　3公尺

丁香「佛奇」
S. 'Maréchal Foch'

☀ ◊ ✿✿✿

丁香「莫瑞爾夫人」

性狀：株形極挺拔。**花**：單瓣花大而芳香，密聚成極大之圓錐花序，仲至晚春開花，色淡紫紅。**葉**：心形，色暗綠。

- 株高　5公尺
- 株寬　5公尺

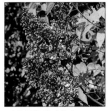

丁香「莫瑞爾夫人」
S. 'Mme F. Morel'

☀ ◊ ✿✿✿

丁香「哈汀夫人」

性狀：生長勢強，株形直立，枝葉稀疏，隨株齡增長漸成傘狀開展形，花期極不定。花：大而芳香之重瓣花，聚成粗之圓錐花序，春末開花，花苞深紫紅色，花色粉紫紅，老化後逐漸褪色。葉：心形，色暗綠。

- 株高　4公尺
- 株寬　4公尺

丁香「哈汀夫人」
S. 'Mrs Edward Harding'

丁香「康哥」

性狀：株形直立，隨株齡增長漸成傘狀開展形。花：單瓣花有香氣，密聚成大而多分枝的花序，春末開花，色深紫紅，花苞顏色較深，開花後逐漸褪色。葉：心形，色暗綠。

- 株高　5公尺
- 株寬　5公尺

丁香「康哥」
S. 'Congo'

丁香「夢奇」

性狀：生長勢強，株形直立。花：單瓣花大而芳香，密聚成圓錐花序，仲至晚春開花，色深紫。葉：心形，色暗綠。

- 株高　5公尺
- 株寬　5公尺

丁香「夢奇」
S. 'Monge'

丁香「瑪席娜」

性狀：枝葉濃密，株形直立，隨株齡增長漸成傘狀開展形。花：單瓣花大而芳香，疏聚為粗大之圓錐花序，春末開花，色深紫紅。葉：心形，色暗綠。

- 株高　5公尺
- 株寬　5公尺

丁香「瑪席娜」
S. 'Masséna'

丁香「席倫」

性狀：株形直立，隨株齡增長漸成傘狀開展形。花：重瓣花有香氣，密聚成粗大的圓錐花序，春末開花，花苞深紫紅色，花呈鮮豔之玫瑰紅色，老化漸褪成粉紫紅。葉：心形，色暗綠。

- 株高　4公尺
- 株寬　4公尺

丁香「席倫」
S. 'Paul Thirion'

丁香「迪凱斯尼」

性狀：生長勢強，株形直立，隨株齡增長漸成傘狀開展形。花：單瓣花有香氣，聚成大型圓錐花序，春末綻放，呈淺藍紫色。葉：心形，色暗綠。

- 株高　4公尺
- 株寬　4公尺

丁香「迪凱斯尼」
S. 'Decaisne'

丁香「克拉克樹」

性狀：生長勢強，株形直立，隨株齡增長漸成傘狀開展形。花：單瓣花大而芳香，聚成大型角錐形圓錐花序，仲至晚春開花，色淡藍紫，花心淺粉紫色，花苞紫紅色。葉：大，心形，色暗綠。

- 株高　5公尺
- 株寬　5公尺

丁香「克拉克樹」
S. 'Clarke's Giant'

丁香「裘利」

性狀：叢生株形直立。花：大而芳香之重瓣花密聚成圓錐花序，仲春至初夏開花，色紫紅。葉：心形，色暗綠。

- 株高　3.5公尺
- 株寬　3公尺

丁香「裘利」
S. 'Charles Joly'

南丁香「帕立賓」

性狀：枝葉濃密，矮灌木狀，生長緩慢。**花**：單瓣花有香氣，密聚成圓錐花序，春末夏初大量綻放，色粉紫紅。**葉**：小而呈卵形，色暗綠。

• 異學名　*S. palibiniana*,
　S. velutina.
• 株高　1.5公尺
• 株寬　1.5公尺

南丁香「帕立賓」
S. meyeri 'Palibin'

☀ ◊ ✿ ✿ ✿　　　　🏆

丁香「葛立維總統」

性狀：株形直立，隨株齡增長漸成傘狀開展形。**花**：芳香，半重瓣至重瓣，疏聚成極大之角錐形圓錐花序，仲至晚春開花，呈清爽之粉紫色。**葉**：心形，色暗綠。

• 株高　4公尺
• 株寬　4公尺

丁香「葛立維總統」
S. 'Président Grévy'

☀ ◊ ✿ ✿ ✿

丁香「巴奇納夫人」

性狀：叢生株形直立，隨株齡增長漸成傘狀開展形。**花**：重瓣花有香氣，疏聚成狹長之圓錐花序，春末至夏初開花，色淡紫紅，花苞深紫紅。**葉**：心形，色暗綠。

• 株高　3.5公尺
• 株寬　3公尺

丁香「巴奇納夫人」
S. 'Mme Antoine Buchner'

☀ ◊ ✿ ✿ ✿　　　　🏆

丁香「藍風信」

性狀：枝幹疏展，株形直立，隨株齡增長漸成傘狀開展形。**花**：單瓣花有香氣，疏聚成大型圓錐花序，仲至晚春開花，色淺紫至粉藍。**葉**：廣心形，色翠綠。

• 株高　3公尺
• 株寬　3公尺

丁香「藍風信」
S. 'Blue Hyacinth'

☀ ◊ ✿ ✿ ✿

花葉丁香

性狀：矮灌木狀，株形密實而渾圓，分枝纖細。**花**：芳香的花朵密聚成小型圓錐花序，春末綻放，色淡紫。**葉**：狹披針形，先端銳尖，色暗綠。

• 英名　Persian lilac.
• 株高　2公尺以上
• 株寬　2公尺以上

花葉丁香
S. ×*persica*

☀ ◊ ✿ ✿ ✿　　　　🏆

風信丁香「伊瑟・史坦利」

性狀：叢生株形直立，花期極不定。**花**：芳香之單瓣花聚成粗大的圓錐圓錐花序，春至早夏開花，色粉紫紅，花苞紅色。**葉**：心形，色翠綠。

• 株高　3.5公尺
• 株寬　3公尺

風信丁香「伊瑟・史坦利」
S. ×*hyacinthiflora*
'Esther Staley'

☀ ◊ ✿ ✿ ✿

丁香「月見草」

性狀：叢生株形直立。**花**：微香，密聚成小型圓錐花序，春末夏初時開花，花色淡黃。**葉**：心形，色翠綠。

• 株高　3.5公尺
• 株寬　3公尺

丁香「月見草」
S. 'Primrose'

☀ ◊ ✿ ✿ ✿

鼠刺科 Escalloniaceae	

白花老鼠刺 *Escallonia leucantha*

性狀：株形直立。花：小型，淺杯狀，聚成大型總狀花序，仲夏開花，色白。葉：常綠，狹卵形，葉面有光澤、色暗綠。

- 原生地　智利與阿根廷一帶之山地灌叢帶。
- 栽培　宜栽種於不受寒風吹襲的海濱花園，冷涼地區需提供溫暖朝南之牆面以為遮蔽。土質不拘，亦可適應深厚肥沃之石灰質土壤。著花於去年生枝段，若需要修剪整形或限制生長，花後應立即實施。大多數的鼠刺類植物均可由老幹大量抽長新枝，生長過度之植株可藉由重度修剪促進更新，春季為最佳修剪季節，修剪後應追施多用途肥料和充分腐熟之有機覆蓋物，次年即可再度開花。
- 繁殖　夏季實施軟木插。

株高
3.5 公尺

株寬
3 公尺

木樨科	CHINESE PRIVET
Oleaceae	

小蠟 *Ligustrum sinense*

性狀：叢生株形直立。**花**：芳香之筒型花聚成大型圓錐花序，仲夏開花，色白。**果實**：果實小，色紫黑。**葉**：落葉性或半常綠，卵形，色淺綠。

- 原生地　中國中部地區之灌叢帶地。
- 栽培　為優良觀賞灌木，於全日照避風環境中可大量開花，香氣十分怡人，可適應任何排水性佳之土壤，白堊土亦可，需施用覆蓋以保持土壤濕度。仲春時節可略加修剪以保持叢狀樹形。
- 繁殖　夏季實施半硬木插。

☼ ◊
❄❄❄

株高
4公尺

株寬
3公尺

菊科	DAISY BUSH
Compositae	

多枝雛菊木 *Olearia virgata*

性狀：枝葉濃密，彎曲之枝條長而雅致。**花**：星形小花初夏綴滿枝條，色白。**葉**：常綠，極狹長，色深灰綠，葉背白色。

- 原生地　紐西蘭之亞高山灌叢帶。
- 栽培　耐鹽風，可為海濱花園提供優良之防風帶，春季應修剪枯枝。
- 繁殖　夏季實施半硬木插。

☼ ◊
❄❄

株高
4-5公尺

株寬
4-5公尺

醉魚草科	
Buddlejaceae	

大葉醉魚草「和平」

Buddleja davidii ‘Peace’

性狀：生長勢強，枝條彎曲。**花**：芳香，聚成長形花穗，仲夏至秋季開花，色潔白。**葉**：落葉性，狹長形，先端銳尖，色暗綠，葉背被白色絨毛。

- 原生地　園藝品種。
- 栽培　喜白堊質與富含石灰質之土壤。新枝開花最佳，故春季應強剪至地表或宿存之木質枝條幹。可誘蝶。
- 繁殖　夏季實施半硬木插。

☼ ◊
❄❄❄

株高　可達3.5公尺

株寬
3公尺

安息香科	STORAX, SNOWBELL
Styraceae	

西洋安息香 *Styrax officinalis*

性狀：生長緩慢，枝葉疏鬆至濃密，有時可長成樹形。**花**：鐘形花，有香氣，低垂之花簇初夏綻放於枝頭，色白。**葉**：落葉性，卵形，色暗綠，葉背灰白色。

- 原生地　地中海地區與加州之碎石坡，常見於石灰岩地。
- 栽培　適合不含石灰質之土壤，有別於大多數的安息香屬植物，藥用安息香可耐乾旱環境。
- 繁殖　夏季實施軟木插。

☼ ◊ pH
❄❄

株高
4公尺

株寬
2.5公尺

鼠刺科
Escalloniaceae

老鼠刺「艾維」 *Escallonia* 'Iveyi'

性狀：生長勢強，株形直立。**花**：芳香之筒型花聚成大型總狀花序，仲至晚夏開花，色潔白。**葉**：大型常綠葉為圓形，葉面有光澤、色暗綠。

- 原生地　園藝品種。
- 栽培　宜生長於氣候溫和之環境，可培植為海濱花園之綠籬，內陸地區需種植於溫暖避風之地點，可耐富含石灰質之土壤與乾旱。
- 繁殖　夏季實施軟木插或半硬木插。

株高
3公尺以上

株寬
2.5-3公尺

密藏花科
Eucryphiaceae

尼曼香花木 *Eucryphia* × *nymansensis*

性狀：植株呈直圓柱形，隨株齡增長漸成樹形。**花**：大型杯狀花綻放於夏末至秋初之間，花色潔白耀眼。**葉**：常綠葉呈卵形、葉緣鋸齒狀，單葉或羽裂成3片小葉，葉面有光澤、色暗綠。

- 原生地　園藝品種。
- 栽培　可耐石灰質，需遮風以防葉片枯黃，宜種植於根部潮濕蔭涼、樹冠可接受日照之環境。
- 繁殖　夏末實施半硬木插。

株高
12-15公尺

株寬
7公尺

忍冬科 | LEATHERLEAF
Caprifoliaceae | VIBURNUM

琵琶葉莢蒾 *Viburnum rhytidophyllum*

性狀：生長勢強，枝幹疏落。**花**：小花密聚成頭狀花序，春末夏初綻放，色乳白。**果實**：形似漿果，色紅，熟時轉黑。**葉**：常綠，狹長、有縐痕，色暗綠，葉背灰色、被細毛。

- 原生地　中國中、西部之森林地帶。
- 栽培　適生於白堊地，但種植於深厚肥沃之土壤葉姿最美，為優良之綠屏植物，花後應修剪以限制生長。
- 繁殖　夏季實施半硬木插。

株高
4公尺

株寬
4公尺

椴樹科 | AFRICAN HEMP
Tiliaceae |

非洲田麻 *Sparmannia africana*

性狀：植株筆挺直立，有時可成樹形。**花**：春末至夏季成簇綻放，色白，有黃色及紫紅色雄蕊。**葉**：大型常綠葉呈掌裂狀，色鮮綠。

- 原生地　南非。
- 栽培　宜種植於溫室中，亦可生長於部份遮陰之環境。生長勢強時可自由澆水，此外則適量澆水為宜。花後應實施強剪以保持株形密實。易受粉蛾侵害。
- 繁殖　春末以綠色枝條扦插。

最低溫
7℃

株高　可
達3.5公尺

株寬　可
達3公尺

無患子科 Sapindaceae	

文冠樹 *Xanthoceras sorbifolium*

性狀：生長勢強，株形直立。**花**：大而芳香，聚成長而挺立之圓錐花序，春末夏初開花，色白，花瓣基部有深紅色斑。**果實**：形似核桃。**葉**：落葉性，羽裂成許多齒緣之細緻小葉，色鮮綠。

- 原生地　中國北部。
- 栽培　可耐白堊土，於溫暖乾燥避風環境中開花良好，花後應修剪，易得癌腫病（Coral spot）。
- 繁殖　春播經過層積處理之種子，或秋季以根插枝或吸芽繁殖。

☀ ◗
❄❄❄

株高
4公尺

株寬
2公尺

茄科 Solanaceae	ANGEL'S TRUMPET

曼陀羅木 *Brugmansia* ×*candida*

性狀：株形渾圓。**花**：大而芳香，喇叭形，夏至秋季開花，色白，有時為乳白或粉紅。**葉**：半常綠，卵形，被絨毛，色暗綠，全株有毒。

- 原生地　厄瓜多爾境內之安地斯山脈。
- 栽培　盆栽植株生長期間可自由澆水，此外則適度為宜；春初應實施重度修剪，可耐半遮陰。
- 繁殖　夏季採半成熟躍插枝扦插。
- 異學名　*Datura* × *candida.*

☀ ◗

最低溫
7℃

株高　可
達3.5公尺

株寬
3公尺

木樨科 Oleaceae	WHITE FRINGE TREE

美國流蘇樹 *Chionanthus virginicus*

性狀：矮灌木，有時可長成樹形。**花**：有香氣，低垂之花枝綻放於春末至夏初，花色白。**果實**：形似西洋李（Damson），色深藍。**葉**：落葉性，卵形，葉面有光澤、色暗綠，入秋轉為淺黃色。

- 原生地　美國東部之潮溼林地。
- 栽培　喜肥沃、中至微酸性、溼潤而排水性佳之土壤，種植於溫暖之全日照環境方可開花良好。
- 繁殖　秋季播種或以壓條法繁殖。

☀ ◗
❄❄❄

株高
4~5公尺

株寬
3.5公尺

八角茴香科 Winteraceae	WINTER'S BARK

溫氏辛果 *Drimys winteri*

性狀：植株圓錐形，幼株形似灌木。**花**：星形花有香氣，夏初成簇綻放，色白。**葉**：常綠，橢圓至披針形，革質，色暗綠，葉背淺藍色。

- 原生地　智利之溼地茂密植叢。
- 栽培　可耐輕度遮陰，喜溫暖避風之環境，須防乾燥寒風吹襲。
- 繁殖　夏季實施半硬木插或秋季播種。

☀ ◗
❄❄

株高　可
達15公尺

株寬
8公尺

山茱萸科 Cornaceae	

梾木（松楊）*Cornus macrophylla*

性狀：株形傘狀開展，似灌木，成熟時可長成小喬木。**花**：小花聚成醒目之花簇，夏季開花，色乳白。**葉**：落葉性大型葉呈卵形，先端銳尖，葉面有光澤、色暗綠。

- 原生地　喜馬拉雅山至日本一帶之山林。
- 栽培　喜肥力適中、排水性佳之土壤。
- 繁殖　秋季播種或夏季實施軟木插。

株高　12公尺以上

株寬　7公尺

山茱萸科 Cornaceae	VARIEGATED CORNELIAN CHERRY

歐洲山茱萸「斑葉」

Cornus mas 'Variegata'

性狀：矮灌木狀，枝葉濃密。**花**：小而呈星形，初春綴於裸枝上，色黃。**果實**：似漿果，色豔紅。**葉**：落葉性卵形葉，色暗綠，有白色鑲邊。

- 原生地　原生種分布於歐洲和西亞一帶之灌叢帶與森林。
- 栽培　環境要求不嚴苛，不論酸鹼土壤、全日照或半遮陰，均可茂盛生長。很少需要修剪。
- 繁殖　夏季實施軟木插。

株高　3.5公尺

株寬　3.5公尺

杜鵑花科 Ericaceae	SORREL TREE, SOURWOOD

酸葉樹　*Oxydendrum arboreum*

性狀：樹冠呈廣圓錐形。**花**：壺形花，細小而芳香，聚成大型直立花序，夏末至秋季由枝梢吐露，花色乳白。**葉**：落葉性，橢圓形至長橢圓形，先端銳尖，葉緣呈細齒狀，葉面有光澤、色暗綠，入秋則轉為深紅色。

- 原生地　北美洲東部地區。
- 栽培　可耐半遮陰，但生長於全日照下秋色最鮮明，宜以富含腐殖質、無石灰質之土壤栽培。
- 繁殖　夏季實施軟木插，或秋季播種。

株高　可達20公尺

株寬　12公尺

桃金孃科 Myrtaceae	

澳洲桃香木　*Luma apiculata*

性狀：生長勢強，枝幹初直立、後漸彎。**花**：小型杯狀花，綻放於仲夏至仲秋之間，花色白。**葉**：常綠葉，有香氣，色暗綠。**樹皮**：呈肉桂色，下部枝幹灰黃色。

- 原生地　阿根廷及智利一帶氣候濕涼之湖濱與河岸地區。
- 栽培　冷涼地區需栽植於溫暖之牆邊。
- 繁殖　夏末實施半硬木插。
- 異學名　*Myrtus luma.*

株高　5~6公尺以上

株寬　4公尺

薔薇科
Rosaceae

OCEAN SPRAY, CREAM BUSH

雙色繡線菊 *Holodiscus discolor*

性狀：生長快速，分枝彎垂。**花**：小花聚成大而懸垂之花穗，仲夏開花，色乳白。**葉**：落葉性掌狀葉，有齒緣，色暗綠，葉背灰白。

• **原生地** 北美洲西岸疏林地。

• **栽培** 可耐半遮陰，土質不拘，但忌極乾旱之土壤，必要時可於開花後修剪，去除老枝或擁擠枝。本種為極耐寒之灌木植物，適合做為標本樹或灌木花壇之背景植物，色淺輕盈的圓錐花序，正可為濃豔的色彩提供烘托背景。雙色繡線菊也很適合栽植於樹木園裡的林間空地，這種環境與其原生地頗相似。

• **繁殖** 夏季實施軟木插，或春季壓條。

• **異學名** *Spiraea discolor.*

株高
3.5–5 公尺

株寬
3.5–4 公尺

錦葵科 Malvaceae	

白花葡葉風鈴花

Abutilon vitifolium var. *album*

性狀：生長快速，株形直立。**花**：花大而呈碗狀，春末夏初大量綻放，色白。**葉**：落葉性，掌裂狀，葉緣有銳齒，葉面被絨毛，色灰綠。

- 原生地　智利境內之旱地與谷地。
- 栽培　適合種植於土壤排水性極佳之避風地點，幼株需實施頂芽修剪，春季則可對成株實施重度修剪。
- 繁殖　夏季實施軟木插、綠木插、或半硬木插。

☼ ◦
❀ ❀

株高　可
達 5 公尺

株寬
3 公尺

忍冬科 Caprifoliaceae	

三花六道木　*Abelia triflora*

性狀：生長勢強，株形直立。**花**：花小而極香，密聚成簇，夏季開花，色白而略帶粉紅。**葉**：落葉性或半常綠，卵形至披針形，先端銳尖，呈暗綠色、無光澤。

- 原生地　分布於喜馬拉雅山西北部之碎石坡與旱生灌叢帶。
- 栽培　寒冷地區需以溫暖而日照充足之牆面提供遮風保護。
- 繁殖　夏季實施軟木插或半硬木插。

☼ ◦
❀ ❀

株高　可
達 3.5 公尺

株寬
3.5 公尺

七葉樹科 Hippocastanaceae	BUCKEYE

小花七葉樹　*Aesculus parviflora*　♀

性狀：生長勢強，矮灌木狀，分蘗旺盛。**花**：小花聚成柔美、直立之圓錐花序，仲至晚夏間開花，色白，花藥長形、深粉紅色。**葉**：落葉性大型掌狀葉，初萌時紅褐色，夏季轉為暗綠，入秋變黃。

- 原生地　美國東南部之林間溪畔。
- 栽培　可耐半遮陰，土質不拘，但忌極乾旱之土壤，唯有需要限制樹冠展幅時方可修剪，傷枝易感染癌腫病（Coral spot）。
- 繁殖　秋季播種或取吸芽扦插繁殖。

☼ ◦
❀ ❀ ❀

株高
3.5–5 公尺

株寬
4 公尺以上

山柳科 Clethraceae	

雲南山柳 *Clethra delavayi*

性狀：株形直立、枝疏而開展之灌木，有時可長成樹形。**花**：杯狀花極芳香，密聚成長串花序，仲夏開花，色白，花苞粉紅色。**葉**：落葉性，披針形，有齒緣，葉面濃綠，葉背色淺、被軟毛。

- 原生地　中國西部山區之針葉林地。
- 栽培　喜濕潤但排水性佳之泥炭質酸性土壤，宜種植於半遮陰、可避免乾燥寒風之處。為適合耐陰灌木花壇之漂亮標本樹，應用於樹木園中也很理想。雲南山柳最好種植於空間寬廣之處，如此才能發育成自然的株形，表現水平伸展的總狀花序之美。毋須經常修剪，但開花後可從基部剪除擁擠枝。
- 繁殖　夏季實施軟木插或秋季播種。

株高　可達5公尺以上

株寬　3公尺

忍冬科 Caprifoliaceae	BEAUTY BUSH

蝟實「彤雲」

Kolkwitzia amabilis 'Pink Cloud'

性狀：生長勢強，株形直立，枝幹彎曲。**花**：鐘形花可自春末盛放至夏初，呈明亮之粉紅色。**葉**：落葉性小型葉呈卵形，色暗綠、無光澤。

- 原生地　園藝品種，原生種分布於中國西部之岩石坡地。
- 栽培　土質不拘，白堊土亦可。雖然成株十分耐寒，但幼株有時會為末期霜雪所傷，花後應由基部截除老、傷、弱枝。此栽培品種為美麗而多花的觀賞樹木，適合用於灌木花壇，雖然成株高度不低，但由於株形呈現先直立後彎垂，因此可以安排在灌木花壇的前緣，以便近距離賞花。最早的實生苗係1946年於英國衛斯理郡（Wisley）選種培育而成。
- 繁殖　夏季實施軟木插。

株高　3-3.5公尺

株寬　2.5-3公尺

檉柳科 Tamaricaceae	TAMARISK

多枝檉柳 *Tamarix ramosissima*

性狀：枝幹彎曲的灌木，有時可長成樹形。**花**：小花聚成大型直立花穗，夏末秋初開花，色粉紅。**葉**：落葉性，細小，狹長形，色藍綠。
- 原生地　東歐至中東地區之海岸地帶。
- 栽培　耐鹽風，土質不拘，唯忌淺薄之白堊土，適合培植為海濱綠籬，需要春季修剪以保持矮灌叢狀。
- 繁殖　夏季實施半硬木插，或秋季實施硬木插。

☀ ◌
❀ ❀

株高
4公尺

株寬
3.5公尺

夾竹桃科 Apocynaceae	OLEANDER, ROSE BAY

洋夾竹桃（歐洲夾竹桃）*Nerium oleander*

性狀：矮灌木狀，株形直立。**花**：形似長春花（Periwinkle），春至秋季成簇綻放，有粉紅、白、紅、杏黃、或黃色等花色。**葉**：常綠葉呈披針形，革質，輪生排列，色暗綠，有毒。
- 原生地　地中海至中國西部，季節性乾涸之水道或河谷石礫地。
- 栽培　喜溫暖而日照充足之避風環境，冷涼地區宜種植於低溫栽培室中。
- 繁殖　春季播種或夏季實施半硬木插。

☀ ◌

最低溫
10℃

株高　可
達4公尺

株寬
3公尺

千屈菜科 Lythraceae	CRAPE MYRTLE, CREPE FLOWER

紫薇 *Lagerstroemia indica* ♀

性狀：植株圓形，隨株齡增長漸成樹形。**花**：花形小，花瓣圓形起皺，密聚為角錐形圓錐花序，夏至初秋開花，色白、粉紅或紫。**葉**：落葉性，卵至長橢圓形，葉面有光澤、色暗綠。
- 原生地　喜馬拉雅山、中國及日本地區之山麓丘陵草原或疏林。
- 栽培　宜種植於土質肥沃、溫暖而日照充足之地點，需經過長而乾旱之夏季方可旺盛開花。
- 繁殖　春季播種或夏季實施半硬木插。

☀ ◌
❀ ❀

株高　可
達6公尺

株寬
5公尺

醉魚草科 Buddlejaceae	

大葉醉魚草「皇家紅」

Buddleja davidii 'Royal Red' ♀

性狀：生長勢強，枝幹彎曲。**花**：芳香，聚成極大之圓錐花序，仲夏至秋季開花，花色豔紫紅。**葉**：落葉性長形葉先端銳尖，葉面暗綠、葉背較白。
- 原生地　園藝品種。
- 栽培　喜好白堊質和富含石灰質之土壤，春季需大幅強剪至地面或宿存之木質枝幹，具有誘蝶之作用。
- 繁殖　夏季實施半硬木插，或秋季實施硬木插。

☀ ◌
❀ ❀ ❀

株高　可
達4.5公尺

株寬
3.5-4公尺

醉魚草科	
Buddlejaceae	

大葉醉魚草「哈理金」
Buddleja davidii 'Harlequin'

性狀：生長勢強，枝幹彎曲。**花**：有香氣，聚成長花穗，仲夏至秋開花，色紫紅。**葉**：落葉性長葉先端銳尖，色暗綠，有乳白色鑲邊。

- 原生地　園藝品種。
- 栽培　喜好白堊質和富含石灰質之土壤，春季需大幅強剪至地面或宿存之木質枝幹，可誘蝶。
- 繁殖　夏季實施半硬木插、或秋季實施硬木插。

☼ ◊
❋ ❋ ❋

株高　可達4.5公尺

株寬　3.5-4公尺

錦葵科	SLEEP MALLOW, WAX MALLOW
Malvaceae	

南美朱槿　*Malvaviscus arboreus*

性狀：生長勢強，株形渾圓。**花**：閉合鐘形，雄蕊突出，夏至秋季開花，色豔紅。**葉**：常綠，廣卵形至心形，被軟毛，色鮮綠。

- 原生地　墨西哥至巴西一帶。
- 栽培　宜栽培於暖溫室中，盆栽植株於生長期間可自由澆水，此外則適量為宜，冬末須大幅修剪開花枝以維持株形。
- 繁殖　春季播種，或夏季實施半硬木插。

☼ ◊

最低溫13-16℃

株高　4公尺

株寬　3公尺

楓樹科	
Aceraceae	

皺紋槭樹　*Acer palmatum* f. *atropurpureum*

性狀：樹冠密叢狀，有時可長成樹形。**花**：細小，聚成低垂的花序，春季開花，色紫紅。**果實**：形似洋桐槭（Sycamore）之果實，有紅色果翅。**葉**：落葉性，掌裂狀，呈鮮豔之紫紅色，入秋轉豔紅。

- 原生地　中國、日本和韓國之丘陵及林地中。
- 栽培　可耐輕度遮陰，但生長於全日照下葉色最鮮明，喜濕潤而排水性佳之土壤，須防寒風吹襲，以免葉片枯黃。
- 繁殖　春季實施軟木插。

☼ ◖
❋ ❋ ❋

株高　4公尺以上

株寬　4公尺

醉魚草科	
Buddlejaceae	

大花醉魚草　*Buddleja colvilei*

性狀：生長勢強，枝幹彎曲，有時隨株齡增長漸成樹形。**花**：大型鐘形花，聚成低垂之花序，初夏開花，深粉紅至紫紅色，花心白色。**葉**：落葉性之披針形葉先端銳尖、被軟毛，色暗綠。

- 原生地　喜馬拉雅山之灌叢帶地。
- 栽培　宜栽植於溫暖避風地點，著花於去年生枝段，必要時可於花後稍加修剪，以保持矮灌叢狀之株形。
- 繁殖　夏季實施半硬木插。

☼ ◊
❋ ❋

株高　可達6公尺

株寬　3.5公尺

七葉樹科 Hippocastanaceae	RED BUCKEYE

紅花七葉樹「豔紅」

Aesculus pavia 'Atrosanguinea'

性狀：植株圓叢形，隨株齡增長漸成樹形。**花**：筒型，疏聚為直立圓錐花序，夏季開花，色深紅。**葉**：落葉性，羽裂成 5-7 片狹卵形小葉，葉面有光澤、色暗綠。

• 原生地　北美洲之肥沃林地或溪畔。
• 栽培　可耐輕度遮陰，適合排水性佳、生長季期間可保持適當濕度之土壤。
• 繁殖　夏末芽接或冬季嫁接。

☀ ◐
❄ ❄ ❄

株高
5 公尺以上

株寬　可
達 3 公尺

漆樹科 Anacardiaceae	SMOKE BUSH

黃櫨「那卡斑葉」

Cotinus coggygria 'Notcutt's Variety'

性狀：矮灌木狀。**花**：花朵細小，羽狀花穗抽苔於夏末，花色粉紫紅。**葉**：落葉性之葉片為圓形或廣卵形，深紫紅色，入秋轉為鮮紅色。

• 原生地　園藝品種。原生種分布於南歐至中國中部之岩石坡，常可見於石灰岩地。
• 栽培　可耐乾旱之土壤，種植於不過度肥沃之土壤中，可使秋季葉色最鮮明。
• 繁殖　夏季實施軟木或綠木插，或冬末壓條。

☀ ◌
❄ ❄ ❄

株高
3.5-4 公尺

株寬
3.5 公尺

槭樹科 Aceraceae	

雞爪槭「紅寶石」 *Acer palmatum* 'Rubrum'

性狀：樹冠密叢狀，隨株齡增長漸成樹形。**花**：小花聚為低垂之花序，春季開花，色紫紅。**果實**：形似洋桐槭（Sycamore）之果實，有紅色果翅。**葉**：落葉掌狀裂葉，新葉紅色、夏季轉為紅褐色，入秋再轉為紅或橙色。

• 原生地　園藝品種。
• 栽培　可耐輕度遮陰，但生長於全日照下葉色最鮮明，須防寒風吹襲。
• 繁殖　冬末或春初嫁接，或夏季芽接繁殖。

☀ ◐
❄ ❄ ❄

株高
6 公尺

株寬
6 公尺

薔薇科 Rosaceae	BLACKTHORN, SLOE

黑刺李「紫葉」 *Prunus spinosa* 'Purpurea'

性狀：枝葉濃密、多刺。**花**：碟狀，早至仲春綻放，色淺粉紅。**果實**：黑刺李，被藍色果粉。**葉**：落葉性，橢圓至卵形，新葉紅色，後轉暗紫紅。

• 原生地　園藝品種。原生種分布於歐洲至西亞地區之灌木樹籬與林緣。
• 栽培　土質不拘，但忌澇漬，為優良綠籬植物，尤其適合種植於海濱地區和多風地帶，花後需要實施修剪。
• 繁殖　夏季實施軟木插。

☀ ◌
❄ ❄ ❄

株高　可
達 4 公尺

株寬
3 公尺

樺木科 Corylaceae	PURPLE FILBERT

馬氏榛木「紫葉」 *Corylus maxima* 'Purpurea'

性狀：生長勢強，枝疏而開展，可隨株齡增長漸成樹形。**花**：下垂之葇荑花序冬末綻現於裸枝上，花略帶紫色，雄蕊黃色。**果實**：褐色堅果（榛果）可食。**葉**：落葉性，圓形或心形，色紫。

- 原生地　東南歐至小亞細亞一帶之森林地。
- 栽培　可耐半遮陰環境與任何肥沃之土壤，白堊土亦可。
- 繁殖　秋末至春初以吸芽插或壓條法繁殖。

株高　可達6公尺

株寬　4公尺

醉魚草科 Buddlejaceae	

互葉醉魚草 *Buddleja alternifolia*

性狀：枝葉濃密，具有柔美的垂枝。**花**：小而芳香，聚成整潔可愛的花序，早夏開花，色淡紫。**葉**：落葉性，狹長形，色灰綠。

- 原生地　中國境內之灌木樹籬與旱坡地。
- 栽培　喜排水性佳之土壤，白堊地尤佳，花後應立即修剪。此種灌木非常適合修剪成垂枝樹形。
- 繁殖　夏季實施半硬木插。

株高　可達4公尺

株寬　4公尺

野牡丹科 Melastomatceae	GLORY BUSH, LENT TREE

蒂牡花 *Tibouchina urvilleana*

性狀：生長勢強，株形直立至傘狀開展，枝條纖細。**花**：大型碟狀花，花瓣具絲絨光澤，夏季至冬初開花，色豔紫。**葉**：常綠絨質葉，葉脈明顯，色翠綠。

- 原生地　熱帶南美洲之森林地帶。
- 栽培　宜栽培於溫室中，生長期間可自由澆水，入冬則應減少澆水，冬末需大幅修剪開花枝。
- 繁殖　春末或夏季實施綠木插或半硬木插。
- 異學名　*T. semidecandra.*

最低溫　7℃

株高　3公尺以上

株寬　3公尺

槭樹科 Aceraceae	

雞爪槭「緞光」 *Acer palmatum* 'Lutescens'

性狀：樹冠密叢狀，隨株齡增長漸成樹形。**花**：小花聚為低垂之花序，仲春開花，色紫紅。**果實**：形似洋桐槭（Sycamore）之果實，有果翅。**葉**：落葉性，掌裂狀，葉面有光澤、色翠綠，入秋轉為清爽之乳黃色。

- 原生地　園藝品種。
- 栽培　可耐輕度遮陰，但生長於全日照下葉色最鮮明，須防風襲。
- 繁殖　冬末或春初嫁接，或夏季以芽接法繁殖。

株高　6公尺

株寬　6公尺

桑科 Moraceae	PAPER MULBERRY

構樹 *Broussonetia papyrifera*

性狀：幼株形似矮灌木，成熟後可長成小喬木。**花**：雌株之小花聚成球狀，早夏開花，色紫；雄株可開出柔黃花序。**果實**：肉果密聚為球形，色橙紅。**葉**：落葉性大型葉為廣卵圓形，有齒緣，色綠、無光澤，葉背絨質。

- 原生地　東亞之森林。
- 栽培　可耐貧瘠乾旱之土壤。
- 繁殖　夏季實施軟木插或秋季播種。

☀ ◊
❀❀

株高
8公尺以上

株寬
8公尺

木通科 Lardiabalaceae	

貓兒屎 *Decaisnea fargesii*

性狀：株形直立，枝條半彎垂。**花**：細緻的鐘形花聚成柔美的總狀花序，早夏開花，色淡綠。**果實**：碟形大莢果懸於枝頭，色藍、帶有金屬光澤，被果粉。**葉**：落葉性，羽裂成對生小葉，色翠綠。

- 原生地　中國西部之森林灌叢帶。
- 栽培　適合種植於土壤肥沃、保水力佳之避風環境，可耐半遮陰，但生長於全日照下最能結果。
- 繁殖　秋季播種。

☀ ◊
❀❀

株高
6公尺

株寬
6公尺

忍冬科 Caprifoliaceae	FERN-LEAVED ELDER

蕨葉接骨木 *Sambucus nigra* f. *laciniata* ♈

性狀：枝葉濃密，矮灌木狀。**花**：小而芳香，聚成醒目之扁平頭花，早夏開花，色乳白。**果實**：黑色球形小漿果。**葉**：落葉性，羽裂小葉極細緻，色濃綠。

- 原生地　歐洲至北非、西亞一帶之河邊樹林與灌叢帶。
- 栽培　可生長於任何沃土中，春初應實施修剪，以保持最美的葉姿。
- 繁殖　夏季實施軟木插，或秋季實施硬木插。

☀ ◐
❀❀❀

株高
6公尺

株寬
6公尺

忍冬科 Caprifoliaceae	GOLDEN ELDER

黃金葉接骨木「金黃」♈
Sambucus nigra 'Aurea'

性狀：枝葉濃密，株形叢狀。**花**：小而芳香，聚成顯眼之平頭花序，早夏開花，色乳白。**果實**：小型球狀漿果，色黑。**葉**：落葉性，羽裂成 5-7 片卵形小葉，色金黃。

- 原生地　原生種分布於歐洲至北非、西亞一帶之樹林與灌叢帶。
- 栽培　可生長於任何濕度合宜之沃土中。
- 繁殖　夏季採嫩枝、或秋季實施硬木插。

☀ ◐
❀❀❀

株高
6公尺

株寬
6公尺

鼠李科
Rhamnaceae

CHRIST'S THORN, JERUSALEM THORM

濱棗 *Paliurus spina-christi*

性狀：矮灌木狀，枝條多刺、纖瘦彎垂。**花**：每逢夏末時節，可見黃色小花綴滿當年生枝段。**果實**：木質化翅果，秋季發育成碟形。**葉**：落葉性卵形葉，葉面有光澤、色鮮綠，入秋轉為亮黃色。

• 原生地　地中海至中國北部之乾旱丘陵。
• 栽培　適合生長於排水性極佳之土壤中，植株耐旱，適合培育為自然形綠籬，必要時可實施冬季修剪，疏解過度擁擠的枝條；綠籬修剪亦應於冬季植株完全休眠後實施。標本樹應盡量避免修剪，若有必須限制植株生長，可從樹叢當中剪掉過長的枝條，以隱藏修剪痕跡。老株和生長過度的植株可耐重度修剪，即使修剪至接近地面亦可重新發枝生長。

• 繁殖　夏季實施軟木插或秋季播種。

☀ ◊
❄ ❄

株高
3~7公尺

株寬
3.5公尺

胡頹子科 Elaeagnaceae	OLEASTER

沙棗 *Elaeagnus angustifolia* 🏆

性狀：矮灌木狀，枝幹傘狀開展。**花**：小而芳香，早夏團團綻放，色乳黃。**果實**：小型漿果可食，銀橙色。**葉**：落葉性，狹長形，色銀灰。

- 原生地　西亞。
- 栽培　可適應任何排水性佳之土壤，除非栽培為綠籬，否則毋須經常修剪；植株耐風吹襲，為優良之防風林樹種，尤其適合海濱花園。
- 繁殖　秋季播種或冬季實施硬木插。

☀ ◊
❀❀❀

株高　可達 7 公尺

株寬 6 公尺

茄科 Solanaceae	ANGEL'S TRUMPET

曼陀羅木「大馬尼」 🏆
Brugmansia × candida 'Grand Marnier'

性狀：生長勢強，矮灌木狀。**花**：大而下垂，喇叭形，夏季綻放，水蜜桃色。**葉**：大型，半常綠，卵形至橢圓形，色翠綠，全株有毒。

- 原生地　園藝品種。
- 栽培　盆栽植株只有生長期間可以自由澆水，早春為實施重度修剪之適期。
- 繁殖　夏季實施半硬木踵狀插。

☀ ◊
最低溫 7-10℃

株高　可達3.5公尺

株寬 3公尺

茄科 Solanaceae	RED ANGEL'S TRUMPET

紅花曼陀羅木 *Brugmansia sanguinea* 🏆

性狀：株形直立至圓形，常為樹形。**花**：大而下垂，喇叭形，夏末至冬季開花，色橙紅，基部和瓣脈黃色。**葉**：大型半常綠葉，幼株業呈掌裂狀、被軟毛，全株有毒。

- 原生地　哥倫比亞、智利之灌叢帶。
- 栽培　種植於避風地點或屋蓬下，可於早春實施修剪。
- 繁殖　夏季實施半硬木踵狀插。
- 異學名　*Datura sanguinea.*

☀ ◊
最低溫 10℃

株高 3公尺以上

株寬 3公尺以上

豆科 Leguminosae	BIRD-OF-PARADISE, POINCIANA

紅蕊蝴蝶花 *Caesalpinia gilliesii*

性狀：枝幹開展為傘狀，常為樹形。**花**：花量多，聚成短而直立之總狀花序，仲至晚夏開花，色金黃，花開後吐出細長之深紅色雄蕊。**葉**：落葉性，長形羽狀裂葉，色暗綠。

- 原生地　阿根廷境內之乾旱疏林。
- 栽培　可耐乾旱土壤，需以溫暖而日照充足之牆面遮風，生長於夏季綿長炎熱之地區開花最盛。
- 繁殖　秋或春季播種，或夏季實施軟木插。

☀ ◊
❀❀

株高　可達3.5公尺

株寬 6公尺

豆科 Leguminosae	CANARY-BIRD BUSH

金絲雀野百合 *Crotalaria agatiflora*

性狀：生長勢強之蔓性灌木。**花**：蝶形，聚成長總狀花序，一年內可多次開花，主要的花期在夏季，花呈黃綠色。**葉**：常綠三出複葉，小葉橢圓至卵形，色灰綠。

- 原生地 東部和東北部。
- 栽培 培於暖溫室中，生長旺盛時期可自由澆水，此外則適量為宜，花後應將老枝截短一半，以維持株形飽滿密實。
- 繁殖 春播預先泡水種子或夏季實施半硬木插。

☼ ◊
最低溫
15℃

株高 3.5
公尺以上

株寬
3.5公尺

豆科 Leguminosae	BROOM

小金雀花 *Genista cinerea*

性狀：株形直立，具有光滑、半彎曲之枝條。**花**：蝶形花有香氣，早至仲夏蔚為花海，色鮮黃。**葉**：落葉性 細小，色灰綠，葉背被柔毛。

- 原生地 西南歐與北非之邊坡森林與灌叢帶。
- 栽培 土質要求不嚴苛，不過度肥沃即可。幼株需要摘芽，花後應該稍加修剪，以便能維持矮灌叢狀株形。
- 繁殖 夏季實施軟木插或半硬木插，或於秋季實施播種。

☼ ◊
❀❀❀

株高 可
達3.5公尺

株寬
3.5公尺

醉魚草科 Buddlejaceae	ORANGE BALL TREE

橙球醉魚草 *Buddleja globosa* ♈

性狀：株形直立，枝幹疏展。**花**：細小，密生為球形花序，初夏開花，色橙黃。**葉**：落葉性或半常綠，披針形，色暗綠，葉背褐色、被細毛。

- 原生地 阿根廷、智利與秘魯境內，安地斯山脈丘陵地帶之密灌叢。
- 栽培 可生長於白堊土與富含石灰質之土壤中，生長於全日照下開花最盛，須防寒風吹襲，花後應加以修剪，剪除過密擁擠的枝條。
- 繁殖 夏季實施半硬木插。

☼ ◊
❀❀❀

株高
5公尺以上

株寬
5公尺

梧桐科 Sterculiaceae	FLANNEL FLOWER

滑榆「加州榮耀」 ♈
Fremontodendron 'California Glory'

性狀：生長勢強，株形直立。**花**：大型杯狀花，春末至中秋開花，色金黃。**葉**：常綠或半常綠，圓形掌裂狀，葉面暗綠色，葉背黃褐色。

- 原生地 墨西哥與加州灌叢地，此為園藝品種。
- 栽培 可耐乾旱白堊土，喜不甚肥沃的輕質土壤，土質太過肥沃將無法充分開花，於溫暖、日照充足、可避免冬季寒風吹襲的牆邊開花最盛。
- 繁殖 夏季實施半硬木插。

☼ ◊
❀❀

株高 可
達6公尺

株寬
5公尺

| 豆科
Leguminosae | MOROCCAN BROOM, PINEAPPLE BROOM |

摩洛哥金雀花 *Cytisus battandieri*

性狀：枝葉稀疏，分枝開展。**花**：小型花具鳳梨香味，密聚成總狀花序，早至仲夏開花，色鮮黃。**葉**：半常綠三出複葉，形似金鍊花（Laburnum），色銀灰。

- 原生地　摩洛哥里夫（Rif）及阿特拉斯（Atlas）山區，生長於雪松和橡木林內的沙地。

- 栽培　適合各種排水性佳、不過度肥沃的土質，在溫暖而日照充足的牆面遮擋下開花最美，若種植於牆邊，可成為草花與混合植栽的極佳背景，即使在非開花期間，其美麗的葉姿亦可充分烘托其他花色豔麗的植物。著花於去年生枝段，且經常從植株基部抽長新芽，花後應立即剪除開花枝，植株不耐移植。

- 繁殖　春播預先泡水的種子。

- 異學名　*Argyrocytisus battandieri.*

株高　可達4公尺

株寬　4公尺

豆科 Leguminosae	MOUNT ETNA BROOM

義大利染料木　*Genista aetnensis*　🏆

性狀：幼株形似灌木，株形渾圓，分枝下垂。**花**：蝶形花有香氣，疏聚成總狀花序，仲夏開花，色金黃。**葉**：落葉性線形葉，細小而極稀疏，著於迅速抽長之嫩綠新枝上。

- 原生地　義大利西西里島埃特納山（Mount Etna）山坡地和薩丁尼亞島（Sardinia）乾旱丘陵。
- 栽培　適合有肥份但不過度肥沃的輕質土壤，宜種植於溫暖而日照充足之避風地點。
- 繁殖　秋季播種或夏季軟木插或半硬木插。

株高
8-10公尺

株寬
8公尺

山龍眼科 Proteaceae	CHILEAN FIREBUSH

智利紅灌木　*Embothrium coccineum*

性狀：株形直立，分蘗旺盛。**花**：狹筒型花，裂瓣扭曲，密聚成總狀花序，春末夏初開花，色豔橙紅。**葉**：常綠或半常綠披針形葉，呈光滑之淺綠或暗綠色。

- 原生地　智利安地斯山脈之低海拔森林。
- 栽培　喜排水性佳、無石灰質之土壤，宜植於可避開乾燥寒風之地點。
- 繁殖　春或秋季實施吸芽插、或秋季播種。

株高
10公尺

株寬
5公尺

薔薇科 Rosaceae	

耐寒栒子「角果」　🏆
Cotoneaster frigidus 'Cornubia'

性狀：生長勢強，枝幹彎曲。**花**：小花密生成簇，初夏開花，色白。**果實**：大型，低垂果串，秋冬結實，色豔紅。**葉**：半常綠葉呈卵形，色光滑暗綠。

- 原生地　園藝品種。
- 栽培　可耐半遮陰，土質不拘，尤喜乾旱土質，生長過度之植株可實施重度修剪，為優良之綠屏植物。植株易發生火燒病。
- 繁殖　夏季實施半硬木插。

株高
6.5-7公尺

株寬
6.5-7公尺

槭樹科 Aceraceae	

七裂槭 *Acer palmatum* var. *heptalobum*

性狀：樹冠密叢狀之灌木或小喬木。**花**：紫紅色小型花，花期在仲春。**葉**：落葉性大型掌裂葉，色翠綠，入秋轉為紅、橙、黃等色。

- **原生地** 日本之丘陵與山地森林。
- **栽培** 喜排水性佳之土壤，輕度遮陰下生長仍佳，但種植於全日照環境秋色更美，須防寒風吹襲，以免葉片枯黃。雞爪槭及其變種和栽培品種一般甚少需要修剪，重度修剪須待入冬完全休眠以後方可實施，因為春季修剪將造成槭樹「失血」

（流失樹液），最好任憑植株自然伸枝展枒，但幼株可稍加修剪交錯、相互摩擦或位置不佳的枝條，夏末或秋初為輕度修剪之適期，此時不致令樹液流失。

- **繁殖** 秋季播種，或春末冬初實施嫁接。

☼ ◊
❀ ❀ ❀

株高
6公尺

株寬
6公尺

漆樹科 Anacardiaceae	STAGHORN SUMACH

鹿角漆樹「深裂葉」

Rhus typhina 'Dissecta'

性狀：分枝疏展，傘狀開展形之灌木或小喬木。**花**：花小，聚成圓錐形圓錐花序，夏季開花，色黃綠。**果實**：聚成直立果串，色暗紅。**葉**：落葉性羽狀複葉，色暗綠，入秋轉為耀眼之橙紅色。

- 原生地　園藝品種。
- 栽培　適合各種排水性佳之土壤。
- 繁殖　夏季實施半硬木插。
- 異學名　*Rhus hirta* 'Laciniata'.

株高 3.5 公尺
株寬 5 公尺

漆樹科 Anacardiaceae	SMOKE BUSH

黃櫨「火焰」 *Cotinus* 'Flame'

性狀：矮灌木狀，形似喬木。**花**：羽狀花穗醒目出眾，夏末開始招搖於枝頭，色粉紫紅。**葉**：落葉性卵形葉，色暗綠，入秋轉為燦爛的橙紅色。

- 原生地　園藝品種。
- 栽培　可耐乾旱土壤，種植於全日照及不甚肥沃之環境中秋色最美，修剪幅度應限於春季去除枯枝或整理弱枝。
- 繁殖　夏季實施軟木插或綠木插，或冬末壓條。

株高 3-3.5 公尺
株寬 3-3.5 公尺

金縷梅科 Hamamelidaceae	

春花金縷梅「珊卓拉」

Hamamelis vernalis 'Sandra'

性狀：株形直立，分枝開展。**花**：花小，香氣濃，瓣細長，冬末春初開花，色黃。**葉**：落葉性卵形葉，新葉先紫後綠，入秋轉紅、黃、橙等色。

- 原生地　園藝品種。
- 栽培　花朵耐霜雪，植株可耐輕度遮陰與白堊岩底質之深厚土壤，喜排水性佳之酸性泥炭土。
- 繁殖　可在夏季實施軟木插、秋末實施芽接或冬季嫁接。

株高 5 公尺
株寬 5.5 公尺

槭樹科 Aceraceae	CORAL-BARK MAPLE

雞爪槭「黃葉」

Acer palmatum 'Sango-kaku'

性狀：樹冠密叢狀，漸長成樹形。**花**：紫紅小花，仲春開花。**葉**：落葉性掌裂葉，春色黃，夏色綠，入秋轉粉紅與黃色。**樹皮**：新枝呈淺珊瑚紅。

- 原生地　園藝品種。
- 栽培　可耐輕度遮陰，須防寒風吹襲以免葉片枯黃，喜濕潤但排水性佳之土壤。
- 繁殖　夏初實施軟木插或春季嫁接。
- 異學名　*A. palmatum* 'Senkaki'.

株高　可達6公尺
株寬 6 公尺

胡頹子科 Elaeagnaceae	SEA BUCKTHORN

沙棘 *Hippophaë rhamnoides*

性狀：矮灌木狀，枝幹彎曲，多刺。**花**：花小，雌雄異花，春季開花，色黃。**果實**：橙色小漿果可自秋季維持至入冬。**葉**：落葉性，狹長形，色銀灰。

- 原生地　歐洲（包含英國）和亞洲之海岸、河岸與陰涼林地。
- 栽培　土質不拘，須雌雄混植方可正常結果，為優良綠籬植物，尤適合海濱花園。
- 繁殖　秋季播種、夏季實施半硬木插、或冬季實施硬木插。

☀ ◐
❀ ❀ ❀

株高
3-6公尺

株寬 可
達6公尺

衛矛科 Celastraceae	

大果衛矛 *Euonymus myrianthus*

性狀：矮灌木狀，生長緩慢。**花**：小花黃綠色，密聚成簇，夏季開花。**果實**：黃色四稜蒴果，開裂時釋出橙色種子。**葉**：常綠披針形至卵形葉，革質，色翠綠。

- 原生地　中國西部之峭壁、密灌叢帶。
- 栽培　可耐半遮陰，適合排水性佳、常保濕潤之土壤。
- 繁殖　秋季播種或夏季實施半硬木插。
- 異學名　*E. sargentianus*.

☀ ◐
❀ ❀ ❀

株高 可
達3.5公尺

株寬
3.5公尺

薔薇科 Rosaceae	

全緣火刺木「金光」
Pyracantha atalantioides 'Aurea'

性狀：生長勢強，株形直立，多刺，枝幹隨株齡增長而漸彎垂。**花**：花小，夏季成簇綻放，色白。**果實**：黃色小漿果，密聚成串，秋冬結實。**葉**：常綠，狹卵形，色光滑暗綠。

- 原生地　園藝品種。
- 栽培　需要避風環境與肥沃之土壤，宜種植於避風之北向牆邊，牆邊植株花後需加以整枝修剪。
- 繁殖　夏季實施半硬木插。

☀ ◐
❀ ❀

株高
5-6公尺

株寬
4公尺以上

小蘗科 Berberidaceae	

雜交十大功勞「博愛」
Mahonia × media 'Charity'

性狀：生長勢強，枝葉濃密，株形直立。**花**：細緻芳香，花穗直立形，秋末至初春抽苔，色黃。**葉**：常綠，大型，羽裂成多數帶刺小葉，色暗綠。

- 原生地　園藝品種。
- 栽培　喜遮陰或半遮陰環境，但種植於重遮陰處容易徒長，適合肥沃而保水力佳的土壤。
- 繁殖　夏季採葉芽扦插或實施硬木插。

☀ ◐
❀ ❀ ❀

株高
4公尺

株寬
3.5公尺

小蘗科 Berberidaceae	

雜交十大功勞「巴克蘭」 🏆
Mahonia ×*media* 'Buckland'

性狀：生長勢強，枝葉濃密，株形直立。**花**：小花芳香，聚生成多分枝的花穗，秋末至春初抽苔，花色黃。**葉**：大型常綠葉，羽裂成多數帶刺小葉，色暗綠。

- 原生地　園藝品種。
- 栽培　喜遮陰或半遮陰環境，但種植於重遮陰處容易徒長，適合肥沃而保水力佳的土壤。
- 繁殖　夏季採葉芽扦插或實施硬木插。

☀ ◐ ❄❄❄

株高
4 公尺

株寬
3.5 公尺

金縷梅科 Hamamelidaceae	COMMON WITCH HAZEL

美洲金縷梅 *Hamamelis virginiana*

性狀：株形直立，分枝開展。**花**：小而芳香，花瓣細長，秋季落葉時開花，色黃。**葉**：落葉性廣卵形葉，色綠，入秋轉為明淨之黃色。

- 原生地　北美洲東部落葉林之下層林木。
- 栽培　可耐遮陰與底層為白堊岩之深厚土壤，但偏好排水性佳之酸性泥炭質土壤。
- 繁殖　秋季播種或夏季實施軟木插。

☀ ◐ pH
❄❄❄

株高　3.5-
5 公尺

株寬　3.5-
5 公尺

金縷梅科 Hamamelidaceae	WITCH HAZEL

雜交金縷梅「黛安」 🏆
Hamamelis ×*intermedia* 'Diane'

性狀：分枝開展，株形開展。**花**：小而芳香，花瓣細長，著生於裸枝上，仲冬至晚冬開花，色深紅。**葉**：落葉性廣卵形葉，色翠綠，入秋轉為耀眼之紅、黃色。

- 原生地　園藝品種。
- 栽培　適合全日照或半遮陰環境，喜肥沃而排水性佳之泥炭質土壤，須防寒冷冬風吹襲。
- 繁殖　夏季實施軟木插、夏末芽接或冬季嫁接。

☀ ◐ pH
❄❄❄

株高
3.5 公尺

株寬
3.5 公尺

茄科 Solanaceae	TREE TOMATO, TAMARILLO

樹蕃茄 *Cyphomandra crassicaulis*

性狀：枝幹開展，株形直立，隨株齡增長漸成樹形。**花**：小而芳香，早夏開花，淡粉紅色。**果實**：形似蕃茄，夏至冬季結實，色豔紅。**葉**：常綠大型葉呈心形，色濃綠。

- 原生地　秘魯及巴西之乾旱森林地。
- 栽培　宜溫室栽培，須遮蔽炎陽，生長旺盛期可澆水，此外則少澆為宜，幼株應實施頂芽修剪。
- 繁殖　春季播種。
- 異學名　*C. betacea*.

☀ ◐

最低溫
10 ℃

株高
3-5 公尺

株寬
3 公尺

薔薇科
Rosaceae

乳白花枸子 *Cotoneaster lacteus*

性狀：枝幹彎曲。**花**：小型杯狀花，早至仲夏成簇綻放，色乳白。**果實**：小型漿果，密聚成粗大果串，秋冬結實。**葉**：常綠卵形葉，革質，色暗綠，葉背被灰色軟毛。

* 原生地　中國雲南省境之密灌叢帶。
* 栽培　可耐半遮陰，土質不拘，乾旱土壤亦可，但忌澇溼。毋須經常修剪，可栽培為防風帶和自然形綠籬，易感染火燒病。就如同其他鋪地蜈蚣屬植物一樣，乳白花枸子不僅美觀，而且具有哺育野生動物的價值，夏季的花朵是蜜蜂和其他益蟲的珍貴蜜源，持久不落的漿果則是園中鳥兒的寶貴冬糧。
* 繁殖　夏季實施半硬木插。

株高
3.5-5 公尺

株寬
4公尺以上

昆欄樹科 Trochodendraceae	

雲葉（昆蘭樹） *Trochodendron aralioides*

性狀：灌木或廣圓錐形喬木。**花**：小而無瓣，雄蕊自花盤向外輻射，春末夏初成簇綻放，花色鮮綠。**葉**：常綠葉，呈狹橢圓形，色光滑暗綠，葉背顏色較淺。

- 原生地　日本、韓國與台灣之山林地帶。
- 栽培　可耐半遮陰，適合濕潤而排水性佳之土壤，應防乾燥寒風吹襲。
- 繁殖　夏季實施半硬木插或秋季播種。

☀ ◐
✿✿

株高　12
公尺以上

株寬
7公尺

殼斗科 Fagaceae	CALIFORNIA LIVE OAK

加州櫟 *Quercus agrifolia*

性狀：樹冠寬闊、傘狀開展，常呈大灌木狀。**果實**：圓錐形橡實，殼斗被軟毛。**葉**：常綠卵形至廣卵形葉，葉緣有硬而尖銳之鋸齒，色光滑暗綠。**樹皮**：隨樹齡增長逐漸乾裂，灰至黑色。

- 原生地　加州海岸山脈之山谷與山麓丘陵地。
- 栽培　可耐富含石灰質之土壤，但不能適應淺薄之白堊質土壤，宜栽培於深厚肥沃之土壤中，須防乾燥寒風吹襲。
- 繁殖　秋季播種。

☀ ◐
✿✿✿

株高　可
達12公尺

株寬
7公尺

絲穗木科 Garryaceae	SILK-TASSEL BUSH

絲穗木 *Garrya elliptica*

性狀：枝葉濃密，矮灌木狀，隨株齡增長漸成樹形。**花**：聚生為柔黃花序，雄性花序較長，仲冬至早春開花，花色銀灰。**葉**：常綠葉，有波緣，色光滑暗綠。

- 原生地　北美洲西部海岸山地或山麓丘陵之叢林與森林。
- 栽培　可耐貧瘠乾旱之土壤與海岸環境，不耐移植，須防寒風吹襲，以免葉片枯黃。
- 繁殖　夏季實施半硬木插。

☀ ◐
✿✿

株高　可
達4公尺

株寬
3.5–4公尺

大風子科 Flacourtiaceae	

小葉阿查拉 *Azara microphylla* 🏆

性狀：樹姿優美，分枝開展，常呈樹形。**花**：細小，具香草之香味，聚成小型花序，冬末春初開花，花色深黃。**葉**：常綠小型葉，圓形至廣卵形，色光滑深綠。

- 原生地　智利與阿根廷之森林地，常與歪葉假水岡青（*Nothofagus obliqua*）伴生。
- 栽培　可耐半遮陰，但冷涼地區需有溫暖、朝南之牆壁遮護方能順利成長開花。
- 繁殖　夏季實施半硬木插。

☀ ◐
✿✿

株高
6公尺

株寬
6公尺

豆科 Leguminosae	OVENS WATTLE

極彎相思樹 *Acacia pravissima*

性狀：矮灌木狀，枝幹彎曲，成株可長成小喬木。**花**：小型球狀花疏聚成總狀花序，冬末或春初綻開，花色鮮黃。**葉**：常綠葉呈三角形，葉尖有刺，葉柄扁平，色銀灰。

- 原生地　澳洲西南部。
- 栽培　適合排水性佳、富含腐殖質之土壤，宜植於日照充足、溫暖避風之地點，花後須修剪以限制生長，寒帶地區亦可盆栽於低溫栽培室中。
- 繁殖　春播預先浸水之種子。

株高　可達6公尺

株寬　5公尺以上

豆科 Leguminosae	COOTAMUNDRA WATTLE, GOLDEN MIMOSA

灰葉栲 *Acacia baileyana*

性狀：傘狀開展，枝幹彎曲，成株呈樹形。**花**：小型球狀花，密聚成總狀花序，會在冬季至春季開花，花色金黃。**葉**：常綠葉，羽裂成許多細小的小葉，色灰綠。

- 原生地　澳洲西南部。
- 栽培　適合排水性佳、富含腐殖質之土壤與日照充足、溫暖避風之地點，花後需修剪以限制生長，寒帶地區亦可盆栽於低溫栽培室中。
- 繁殖　春播預先浸水之種子。

株高　可達8公尺

株寬　5公尺

樺木科 Corylaceae	CORKSCREW HAZEL, HARRY LAUDER'S WALKING STICK

洋榛「旋枝」 *Corylus avellana* 'Contorta'

性狀：矮灌木狀，枝幹成螺旋狀扭曲。**花**：懸垂之柔荑花序，冬末開花，花色淺黃。**葉**：落葉性，幾近圓形，先端銳尖，葉緣有銳齒，色翠綠。

- 原生地　此栽培種係1863年發現於英國格洛斯特郡（Gloucestershire）。
- 栽培　可耐半遮陰與任何肥沃之土壤，白堊土亦可，具有優美的冬季樹姿，可用作插花材料。
- 繁殖　可在夏末嫁接，或在秋末至春初之間以壓條法繁殖。

株高　可達6公尺

株寬　可達6公尺

金縷梅科 Hamamelidaceae	WITCH HAZEL

金縷梅「香花」

Hamamelis × *intermedia* 'Arnold Promise'

性狀：分枝開展，株形開展。**花**：大而芳香，具四枚卷瓣，仲至晚冬綻放於裸枝上，色淺黃。**葉**：落葉性，廣卵形，色翠綠，入秋轉黃。

- 原生地　園藝品種。
- 栽培　適合全日照與半遮陰環境，喜排水性佳、肥沃之泥炭質土壤，須防寒冷冬風吹襲。
- 繁殖　夏季實施軟木插、夏末芽接或冬季嫁接。

株高　3.5公尺

株寬　3.5公尺

金縷梅科	
Hamamelidaceae	

日本金縷梅「檸檬黃」

Hamamelis japonica 'Sulphurea'

性狀：分枝疏展，初為直立形，後逐漸開展。**花**：蜘蛛形，有香味，具四枚卷曲柔軟的花瓣，冬季綻放於裸枝上，花色黃。**葉**：落葉性廣卵形葉，色暗綠，入秋轉黃。

- 原生地　園藝品種。
- 栽培　適合全日照與半遮陰環境，喜肥沃、排水性佳之泥炭質土壤，須防寒冷冬風吹襲。
- 繁殖　夏季實施軟木插、夏末芽接或冬季嫁接。

☼ ◗ ㏗
❄❄❄

株高
3.5 公尺

株寬
6 公尺

金縷梅科	
Hamamelidaceae	

金縷梅「峽谷木」

Hamamelis mollis 'Coombe Wood'

性狀：分枝疏展，株形傘狀開展。**花**：有香味，花瓣狹長，仲至晚冬綻放於裸枝上，花色金黃。**葉**：落葉性廣卵形葉，色暗綠，入秋轉黃。

- 原生地　園藝品種。
- 栽培　適合全日照與半遮陰環境，喜肥沃、排水性佳之泥炭質土壤，須防寒冷冬風吹襲。
- 繁殖　夏季實施軟木插、夏末芽接或冬季嫁接。

☼ ◗ ㏗
❄❄❄

株高
3.5 公尺

株寬
6 公尺

朱蕉科	
Dacaenaceae	

竹蕉「銀線」

Dracaena deremensis 'Warnecki'

性狀：生長慢，株形筆直，分枝少。**葉**：常綠，直立至拱形斜撐狀，披針形，色呈綠白條紋相間。

- 原生地　園藝品種。
- 栽培　宜栽培於暖溫室，生長期適量澆水，此外少澆為宜，徒長植株可於春季修剪至幾近土面。
- 繁殖　春季空中壓條或夏季以頂芽或莖條扦插。
- 異學名　*D. deremensis* 'Souvenir de Schriever', *D. fragrans* 'Warneckii'.

☼ ◗

最低溫
15-18 ℃

株高　可
達 3.5 公尺

株寬
3 公尺

木樨科	PRIVET, OVAL-LEAF PRIVET
Oleaceae	

卵圓葉女貞　*Ligustrum ovalifolium*

性狀：生長勢強，枝葉濃密，株形直立。**花**：小而有惡臭，聚為密實之圓錐花序，仲夏開花，花色白。**果實**：小型球狀果實，形似漿果，色黑。**葉**：常綠或半常綠卵形葉，色光滑翠綠。

- 原生地　日本之密灌叢與森林帶。
- 栽培　排水性佳之沃土均適用於栽培，白堊土亦可，若欲培育為綠籬，可於定植時將植株修剪至30公分高，並於定植後頭二年實施重度修剪。
- 繁殖　夏季實施半硬木插。

☼ ◗
❄❄❄

株高
4 公尺

株寬
3 公尺

薔薇科 Rosaceae	VARIEGATED PORTUGAL LAUREL

葡萄牙稠李「斑葉」

Prunus lusitanica 'Variegata'

性狀：生長緩慢，矮灌木狀。**花**：小而芳香，聚生成柔美之總狀花序，夏季開花，色乳白。**果實**：小型漿果，初為紅色，後轉深紫。**葉**：常綠葉呈卵形，色光滑暗綠，有白邊，入冬時略帶粉紅色。

- 原生地　園藝品種。
- 栽培　耐風和半遮陰，土質不拘忌澇溼，夏末為修剪自然形綠籬適期，春季修剪規則形綠籬。
- 繁殖　夏季實施半硬木插。

☀ ◐
❅❅

株高　可
達 4 公尺

株寬
4 公尺

五加科 Araliaceae	RICE-PAPER PLANT, CHINESE RICE-PAPER PLANT

通脫木　*Tetrapanax papyrifer*　♈

性狀：植株直立形，分蘗旺盛。**花**：小花聚生於醒目的花枝上，夏季綻放，色乳白。**果實**：黑色小型肉質果。**葉**：常綠圓形葉，葉緣深裂，色綠、無光澤，葉背被短絨毛。

- 原生地　台灣地區之潮濕森林。
- 栽培　宜栽培於暖溫室中，可耐半遮陰，生長期間應隨時補充水分，冬季則少澆為宜。
- 繁殖　秋或春季播種，或春季以吸芽繁殖。
- 異學名　*Fatsia papyrifera.*

☀ ◐
❅

株高
4 公尺以上

株寬
5 公尺以上

薔薇科 Rosaceae	AZORES CHERRY LAUREL

亞速爾稠李　♈

Prunus lusitanica subsp. *azorica*

性狀：生長緩慢，矮灌木狀。**花**：小而芳香，聚生為柔美之花穗，夏季開花，色白。**果實**：紫色小型漿果。**葉**：常綠卵形葉，色光滑鮮綠，新葉紅色。

- 原生地　葡屬亞速爾群島（Azores）之林地。
- 栽培　耐風、耐半遮陰，土質不拘、但忌澇溼，為極佳之防風或自然形綠籬植物，春季為修剪自然形綠籬之適期，宜使用修枝剪。
- 繁殖　夏季實施半硬木插。

☀ ◐
❅❅

株高　可
達 6 公尺

株寬
6 公尺

葛麗絲科 Griseliniaceae	BROADLEAF

葛麗絲「斑葉」

Griselinia littoralis 'Variegata'

性狀：株形直立，枝葉濃密，矮灌木狀。**花**：花小而不明顯，春末綻放，花色黃綠。**葉**：常綠葉呈圓形，革質，色灰綠，有翠綠及乳白色斑紋。

- 原生地　紐西蘭低地與山地森林。
- 栽培　適合濕潤、但排水性佳之土壤，全日照或半遮陰環境，須防乾燥寒風吹襲，可培育為優良之耐鹽份籬籬。
- 繁殖　夏季實施半硬木插。

☀️◐ ◇
❄️❄️

株高
4公尺以上

株寬
3公尺以上

海桐科 Pittosporaceae	

海桐「加涅特氏」 *Pittosporum* 'Garnettii'

性狀：植株呈圓柱或圓錐形，枝葉濃密，矮灌木狀。**花**：花朵細小，具蜂蜜香味，夏季開花，但花期不穩定，花色紫紅。**葉**：常綠葉呈卵狀橢圓形，色灰綠，有不規則的乳白色鑲邊，在寒冷地區則冬季略帶粉紅色。

- 原生地　園藝品種。
- 栽培　適合氣候溫和地區，特別是海岸地帶，寒冷區應種植於南向或西向牆邊，須防寒風吹襲。
- 繁殖　夏季實施半硬木插。

☀️◐ ◇
❄️❄️

株高　3.5
公尺以上

株寬
2公尺

五加科 Araliaceae	LACE ARALIA

銀邊福祿桐「維多利亞」

Polyscias guilfoylei 'Victoriae'

性狀：生長緩慢，全株呈圓形，隨株齡增長漸成樹形。**葉**：常綠，深裂為卵形至圓形、具不規則齒緣之小葉，色深綠，有白邊。

- 原生地　園藝品種
- 栽培　宜栽培於暖溫室中，生長期間需充分澆水，此外則適量為宜，春季應剪除雜亂之枝條，缺水會導致落葉。
- 繁殖　夏季取枝梢頂芽或無葉之莖條扦插。

☀️◐ ◇

最低溫
15-18℃

株高　可
達4公尺

株寬
3公尺

五加科 Araliaceae	FALSE ARALIA

孔雀木 *Schefflera elegantissima*

性狀：植株直立形，分枝疏展。**葉**：大型常綠葉，分裂成7-10枚有粗齒緣之小葉，色光滑灰綠。

- 原生地　法屬新喀里多尼亞島之森林地帶。
- 栽培　宜栽培於暖溫室，生長期需充分澆水，此外適量為宜，喜潮濕空氣，春季可重度修剪。
- 繁殖　春季播種或空中壓條，或夏季取枝梢頂芽或莖條扦插。
- 異學名　*Dizygotheca elegantissima, Aralia elegantissima.*

☀️ ◇

最低溫
13℃

株高　可
達3.5公尺

株寬
3公尺

菊科 Compositae	

波葉短喉菊「紫葉」

Brachyglottis repanda 'Purpurea'

性狀：幼株矮灌木狀，株形直立隨株齡增長漸成樹形。**花**：小而芳香，夏季成簇綻放，花色白。**葉**：常綠，長橢圓至廣卵形，色黃綠，葉背被白色絨毛，老葉漸帶紫色，並有紫色葉脈。**樹皮**：新枝被白色絨毛。

- 原生地　紐西蘭低地與海岸密灌叢帶。
- 栽培　可耐半遮陰環境，夏季應隨時補充盆栽植株之水分，此外則適量為宜；花後應實施造型修剪或限制性修剪。在氣候溫和、沒有霜雪的花園中，此變種可作為灌木或混合花壇的美麗嬌客，為整體植栽憑添幾許亞熱帶風情，冷涼地區則應栽植於溫室花缽中，此時可近距離欣賞其木樨草般的花香，以及質地柔軟、毛茸茸的葉片。

- 繁殖　夏末實施半硬木插。

☀ ◊

最低溫
3℃

株高　可
達6公尺

株寬
6公尺

海桐科 Pittosporaceae	TAWHIWHI, KOHUHU

細葉海桐 *Pittosporum tenuifolium*

性狀：樹冠初為圓柱形，後發育成圓形，成株漸成樹形。**花**：細小之花朵具蜂蜜香味，春末開花，花色紫。**葉**：常綠葉卵形，有波緣，色光滑翠綠。

- 原生地　紐西蘭低地與海岸林帶。
- 栽培　適合生長於氣候溫和之地區，尤能適應海濱環境。冷涼地帶應栽植於南向或西向之牆邊，須防寒風吹襲。
- 繁殖　秋或春季播種，或夏季實施半硬木插。

☀ ◌
❄❄

株高
6公尺以上

株寬
3.5公尺

木樨科 Oleaceae	

女貞「超霸」

Ligustrum lucidum 'Excelsum Superbum'

性狀：生長勢強，直立形，隨株齡增長漸成樹形。**花**：小花筒型，聚成圓錐花序，夏季開花，色白。**葉**：大型常綠葉呈卵形，色光滑鮮綠，有淺綠色斑紋及黃色鑲邊。

- 原生地　園藝品種。
- 栽培　適合排水性佳之土壤，白堊土亦可，極少需要修剪，仲春修剪可使老幹重新抽長枝條。
- 繁殖　夏季實施半硬木插。

☀ ◌
❄❄

株高
6公尺

株寬
6公尺

木樨科 Oleaceae	

柊樹「黃邊」

Osmanthus heterophyllus 'Aureomarginatus'

性狀：生長緩慢，株形直立，枝葉濃密。**花**：小而芳香，秋季成簇綻放，色白。**葉**：常綠，有齒緣，色光滑鮮綠，有黃邊。

- 原生地　園藝品種，於日本和台灣之密灌叢帶。
- 栽培　可耐全日照或半遮陰環境及大多數排水性佳之土壤，老幹極易更新生長，是一種漂亮的自然綠籬或綠屏植物。
- 繁殖　夏季實施半硬木插。

☀ ◌
❄❄

株高　可
達5公尺

株寬
3.5公尺

胡頹子科 Elaeagnaceae	

胡頹子「中斑」

Elaeagnus pungens 'Maculata'

性狀：矮灌木狀，植株略有刺。**花**：壺形小花香氣極濃，仲至晚秋開花，色乳白。**葉**：常綠葉呈卵形至長橢圓形，色光滑深綠，葉片中央有深黃塊斑。

- 原生地　園藝品種。
- 栽培　可生長於大多數排水性佳之沃土中，但忌淺薄白堊土，可耐半遮陰，需注意剪除葉色全綠之分枝。為優良綠籬植物，尤適合海濱花園。
- 繁殖　夏季實施半硬木插。

☀ ◌
❄❄

株高　可
達4公尺

株寬
4公尺

山茶花

山茶花（*Camellias*）這一屬主要為原產於暖溫帶亞洲森林的常綠灌木或喬木，其綠葉光鮮亮麗、花朵明豔絕倫，因而廣受人們喜愛，花色從純白到最濃豔的深紅均有。

山茶花是一種漂亮而多花的觀賞植物，可以種植在低溫栽培室或灌木花壇中，種植於牆邊或盆栽培育都能生長良好。如果是春降嚴霜的地區，北向或西北向的牆壁可以提供比較多的防霜保護，減少花朵受損的風險。茶花偏好保水力佳、排水好、酸至中性且不含石灰質的土壤，大多數的茶花品種喜歡半遮陰環境，如果栽種於戶外，則所有品種都必須隔絕乾燥寒風與霜雪的侵害，此外亦須防範雨水損傷花朵。

山茶花一般很少需要修剪，但如果苗木的枝幹非常稀疏或徒長，就必須加以適度的修剪，以促進植株的叢狀發育，修剪方式為花期過後、春芽萌發前將徒長枝剪掉1/3。老株和被忽略的植株可適應重度修剪，此時可將所有枝幹剪短至少1/3，以利植株更新生長，修剪後應以腐葉土或充分腐熟之有機物質施肥並覆蓋土壤。

山茶花可於仲夏至初冬之間以半硬木或硬木插穗扦插繁殖，或於冬末或春初實施嫁接。種植在玻璃溫室裡的茶花容易感染蚜蟲、薊馬或介殼蟲，必要時應施用適合的藥物控制蟲害。

山茶花的花形可依照下列類型區分為：

單瓣型

花呈淺杯狀或平展狀，花瓣成單列排列或不超過 8 枚，環繞於中央那些醒目而且突出的雄蕊叢周圍。

半重瓣型

花呈杯狀或平展狀，擁有9–21枚形狀規則或不規則的花瓣，環繞於中央醒目的雄蕊叢四周，成雙列或多列排列。

白頭翁型

花呈圓形，擁有一或多排平展狀或波狀之大型外側花瓣，環繞於蕊瓣（Petaloid；瓣化花蕊）和雄蕊組成的隆起花心周圍。

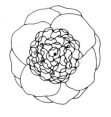

牡丹型

花呈半球形，由形狀不規則的花瓣、蕊瓣、及雄蕊交錯組成。

玫瑰型

花呈杯狀，有數排重疊之花瓣，開花後會露出雄蕊。

規則重瓣型

有許多排形狀規則、整齊重疊的花瓣，雄蕊為花瓣遮蓋。

不規則重瓣型

有多排排列鬆散、不規則形的花瓣，雄蕊為花瓣遮蓋。

山茶「凡希塔小姐」

性狀：生長緩慢，枝葉濃密，直立形。**花**：中等大小之碟形半重瓣花，色白，帶有玫瑰紅斑或條紋。**葉**：形似冬青葉，扭曲、波緣，色暗綠。

- 栽培　此為理想之盆栽品種。
- 株高　3公尺
- 株寬　3公尺

山茶「凡希塔小姐」
C. japonica 'Lady Vansittart'（半重瓣型）

☼ ◊ ㄓ ❄❄❄

茶梅「納魯米加塔」

性狀：生長快速，枝葉濃密，直立形。**花**：大而芳香，單瓣杯狀，秋季開花，色白，有時略帶粉紅斑。**葉**：披針形，色光滑鮮綠。

- 栽培　需要炎熱、日照充足、避風之環境方可開花良好。
- 株高　3公尺
- 株寬　1.5公尺

茶梅「納魯米加塔」
C. sasanqua 'Narumigata'（單瓣型）

☼ ◊ ㄓ ❄❄　　　　　♔

山茶「雪維比莎克」

性狀：植叢密實，株形直立。**花**：小型單瓣杯狀花，春季開花，色純白。**葉**：小型，披針形，色綠、無光澤。

- 株高　2.5公尺
- 株寬　1.5公尺

山茶「雪維比莎克」
C. 'Shiro-wabisuke'（單瓣型）

☼ ◊ ㄓ ❄❄❄

矮性山茶「法蘭西斯・漢兒」

性狀：植株初直立、後漸成傘狀開展。**花**：單瓣，冬末至春季開花，花色白，具有叢狀金黃色雄蕊。**葉**：披針形，波狀扭曲，色光滑暗綠。

- 栽培　全日照下易發生日燒病。
- 株高　4公尺
- 株寬　3公尺

矮性山茶「法蘭西斯・漢兒」Camellia ×williamsii 'Francis Hanger'（單瓣型）

☼ ◊ ㄓ ❄❄❄

山茶「康沃爾白雪」

性狀：分枝疏展，直立形，花期極不定。**花**：小型單瓣花自春初開始大量綻放，色白，有時略帶粉紅色斑，花心有金黃色之雄蕊叢。**葉**：狹長形，先端漸尖，色極濃綠，入夏後略呈紫色。

- 株高　4-5公尺
- 株寬　4公尺

山茶「康沃爾白雪」
C. 'Cornish Snow'（單瓣型）

☼ ◊ ㄓ ❄❄❄　　　　♔

山茶「白花單瓣」

性狀：生長勢強，矮灌木狀，直立形。**花**：杯狀單瓣花，春初綻放，色白。**葉**：廣披針形，色鮮綠至淺綠。

- 株高　5公尺
- 株寬　3公尺

山茶「白花單瓣」
C. japonica 'Alba Simplex'（單瓣型）

☼ ◊ ㄓ ❄❄❄

山茶「珍妮特・華特豪斯」

性狀：生長緩慢，株形叢狀。**花**：中等大小，規則重瓣型，春季開花，色純白。**葉**：披針形，色暗綠，極光潤。

- 栽培　花朵極能耐受風吹雨打，為絕佳之盆栽品種。
- 株高　可達3公尺
- 株寬　3公尺

山茶「珍妮特・華特豪斯」
C. japonica 'Janet Waterhouse'（規則重瓣型）

☼ ◊ ㄓ ❄❄

瀘西山茶

性狀：植株矮灌木狀，株形細緻優美。**花**：小型杯狀單瓣花，春季大量綻放，色白，雄蕊金黃色。**葉**：小型葉呈狹披針形，色淺綠，新葉紅褐色。

- 株高　4公尺
- 株寬　3公尺

瀘西山茶
C. tsaii（單瓣型）

☼ ◊ ㄓ ❄❄　　　　　♔

矮性山茶「黃妍」

性狀：植叢密實，株形直立。花：中等大小，白頭翁型，花瓣有波緣，春季開花，色白，中央蕊瓣為乳黃色。葉：小型葉呈披針形，色光滑暗綠。

- 株高　4公尺
- 株寬　2.5公尺

矮性山茶「黃妍」
C. ×williamsii 'Jury's Yellow'（白頭翁型）

☀ ◊ ⊞ ❀❀❀

山茶「艾芙・瑪莉亞」

性狀：生長勢強，植株圓叢形。花：花小，規則重瓣型，春初綻放，淺粉紅色。葉：廣披針形，色光滑暗綠。

- 株高　2.5-3公尺
- 株寬　2.5-3公尺

山茶「艾芙・瑪莉亞」
C. japonica 'Ave Maria'（規則重瓣型）

☀ ◊ ⊞ ❀❀

山茶「戴維斯夫人」

性狀：生長勢強，枝葉集中，株形開展。花：半重瓣杯狀花極大，花朵下垂，呈典雅之粉紅色。葉：卵至披針形，色光滑暗綠。

- 株高　3公尺
- 株寬　3公尺

山茶「戴維斯夫人」
C. japonica 'Mrs D. W. Davis'（半重瓣型）

☀ ◊ ⊞ ❀❀ 🏆

矮性山茶「威廉斯」

性狀：生長勢強，分枝水平層狀分布，花期長。花：單瓣杯狀花可自冬初綻放至春末，色粉紅。葉：小型葉呈披針形，色光滑暗綠。

- 栽培　花期極長。
- 株高　4公尺
- 株寬　2.5公尺

矮性山茶「威廉斯」
C. ×williamsii 'J. C. Williams'（單瓣型）

☀ ◊ ⊞ ❀❀❀

山茶「明日曙光」

性狀：生長勢強，分枝疏展，株形直立。花：半重瓣之花朵極大，有不規則形之花瓣及大型蕊瓣，春季開花，花色嫩粉紅、至瓣褪為白色，常有紅色斑紋。葉：披針形，色翠綠。

- 株高　5公尺
- 株寬　4公尺

山茶「明日曙光」
C. japonica 'Tomorrow's Dawn'（不規則重瓣型）

☀ ◊ ⊞ ❀❀

矮性山茶「克蕾莉・佛塞特」

性狀：株形直立。花：半重瓣杯狀花，春初開花，色粉玫瑰紅。葉：小型葉呈披針形，色光滑翠綠。

- 株高　4公尺
- 株寬　2.5公尺

矮性山茶「克蕾莉・佛塞特」*C. × williamsii* 'Clarrie Fawcett'（半重瓣型）

☀ ◊ ⊞ ❀❀❀

山茶「巴瑞尼斯・伯第」

性狀：生長勢強，直立形。花：中等大小，半重瓣，逢春綻放，色淺粉紅，花瓣背面較深色。葉：卵形至披針形，色光滑暗綠。

- 栽培　花朵能耐霜雪。
- 株高　3公尺
- 株寬　3公尺

山茶「巴瑞尼斯・伯第」
C. japonica 'Berenice Boddy'（半重瓣型）

☀ ◊ ⊞ ❀❀❀

矮性山茶「樂捐」

性狀：生長勢強，植叢密實，株形直立，花期極不定。花：大型，半重瓣杯狀，初春綻放，呈典雅之銀紅色，瓣脈顏色較深。葉：小型葉呈披針形，色光滑暗綠。

- 株高　4公尺
- 株寬　2.5公尺

矮性山茶「樂捐」
C. ×williamsii 'Donation'（半重瓣型）

☀ ◊ ⊞ ❀❀❀ 🏆

山茶「皮克提」

性狀：植株密實，傘狀開展。花：中等大小，不規則重瓣，花瓣起皺且呈乳白色，常有粉紅色條紋，瓣緣有玫瑰紅色之鑲邊。葉：卵形至披針形，呈暗綠色。

- 株高　3公尺
- 株寬　3公尺

山茶「皮克提」*C. japonica* 'Margaret Davis Picotee'（不規則重瓣型）

☀ ◌ ᄲ ❋ ❋ ❋

山茶「三色」

性狀：植叢密實。花：大型單瓣花，冬末春初綻放，色白，花瓣有紅色和深粉紅色條斑。葉：廣披針形，有齒緣，葉片捲曲，色光滑暗綠。

- 異學名　*C. japonica* 'Sieboldii'.
- 株高　3公尺
- 株寬　3公尺

山茶「三色」
C. japonica 'Tricolor'
（單瓣型）

☀ ◌ ᄲ ❋ ❋ ❋　🏆

山茶「拉維尼・瑪基」

性狀：生長勢強，株形直立。花：大型、規則重瓣，春季開花，色白或淺粉紅，有玫瑰色條斑。葉：廣披針形，先端漸尖，色光滑暗綠。

- 異學名　*C. japonica* 'Contessa Lavinia Maggi'.
- 株高　4公尺
- 株寬　3公尺

山茶「拉維尼・瑪基」
C. japonica 'Lavinia Maggi'（規則重瓣型）

☀ ◌ ᄲ ❋ ❋ ❋　🏆

矮性山茶「瑪麗・拉康」

性狀：植株傘狀開展，不定期開花。花：芳香之單瓣杯狀花，可由仲冬綻放至春末，色粉紅。葉：小型葉，呈披針形，色光滑暗綠。

- 株高　4公尺
- 株寬　2.5公尺

矮性山茶「瑪麗・拉康」
C. ×williamsii 'Mary Larcom'（單瓣型）

☀ ◌ ᄲ ❋ ❋ ❋

矮性山茶「華特豪斯」

性狀：株形直立，不定期開花。花：規則重瓣型，早春開花，色淺粉紅。葉：小型葉呈披針形，色淺綠。

- 株高　4公尺
- 株寬　2.5公尺

矮性山茶「華特豪斯」
C. ×williamsii 'E. G. Waterhouse'（規則重瓣型）

☀ ◌ ᄲ ❋ ❋ ❋

怒江山茶

性狀：生長勢強，生長快速，植株矮灌木狀，不定期開花。花：芳香之杯狀單瓣花，春初至春末綻放，色白至玫瑰紅。葉：披針形，質地堅硬，色綠、無光澤。

- 栽培　半遮陰之溫暖而日照充足處最佳。
- 株高　4公尺
- 株寬　2.5公尺

怒江山茶
C. saluenensis
（單瓣型）

☀ ◌ ᄲ ❋ ❋

矮性山茶「瓊恩・崔漢」

性狀：生長勢強，分枝疏展。花：花大，重瓣玫瑰型，仲至晚春開花，呈純淨之淡粉玫瑰紅色。葉：小型葉呈披針形，色光滑暗綠。

- 株高　4公尺
- 株寬　2.5公尺

矮性山茶「瓊恩・崔漢」
C. ×williamsii 'Joan Trehane'（玫瑰型）

☀ ◌ ᄲ ❋ ❋ ❋

山茶「貝蒂・雪菲德大花」

性狀：枝葉集中，株形直立。花：花大，半重瓣型，花瓣不規則形，色白，每枚花瓣均有粉紅色漸層鑲邊。葉：披針形，色翠綠。

- 株高　3公尺
- 株寬　3公尺

山茶「貝蒂・雪菲德大花」
C. japonica 'Betty Sheffield Supreme'
（不規則重瓣型）

☀ ◌ ᄲ ❋ ❋

矮性山茶「虹鈴」
性狀：株形直立、傘狀開展，分枝下垂。**花**：單瓣杯狀，花朵低垂，春初（有時自仲冬）開花，色淺玫瑰紅，花心顏色較深。**葉**：小型葉呈披針形，色翠綠。
- 株高　4公尺
- 株寬　2.5公尺

矮性山茶「虹鈴」
C. ×williamsii 'Bow Bells'
（單瓣型）

山茶「靈感」
性狀：枝葉濃密，株形直立，不定期開花。**花**：花形碟狀、半重瓣，春季大量綻放，花色呈淺粉橘紅。**葉**：革質，卵形葉，呈暗綠色。
- 株高　4公尺
- 株寬　3公尺

山茶「靈感」
C. 'Inspiration'
（半重瓣型）

矮性山茶「布列加敦」
性狀：株形直立叢狀，植叢密實。**花**：中等大小，冬末至春季連續綻放，淺玫瑰紅色。**葉**：小型葉呈披針形，色光滑暗綠。
- 栽培　此為絕佳之盆栽品種。
- 株高　3公尺
- 株寬　2.5公尺

矮性山茶「布列加敦」
C. ×williamsii 'Brigadoon'
（半重瓣型）

矮性山茶「瑪麗・克里斯提恩」
性狀：生長勢強，分枝疏展，株形直立，不定期開花。**花**：小型，單瓣杯狀，冬末至春初開花，色淺粉橘紅，脈色較深。**葉**：小型葉呈廣橢圓形，色光滑暗綠。
- 株高　4公尺
- 株寬　2.5公尺

矮性山茶「瑪麗・克里斯提恩」*C. ×williamsii* 'Mary Christian'（單瓣型）

南山茶「牡丹茶」
性狀：分枝疏展，樹形。**花**：香氣極濃，杯狀半重瓣至不規則重瓣，花瓣捲曲，春季開花，色深粉紅。**葉**：大型葉呈卵形，革質，色暗綠。
- 異學名　*C. reticulata* 'Peony Camellia'、*C. reticulata* 'Moutancha'.
- 株高　10公尺
- 株寬　5公尺

南山茶「牡丹茶」
C. reticulata 'Mudan Cha'
（半重瓣至不規則重瓣型）

矮性山茶「喬治・布蘭德福特」
性狀：植株低矮，傘狀開展。**花**：花大，屬於完全重瓣之白頭翁或牡丹型，冬末春初開花，色淺紫。**葉**：披針形，葉脈明顯，色暗綠。
- 株寬　2.5公尺
- 株寬　3公尺

矮性山茶「喬治・布蘭德福特」*C. ×williamsii* 'George Blandford'（白頭翁型至牡丹型）

矮性山茶「聖埃維」
性狀：直立形，不定期開花。**花**：大型花，花朵為單瓣、漏斗形，仲冬至春末開花，色深粉紅。**葉**：小型葉呈披針形，色光滑淺綠。
- 株高　4公尺
- 株寬　2.5公尺

矮性山茶「聖埃維」
C. ×williamsii 'St.Ewe'
（單瓣型）

山茶「典雅」
性狀：生長緩慢，枝葉濃密，植株傘狀開展，不定期開花。**花**：極大，白頭翁型，春季早至中期開花，深粉紅色，中心花瓣捲曲。**葉**：廣披針形，波狀扭曲，色暗綠。
- 異學名　*C.* 'Chandleri Elegans'.
- 株高　4公尺
- 株寬　3公尺

山茶「典雅」
C. japonica 'Elegans'
（白頭翁型）

矮性山茶「睡蓮」

性狀：生長勢強，植叢密實，株形直立。花：中等大小，規則重瓣型，冬末至春初開花，呈鮮豔之粉玫瑰紅色。葉：披針形，色光滑暗綠。

• 株高　3公尺
• 株寬　3公尺

矮性山茶「睡蓮」
C. ×williamsii 'Water Lily'
（規則重瓣型）

☀ ◌ 🈵 ❄❄❄　　　♔

山茶
「李奧納多・梅索」

性狀：分枝疏展。花：花大，平展狀至杯狀半重瓣，春季大量綻放，色粉玫瑰紅。葉：大型葉呈卵形，革質，色暗綠。

• 株高　4公尺
• 株寬　2.5公尺

山茶「李奧納多・梅索」
C. 'Leonard Messel'
（半重瓣型）

☀ ◌ 🈵 ❄❄❄　　　

矮性山茶「金萼」

性狀：生長勢強，分枝疏展，株形直立。花：小型花呈單瓣杯狀，冬末春初綻放，色淺粉橘，脈色較深。葉：小型葉呈廣橢圓形，色光滑暗綠，有黃綠色斑。

• 株高　4公尺
• 株寬　2.5公尺

矮性山茶「金萼」
C. ×williamsii 'Golden Spangles'（單瓣型）

☀ ◌ 🈵 ❄❄❄

山茶「丘比特」

性狀：生長勢強，直立株形。花：中等大小，碟狀單瓣，春季開花，色洋紅，雄蕊金黃色。葉：披針形，色暗綠。

• 株高　5公尺
• 株寬　3公尺

山茶「丘比特」
C. japonica 'Jupiter'
（單瓣型）

☀ ◌ 🈵 ❄❄❄　　　

山茶「典雅巨冠」

性狀：生長緩慢，株形開展，不定期開花。花：花大，白頭翁型，早至晚春開花，色呈深粉玫瑰紅。葉：廣披針形，波緣，色暗綠。

• 株高　4公尺
• 株寬　3公尺

山茶「典雅巨冠」
C. japonica 'Elegans Supreme'（白頭翁型）

☀ ◌ 🈵 ❄❄

山茶「紅妍」

性狀：植叢密實，直立形，隨株齡增長漸成矮灌木狀，不定期開花。花：花大，規則重瓣型，色玫瑰紅，瓣緣洋紅色。葉：卵至披針形，色暗綠。

• 株高　3公尺
• 株寬　3公尺

山茶「紅妍」
C. japonica 'Rubescens Major'（規則重瓣型）

☀ ◌ 🈵 ❄❄❄　　　

山茶「創新」

性狀：分枝疏展，株形開展。花：花大，牡丹型，花瓣扭曲，春季開花，色深紫紅，並帶有漸層的淡紫色。葉：大型葉呈卵形，革質，色暗綠。

• 株高　5公尺
• 株寬　3公尺

山茶「創新」
C. 'Innovation'
（牡丹型）

☀ ◌ 🈵 ❄❄

山茶「南特之光」

性狀：株形直立，植叢密實，隨株齡增長漸成矮灌木狀。花：花大，平展狀半重瓣，花期可由冬末延續至春初，色淺玫瑰紅。葉：卵至披針形，葉面光滑，色光滑暗綠。

• 株高　4公尺
• 株寬　3公尺

山茶「南特之光」
C. japonica 'Gloire de Nantes'（半重瓣型）

☀ ◌ 🈵 ❄❄❄

南山茶「賀崔屈」

性狀：生長勢強，分枝疏展。花：大型花，平展至杯狀半重瓣，花心常密聚不規則形花瓣，仲春開花，花呈亮麗之櫻桃紅色。葉：大型葉，呈卵形，色深綠。

• 株高　5公尺
• 株寬　3公尺

南山茶「賀崔屈」
C. reticulata 'William Hertrich'（半重瓣型）

☀ ◐ ✧ ❀❀

矮性山茶「期待」

性狀：植株粗壯而密實，直立形。花：花大，牡丹型，春季大量綻放，色深粉玫瑰紅。葉：披針形，色光滑暗綠。

• 栽培　適合盆栽培植，亦為適用於小花園之理想品種。
• 株高　3公尺
• 株寬　1.5公尺

矮性山茶「期待」
C. williamsii 'Anticipation'（牡丹型）

☀ ◐ ✧ ❀❀❀　🏆

南山茶「早桃紅」

性狀：分枝疏展，樹形。花：花大，杯狀半重瓣至規則重瓣，春季開花，花色洋紅。葉：大型葉呈卵形，革質，色暗綠。

• 栽培　需種植於避風的環境中。
• 異學名　*C. reticulata* 'Early Crimson'.
• 株高　10公尺
• 株寬　5公尺

南山茶「早桃紅」
C. reticulata 'Zaotaohong'（半重瓣至規則重瓣型）

☀ ◐ ✧ ❀❀

南山茶「早牡丹」

性狀：分枝疏展，樹形。花：花大，不規則重瓣型，內側花瓣組成形似牡丹花之花心，春季綻放，色粉玫瑰紅。葉：大型葉呈卵形，革質，色暗綠。

• 栽培　於避風環境。
• 異學名　*C. reticulata* 'Early Peony'.
• 株高　10公尺
• 株寬　5公尺

南山茶「早牡丹」
C. reticulata 'Zaomudan'（不規則重瓣型）

☀ ◐ ✧ ❀❀

矮性山茶「卡爾海司」

性狀：枝幹彎曲，株形開展。花：花大，白頭翁至牡丹型，早春開粉紅花，老化後漸呈紫色。葉：大而狹長，先端漸尖，橢圓有縐褶，色光滑暗綠。

• 栽培　宜採用「籬壁整枝法」（Wall-training）之優良品種。
• 株高　4公尺
• 株寬　2.5公尺

矮性山茶「卡爾海司」
C. williamsii 'Caerhays'（花形多變）

☀ ◐ ✧ ❀❀❀

山茶「德瑞頓」

性狀：直立形。花：花大，形狀多變，規則重瓣至玫瑰型均有，春季開花，洋紅色。葉：卵至披針形，略扭曲，色暗綠。

• 株高　4公尺
• 株寬　3公尺

山茶「德瑞頓」
C. japonica 'Julia Drayton'（花形多變）

☀ ◐ ✧ ❀❀

南山茶「豪伊・迪區」

性狀：分枝疏展，樹形，不定期開花。花：極大，平展至杯狀半重瓣，中央花瓣有波緣，春季開花，色粉玫瑰紅。葉：大型葉呈卵形，革質，色暗綠。

• 異學名　*C. reticulata* 'Butterfly Wings'.
• 株高　10公尺
• 株寬　5公尺

南山茶「豪伊・迪區」
C. reticulata 'Houye Diechi'（半重瓣型）

☀ ◐ ✧ ❀❀

山茶「克利佛・巴爾克斯」

性狀：植叢密實，株形開展。花：花大，同一植株可開出半重瓣、牡丹花、及白頭翁型之花朵，仲春開花，色火紅。葉：大型葉呈卵形，色暗綠。

• 栽培　可耐全日照，適合種植於牆邊。
• 株高　4公尺
• 株寬　2.5公尺

山茶「克利佛・巴爾克斯」
C. 'Dr. Clifford Parks'（花形多變）

☀ ◐ ✧ ❀❀❀

山茶「古利歐‧納修」

性狀：生長勢強，株形直立，漸長成傘狀擴展。
花：極大，杯狀半重瓣，花瓣柔滑、波狀扭曲，雄蕊和蕊瓣密聚於花心，仲春至晚春開花，色玫瑰紅。**葉**：披針形，先端長而漸尖，有時葉尖裂成「魚尾」狀（Fish-tail）。
- 株高　4公尺
- 株寬　3公尺

山茶「古利歐‧納修」
C. japonica 'Giulio Nuccio'（半重瓣型）

山茶「蜀葵」

性狀：生長勢強，矮灌木狀，株形直立，不定期開花。**花**：牡丹型大花，春季開花，極耐霜雪，色深紅。**葉**：廣卵形，葉色極為濃綠。
- 株高　4公尺
- 株寬　3公尺

山茶「蜀葵花」
C. japonica 'Althaeiflora'（牡丹型）

山茶「威勒」

性狀：植株粗壯，株形挺直。**花**：極大，平展狀白頭翁至半重瓣型，常有蕊瓣，冬末至早春開花，色粉玫瑰紅，雄蕊金黃色。**葉**：大型葉呈廣卵形，葉緣起縐反捲，革質，色極濃綠。
- 株高　5公尺
- 株寬　3公尺

山茶「威勒」
C. japonica 'R. L. Wheeler'（花形多變）

南山茶「拉維斯船長」

性狀：分枝疏展，樹形。**花**：花朵極大，半重瓣型，冬末春初大量綻放，色深玫瑰紅。**葉**：廣橢圓至長橢圓形，質地硬、革質，色暗綠。
- 異學名　*C. reticulata* 'Semi-plena', *C. reticulata* 'Guixia'.
- 株高　可達5公尺
- 株寬　2.5~3公尺

南山茶「拉維斯船長」
C. reticulata 'Captain Rawes'（半重瓣型）

山茶「阿道夫‧奧杜森」

性狀：生長勢強，植叢密實，分枝疏展，株形直立。**花**：花大，半重瓣碟形花，春季開花，色豔紅，雄蕊顯著。**葉**：廣披針形，葉緣反捲，質地厚，色暗綠。
- 株高　5公尺
- 株寬　3公尺

山茶「阿道夫‧奧杜森」
C. japonica 'Adolphe Audusson'（半重瓣型）

山茶「阿波羅」

性狀：生長勢強，分枝疏展，不定期開花。**花**：中等大小，半重瓣，春季開花，頗耐霜雪，色玫瑰紅，有時有白斑。**葉**：狹長形，先端銳尖，葉尖扭曲，色暗綠。
- 株高　4公尺
- 株寬　3公尺

山茶「阿波羅」
C. japonica 'Apollo'（半重瓣型）

山茶「亞歷山大‧韓特」

性狀：生長勢強，植叢密實，株形直立。**花**：平展狀單瓣花，仲春開花，色深紅，雄蕊簇集於花心。**葉**：披針形，色暗綠。
- 株高　3公尺
- 株寬　3公尺

山茶「亞歷山大‧韓特」
C. japonica 'Alexander Hunter'（單瓣型）

山茶「瑪索提安娜」

性狀：矮灌木狀，植叢密實，株形直立。**花**：極大，規則重瓣至玫瑰型，花瓣質地有如絲絨，仲至晚春開花，色深紅，老化後漸呈紫色。**葉**：披針至卵形，先端銳尖，略捲曲，亮卤濃綠色。
- 株高　3公尺
- 株寬　3公尺

山茶「瑪索提安娜」
C. japonica 'Mathotiana'（規則重瓣型至玫瑰型）

杜鵑花科 Ericaceae	FETTERBUSH

美桠木 *Pieris floribunda*

性狀：矮灌木狀，植叢密實，植株圓形。**花**：壺形，小花組成柔美的直立總狀花序，早至仲春開花，花色白。**葉**：常綠葉呈卵形，色光滑暗綠。

- 原生地　美國東南部山麓丘陵之濕潤林地。
- 栽培　適合生長於任何酸性土質中，須防乾燥寒風吹襲，花後應剪除枯花以促進生長
- 繁殖　夏季實施軟木插或半硬木插，或於春季播種繁殖。

株高　可
達 2 公尺

株寬
3 公尺

金縷梅科 Hamamelidaceae	WITCH ALDER

巫赤楊 *Fothergilla major*

性狀：生長緩慢，株形直立。**花**：芳香之小花聚成瓶刷形花穗，春末開花，色白。**葉**：落葉性，廣卵形，色光滑暗綠。

- 原生地　美國東南部阿利根尼山脈之森林地。
- 栽培　適合生長於半遮陰環境，但全日照下秋色最美，宜以泥炭質或富含腐殖質之土壤栽培。
- 繁殖　夏季實施軟木插。
- 異學名　*F. monticola.*

株高
2.5 公尺

株寬
2 公尺

芸香科 Rutaceae	MAXICAN ORANGE BLOSSOM

墨西哥桔 *Choisya ternata*

性狀：株形渾圓，枝葉濃密。**花**：有香味，春末團團綻放，有時可秋季二度開花，花色白。**葉**：常綠，氣味芳香，三出複葉，色鮮綠。

- 原生地　墨西哥。
- 栽培　適合生長於溫暖、避寒風之地點。墨西哥桔可耐整形修剪、乾旱與都市污染，但易因霜凍而焦枯，天氣寒冷時亦可能發生落葉現象，但通常可從基部重新萌芽生長。此種植物之花與葉均可用於插花，但是其香味在密閉空間中可能稍嫌

濃烈，「日舞」品種（*C. ternate* 'Sundance'）有鮮明的黃色葉片，但生長較為緩慢，且株高僅 2.5 公尺。

- 繁殖　夏季實施半硬木插。

株高
2.5-3 公尺

株寬
2.5 公尺

杜鵑花科
Ericaceae

LILY-OF-THE-VALLEY BUSH

梫木「史考利・奧哈拉」

Pieris japonica 'Scarlett O'Hara'

性狀：矮灌木狀，枝葉濃密，株形渾圓。**花**：壺形花小而下垂，花瓣蠟質，仲春大量綻放，花色白，有時略帶紅色。**葉**：常綠，卵至披針形，色光滑暗綠／新葉紅褐色。

• 原生地　園藝品種。

• 栽培　適合生長於泥炭質或富含有機質之酸性土壤，須防風害，嫩枝易受霜害，必要時應儘速剪除受害枝段。梫木及其栽培品種可用於泥炭土花

壇做為標本樹，適合種植於有森林花園提供防風屏障的地方，花朵常散發甜美的香氣，但香味淡薄。在鹼性土質的花園中，可將馬醉木屬植物種在填入杜鵑花專用培養土的花盆或植栽槽裡，但其根部需要特別加以保護，以免冬季結冰。

• 繁殖　夏季採幼嫩枝梢或以半硬木插穗扦插。

株高
2.5 公尺

株寬
2.5 公尺

杜鵑花科 Ericaceae	DODAN-TSUTSUJI

日本鈴兒花 *Enkianthus perulatus* ♈

性狀：生長緩慢，枝葉集中而濃密。**花**：壺形花小而下垂，與葉同步或較早萌發，仲春開花。**葉**：落葉性，卵形或卵橢圓形，色翠綠，秋葉深紅。
- 原生地　日本山區密灌叢及森林地帶。
- 栽培　需要富含腐殖質或泥炭質之土壤，並需要用覆蓋，以保持土壤濕度。
- 繁殖　秋季播種，或夏季實施半硬木插。

☼ ◑ pH
❋ ❋ ❋

株高
2-2.5 公尺

株寬
1.5-2 公尺

薔薇科 Rosaceae	RED CHOKEBERRY

紅唐棣 *Aronia arbutifolia*

性狀：株形直立，隨株齡增長漸彎曲。**花**：花小，春末開花，花色白，雄蕊紅色。**果實**：紅色小漿果。**葉**：落葉性，橢圓至卵形，色綠、無光澤，葉背灰色，入秋轉紅。
- 原生地　北美洲東部地區之密灌叢與森林地帶。
- 栽培　可耐大多數肥沃之土壤，但忌淺薄之白堊土，適合半遮陰環境，但全日照下花色最鮮明。
- 繁殖　秋季以吸芽或種子繁殖，或夏季實施軟木插或半硬木插。

☼ ◑
❋ ❋ ❋

株高　可達 3 公尺

株寬
4公尺

忍冬科 Caprifoliaceae	

郁香忍冬 *Lonicera frangrantissima*

性狀：矮灌木狀，枝幹傘狀開展。**花**：花小而極香，短筒型，具外展之裂瓣，冬季至早春為花期，花色乳白。**葉**：半常綠，卵形，色暗綠。
- 原生地　中國大陸。
- 栽培　可耐半遮陰，但生長於全日照下開花最盛，可栽培於任何肥沃之土質中，花後修剪應限於去除枯枝和限制植株大小。
- 繁殖　夏季實施半硬木插，或秋季實施硬木插。

☼ ◐
❋ ❋ ❋

株高
2公尺

株寬
4公尺

木蘭科 Magnoliaceae	STAR MAGNOLIA

日本毛木蘭（重華辛夷） ♈

Magnolia stellata

性狀：生長緩慢，枝葉集中，植株圓形，隨株齡增長漸成樹形。**花**：花星形，有香味，具多枚條狀花瓣，花苞被軟毛，早至仲春開花，花色白。**葉**：落葉性，窄長橢圓形，色深綠。

- 原生地　日本山區林帶。
- 栽培　可耐輕度遮陰，偏好中至酸性、富含腐殖質之土壤，須防寒風吹襲。
- 繁殖　秋季播種，或夏季實施半硬木插。

☀ ◌
❀❀❀
株高
3公尺
株寬
4公尺

木蘭科 Magnoliaceae	

日本毛木蘭（重華辛夷）「睡蓮」 ♈

Magnolia stellata 'Waterlily'

性狀：生長緩慢，植叢密實，植株圓形。**花**：芳香之星狀花有許多條狀花瓣，花苞被軟毛，早至仲春開花，色白，不定期開花，花形較自生種大，花瓣也較多。**葉**：落葉性，狹長橢圓形，色深綠。

- 原生地　園藝品種。
- 栽培　可耐輕度遮陰，偏好中至酸性、富含腐殖質之土壤，須防寒風吹襲。
- 繁殖　夏季實施半硬木插。

☀ ◌
❀❀❀
株高
3公尺
株寬
4公尺

桃金孃科 Myrtaceae	COMMON MYRTLE

香桃木　*Myrtus communis* ♈

性狀：枝葉濃密，矮灌木狀，植株圓形。**花**：小而芳香，仲春至夏末大量盛開，花色白。**果實**：小型漿果，色紫黑。**葉**：小型常綠葉氣味芬芳，卵形至披針形，色光滑翠綠。

- 原生地　地中海、西南歐、以至西亞一帶之灌木與密灌叢分布帶。
- 栽培　冷涼區需以溫暖牆面提供保護，春季修剪，可耐閉心式整形修剪（Close clipping）。
- 繁殖　夏季實施半硬木插。

☀ ◌
❀❀
株高　可達3公尺
株寬
3公尺

薔薇科 Rosaceae	JAPANESE CRAB APPLE

三裂葉海棠（桶梨）*Malus toringo* ♈

性狀：枝葉濃密、傘狀開展，枝幹彎曲。**花**：仲春開花，花由粉紅漸褪為白色，花苞深粉紅色。**果實**：紅或黃色球形小果實。**葉**：落葉性，卵狀橢圓形，常呈掌裂狀，色暗綠，入秋轉為紅或黃色。

- 原生地　日本密灌叢與森林地帶。
- 栽培　土質不拘，但忌澇溼。
- 繁殖　夏末實施芽接、冬季嫁接，或秋季播種（以種子育成之植株會產生變異）。
- 異學名　*M. sieboldii.*

☀ ◌
❀❀❀
株高
3公尺
株寬
3公尺

薔薇科
Rosaceae

梅「回憶」 *Prunus mume* 'Omoi-no-mama'

性狀：株形渾圓，傘狀開展。**花**：半重瓣杯狀花，有香味，春季萌葉前開花，花色白，略帶粉紅。**葉**：落葉性，廣卵形，有齒緣，新葉色青綠。

- 原生地 園藝品種。
- 栽培 土質不拘，但忌澇濕，種植於能避寒風之溫暖牆邊有利旺盛開花，易得銀葉病。
- 繁殖 夏季實施軟木插。
- 異學名 *P. mume* 'Omoi-no-wae'.

☼ ◇
❋ ❋ ❋

株高 2.5
公尺以上

株寬
2 公尺

忍冬科
Caprifoliaceae

雪球莢蒾「紅粉佳人」
Viburnum plicatum 'Pink Beauty'

性狀：生長緩慢，矮灌木狀。**花**：花朵小，聚成「蕾絲帽型」頭花，春末夏初綻放，色白，老化漸呈淡粉紅色。**果實**：紅至黑色、形似小漿果。**葉**：落葉性，廣卵至橢圓形，色墨綠，入秋轉紫褐色。

- 原生地 園藝品種。
- 栽培 可耐半遮陰，喜深厚肥沃、排水性佳、不過度乾旱之土壤，本種為結果旺盛之栽培品種。
- 繁殖 夏初實施軟木插。

☼ ◇
❋ ❋ ❋

株高 可
達 2 公尺

株寬
2 公尺

薔薇科
Rosaceae

貼梗海棠（花木瓜）「摩露塞」
Chaenomeles speciosa 'Moerloosei'

性狀：生長勢強，矮灌木。**花**：大型杯狀，早春綻放，色白，略帶粉紅與深紅。**果實**：形似蘋果，有果香，色黃綠。**葉**：落葉性，卵形，色光滑墨綠。

- 原生地 園藝品種。
- 栽培 土質不拘，但忌澇濕，耐陰，但全日照下開花最盛，若採離壁整枝法（Wall-training），花後應將側枝修剪至僅餘 2–3 個芽點。
- 繁殖 夏季實施軟木插或綠木插。

☼ ◇
❋ ❋ ❋

株高 可
達 3 公尺

株寬
3 公尺

薔薇科
Rosaceae

散生栒子 *Cotoneaster divaricatus*

性狀：矮灌木狀，株形傘狀開展。**花**：花小，淺杯狀，春末至夏初開花，色白而略帶粉紅。**果實**：暗紅色小漿果，秋冬結實。**葉**：落葉性，卵形至橢圓形，色光滑墨綠，秋季轉紅。

- 原生地 中國西部之密灌叢帶。
- 栽培 土質要求不甚嚴苛，旱地亦可，但忌澇溼，可培植為自然形綠籬，易感染火燒病。
- 繁殖 秋季播種或夏季實施軟木插。

☼ ◇
❋ ❋ ❋

株高 可
達 2 公尺

株寬
3 公尺

茶麗子科 Grossulariaceae	

血紅茶麗子「巴布洛緋紅」 🏆

Ribes sanguineum 'Pulborough Scarlet'

性狀：矮灌木，株形直立。**花**：小型筒狀，聚成低垂花序，春季開花，色深紅。**果實**：黑色漿果，被白果粉。**葉**：掌裂狀，具 3-5 枚小葉，色墨綠。

- 原生地　園藝品種。
- 栽培　可生長於任何肥度適中、排水性佳之土壤，花後應修除部分老枝，冬季或早春則可修剪過度生長之植株。
- 繁殖　冬季實施硬木插。

☀ ◌
❄❄❄

株高　可
達 3 公尺

株寬
2.5 公尺

薔薇科 Rosaceae	

梅「紅千鳥」 *Prunus mume* 'Beni-chidori'

性狀：株形渾圓，傘狀開展。**花**：單瓣杯狀花，有香味，春季萌葉前開花，色深粉紅。**葉**：落葉性，廣卵形，先端尖，有齒緣，新葉色青綠，爾後轉為墨綠色。

- 原生地　園藝品種。
- 栽培　土質不拘，但忌澇濕，種植於溫暖牆邊並防寒風吹襲有利於旺盛開花。
- 繁殖　夏季實施軟木插。

☀ ◌
❄❄❄

株高　可
達 2 公尺
以上

株寬
2 公尺

楓樹科 Aceraceae	

雞爪槭「紅珊瑚」

Acer palmatum 'Corallinum'

性狀：生長緩慢，樹冠叢狀，漸長成樹形。**花**：花小，春綻放，色紫紅。**果實**：形似洋桐槭之果實，有果翅。**葉**：落葉性，掌狀深裂，嫩葉初為鮮豔深粉紅色，其後轉綠，入秋轉為紅、黃或橙等色。

- 原生地　園藝品種。
- 栽培　適合濕潤而排水性佳之土壤，生長於全日照下葉色最美，須防寒風吹襲。
- 繁殖　冬末春初嫁接或早夏實施軟木插。

☀ ◌
❄❄❄

株高　1.5
公尺以上

株寬
1.5 公尺

杜鵑花科 Ericaceae	

紅鈴兒花 *Enkianthus cernuus* f. *rubens* 🏆

性狀：矮灌木狀，分枝旺盛。**花**：小型鐘形花，有鬚邊，聚生為下垂之總狀花序，春末開花，色深紅。**葉**：落葉性，成簇密生，色墨綠，秋季轉為暗紫紅色。

- 原生地　日本山間林地。
- 栽培　喜富含腐殖質之泥炭土，種植於常保濕潤之處可耐半全日照，生長過度時可於春季實施重度修剪。
- 繁殖　秋季播種或夏季半硬木插。

☀ ◌ pH
❄❄❄

株高　可
達 3 公尺

株寬
3 公尺

山龍眼科 Proteaceae	SCARLET BANKSIA

紅貝克斯 *Banksia coccinea*

性狀：株形直立，枝幹疏展。**花**：花小，密生為大型頭狀花序，冬末與春季開花，花色豔紅。**葉**：常綠，長橢圓形，有齒緣，色墨綠，葉背被銀色絨毛，嫩葉光滑、色粉紅。

- 原生地　澳洲西部。
- 栽培　宜栽種於通風良好的溫室中，需要排水性佳、低氮肥、低磷肥之砂質土壤，生長期間可對盆栽植株適量澆水，此外則少澆為宜。
- 繁殖　春季播種。

☀ ◌

最低溫
10℃

株高
1.5 公尺

株寬
1.5 公尺

山龍眼科 Proteaceae	

反折黎可斯帕 *Leucospermum reflexum*

性狀：株形筆直，小枝朝上生長。**花**：細長之筒型花，密聚成圓形頭狀花序，春至夏季之間吐出長花柱，花色深紅。**葉**：小型常綠葉，長橢圓形至披針形，色藍灰。

- 原生地　南非開普省（Cape Province）。
- 栽培　宜栽種於通風良好的溫室內，需要排水性佳、低氮肥、低磷肥之砂質土壤，生長期間可對盆栽植株適量澆水。
- 繁殖　春季播種。

☀ ◌

最低溫
7℃

株高　可達 3 公尺

株寬
2 公尺

山龍眼科 Proteaceae	TASMANIAN WARATAH

截形澳洲帝王花 *Telopea truncata*

性狀：株形直立，隨株齡增長漸成矮灌木狀。**花**：小型筒狀花，密聚為圓形頭狀花序，春末與夏季開花，花色豔紅。**葉**：常綠，狹長形，先端尖，厚革質，色墨綠。

- 原生地　澳洲塔斯馬尼亞島之山區。
- 栽培　適合濕潤而富含腐殖質、排水性佳之土壤，喜溫暖而日照充足之避風地點，定根後可略施花後修剪，以維持矮灌木之形態。
- 繁殖　春季播種或冬季壓條。

☀ ◌ pH
❄❄

株高
3 公尺

株寬
3 公尺

密花科 Greyiaceae	NATAL BOTTLEBRUSH

納塔爾瓶刷木 *Greyia sutherlandii*

性狀：株形渾圓。**花**：花小，密聚於花穗，春季開花，花色深緋紅。**葉**：落葉性或半常綠，幾近圓形，葉緣呈粗鋸齒狀，革質，色綠，入秋轉紅。

- 原生地　南非之乾旱草丘。
- 栽培　宜栽培於溫室中，適合排水性佳之砂質土壤，生長期間可對盆栽植株適量澆水，此外則少澆為宜，需提供良好之通風條件，花後則應該摘除枯花。
- 繁殖　春季播種，或夏季實施半硬木插。

☀ ◊

最低溫
7-10℃

株高　可
達3公尺

株寬
3公尺

桃金孃科 Myrtaceae	

松紅梅（紐西蘭茶樹）「美松紅梅」 ♀

Leptospermum scoparium 'Red Damask'

性狀：株形直立，矮灌木狀。**花**：小型重瓣花，春末及夏季間綴滿全枝，花色暗紅。**葉**：常綠，狹長形，形狀多變，氣味芬芳，色墨綠。

- 原生地　原生種分布於澳洲塔斯馬尼亞島、紐西蘭及新南威爾斯。本種為園藝品種。
- 栽培　宜種植於富含腐殖質之中至酸性土壤中，寒冷地區須有溫暖之牆面擋風，根部不耐擾動。
- 繁殖　夏季實施半硬木插。

☀ ◊
❋❋

株高
3公尺

株寬
3公尺

小蘗科 Berberidaceae	

暗紫小蘗

Berberis thunbergii f. *atropurpurea*

性狀：植株低矮，枝葉濃密，枝幹彎垂，多刺。**花**：球狀至杯狀，仲春綻放，花色淺黃帶紅。**果實**：紅色橢圓形小漿果。**葉**：落葉性，卵形，色紫紅，入秋轉為鮮紅。

- 原生地　日本境內之疏林地。
- 栽培　土質不拘，但忌澇濕，可耐半遮陰，但在全日照之下開花及秋葉更美。
- 繁殖　夏季實施軟木插或半硬木插。

☀ ◊
❋❋❋

株高　1.5
公尺以上

株寬
3公尺

金縷梅科 Hammamelidaceae	

疏花瑞木（疏花蠟瓣花）
Corylopsis pauciflora

性狀：枝葉濃密，矮灌木狀，株形傘狀開展。**花**：小而芬芳，筒型至鐘形，早春至仲春綻放於裸枝上，花色淺黃。**葉**：落葉性，卵形，色鮮綠，嫩葉紅褐色。

- 原生地　日本與台灣山區灌叢帶與森林地。
- 栽培　適合富含腐殖質、排水性佳之酸至中性土壤，須防寒風吹襲。種植時應預留枝葉伸展空間，避免修剪，以免破壞優美的樹姿。疏花瑞木

是一種適合用於樹木園和半遮陰避風環境之漂亮標本樹，雖然植株十分耐寒，但花朵易受霜害。
- 繁殖　秋季播種或早夏實施軟木插。

株高
1.5-2 公尺

株寬
2 公尺

小蘗科 Berberidaceae	

藍果小蘗　*Berberis gagnepainii*

性狀：直立形，枝葉集中而濃密，多刺。**花**：花小，球狀至杯狀，春末大量盛放，花色黃。**果實**：黑色蛋形小漿果，被淺藍色果粉。**葉**：常綠，狹披針形，先端尖，色灰綠。

- 原生地　中國西部之山區灌叢帶。
- 栽培　土質不拘，但忌澇漬，特別偏好富含腐殖質之肥沃土壤，為極佳之綠籬植物，花後應加以修剪。
- 繁殖　夏季實施半硬木插。

株高
1.5 公尺

株寬
1.5 公尺

樟科 Lauraceae	BENJAMIN BUSH, SPICE BUSH

黃果山胡椒　*Lindera benzoin*

性狀：株形渾圓，枝幹疏展，分枝細瘦。**花**：花朵細小，聚成小型花序，仲春抽苞，花色淺黃綠。**果實**：雌株可結紅色小漿果。**葉**：落葉性，呈長橢圓形至卵形，氣味芳香，葉色鮮綠，入秋則轉為清爽之黃色。

- 原生地　北美洲東部之潮濕林地與溪畔地帶。
- 栽培　需要泥炭質或富含腐殖質之土壤。
- 繁殖　秋播新鮮種子，或夏季實施半硬木插。

株高　可
達 3 公尺

株寬
3 公尺

薔薇科 Rosaceae	

棣棠花「繁花」 *Kerria japonica* 'Pleniflora' 🏆

性狀：枝幹先直立、後彎垂，分蘖旺盛。**花**：形似球菊，仲至晚春開花，色金黃耀眼。**葉**：落葉性，卵形，先端尖長，有齒緣，葉脈明顯，色鮮綠。

- 原生地　園藝品種。自生種分布於中國境內之河流與岩石峽谷。
- 栽培　可耐半遮陰，土質不拘，夏不缺水即可。
- 繁殖　夏季實施軟木插或半硬木插，或秋季採吸芽扦插。
- 異學名　*K. japonica* 'Flore Pleno'.

☀ ◐
❀ ❀ ❀

株高
2 公尺以上

株寬
3 公尺

木樨科 Oleaceae	

連翹 *Forsythia suspensa* 🏆

性狀：枝幹先直立、後彎垂，分枝纖瘦。**花**：低垂之窄喇叭形花朵，早春至仲春萌葉前開花，花色鮮黃。**葉**：落葉性，卵形，常為三出複葉，色翠綠。

- 原生地　中國境內之岩壁與密灌叢地帶。
- 栽培　適合肥力適中之土壤，可耐陰，但全日照下開花最盛。
- 繁殖　夏季實施軟木插，或秋冬實施硬木插。

☀ 💧 ◐
❀ ❀ ❀

株高
2–3 公尺

株寬
2 公尺

小蘗科 Berberidaceae	

疣枝小蘗 *Berberis verruculosa* 🏆

性狀：生長緩慢，植叢密實，矮灌木狀。**花**：小型杯狀花，春季開花，花色鮮黃。**果實**：黑色卵形至梨形漿果，被淺藍色果粉。**葉**：常綠，圓卵形，色光滑墨綠，葉背粉藍色。

- 原生地　中國四川省西境之山區灌叢與岩礫地。
- 栽培　可耐輕度遮陰，土質不拘，但忌澇漬，偏好富含腐殖質之肥沃土壤，全日照下開花最盛。
- 繁殖　夏季實施半硬木插。

☀ ◐
❀ ❀ ❀

株高
1.5 公尺

株寬
1.5 公尺

小蘗科 Berberidaceae	

豪豬刺 *Berberis julianae*

性狀：矮灌木狀，極多刺。**花**：花小，有淡香，聚成密生花序，春末夏初開花，花黃色。**果實**：長橢圓形漿果，色藍黑，被灰色果粉。**葉**：常綠，狹長形，硬革質，齒緣尖銳，色墨綠。

- 原生地　中國境內之山地密生灌叢。
- 栽培　可耐輕度遮陰，土質不拘，但忌澇漬，偏好富含腐殖質之肥沃土壤，全日照下開花最盛，為優良之綠屏或綠籬植物，花後應實施修剪。
- 繁殖　夏季實施半硬木插。

☀ ◐
❀ ❀ ❀

株高　可
達 3 公尺

株寬
3 公尺

杜鵑花

躑躅（*Rhododendron*）和杜鵑（*Azalea*）均為杜鵑花屬（Rhododendron）植物，這個龐大的植物家族總共包含 700–800 種常綠、半常綠和落葉性灌木，株型從低矮到樹形不一而足。杜鵑屬植物主要因為花姿妍麗而廣受栽培，不過本屬也有許多品種同時兼具美麗的葉姿，葉面被覆著金黃、銀色或紅褐色線狀毛，嫩葉尤為明顯。

躑躅主要分布於世界各地的潮濕山區，其中最低矮的品種通常生長在露空的高山草原，葉片大、株形近似喬木的品種，則通常生長在濕潤溫帶林中的遮陰地帶。杜鵑（一般用於泛稱落葉性和雜交杜鵑，以及主要由日本品種培育而成的袖珍型常綠杜鵑）則因為春季可綻放大量鮮豔的小型花朵，因而備受人們喜愛。有許多落葉性杜鵑入秋後會有葉色變化，產生豔橙、緋紅、深紅、金黃等濃淡不一的豐富色彩，可以單株應用於灌木花壇，也可以大面積簇群栽植，體型較小的品種則可以種植在植栽槽或高花壇中。

大多數的杜鵑類植物都偏好生長在有斑駁樹影的半遮陰環境，但也有很多品種（主要為矮性品種和落葉性杜鵑）可以耐全日照，尤其是生長在冷涼潮濕地區者。

杜鵑的根系都很淺，必須以淺耕方式栽培，宜種植於富含腐殖質、保水力強、但排水良好的酸性土壤中，大葉品種和雜交種並須防乾燥寒風之吹襲；種植過深、排水不佳和石灰質都會使杜鵑的葉片變黃。

杜鵑可於夏末以半硬木插法繁殖，植株易受象鼻蟲（Weevil）的成蟲和幼蟲侵害，白粉病則可能引起嚴重的病害。

耳葉杜鵑

性狀：矮灌木狀，分枝大幅開展。**花**：大而具有濃香，筒型至漏斗狀，聚生成大型花簇，仲至晚夏開花，花色白，基部略帶綠色。**葉**：大型，常綠，長橢圓形，基部有耳狀裂片，色暗綠，葉背顏色較淺，被線狀毛。

- 栽培　適合生長在半遮陰的疏林地。
- 株高　可達 6 公尺
- 株寬　6 公尺

耳葉杜鵑
R. auriculatum
（躑躅類）

☀ ◐ ᵱ ✳ ✳ ✳

棕背杜鵑

性狀：枝幹開展或直立，為外形渾圓、傘狀開展之喬木。**花**：鐘形，聚成大型花簇，春季開花，花色白，有暗斑。**葉**：大型，常綠，長橢圓狀卵形，葉面暗綠色，葉背紅褐色。

- 異學名　*R. fictlacteum.*
- 株高　6 公尺以上
- 株寬　6 公尺

棕背杜鵑
R. rex subsp. *fictolacteum*
（躑躅類）

☀ ◐ ᵱ ✳ ✳

杜鵑「里托華茲美人」

性狀：枝幹疏展，高灌木狀，株形直立。**花**：大而芳香，漏斗狀，花朵聚成碩大之花簇，春末開花，花色白，有深紅色斑點。**葉**：大型常綠葉，表面略有光澤，色暗綠。

- 株高　4 公尺
- 株寬　1.8 公尺

杜鵑「里托華茲美人」
R. 'Beauty of Littleworth'
（躑躅類）

☀ ◐ ᵱ ✳ ✳ ✳ ♗

杜鵑「銀月」

性狀：樹冠開展寬闊。
花：漏斗狀花，瓣緣起皺，春季開花，花色白，花喉有淺綠色斑。葉：常綠葉，廣卵形小型葉，呈鮮綠色。

• 株高　1.5 公尺
• 株寬　1.5 公尺

杜鵑「銀月」
R. 'Silver Moon'
（杜鵑類）

☀ ◊ 㫙 ❄❄

杜鵑「綠紋」

性狀：植叢密實，不定期開花。花：小型，開展漏斗狀，春末開花，花色白，內側有淡綠色細紋。葉：常綠，長橢圓狀卵形，色淺綠。

• 栽培　種植於常保濕潤之土壤可耐全日照，喜輕度遮陰之生長環境。
• 株高　1.2 公尺
• 株寬　1.2 公尺

杜鵑「綠紋」
R. 'Palestrina'
（杜鵑類）

☀ ◊ 㫙 ❄❄❄　　♔

西方杜鵑

性狀：株形變異極大。花：闊漏斗狀，有香味，早至仲夏綻放，色乳白或淺粉紅，花瓣基部有一金黃色塊斑。葉：落葉性，卵形，色光滑鮮綠，入秋轉為黃、橙、深紅等色。

• 株高　1.5-2.5 公尺
• 株寬　1.5-2.5 公尺

西方杜鵑
R. occidentale
（杜鵑類）

☀ ◊ 㫙 ❄❄❄　　♔

雅庫杜鵑

性狀：植叢整潔而密實，圓頂形。花：開展漏斗狀，花朵組成圓形花簇，春末綻放，花色粉紅，老化漸褪為白色，內側有綠斑。葉：常綠，廣卵形，新葉初為銀色、後轉暗綠，背面密被褐色毛茸。

• 株高　1.2 公尺
• 株寬　1.5 公尺

雅庫杜鵑
R. yakushimanum
（躑躅類）

☀ ◊ 㫙 ❄❄❄

鎌果杜鵑

性狀：植株呈圓形至傘狀開展形，有時可長成樹形。花：鐘形，花朵疏聚成束，春初開花，由粉紅色漸褪為白色，花瓣基部有深色塊斑。葉：常綠，長橢圓至卵形，葉面光亮，色暗綠，葉背密被深褐色毛茸。

• 株高　5 公尺
• 株寬　3 公尺

鎌果杜鵑
R. fulvum
（躑躅類）

☀ ◊ 㫙 ❄❄

美容杜鵑

性狀：枝葉濃密，分枝層狀分布，樹冠展幅大。花：鐘形花有香味，組成巨大花簇，春初開花，花瓣基部有深紅色斑點及塊斑。葉：大型，常綠，披針形，色光滑濃綠，葉背顏色較淺。

• 株高　6 公尺
• 株寬　6 公尺

美容杜鵑
R. calophytum
（躑躅類）

☀ ◊ 㫙 ❄❄❄　　♔

腋花杜鵑

性狀：株形直立，枝幹硬挺，植叢密實，不定期開花。花：闊漏斗狀小型花，春季綴滿枝條，花呈嬌豔之粉紅色。葉：常綠，小而芳香，廣卵形，葉面無光澤、色綠，葉背色灰綠。

• 株高　2 公尺
• 株寬　2 公尺

腋花杜鵑
R. racemosum
（躑躅類）

☀ ◊ 㫙 ❄❄❄

大字杜鵑

性狀：枝幹疏展，株形渾圓。花：淺碟狀，3-6 朵疏聚成束，仲春開花，花色粉紅。葉：落葉性，匙形，質地薄，色鮮綠，輪生於枝梢。

• 栽培　偏好輕度遮陰，須防晚霜為害。
• 株高　2.5公尺
• 株寬　2.5公尺

大字杜鵑
R. schlippenbachii
（杜鵑類）

☀ ◊ 㫙 ❄❄❄　　♔

杜鵑「七星」

性狀：生長勢強，枝葉濃密，株形直立。花：鐘形，花瓣有波緣，密聚成小型花簇，春季大量綻放，花色白裡透紅，花苞粉紅色。葉：常綠，狹卵形，色暗綠、無光澤。

- 株高　2-3公尺
- 株寬　2-3公尺

大字杜鵑「七星」
'Seven Stars'
（躑躅類）

☀ ◐ ⬭ ❄ ❄ ❄

白碗杜鵑

性狀：生長緩慢，分枝開展，全株呈角錐形。花：淺碟狀，疏聚成平展形花簇，春末開花，花呈淺粉紅至白色。葉：常綠，圓形，基部心形，色光滑濃綠，略偏藍色。

- 株高　1.5-4公尺
- 株寬　1.5-4公尺

白碗杜鵑
R. souliei
（躑躅類）

☀ ◐ ⬭ ❄ ❄ ❄

銀葉杜鵑

性狀：直立形或圓形，枝葉濃密，枝幹開展。花：鐘形，疏聚成繖形花簇，春季開花，色粉玫瑰紅，有時帶深色斑點。葉：常綠，長橢圓形，色暗綠或橄欖綠，葉背銀白色。

- 栽培　須嚴防乾燥寒風吹襲。
- 株高　可達5公尺
- 株寬　5公尺

銀葉杜鵑
R. argyrophyllum
（躑躅類）

☀ ◐ ⬭ ❄ ❄ ❄

四川杜鵑

性狀：植株渾圓，枝幹開展，隨株齡增長漸成樹形。花：闊鐘形，花朵聚成大型花簇，春初開花，花色淺至深粉玫瑰紅，有深紅色斑點。葉：大型常綠垂葉，葉形長，長橢圓狀卵形，色暗綠，葉背顏色較淺。

- 株高　可達5公尺
- 株寬　5公尺

四川杜鵑
R. sutchuenense
（躑躅類）

杜鵑「華貴」

性狀：生長緩慢，株形直立，隨株齡增長漸成樹形。花：大型，闊漏斗狀，花朵密聚成束，冬季或早春綻放，花呈耀眼之粉紅色，內側色白。葉：常綠，色暗綠、無光澤，葉背密被淺黃色毛茸。

- 株高　可達5公尺
- 株寬　5公尺

杜鵑「華貴」
R. 'Nobleanum'
（躑躅類）

☀ ◐ ⬭ ❄ ❄ ❄

威廉氏杜鵑（鈴兒杜鵑）

性狀：枝葉密集，植株開展形。花：鐘形，花朵疏聚成束，春季綻放，花色淺粉紅。葉：常綠，圓卵形至幾近圓形，先端銳尖，新葉紅褐色，後轉為翠綠色。

- 栽培　可耐全日照。
- 株高　1.5公尺
- 株寬　1.5公尺

威廉氏杜鵑（鈴兒杜鵑）
R. williamsianum
（躑躅類）

☀ ◐ ⬭ ❄ ❄ ❄　　🏆

圓葉杜鵑

性狀：生長緩慢，枝葉密集，樹冠圓形至圓頂形。花：鐘形，花朵疏聚成束，春末綻放，花呈明亮之粉玫瑰紅色。葉：常綠，幾近圓形，基部心形，葉面平滑，色綠、無光澤。

- 株高　可達3公尺
- 株寬　3公尺

圓葉杜鵑
R. orbiculare
（躑躅類）

☀ ◐ ⬭ ❄ ❄ ❄

杜鵑「李克夫人」

性狀：生長勢強，枝葉濃密。**花**：大型，漏斗狀，花朵密聚成圓錐形花束，春末開花，呈清麗的淺粉紅色，有褐色塊斑和深紅色斑。**葉**：常綠，廣卵至橢圓形，葉面平滑、橄欖綠色。

• 栽培　全日照或輕度遮陰下均能旺盛生長，插枝易成活。
• 株高　可達 4 公尺
• 株寬　4 公尺

杜鵑「李克夫人」
R. 'Mrs G. W. Leak'
（躑躅類）

☀ ◐ 🈂 ❄ ❄ ❄

杜鵑「懷茲曼」

性狀：枝葉濃密，植株圓頂形，不定期開花。**花**：大型，開展漏斗狀，花朵聚成球形花束，春末開花，花色乳白、略帶粉紅，花開後顏色漸轉淡。**葉**：常綠，色光滑暗綠。

• 栽培　可耐全日照。
• 株高　2 公尺
• 株寬　2 公尺

杜鵑「懷茲曼」
R. 'Percy Wiseman'
（躑躅類）

☀ ◐ 🈂 ❄ ❄ ❄

雲南杜鵑

性狀：分枝疏展，不定期開花。**花**：蝶形，春季大量綻放，花色淺粉紅或白，內側有深色斑點塊斑。**葉**：半常綠或落葉性，狹橢圓形，色灰綠。

• 株高　1.5-4公尺
• 株寬　1.5-4公尺

雲南杜鵑
R. yunnanense
（躑躅類）

☀ ◐ 🈂 ❄ ❄ ❄

杜鵑「柯妮爾」

性狀：矮灌木狀。**花**：重瓣，小而芳香，香味似忍冬，早夏開花，花色乳白、略帶淡粉紅。**葉**：小型，落葉性，長橢圓至披針形，色鮮綠，入秋明顯變色。

• 株高　1.5-2.5 公尺
• 株寬　1.5-2.5 公尺

杜鵑「柯妮爾」
R. 'Corneille'
（杜鵑類）

☀ ◐ 🈂 ❄ ❄ ❄　　🏆

杜鵑「剛毛」

性狀：株形直立。**花**：小型筒狀花，花瓣富有光澤，花朵疏聚成繖形花簇，早春開花，色淺粉紅，有深紅紅條斑，至基部淡化成白色。**葉**：小型常綠，狹卵形，色暗綠。

• 栽培　最好栽培於棚下，以防霜雪傷害。
• 株高　1.5 公尺
• 株寬　1.5 公尺

杜鵑「剛毛」
R. 'Seta'
（躑躅類）

☀ ◐ 🈂 ❄ ❄

杜鵑「阿卡」

性狀：枝葉濃密，不定期開花，生長緩慢。**花**：小型重疊花（Hose-in-hose）仲春綻放，花色淺粉橘，帶栗褐色斑點。**葉**：常綠小型葉，色光滑鮮綠。

• 栽培　種植於常保濕潤之土壤可耐全日照。
• 株高　可達 1.5 公尺
• 株寬　1.2 公尺

杜鵑「阿卡」
R. 'Azuma-kagami'
（久留米杜鵑類）

☀ ◐ 🈂 ❄ ❄ ❄

杜鵑「草莓冰」

性狀：矮灌木狀，枝葉濃密。花：喇叭形，春末開花，花色粉橘紅，花瓣邊緣有暗粉紅雜色，花喉色深黃，花苞深粉紅色。葉：落葉性，卵狀橢圓形，色鮮綠，入秋會明顯變色。

杜鵑「草莓冰」
R. 'Strawberry Ice'
（杜鵑類）

- 株高　1.5-2.5 公尺
- 株寬　1.5-2.5 公尺

 ☀ ◐ ♨ ✳ ✳ ✳　　🏆

杜鵑「麒麟」

性狀：植叢密實，枝葉濃密。花：小型重疊花，春季大量綻放，花色深玫瑰紅，具有細緻的銀紅漸層色彩。葉：小型常綠葉，色光滑鮮綠。

杜鵑「麒麟」
R. 'Kirin'
（杜鵑類）

- 栽培　種植於常保濕潤之土壤可耐全日照。
- 株高　可達 1.5 公尺
- 株寬　1.5 公尺

 ☀ ◐ ♨ ✳ ✳ ✳　　🏆

杜鵑「羅莎琳」

性狀：生長勢強，枝幹疏展。花：闊漏斗狀，花朵疏聚成束，春季開花，花色粉紅。葉：常綠，圓卵形，色綠、無光澤，略偏藍色。

- 株高　4 公尺
- 株寬　4 公尺

杜鵑「羅莎琳」
R. 'Rosalind'
（躑躅類）

☀ ◐ ♨ ✳ ✳ ✳

杜鵑「粉紅珍珠」

性狀：生長勢強，枝幹疏展，株形直立。花：大型，開展漏斗狀，花朵密聚成直立花簇，春末開花，花呈略微偏藍之粉紅色，花苞深粉紅色。葉：常綠，葉形長，橢圓至披針形，色暗綠。

杜鵑「粉紅珍珠」
R. 'Pink Pearl'
（躑躅類）

- 株高　4 公尺
- 株寬　4 公尺

☀ ◐ ♨ ✳ ✳ ✳

美被杜鵑

性狀：植叢整潔而密實。花：小巧，淺碟狀至蝶形，2-5 朵聚生成簇，春季開花，花呈濃豔之粉紫紅，有褐色斑點。葉：常綠，小而芳香，長橢圓狀卵形，呈略帶銀色的藍綠色，葉背密被淺褐色茸狀毛。

美被杜鵑
R. calostrotum
（躑躅類）

- 株高　1 公尺
- 株寬　1 公尺

☀ ◐ ♨ ✳ ✳ ✳

杜鵑「日之梅」

性狀：植叢密實，枝葉濃密。花：小型漏斗狀花，春季蔚為花海，花呈清雅之粉紅色。葉：小型常綠葉，色光滑鮮綠。

杜鵑「日之梅」
R. 'Hino-mayo'
（久留米杜鵑類）

- 栽培　種植於常保濕潤之土壤可耐全日照，偏好輕度遮陰之環境。
- 株高　1.5 公尺
- 株寬　1.5 公尺

☀ ◐ ♨ ✳ ✳ ✳　　🏆

杜鵑「海修格利」

性狀：植叢密實而低矮，不定期開花。花：小型漏斗狀花，逢春盛放，呈明豔之紫紅色。葉：小型常綠葉，色光滑鮮綠。

- 栽培　種植於常保濕潤之土壤可耐全日照，偏好輕度遮陰。
- 株高　60 公分
- 株寬　60 公分

杜鵑「海修格利」
R. 'Hatsugiri'
（杜鵑類）

☀ ◐ ⭒ ❄❄❄　　🏆

杜鵑「羅斯福總統」

性狀：生長緩慢，枝幹疏展，小枝細弱。花：開展狀鐘形，瓣緣起皺，花朵聚生成幾近球形之花簇，仲至晚春開花，花色鮮紅，至花心淡化成淺粉紅。葉：常綠，色暗綠、有黃色雜斑，易發生反祖遺傳。

- 株高　2 公尺
- 株寬　2 公尺

杜鵑「羅斯福總統」
R. 'President Roosevelt'
（躑躅類）

☀ ◐ ⭒ ❄❄❄

杜鵑「月神」

性狀：生長勢強，全株圓頂形。花：鐘形，聚生成圓錐形大花束，春末開花，花色深玫瑰紅，有顏色極深之紅斑。葉：常綠，長卵形，色暗綠。

- 栽培　可耐全日照或半遮陰環境。
- 株高　可達 6 公尺
- 株寬　可達 6 公尺

杜鵑「月神」
R. 'Cynthia'
（躑躅類）

☀ ◐ ⭒ ❄❄❄　　🏆

樹形杜鵑

性狀：幼株矮灌木狀，隨株齡增長漸成樹形。花：鐘形，花朵密聚成束，春季開花，花色粉紅至緋紅，有時可開出白花。葉：常綠，廣披針形，色暗綠或橄欖綠，葉背密被銀、褐或黃褐色毛茸。

- 株高　可達 12 公尺
- 株寬　3 公尺

樹形杜鵑
R. arboreum
（躑躅類）

☀ ◐ ⭒ ❄❄

杜鵑「喜諾迪吉里」

性狀：植叢密實，枝葉濃密。花：小型漏斗狀花，春末大量綻放，花呈明豔之深紅色。葉：小型常綠葉，色光滑鮮綠。

- 栽培　種植於常保濕潤之土壤可耐全日照，偏好輕度遮陰環境。
- 株高　1.5公尺
- 株寬　1.5公尺

杜鵑「喜諾迪吉里」
R. 'Hinode-giri'
（杜鵑類）

☀ ◐ ⭒ ❄❄❄　　🏆

杜鵑「福維克緋紅」

性狀：植叢密實，枝葉濃密。花：大型，開展漏斗狀，瓣有波緣，春季蔚為花海，色豔紅。葉：小型，常綠，卵形橢圓形，葉面極光滑，色鮮綠。

- 栽培　喜常保濕潤之土壤，可耐全日照，但以輕度遮陰之處最佳。
- 株高　60 公分
- 株寬　60 公分

杜鵑「福維克緋紅」
R. 'Vuyk's Scarlet'
（杜鵑類）

☀ ◐ ⭒ ❄❄❄　　🏆

杜鵑「伊莉莎白」

性狀：枝葉濃密，全株呈圓頂形。花：大型、鐘形至喇叭形，花朵疏聚成束，春末開花，色鮮紅。葉：常綠，長橢圓形，色光滑暗綠。

- 栽培　全日照或半遮陰下均可旺盛生長。
- 株高　1.5 公尺
- 株寬　2 公尺

杜鵑「伊莉莎白」
R. 'Elizabeth'
（躑躅類）

☀ ◌ ㎝ ❋ ❋ ❋

杜鵑「約翰・凱恩斯」

性狀：植叢密實，直立形。花：漏斗狀，春季蔚為花海，花色深橙紅。葉：常綠，小型卵形葉，色鮮綠。

- 栽培　種植於全日照及半遮陰之處均可生長良好，但在明亮的日照下花色較淡。
- 株高　1.5–2 公尺
- 株寬　2 公尺

杜鵑「約翰・凱恩斯」
R. 'John Cairns'
（杜鵑類）

☀ ◌ ㎝ ❋ ❋ ❋　　♔

杜鵑「五月天」

性狀：生長勢強，生長快速，株形開展。花：大型漏斗狀花，經久不謝，花瓣蠟質，花朵疏聚成束，春末綻放，花呈豔麗之深橙紅色。葉：常綠，披針形，色暗綠，葉背密被黃褐色毛茸。

- 株高　1.5 公尺
- 株寬　2 公尺

杜鵑「五月天」
R. 'May Day'
（躑躅類）

☀ ◌ ㎝ ❋ ❋ ❋　　♔

堪氏杜鵑

性狀：株形直立，分枝稀疏。花：花形細緻柔美，呈漏斗狀，春末至夏初綻放，具有各種濃淡不同之橙、紅色花。葉：半常綠或落葉性，披針形，色鮮綠至翠綠。

- 異學名　*R. obtusum* var. *kaempferi.*
- 株高　1.5–2.5 公尺
- 株寬　1.5–2.5 公尺

堪氏杜鵑
R. kaempferi
（杜鵑類）

☀ ◌ ㎝ ❋ ❋ ❋　　♔

半圓葉杜鵑

性狀：株形渾圓，枝幹疏展，隨株齡增長漸成樹形。花：鐘形，花朵疏聚成束，早春開花，花呈濃豔之血紅色。葉：常綠，圓卵形，蠟質，葉面色暗綠，葉背顏色較淺。樹皮：剝落狀，呈黃褐、淺褐和紫紅色。

- 株高　可達 5.5 公尺
- 株寬　5.5 公尺

半圓葉杜鵑
R. thomsonii
（躑躅類）

☀ ◌ ㎝ ❋ ❋

朱砂杜鵑

性狀：株形直立，枝幹疏展，分枝有時顯雜亂。花：筒型花，花瓣蠟質，花朵疏聚成低垂的花束，春季開花，花呈深金橙色至紫紅色。葉：常綠，狹或廣橢圓形，葉色深藍綠，葉背顏色較淺。

- 株高　1.5–4 公尺
- 株寬　1.5–4 公尺

朱砂杜鵑
R. cinnabarinum
（躑躅類）

☀ ◌ ㎝ ❋ ❋

杜鵑「荷姆布希」

性狀：植叢密實。花：小型半重瓣花，花朵聚成緊密的圓形花束，春末開花，花色紫紅，具有淺色漸層。葉：落葉性，廣卵形，色鮮綠，秋色鮮明。
- 栽培　全日照或輕度遮陰下均可生長良好。
- 株高　1.5 公尺
- 株寬　1.5 公尺

杜鵑「荷姆布希」
R. 'Homebush'
（杜鵑類）

☀ ◊ ㄓ ❋ ❋ ❋　　♈

杜鵑「伊呂波山」

性狀：植叢密實，枝葉濃密。花：漏斗狀小型花，春季蔚為花海，花色白，外緣淺紫色，花心淺褐色。葉：小型常綠葉，色光滑鮮綠。
- 株高　1.5 公尺
- 株寬　1.5 公尺

杜鵑「伊呂波山」
R. 'Irohayama'
（久留米杜鵑類）

☀ ◊ ㄓ ❋ ❋ ❋　　♈

淑花杜鵑

性狀：株形直立。花：小型，漏斗狀至蝶形，春末盛放，花色淺粉紅至淡紫，有時具橄欖色斑點。葉：常綠，氣味芳香，披針至長橢圓形，色暗綠或淺綠。
- 株高　1.5-4 公尺
- 株寬　1.5-4 公尺

淑花杜鵑
R. davidsonianum
（躑躅類）

☀ ◊ ㄓ ❋ ❋　　♈

微心杜鵑

性狀：株形直立，隨株齡增長漸成樹形。花：闊漏斗狀，花形多變，花朵疏聚成束，春季開花，花色淡至深紫或玫瑰紅。葉：常綠或半常綠，長橢圓狀橢圓形，葉面藍綠色，葉背有鱗紋、色淡藍。
- 株高　可達 5 公尺
- 株寬　5 公尺

微心杜鵑
R. oretrephes
（躑躅類）

☀ ◊ ㄓ ❋ ❋ ❋

杜鵑「藍彼得」

性狀：矮灌木狀，略呈開展形。花：開展漏斗狀，瓣緣起皺，花朵聚成緊密之圓錐形花束，早夏開花，花色淺藍紫，有一紫色焰斑。葉：大型常綠葉，葉緣略有捲曲，色光滑暗綠。
- 株高　1.5 公尺
- 株寬　可達 2 公尺以上

杜鵑「藍彼得」
R. 'Blue Peter'
（躑躅類）

☀ ◊ ㄓ ❋ ❋ ❋

杜鵑「蘇珊」

性狀：矮灌木狀，枝葉濃密。花：開展漏斗狀，花朵疏聚成大花束，春季綻放，花呈清爽之淡藍紫色，內側有栗色斑點。葉：常綠，葉形長，廣橢圓形，色光滑濃綠。
- 株高　1.5-4 公尺
- 株寬　1.5-4 公尺

杜鵑「蘇珊」
R. 'Susan'
（躑躅類）

☀ ◊ ㄓ ❋ ❋ ❋　　♈

灰背杜鵑

性狀：枝葉濃密，植叢密實。花：漏斗狀小型花，花朵密聚成束，春季開花，花色紫至藍紫。葉：小而芳香，狹披針形，色灰綠。

灰背杜鵑
R. hippophaëoïdes
（躑躅類）

☀ ◌ ㏗ ❄❄❄

- 栽培　可耐全日照及重濕但不積水之土壤，。
- 株高　1.5 公尺
- 株寬　1.5 公尺

毛肋杜鵑

性狀：生長快速，矮灌木狀，有時隨株齡增長漸成樹形。花：闊漏斗形，春季盛放，花色淺至深藍或藍紫，內側有綠或褐色斑點。葉：常綠，披針至長橢圓形，色淺綠。

毛肋杜鵑
R. augustinii
（躑躅類）

☀ ◌ ㏗ ❄❄

- 株高　可達 4 公尺
- 株寬　4 公尺

杜鵑「伊莉莎白二世」

性狀：矮灌木狀。花：漏斗狀，花朵疏聚成稀疏的花束，春末開花，花色蘋果綠。葉：常綠，披針形至狹橢圓形，葉面光滑翠綠，葉背顏色較淺。

杜鵑「伊莉莎白二世」
R. 'Queen Elizabeth II'
（躑躅類）

☀ ◌ ㏗ ❄❄❄　🏆

- 株高　1.5-4 公尺
- 株寬　1.5-4 公尺

黃杯杜鵑

性狀：植叢密實。花：開展漏斗狀或碟形至鐘形，花朵疏聚成束，春末開花，花呈明亮之淺黃色，基部偶爾會有深紅色塊斑。葉：常綠，狹卵形至廣卵形，色暗綠，葉背顏色較淺。

黃杯杜鵑
R. wardii
（躑躅類）

☀ ◌ ㏗ ❄❄❄

- 株高　1.5-4 公尺
- 株寬　1.5-4 公尺

黃花杜鵑

性狀：株形直立而纖瘦。花：小型漏斗狀花，早春綻放，花色淺黃。葉：常綠或半落葉性，卵形至狹披針形，新葉紫紅色。

- 栽培　種植於生長季間常保濕潤之土壤可耐全日照，株形優美非凡。
- 株高　1.5-3 公尺
- 株寬　1.5-3 公尺

黃花杜鵑
R. lutescens
（躑躅類）

☀ ◌ ㏗ ❄❄❄

黃鈴杜鵑

性狀：枝幹疏展，株形直立。花：鐘形，花瓣蠟質，花朵疏聚成束，春末開花，花色黃。葉：常綠，橢圓狀長橢圓形，葉色可由藍綠轉為翠綠。

- 異學名　*R. xanthocodon.*
- 株高　1.5-4 公尺
- 株寬　1.5-4 公尺

黃鈴杜鵑 *R. cinnabarinum* subsp. *xanthocodon*
（躑躅類）

☀ ◌ ㏗ ❄❄❄　🏆

杜鵑「羽冠」

性狀：枝幹疏展，株形直立。花：大型鐘形花，疏聚成大型圓頂狀花束，春末開花，花呈柔和之淺黃色。葉：常綠卵形葉，色光滑暗綠。

- 異學名　*R.* 'Hawk'.
- 株高　1.5-4 公尺
- 株寬　1.5-4 公尺

杜鵑「羽冠」
R. 'Crest'
（躑躅類）

☀ ◌ ㏗ ❄❄❄

杜鵑「美花」

性狀：生長勢強，植叢密實，株形直立。**花**：重疊花，有香味，春末或早夏綻放，花呈柔美之淺黃色，外層花瓣與花心顏色較深。**葉**：落葉性，披針形，色鮮綠，入秋轉為紫紅色。

- 栽培　可耐全日照。
- 株高　1.5–2 公尺
- 株寬　1.5–2 公尺

杜鵑「美花」
R. 'Narcissiflorum'
（杜鵑類）

☼ ◐ ㅂ ✲ ✲ ✲　　♛

杜鵑「鷸鳥」

性狀：植叢密實，開展形，不定期開花。**花**：大型闊漏斗狀花，春末蔚為花海，花色淺黃，有綠褐色斑。**葉**：常綠圓卵形葉，色綠、無光澤。

- 栽培　適合種植於涼爽地點。
- 株高　30公分
- 株寬　30公分

杜鵑「鷸鳥」
R. 'Curlew'
（躑躅類）

☼ ◐ ㅂ ✲ ✲ ✲　　♛

杜鵑「黃錘」

性狀：矮灌木狀，枝幹疏展而纖瘦，株形直立。**花**：小型，筒型至狹鐘形，花朵聚成小型花束，春季盛放，秋季常二度開花，花色鮮黃。**葉**：小型常綠葉，長橢圓至狹橢圓形，色淺綠。

- 株高　2 公尺
- 株寬　2 公尺

杜鵑「黃錘」
R. 'Yellow Hammer'
（躑躅類）

☼ ◐ ㅂ ✲ ✲ ✲　　♛

杜鵑「新月」

性狀：植株圓形至直立形。**花**：大型鐘形花，花朵密聚成圓頂形花束，春末開花，花呈柔和之淺黃色。**葉**：常綠，長橢圓至卵形，色暗綠、無光澤。

- 株高　2–2.5 公尺
- 株寬　2–2.5 公尺

杜鵑「新月」
R. 'Moonshine Crescent'
（躑躅類）

☼ ◐ ㅂ ✲ ✲ ✲

麥卡杜鵑

性狀：株形渾圓，隨株齡增長漸成樹形。**花**：鐘形花密聚成束，早春開花，花色淺黃，有紫色塊斑。**葉**：極大之常綠葉，廣卵形，色光亮翠綠，中肋黃色，葉背密被灰色毛茸。

- 株高　10 公尺
- 株寬　10 公尺

麥卡杜鵑
R. macabeanum
（躑躅類）

☼ ◐ ㅂ ✲ ✲ ✲　　

黃香杜鵑

性狀：枝幹疏展。**花**：大而芳香，漏斗狀，花瓣外緣有黏性，花朵聚成圓形花束，春末開花，花色黃。**葉**：落葉性，長橢圓形至披針形，有黏性，色暗綠，入秋轉為紅、橙及紫色。

- 株高　1.5–2.5 公尺
- 株寬　1.5–2.5 公尺

黃香杜鵑
R. luteum
（杜鵑類）

☼ ◐ ㅂ ✲ ✲ ✲

杜鵑「雷諾茲」

性狀：矮灌木狀。花：漏斗狀，大而芳香，春季與葉同時或更早萌發，花呈濃豔之乳黃色，略帶粉紅色，花苞尤其明顯。葉：落葉性，廣卵形，色鮮綠，秋季明顯變色。

• 株高　2 公尺
• 株寬　2 公尺

杜鵑「雷諾茲」
R. 'George Reynolds'
（杜鵑類）

☀ ◊ ㉄ ❀❀❀

杜鵑「里托華茲之光」

性狀：矮灌木狀，分枝挺硬，株形直立。花：芳香之鐘形花，花朵密聚成束，春末至早夏綻放，花色白，有橙色塊斑。葉：常綠或半常綠，長橢圓形至披針形，常有波緣，色藍灰。

• 株高　1.5公尺
• 株寬　1.5公尺

杜鵑「里托華茲之光」
R. 'Glory of Littleworth'
（杜鵑躑躅類）

☀ ◊ ㉄ ❀❀❀

杜鵑「米迪威」

性狀：矮灌木狀，分枝疏展。花：大型喇叭狀花，瓣緣起皺，春末綻放，花色淺粉紅，瓣緣顏色較深，花喉有橙色條紋。葉：落葉性。

• 株高　1.2–2.5 公尺
• 株寬　1.2–2.5 公尺

杜鵑「米迪威」
R. 'Medway'
（杜鵑類）

☀ ◊ ㉄ ❀❀❀

杜鵑「春神」

性狀：矮灌木狀，植叢密實。花：小型重瓣花，漏斗狀，有香味，春末至早夏開花，花色淡橙至粉紅。葉：落葉性，狹卵形，色鮮綠。

• 栽培　全日照及輕度遮陰下均可生長良好。
• 株高　1.5 公尺
• 株寬　1.5 公尺

杜鵑「春神」
R. 'Freya'
（杜鵑類）

☀ ◊ ㉄ ❀❀❀

杜鵑「穆迪之光」

性狀：矮灌木狀，多細枝。花：小而芳香，香味似忍冬，瓣緣起皺，早夏開花，花色橙紅，有黃色焰斑。葉：落葉性，卵形，色鮮綠。

• 栽培　可耐全日照，而且偏好濕潤而排水性佳之土壤。
• 株高　2 公尺以上
• 株寬　2 公尺

杜鵑「穆迪之光」
R. 'Gloria Mundi'
（杜鵑類）

☀ ◊ ㉄ ❀❀❀

杜鵑「法比亞」

性狀：植株整潔密實，全株呈圓頂形。花：漏斗狀，花朵疏聚成略為下垂之平展狀花束，早夏開花，花色橙紅，有褐色斑點。葉：常綠，披針形，色暗綠。

• 株高　可達 2 公尺
• 株寬　可達 2 公尺

杜鵑「法比亞」
R. 'Fabia'
（躑躅類）

☀ ◊ ㉄ ❀❀❀　　🏆

杜鵑「佛洛姆」

性狀：植叢密實，灌木狀。花：喇叭形，瓣緣波狀起皺，春季開花，花色橙黃，花喉帶紅色。葉：落葉性，廣卵形，色鮮綠，入秋明顯變色。

• 株高　1.5 公尺
• 株寬　1.5 公尺

杜鵑「佛洛姆」
R. 'Frome'
（杜鵑類）

☀ ◊ ㉄ ❀❀❀

木樨科 Oleaceae	

中位連翹「金連翹」
Forsythia × *intermedia* 'Spectabilis'

性狀：生長勢強，株形開展，分枝粗硬。**花**：大型，花朵密布於全枝，早至仲春萌葉前開花，花色深黃。**葉**：落葉性，卵形至披針形，有銳齒緣，色暗綠。**樹皮**：有許多明顯的氣孔，綠金色。

- 原生地　園藝品種。本種為以綠連翹和韓連翹（*F. suspense* × *F. viridissima*）雜交種育成之栽培品種。

- 栽培　可耐輕度遮陰與大多數之土質，但種植於土質肥沃、排水性佳之全日照環境生長及開花最盛。著花於去年生枝段之莖節，花後應立即疏剪最老的枝條（從接近基部之強壯芽點上方剪除），修剪後應追施肥料與覆被。

- 繁殖　夏季實施軟木插，或秋冬實施硬木插。

株高
2.5 公尺

株寬
2.5 公尺

大風子科
Flacourtiaceae

鋸齒阿查拉 *Azara serrata*

性狀：株形直立，有時隨株齡增長漸成樹形。**花**：略有香味，花朵密聚成圓形花簇，春或早夏開花，花色鮮黃。**葉**：常綠葉，長橢圓或橢圓形，呈光滑鮮綠色。

- 原生地　智利安地斯山脈之濕冷氣候區。
- 栽培　宜種植於富含腐殖質之深厚土壤中，寒冷地區應植於溫暖牆邊，保護植株免於寒風侵襲。
- 繁殖　夏季實施半硬木插，或春季以簡易壓條法繁殖。

☀ ◌
❀❀

株高　可
達3公尺

株寬
2公尺

豆科
Leguminosae　　　KNIFE-LEAF WATTLE

三角相思樹 *Acacia cultriformis*

性狀：枝條先直立、後彎垂。**花**：花小，花朵密聚成圓形頭狀花序，早春開花，花色鮮黃。**葉**：常綠三角形假葉（扁平化之葉狀柄），色銀灰。

- 原生地　澳洲新南威爾斯省，尤加利森林之下層林木。
- 栽培　宜栽種於通風良好之溫室中，喜富含腐殖質之砂質壤土或培養土。生長期間可適量澆水，此外則少澆為宜，花後應實施修剪以限制生長。
- 繁殖　春播預先泡水之種子。

☀ ◌
❀❀

株高　可
達3公尺

株寬
2公尺

木樨科
Oleaceae

中位連翹「碧翠斯・費倫」
Forsythia × intermedia 'Beatrix Farrand'

性狀：生長勢強，枝條先直立、後彎垂。**花**：大型單瓣花，早至仲春大量盛放，花色金黃。**葉**：落葉性卵形葉，葉緣疏齒狀，色翠綠。

- 原生地　園藝品種。
- 栽培　可耐輕度遮陰，但種植於土質肥沃、排水性佳之全日照環境生長及開花最盛，花後應疏剪老枝。
- 繁殖　夏季實施軟木插，或秋冬實施硬木插。

☀ ◌
❀❀❀

株高
2公尺

株寬
2公尺

小蘗科
Berberidaceae

細葉小蘗 *Berberis* × *stenophylla* ♡

性狀：生長勢強，分枝彎垂。**花**：花朵密生之總狀花序可被滿全枝，仲至晚春開花，花色金黃。**果實**：藍黑色球形小漿果。**葉**：常綠，狹披針形，先端有銳刺，色深綠，葉背藍灰色。

- 原生地　園藝品種。
- 栽培　偏好富含腐殖質之沃土，全日照下開花最盛，可耐輕度遮陰，土質不拘，但忌澇漬，適合培植為自然形綠籬，花後應實施修剪。
- 繁殖　夏季實施半硬木插。

☀ ◌
❀❀❀

株高
3公尺

株寬
3公尺

小蘗科	
Berberidaceae	

蘿小蘗「史德普希爾」
Berberis × lologensis 'Stapehill'

性狀：生長勢強，枝條彎垂。**花**：球狀至杯狀，花朵聚成繁盛之總狀花序，仲至晚春開花，花色橙黃、略帶紅色。**果實**：藍色卵形漿果，被果粉。**葉**：常綠，匙形，色光滑暗綠。

- 原生地　園藝品種。
- 栽培　可耐輕度遮陰，全日照開花最盛，土質不拘忌澇溼，白堊土可，喜腐殖質沃土，少修剪。
- 繁殖　夏季實施半硬木插。

☀ ◌
❋ ❋ ❋

株高
3公尺

株寬
3公尺

小蘗科	
Berberidaceae	

線葉小蘗「橙色之王」
Berberis linearifolia 'Orange King'

性狀：株形直立，分枝剛硬。**花**：大型球狀至杯狀，春末綻放，耀眼深橙色。**果實**：卵形黑漿果，被藍果粉。**葉**：常綠，卵至披針形，色光滑暗綠。

- 原生地　園藝品種。
- 栽培　可種植於輕度遮陰處，但全日照下開花最盛，土質不拘，但忌澇溼，白堊土亦可，但偏好富含腐殖質之沃土。
- 繁殖　夏季實施半硬木插。

☀ ◌
❋ ❋ ❋

株高
3公尺

株寬
1.5公尺

夾竹桃科	
Apocynaceae	

卡利撒「托德利」
Carissa macrocarpa 'Tuttlei'

性狀：植株極密實，開展形，多刺。**花**：芳香，春夏綻放，花色白。**果實**：形似李子之紅色果實，可食，秋季結果。**葉**：常綠，卵形，色光亮暗綠。

- 原生地　園藝品種。於南非熱帶與亞熱帶區。
- 栽培　宜種植於暖溫室中，生長期可適量澆水，此外少澆為宜，早春時應將開花枝剪短一半。
- 繁殖　夏季實施半硬木插。
- 異學名　*G. grandiflora* 'Tuttlei'.

☀ ◌

最低溫
13℃

株高
2公尺

株寬
2公尺

八仙花科（繡球科）	
Hydrangeaceae	

山梅花「比悠克拉克」　　♈
Philadelphus 'Beauclerk'

性狀：枝條略有彎曲，開展形。**花**：大而芳香，早至仲夏開花，花色白，花瓣基部略帶淺櫻桃色。**葉**：落葉性，廣卵形，色暗綠。

- 原生地　園藝品種。
- 栽培　土質不拘，淺薄之白堊土亦可，並可耐半遮陰，但全日照下開花更盛，花後應將部分老枝修剪至新芽前端，並保留新枝以待來年著花。
- 繁殖　夏季實施軟木插。

☀ ◌
❋ ❋ ❋

株高
2-2.5公尺

株寬
2公尺

薔薇科
Rosaceae

大花白鵑梅「新娘」

Exochorda × *macrantha* 'The Bride'

性狀：植叢密實，枝葉濃密，分枝彎垂。**花**：大而芳香，花朵聚成總狀花序，春末夏初大量抽苔，花色潔白。**葉**：落葉性，倒狹卵形，色鮮綠，新葉尤為清新可人。

• **原生地** 園藝品種。

• **栽培** 可耐各種排水性佳之土質，但忌白堊土，可種植於全日照或半遮陰之環境，唯全日照下開花最盛，花後應疏剪開花枝以促進生長活力。此品種向以繁花盛放似海而聞名，可整枝為標準形小樹，展現美麗的垂枝，此外應用於灌木或混合式花壇也極為美麗，即使花期過後，優美的樹姿和青翠的葉色仍可適切地烘托其他植物。

• **繁殖** 夏季實施軟木插或半硬木插，或春秋實施壓條。

株高 可達 2 公尺

株寬 2.5 公尺

八仙花科 Hydrangeaceae	

溲疏 *Deutzia scabra*

性狀：直立形。**花**：花小，具有蜂蜜般香味，密聚成直立形花序，早至仲夏開花，花色白。**葉**：落葉性，卵形，葉緣疏齒狀，色暗綠。

- 原生地　中國及日本之密生灌叢與樹林之林緣。
- 栽培　宜種植於土質肥沃、排水性佳之全日照環境，花後應剪除老化之開花枝。
- 繁殖　夏季實施軟木插。
- 異學名　*D. sieboldiana.*

☼ ◊
✽✽✽

株高
2.5-3 公尺

株寬
1.5 公尺

八仙花科 Hydrangeaceae	

大溲疏「懸花」
Deutzia × *magnifica* 'Staphyleoides'

性狀：生長勢強，株形直立。**花**：花大，具五枚反捲花瓣，花朵密聚成簇，早夏開花，色潔白。**葉**：落葉性，卵至長橢圓形，葉緣細齒狀，色鮮綠。

- 原生地　園藝品種。
- 栽培　可耐排水性佳沃土，但以遇夏不旱、富含腐殖質之土壤最佳。花後應疏剪開過花的老枝，剪時由基部全段截除，可促進新枝開花更盛。
- 繁殖　夏季實施軟木插。

☼ ◊
✽✽✽

株高
2.5 公尺

株寬
1.5-2 公尺

薔薇科 Rosaceae	APACHE PLUME

小苞木 *Fallugia paradoxa*

性狀：矮灌木狀，分枝纖細。**花**：花大，夏季綻放，花色潔白。**果實**：簇生之種穗，保有長長的絲狀花柱，色紫。**葉**：落葉性，葉緣細齒狀，色暗綠。**樹皮**：剝落狀，白與淺黃相間。

- 原生地　北美洲西南部之乾旱岩丘。
- 栽培　需要完善之排水系統和炎熱日照充足之遮風牆面，不喜溼冷之冬季。
- 繁殖　夏季實施軟木插或秋季播種。

☼ ◊
✽✽

株高
2 公尺

株寬
3 公尺

八仙花科 Hydrangeaceae	

山梅花「星美人」
Philadelphus 'Belle Etoile'

性狀：植叢密實，枝幹彎曲。**花**：大而極香，春末夏初盛開，花色白，花瓣基部有淺紫色環紋。**葉**：落葉性，廣卵形，色暗綠。

- 原生地　園藝品種。
- 栽培　土質不拘，淺薄之白堊土亦可，可耐半遮陰，但全日照下開花更盛。花後應將部分老枝修剪至新生芽條上方，並保留新枝以待來年著花。
- 繁殖　夏季實施軟木插。

☼ ◊
✽✽✽

株高
2 公尺

株寬
2 公尺

罌粟科 Papaveraceae	CALIFORNIAN POPPY, TREE POPPY

加州罌粟木 *Romneya coulteri*

性狀：生長勢強，矮灌木狀。**花**：大而芳香，夏末開花，花色白，花心有突出之金黃色雄蕊。**葉**：葉緣有深缺刻，表面平滑，色藍灰。

- 原生地　南加州之乾旱峽谷。
- 栽培　適合肥力適中之深厚土壤，宜種植於溫暖而日照充足之避風地點，若種植於冷涼地區，入冬以後須鋪設深厚之覆蓋。
- 繁殖　春季由底層枝條截取嫩枝扦插、秋季播種，或冬季以根插法繁殖。

☼ ◐
✻ ✻ ✻

株高
2 公尺

株寬
2 公尺

薔薇科 Rosaceae	BLACK CHOKEBERRY

黑唐棣 *Aronia melanocarpa*

性狀：矮灌木狀，分蘖旺盛。**花**：花小，花朵疏聚成簇，春末夏初開花，花色白。**果實**：果皮光滑，形似漿果，秋季結實，色黑。**葉**：落葉性，橢圓形至卵形，色光滑暗綠，入秋轉紅。

- 原生地　北美洲東部疏林地。
- 栽培　可生長於多數肥沃之土壤中，但忌淺薄之白堊土，可耐旱地。
- 繁殖　秋季播種，或秋至春季採吸芽繁殖。

☼ ◐
✻ ✻ ✻

株高
1-1.5 公尺

株寬
3 公尺

薔薇科 Rosaceae	

懸鉤子「貝奈頓」 *Rubus* 'Benenden'

性狀：枝條初直立、後彎垂，無刺。**花**：花大，春末夏初綻放，花色潔白耀目，花心有突出之黃色雄蕊。**葉**：落葉性，掌裂為3-5枚小葉，色暗綠。

- 原生地　園藝品種。
- 栽培　宜種植於土質肥沃之全日照或半遮陰地點，花後應隨時剪除老化之開花枝，以抒解過度擁擠之枝條。
- 繁殖　春季實施分株或壓條繁殖。
- 異學名　*R.* 'Tridel'.

☼ ◐
✻ ✻ ✻

株高
3 公尺

株寬
3 公尺

薔薇科 Rosaceae	

瓦特爾火刺木 *Pyracantha* × *watereri*

性狀：生長勢強，株形直立，枝葉濃密。**花**：小型淺杯狀花，夏初成簇綻放，花色白。**果實**：鮮豔的橙紅色漿果，秋季大量結實。**葉**：狹卵形常綠葉，色光滑暗綠。

- 原生地　園藝品種。
- 栽培　宜以肥沃之土壤或培養土栽培，須防寒風吹襲。
- 繁殖　夏季實施半硬木插。
- 異學名　*P.* 'Watereri', *P.* 'Waterer's Orange'.

☼ ◐
✻ ✻ ✻

株高
2.5 公尺

株寬
2.5 公尺

菊科 Compositae	HARD-LEAVED DAISY BUSH

硬葉雛菊木 *Olearia nummularifolia*

性狀：株形渾圓，枝葉濃密，枝幹直立。**花**：小而芳香，仲夏成簇綻放，花色乳白。**葉**：常綠小型葉，卵形至幾近圓形，質地厚，色橄欖綠。**樹皮**：枝條呈金綠色。

- **原生地** 紐西蘭，亞高山密灌叢。
- **栽培** 適生於任何肥沃、排水性佳之土壤，白堊土亦然。可耐鹽風，因而可培植為濱海花園之自然形綠籬，但種植於可避乾燥寒風之處生長最佳，氣候臨界於植株耐寒極限之地區，則可栽植於溫暖而日照充足之牆邊。春季時應修剪枯枝，必要時可以重度修剪之手段促進植株更新。此種灌木花葉俱美、整潔美觀，其肥厚之革質葉和金黃色莖幹可形成漂亮的對比效果。
- **繁殖** 夏季實施半硬木插。

☼ ◊
❄ ❄

株高 可達3公尺

株寬 3公尺

薔薇科
Rosaceae

扁核木 *Prinsepia uniflora*

性狀：分枝彎垂，多刺。**花**：小而芳香，春初至夏季布滿全枝，花色白。**果實**：形似櫻桃，可食，色深紅。**葉**：落葉性，狹線形，色光滑暗綠。
- 原生地　中國西北地區之山谷旱生密灌叢。
- 栽培　可適應任何沃土或培養土，種植於氣候炎熱、日照充足之處方能纍纍結實。
- 繁殖　夏季實施軟木插或秋季播種。

株高
1.5~2 公尺

株寬
3 公尺

薔薇科
Rosaceae

楔葉繡線菊 *Spiraea canescens*

性狀：株形渾圓，枝幹初直立、後彎垂。**花**：花小，花朵聚成密實之花簇，早至仲夏開花，花色乳白。**葉**：落葉性，狹卵形，葉面色綠、無光澤，葉背灰綠色。
- 原生地　喜馬拉雅山區之綠籬與密灌叢帶。
- 栽培　可適應各種肥沃、不過份乾旱之土質，花後應截除部分老枝。
- 繁殖　夏季實施軟木插或半硬木插。

株高　2.5
公尺以上

株寬
2 公尺

薔薇科
Rosaceae

珍珠梅 *Sorbaria sorbifolia*

性狀：株形直立，分蘗旺盛。**花**：花小，聚成柔美之大型直立圓錐花序，仲夏至晚夏開花，花色白。**葉**：落葉性，羽裂狀成多數具銳齒緣之小葉，呈翠綠色。
- 原生地　亞洲北部之密灌叢與森林。
- 栽培　適合深厚肥沃、富含腐殖質之土壤，冬末應截除部分老幹，並將餘枝剪短至芽點以上。
- 繁殖　夏季實施軟木插、秋季實施分株，或冬季取根插枝繁殖。

株高
2 公尺

株寬
3 公尺

龍舌蘭科 Agavaceae	SPANISH DAGGER, ROMAN CANDLE		八仙花科 Hydrangeaceae	

刺葉王蘭（鳳尾蘭） Yucca gloriosa

性狀：植株俊挺，樹形。**花**：大型鐘形花，花朵密聚形成長而直立之圓錐花序，夏秋開花，花色乳白。**葉**：常綠，葉片長，狹披針形，質地堅硬，色藍綠。

- 原生地　美國東南乾旱地區。
- 栽培　種植於炎熱乾旱、日照充足之地點方能旺盛開花，在濱海花園和砂質土壤中可生長良好，花朵凋謝後應剪除花莖。
- 繁殖　冬季取根插枝扦插。

☼ ◊
❉ ❉ ❉

株高
1.2–2.5 公尺

株寬
1.5 公尺

山梅花「銀球」
Philadelphus 'Boule d'Argent'

性狀：植叢密實，矮灌木狀，分枝彎垂。**花**：大而略香，半重瓣至重瓣，早至仲夏盛開，花色潔白。**葉**：落葉性，廣卵形，色暗綠。

- 原生地　園藝品種。
- 栽培　土質不拘，淺薄之白堊土亦可，可耐半遮陰，但全日照下開花更美。花後應將部分老枝修剪至新生芽條上方，並保留新枝以待來年著花。
- 繁殖　夏季實施軟木插。

☼ ◊
❉ ❉ ❉

株高
1.5–2 公尺

株寬
1.5–2 公尺

鼠刺科 Escalloniaceae	

多枝老鼠刺 Escallonia virgata

性狀：分枝彎垂而優美，枝幹傘狀開展。**花**：花小，開展杯狀，花朵聚成總狀花序，早至仲夏開花，花色白或淡粉紅。**葉**：落葉性，葉小，披針形至卵形，色光滑暗綠。

- 原生地　智利南部與阿根廷之山區密灌叢。
- 栽培　可耐深厚而肥沃之各種土質，唯白堊土除外。多枝老鼠刺亦為耐寒植物，在原生地的山區可分布至森林界線一帶，種植於海岸和內陸花園皆能茁然茂盛，但在能避免乾燥寒風之處生長最佳。花後應立即修剪老化之開花枝，可以重度修剪及追施肥料之手段促進老株更新。株形高雅美觀，適合用於灌木花壇，並具有花期長之優點。
- 繁殖　夏季實施軟木插。

☼ ◊
❉ ❉

株高
2 公尺

株寬
2.5 公尺

八仙花科
Hydrangeaceae

山梅花「白蘭琪夫人」
Philadelphus 'Dame Blanche'

性狀：植叢密實，枝葉濃密，矮灌木狀，枝幹彎垂。**花**：大而略香，半重瓣至疏重瓣，早夏至仲夏大量開花，花色潔白。**葉**：落葉性，廣卵形，色暗綠。**樹皮**：隨株齡增長而呈剝落狀。

• **原生地** 園藝品種。

• **栽培** 土質不拘，淺薄之白堊土亦然，並可耐半遮陰環境，但全日照下開花更美。花後應將部分老枝修剪至新生芽條之上，並保留新枝以待來年著花。如同其他山梅花屬植物一樣，本種的花枝亦為優良的插花素材，而且香味較淡的品種不會讓室內充滿濃香。「白蘭琪夫人」適合當作灌木花壇的美麗焦點，而且可以成為舊式玫瑰的清爽背景，在避風環境中生長尤佳。

• **繁殖** 夏季實施軟木插。

☀ ◊
❀❀❀

株高
1.5–2 公尺

株寬
1.5–2 公尺

密藏花科 Eucryphiaceae	

米氏香花木　*Eucryphia milliganii*

性狀：株形直立，瘦圓柱形。**花**：小型杯狀花，仲夏開花，花色潔白耀眼。**葉**：細小，常綠，卵形至長橢圓形，色暗綠，葉背略偏淡藍色。

- 原生地　澳洲塔斯馬尼亞島山區。
- 栽培　適合生長在土質酸性之半遮陰避風地點，氣候溫和濕潤地區之植株較耐風吹，最好讓根部生長在濕潤遮陰之處，並使樹冠接受全日照。
- 繁殖　夏末實施半硬木插。

☀ ◐ pH
❄❄

株高	可達 3 公尺
株寬	1 公尺

薔薇科 Rosaceae	

華西小石積　*Osteomeles schweriniae*

性狀：分枝彎垂，枝條長而纖細。**花**：花小，初夏團團綻放，花色白，具有突出之雄蕊。**果實**：黑色卵形至圓形果實，形似漿果。**葉**：常綠，羽裂成多數小葉，色暗綠。

- 原生地　中國西南、雲南一帶之炎熱乾旱谷地。
- 栽培　可適應任何排水性佳之土壤，除非當地氣候極為溫和，否則宜種植於日照充足之南向或西向牆邊。
- 繁殖　夏季實施半硬木插。

☀ ◐
❄❄

株高	1.5 公尺
株寬	3 公尺

八仙花科 Hydrangeaceae	TREE ANEMONE

銀蓮木　*Carpenteria californica*　♈

性狀：矮灌木狀，株形渾圓，有時呈蔓生狀。**花**：大而芳香，夏季綻放，花色潔白，花心有突出之黃色雄蕊。**葉**：常綠葉，狹卵形至長橢圓形，色光滑暗綠。

- 原生地　加州中部叢林地。
- 栽培　宜種植於肥力適中、濕潤而排水性佳的土壤中，種植於可避寒風之南向或西向溫暖牆邊開花最盛，必要時可實施花後修剪。
- 繁殖　夏季實施綠木插或秋季播種。

☀ ◐
❄❄

株高	1.5–2 公尺
株寬	2 公尺

安息香科 Styraceae	STORAX, SILVERBELL

小葉安息香 *Styrax wilsonii*

性狀：生長緩慢，矮灌木狀，新枝細瘦。**花**：鐘形，花朵聚成低垂之總狀花序，早夏開花，花色白，花心黃色。**葉**：小型，落葉性，卵形至橢圓形，色暗綠。

- 原生地　中國西部之密灌叢與岩石丘陵。
- 栽培　宜以濕潤而排水性佳之中至酸性土壤栽培，須防乾燥寒風吹襲，可耐半遮陰，很少需要修剪。
- 繁殖　夏季實施軟木插或秋季播種。

☀ ◑ pH
❄

株高　可達3公尺

株寬　2公尺

八仙花科 Hydrangeaceae	

檸檬香山梅花 *Philadelphus × lemoinei*

性狀：枝幹初直立、後略微彎垂。**花**：小而極香，多數花朵聚為總狀花序，早至仲夏開花，花色純白。**葉**：落葉性，廣卵形，色暗綠。

- 原生地　園藝品種。
- 栽培　土質不拘，淺薄之白堊土亦可，並可耐半遮陰，但全日照下開花最盛。花後應將部分老枝修剪至新生芽條上端，保留新枝以待來年著花。
- 繁殖　夏季實施軟木插。

☀ ◑
❄ ❄ ❄

株高　2公尺

株寬　2公尺

菊科 Compositae	

迷迭香煤油草 *Ozothamnus rosmarinifolius*

性狀：株形挺立，枝葉濃密。**花**：小而有蜂蜜般香味，花朵密聚成簇，初夏開花，花苞色紅，花色白。**葉**：常綠，小而細長，色深綠。

- 原生地　塔斯馬尼亞島和澳洲東南潮濕山地之石南灌叢帶。
- 栽培　宜種植於生長期間可常保濕潤之土壤中，寒冷地區需種植於溫暖避風地點。
- 繁殖　夏季實施半硬木插。
- 異學名　*Helichrysum rosmarinifolium.*

☀ ◐
❄ ❄

株高　2.5-3公尺

株寬　1.5公尺

山礬科 Symplocaceae	SAPPHIRE BERRY, ASIATIC SWEETLEAF

灰木 *Symplocos paniculata*

性狀：矮灌木狀，有時可長成樹形。**花**：小而芳香，花朵聚成小型圓錐花序，春末夏初開花，花色白。**果實**：小而形似漿果，色藍而有金屬光澤。**葉**：落葉性，葉形多變，卵形至廣卵形，色暗綠。

- 原生地　喜馬拉雅山和東亞之密灌叢與疏林地。
- 栽培　宜種植於中至酸性之沃土中，偏好溫暖而日照充足之環境，數棵植株群植於一處方能纍纍結實。
- 繁殖　秋季播種。

☀ ◊
❋❋❋
株高
3公尺以上
株寬
3公尺

山柳科 Clethraceae	WHITE ALDER, SUMMER-SWEET

山柳 *Clethra barbinervis*

性狀：株形直立、矮灌木狀。**花**：小而芳香，花序總狀，夏末秋初抽苞開花，色白。**葉**：落葉性卵形葉，有齒緣，色暗綠，入秋轉為紅、黃色。**樹皮**：剝落狀，橙色。

- 原生地　中國東部至日本之山林地。
- 栽培　宜種植於富含腐殖質之酸性土壤中，毋須經常修剪。
- 繁殖　夏季實施軟木插或秋季播種。

☀ ◊ pH
❋❋❋
株高
3公尺
株寬
3公尺

鼠李科 Rhamnaceae	COAST WHITETHORN

海岸白刺美洲茶 *Ceanothus incanus*

性狀：株形直立、矮灌木狀，枝條多刺。**花**：花小，花朵密聚成總狀花序，春末夏初開花，花色白。**葉**：常綠，廣卵形，色灰綠。

- 原生地　北加州海岸山麓丘陵之森林帶。
- 栽培　宜種植於土質鬆軟、日照充足之避風地點，寒冷地區則應種植於南向或西向牆邊，春季應截除枯枝，花後則應剪短側枝。
- 繁殖　夏季實施半硬木插。

☀ ◊
❋❋
株高　可
達3公尺
株寬
3公尺

杜鵑花科 Ericaceae	

鈴蘭木 *Zenobia pulverulenta*

性狀：矮灌木狀，分蘗旺盛。**花**：具有歐洲大茴香之香味，鐘形，花瓣蠟質，花朵聚成直立之花序，早至仲夏開花，花色白。**葉**：落葉性或半常綠，卵形至長橢圓形，色光滑鮮綠，葉背略偏藍色。**樹皮**：新枝被淡藍色霜粉。

- 原生地　美國東部分布石南灌叢與松樹之荒原。
- 栽培　宜以富含腐殖質之酸性土壤栽培，花後應略加修剪以保持植叢密實。
- 繁殖　夏季實施半硬木插，或冬末播種。

☀ ◊ pH
❋❋❋
株高
1.5-2公尺
以上
株寬
1.5-2公尺

山茱萸科 Cornaceae	

紅枝四照花「典雅」   🏆

Cornus alba 'Elegantissima'

性狀：生長勢強，株形直立。**花**：聚成小型花簇，春末夏初開花，花色乳白。**果實**：白色小果實，形似漿果。**葉**：落葉性，卵形至橢圓形，色灰綠。**樹皮**：新枝在冬季呈豔紅色。

- 原生地　園藝品種。
- 栽培　為培育色彩鮮豔的冬季枯枝，可於每年早春將植株強剪至幾近地面。
- 繁殖　夏季實施軟木插，或於秋冬時節硬木插。

☀ ◊
❉ ❉ ❉

株高 可達 2 公尺

株寬 2–2.5 公尺

忍冬科 Caprifoliaceae	

莢蒾「卡斯奇爾」

Viburnum dilatatum 'Catskill'

性狀：植叢密實低矮，開展形。**花**：花小，聚成平展狀花序，春末夏初綻放，色乳白。**果實**：形似漿果，秋冬大量結實，色鮮紅。**葉**：落葉性卵形，葉緣有銳齒，色暗綠，入秋轉黃、橙、紅等色。

- 原生地　園藝品種。
- 栽培　宜以保水力佳、但排水良好之深厚沃土栽培，全日照或半遮陰環境皆可。
- 繁殖　夏初實施軟木插。

☀ ◊
❉ ❉ ❉

株高 2 公尺

株寬 可達 3 公尺

菊科 Compositae	DAISY BUSH

哈氏雛菊木   *Olearia* × *haastii*

性狀：株形渾圓，矮灌木狀，枝葉濃密。**花**：小而芳香，形似雛菊，仲至晚夏成簇綻放，花色乳白。**葉**：小型常綠卵形葉，色光滑暗綠，葉背密被白色毛茸。

- 原生地　紐西蘭之亞高山密灌叢。
- 栽培　可生長於任何排水良好之沃土中，白堊土亦可。耐鹽風，為優良綠籬植物，尤其適合濱海花園，需加以修剪、去除枯枝。
- 繁殖　夏季實施半硬木插。

☀ ◊
❉ ❉

株高 1.5 公尺

株寬 1.5 公尺

八仙花科 Hydrangeaceae	MOCK ORANGE

西洋山梅花「斑葉」   🏆

Philadelphus coronarius 'Variegatus'

性狀：生長勢強，矮灌木狀。**花**：小而極香，春末夏初開花，花色乳白。**葉**：落葉性卵形葉，色翠綠，有寬闊白邊。

- 原生地　園藝品種。
- 栽培　可耐各種土質，淺薄之白堊土和極乾旱之土壤亦無妨，花後應將部分老枝修剪至新生芽條前端。
- 繁殖　夏季實施軟木插。

☀ ◖
❉ ❉ ❉

株高 2 公尺

株寬 2 公尺

薔薇科
Rosaceae

小葉繡線菊「雪堆」
Spiraea nipponica 'Snowmound'

性狀：生長勢強，矮灌木狀，可長成茂密灌叢，枝幹開展而彎垂。**花**：花小，花朵密聚成簇，早夏滿布於開花枝上，花色潔白。**葉**：落葉性，長橢圓形至披針形，新葉翠綠悅目，後轉暗綠並略微偏藍。**樹皮**：新枝紅褐色。

• 原生地　園藝品種。

• 栽培　可生長於任何肥力適中、生長期間不致過份乾燥之土壤中。花朵著生於一年生的木質莖，

花後應加以修剪，截除老化之開花枝，並為來年著花的新枝保留生長空間，修剪後應追施覆蓋和肥料。此品種為開花最燦爛的繡線菊，可作為灌木花壇裡的美麗標本樹。

• 繁殖　夏季實施軟木插。

• 異學名　*S. nipponica* var. *tosaensis* of gardens.

☼ ◊
✿ ✿ ✿

株高
2公尺

株寬
2公尺

蓼科 Polygonaceae	ST CATHERINE'S LACE

巨大野蕎麥　*Eriogonum giganteum*

性狀：株形渾圓，分枝旺盛。**花**：細小，花朵聚成多分枝之大型花序，花序寬幅可達30公分，夏季開花，花色白。**葉**：常綠，長橢圓形至卵形，革質，葉面被灰白色軟毛，葉背白色。

- 原生地　南加州沿海島嶼。
- 栽培　喜排水迅速、肥度低之土壤或培養土，生長期間應適量澆水，此外少澆為宜，應保持通風。早春為整形修剪之適期，花後應摘除枯花。
- 繁殖　春或秋季播種。

☼ ◊

最低溫
5℃

株高　可
達 2.5 公尺

株寬
2 公尺

忍冬科 Caprifoliaceae	

莢蒾「皮瑞郡斯」　*Viburnum* 'Pragense'

性狀：株形渾圓，矮灌木狀。**花**：花小，花朵聚成圓頂形頭狀花序，春末至夏初開花，花色乳白，花苞粉紅色。**葉**：常綠，橢圓形至披針形，有縐痕，色光澤翠綠，葉背密被白色毛茸。

- 原生地　園藝品種。
- 栽培　土質不拘，白堊土亦可，種植於深厚沃土有利於培育最美的葉色。
- 繁殖　夏季實施半硬木插。
- 異學名　*V.* × *pragense.*

☼ ◊
❄ ❄ ❄

株高
2.5-3 公尺

株寬
2.5-3 公尺

鼠李科 Rhamnaceae	

義大利鼠李「銀斑」

Rhamnus alaternus 'Argenteovariegatus'

性狀：生長快速，矮灌木狀。**花**：細小，早夏至仲夏綻放，花色黃綠。**果實**：圓形，似漿果，果色先紅後黑。**葉**：常綠，卵形，革質，色灰綠，有乳白色鑲邊。

- 原生地　園藝品種。
- 栽培　可耐半遮陰環境，宜種植於土質肥沃之溫暖地點，須防寒風吹襲。
- 繁殖　夏季實施半硬木插。

☼ ◊
❄ ❄

株高
3 公尺

株寬
3 公尺

桃金孃科 Myrtaceae	TANTOON

澳洲茶樹　*Leptospermum polygalifolium*

性狀：分枝彎垂，株形優美雅致，隨株齡增長漸成樹形。**花**：花小，仲夏綻放，花色白而略帶粉紅。**葉**：小型常綠披針葉，有香氣，色光滑鮮綠。

- 原生地　澳洲東部及羅豪島（Lord Howe Island）生長石南灌叢與森林之砂質地。
- 栽培　宜以富含腐殖質之中至酸性土壤栽培，寒冷地區需有溫暖牆面遮風保護。
- 繁殖　夏季實施半硬木插。
- 異學名　*L.* × *flavescens.*

☼ ◊
❄ ❄

株高　可
達 3 公尺

株寬
3 公尺

八仙花科 Hydrangeaceae	

紫萼山梅花

Philadelphus delavayi f. *melanocalyx*

性狀：生長勢強，株形直立。**花**：大而極香，早至仲夏開花，花色潔白，萼片深紫色。**葉**：大型落葉性卵形葉，色暗綠。

- 原生地　園藝品種。自生種分布於中國西南之溪畔與密灌叢帶。
- 栽培　土質不拘，淺薄之白堊土亦可，並可耐半遮陰環境，但全日照下開花更盛。
- 繁殖　夏季實施軟木插。

☼ ◊
❋ ❋ ❋

株高
2 公尺

株寬
2 公尺

錦葵科 Malvaceae	

木槿「紅心」

Hibiscus syriacus 'Red Heart'

性狀：生長勢強，株形直立。**花**：大而形似錦葵，夏末至中秋大量綻放，花色白，有醒目之紅色花心。**葉**：落葉性，掌狀裂葉，色暗綠。

- 原生地　園藝品種。
- 栽培　偏好富含腐殖質之肥沃土壤，種植於溫暖而日照充足地點（如南向或西向牆邊）開花更盛，若需要限制生長，可於春季實施強剪。
- 繁殖　夏季實施綠木插或半硬木插。

☼ ◊
❋ ❋ ❋

株高
2.5 公尺

株寬
2.5 公尺

忍冬科 Caprifoliaceae	FLY HONEYSUCKLE

蠅花忍冬　*Lonicera xylosteum*

性狀：株形直立，矮灌木狀，枝葉濃密。**花**：小而細緻，春末夏初綻放，色乳白。**果實**：鮮紅色圓形小漿果。**葉**：落葉性，橢圓形至卵形，色灰綠。

- 原生地　歐洲至亞洲北部之疏木林與灌叢帶，常見於石灰岩地。
- 栽培　可生長於任何肥沃之土壤中，不拘全日照或半遮陰。
- 繁殖　秋或春季播種、夏季實施半硬木插或秋季實施硬木插。

☼ ◊
❋ ❋ ❋

株高
3 公尺

株寬
3 公尺

牡丹花科 Paeoniaceae	MOUTAN PEONY

洛氏牡丹　*Paeonia suffruticosa* subsp. *rockii*

性狀：株形直立，多分枝。**花**：花形大，半重瓣杯狀，夏季綻放，花色白，花瓣基部有深栗色斑。**葉**：落葉性，分裂成 3-5 枚小葉，色暗綠帶紫。

- 原生地　園藝品種。
- 栽培　可耐輕度遮陰，喜中至鹼性之沃土。
- 繁殖　夏末實施半硬木插、或冬季實施嫁接。
- 異學名　*P. suffruticosa* 'Jopseph Rock'、*P. suffruticosa* 'Rock's Variety'.

☼ ◊
❋ ❋ ❋

株高
2 公尺

株寬
2 公尺

薔薇科	
Rosaceae	

田中氏冠蕊木 *Stephanandra tanakae*

性狀：株形優美而渾圓，枝條彎曲細長。**花**：細小，花朵聚成輕盈柔美之圓錐花序，早至仲夏開花，花色白。**葉**：落葉性掌裂葉，有銳齒緣，色翠綠，入秋轉為橙、黃色。**樹皮**：新枝呈深褐色。

- 原生地　日本之山區密灌叢。
- 栽培　可耐半遮陰與任何不致太過乾旱之沃土，花後應疏剪部分老枝。
- 繁殖　夏季實施軟木插、或秋季以分株法繁殖。

株高
3公尺

株寬
2公尺

槭樹科	
Aceraceae	

雞爪槭「舞蝶」 *Acer palmatum* 'Butterfly'

性狀：生長緩慢，低矮灌叢狀，隨株齡增長漸成樹形。**花**：花小，花朵聚成低垂之花序，春季開花，花色紫紅。**果實**：形似洋桐槭之果實。**葉**：落葉性掌裂葉，色灰綠，有白及粉紅色鑲邊。

- 原生地　園藝品種。
- 栽培　須防寒風吹襲以防葉片枯黃，需要濕潤但排水良好之土壤。
- 繁殖　夏季實施軟木插，或冬末春初實施嫁接。

株高
2公尺

株寬
3公尺

忍冬科	
Caprifoliaceae	

新疆忍冬 *Lonicera tatarica*

性狀：株形直立、矮灌木狀。**花**：筒型，具5枚裂瓣，春至夏初開花，有白、粉紅、紅等花色。**果實**：鮮紅色圓形小漿果。**葉**：落葉性，卵形至披針形，色暗綠。

- 原生地　南俄至中亞間之乾旱丘陵地及密生灌叢地帶。
- 栽培　可適應任何肥沃之土質。
- 繁殖　秋或春季播種，夏季實施半硬木插或秋季實施硬木插。

株高　可達2.5公尺

株寬　可達3公尺

鼠刺科 Escalloniaceae	

老鼠刺「多納實生」
Escallonia 'Donard Seedling'

性狀：生長勢強，枝條彎曲。花：漏斗狀，早至仲夏開花，花色白裡透紅，花苞粉紅色。葉：卵形常綠葉，色光滑暗綠。

- 原生地　園藝品種。
- 栽培　可耐富含石灰質之土壤與乾旱，在濱海花園亦可苗然茂盛，為最耐寒的雜交種鼠刺，適合應用於内陸花園。
- 繁殖　夏季實施軟木插或半硬木插。

株高
2-3公尺

株寬
2.5公尺

牡丹花科 Paeoiaceae	MOUNTAN PEONY

牡丹「瑞恩・伊莉莎白」
Paeonia suffruticosa 'Reine Elizabeth'

性狀：株形直立形，多分枝。花：大型花，杯狀，完全重瓣，花色深粉紅，皺瓣邊緣略帶紅銅色。葉：落葉性，深裂為 3-5 枚披針形至卵形小葉，葉色淺綠。

- 原生地　園藝品種。
- 栽培　可耐白堊土與輕度遮陰，宜以中至鹼性之沃土栽培。
- 繁殖　夏末實施半硬木插、或冬季實施嫁接。

株高
2公尺

株寬
2公尺

八仙花科 Hydrangeaceae	

長葉溲疏「維奇氏」
Deutzia longifolia 'Veitchii'

性狀：生長勢強，枝條初直立、後彎垂。花：花有 5 瓣，花朵聚成大型花序，早至仲夏開花，花色深粉紅，内側顏色較淡。葉：落葉性，狹披針形，先端尖，色綠、無光澤。樹皮：新枝紫色。

- 原生地　園藝品種。中國四川與雲南之密灌叢。
- 栽培　可耐各種肥沃而排水性佳之土壤，但以不太乾旱的土壤最佳，亦適合植於低溫栽培室中。
- 繁殖　夏季實施軟木插。

株高
1.5-2公尺

株寬
1.5-2公尺

山龍眼科 Proteaceae	

夾竹桃葉帝王花　*Protea neriifolia*

性狀：株形直立，矮灌木狀。花：大型頭狀花，春夏開花，花色紅、粉紅或白，苞片尖端有一撮黑色軟毛。葉：常綠，狹長橢圓形，色暗綠或鮮綠。

- 原生地　南非共和國開普省。
- 栽培　宜採溫室栽培，以中至酸性、低磷、低氮之栽培介質培育，生長期間可適量澆水，此外則少澆為宜，需要良好的通風環境。
- 繁殖　春季播種，或夏季實施半硬木插。

最低溫
5-7℃

株高　可達3公尺

株寬
2.5-3公尺

薔薇花科
Rosaceae

西康繡線梅 *Neillia thibetica*

性狀：枝條初直立、後彎垂。**花**：小型筒狀花，小花密聚成柔美的圓錐花序，春末夏初開花，花色淺玫瑰紅。**葉**：落葉性，狹卵形，先端尖、葉緣有銳齒，色翠綠。

• 原生地　中國西部之密生灌叢與溪流岩岸。

• 栽培　土質要求不嚴苛，不過份乾旱即可，亦耐半遮陰，但全日照下開花最盛。西康繡線梅適合栽培於灌木花壇，是一種雅致非凡的罕見植物，花葉俱美，值得大力推廣。花後應立即剪掉最老的開花枝以促進更新生長，修剪後可從植株基部萌發大量新枝。

• 繁殖　夏季實施軟木插、或秋季以吸芽繁殖。

☀ ◊
❀ ❀ ❀

株高
2公尺

株寬
2公尺

鼠刺科	
Escalloniaceae	

老鼠刺「蘋果花」

Escallonia 'Apple Blossom'

性狀：枝葉濃密，矮灌木狀，植叢密實。**花**：小型杯狀花，早至仲夏大量綻放，花色白而略泛粉紅。**葉**：卵形常綠葉，色光滑暗綠。

- 原生地　園藝品種。
- 栽培　喜氣候溫和的海岸地區，內陸應種植於溫暖地點並提供遮風保護，植株可耐富含石灰質之土壤與乾旱環境。花後應修剪，截除老弱枝。
- 繁殖　夏季實施軟木插或半硬木插。

株高
2公尺

株寬
2.5公尺

豆科	ROSE ACACIA,
Leguminosae	BRISTLY LOCUST

毛刺槐　*Robinia hispida*

性狀：枝條初直立、後彎垂，枝葉鬆散，分蘗旺盛。**花**：大型蝶形花，聚成粗短之總狀花序，春末夏初開花，色粉玫瑰紅。**葉**：落葉性，具13-17枚小葉，色暗綠。

- 原生地　美國東南部之坡地密灌叢與乾旱樹林。
- 栽培　土質不拘，但忌澇溼，特別適合栽種於貧瘠乾旱的土地，須防強風，以免折損脆弱枝條。
- 繁殖　秋季播種或以吸芽繁殖、或冬季以根插法繁殖。

株高　可達3公尺

株寬
3公尺

豆科	
Leguminosae	

異花木藍　*Indigofera heterantha*

性狀：枝條初直立、後彎垂。**花**：花小，花朵聚成總狀花序，早夏至秋季開花，花色粉紫紅。**葉**：落葉性，細裂為13-21枚小葉，色灰綠。

- 原生地　喜馬拉雅山西南部之旱生密灌叢。
- 栽培　土質不拘，但忌澇溼，特別適合栽種於貧瘠乾旱之土地，受霜雪摧殘後，可以從基部重新萌發新芽。
- 繁殖　夏季實施軟木插或秋季播種。
- 異學名　*I. gerardiana*.

株高
1.5-2公尺

株寬
1.5-2公尺

野牡丹科	
Melastomataceae	

寶蓮花　*Medinilla magnifica*

性狀：附生性植物，株形直立，分枝粗壯。**花**：春至夏季可吐露長而下垂的開花枝，花色粉紅至珊瑚紅，有粉紅色大型苞片。**葉**：大型廣卵形常綠葉，葉脈明顯，色光滑暗綠。

- 原生地　菲律賓之熱帶森林。
- 栽培　需要肥沃而富含腐殖質之土壤，生長期間應隨時補充水分，此外則適量澆水即可，春秋之間應經常噴水保濕並每月施肥。
- 繁殖　夏季實施綠木插。

最低溫
16℃

株高　1.5-2公尺以上

株寬
1.5-2公尺

| 杜鵑花科
Ericaceae | CALICO BUSH, MOUNTAIN LAUREL |

山月桂 *Kalmia latifolia*

性狀：枝葉濃密，矮灌木狀，株形渾圓。**花**：淺碟狀，由形狀特殊的密捲花苞綻放出來，花色粉紅。**葉**：常綠，橢圓形至披針形，色光滑暗綠。

- **原生地**　美國東部松橡混合林中之林間乾旱岩礫地區。
- **栽培**　宜以富含腐殖質、泥炭質或砂質之酸性土壤栽培，可耐半遮陰。植株毋須經常修剪，修剪後的復原速度將非常緩慢。山月桂是一種漂亮的觀賞植物，適合應用於樹木園和有輕度遮陰、斑駁樹影的地點，對於生長環境之要求和杜鵑花相近，無論在繁花盛開或花苞初綻的時節均極為美麗悅目。它的花苞極富特色：深粉紅色，形狀對稱，整整齊齊地捲成一團。
- **繁殖**　秋季播種，夏季實施軟木插、或秋季以壓條法繁殖。

株高
3公尺

株寬
3公尺

錦葵科 Malvaceae	

朱槿（扶桑花）「總統」
Hibiscus rosa-sinensis 'The President'

性狀：矮灌木狀。**花**：花大，漏斗狀，夏季綻放，呈鮮豔之粉紅色，具紫紅色花心和突出的黃色雄蕊。**葉**：卵形常綠葉，色光滑暗綠。

- 原生地　園藝品種。
- 栽培　宜種植於暖溫室中，生長期間應隨時補充水分，此外則適量澆水即可，已定根之植株可實施夏季修剪。
- 繁殖　春末實施綠木插、或夏季實施半硬木插。

☀ ◊

最低溫
15°C

株高
2.5-3 公尺

株寬
2 公尺

錦葵科 Malvaceae	

花葵「瑰紅」 *Lavatera* 'Rosea' 🏆

性狀：生長勢強，株形直立。**花**：大而形似蜀葵，夏季大量綻放，花色深粉紅。**葉**：半常綠掌裂葉，被絨毛，色淺綠。

- 原生地　園藝品種。自生種分布於歐洲中至東南部之岩礫地。
- 栽培　可耐海濱環境，土質不拘。
- 繁殖　早春或夏季實施軟木插。
- 異學名　*L. olbia* 'Rosea'.

☀ ◊
❄❄

株高
1.5-2 公尺

株寬
1.5 公尺

錦葵科 Malvaceae	

木槿「木橋」 🏆
Hibiscus syriacus 'Woodbrigde'

性狀：生長勢強，株形直立。**花**：大型單瓣花，形似錦葵，夏末至中秋開花，色深玫瑰紅，花瓣基部有深色斑。**葉**：落葉性掌裂葉，色暗綠。

- 原生地　園藝品種。
- 栽培　偏好富含腐殖質之土壤，種植於溫暖而日照充足之處開花更盛（如南向牆邊），老株應於春季實施強剪以促進更新生長。
- 繁殖　春末實施綠木插、或夏季實施半硬木插。

☀ ◊
❄❄❄

株高
2.5 公尺

株寬
2 公尺

錦葵科 Malvaceae	MALVA ROSA

朝天花葵 *Lavatera assurgentiflora*

性狀：株形直立，枝條扭曲。**花**：形似蜀葵，仲夏成簇綻放，花色深櫻桃紅，瓣脈顏色較深。**葉**：半常綠，具 5-7 枚三角形裂片，色翠綠，葉背被白色軟毛。

- 原生地　加州沿海島嶼。
- 栽培　可耐濱海環境及各種土質，春季嚴霜過後可修剪至宿存木質莖。
- 繁殖　早春或夏季實施軟木插。

☀ ◊
❄❄

株高
2.5 公尺

株寬
2 公尺

鼠刺科
Escalloniaceae

老鼠刺「蘭利氏」 *Escallonia* 'Langleyensis'

性狀：生長勢強，枝條彎垂。**花**：花小，漏斗狀，早夏至仲夏大量綻放，色粉玫瑰紅。**葉**：葉小，常綠或半常綠，卵形，色光滑鮮綠。

- 原生地　園藝品種。
- 栽培　適合生長於氣候溫和地區，可培育為海濱花園之綠籬，在內陸花園應種植於溫暖地點，並防範乾燥寒風吹襲。植株可耐石灰質土壤和乾旱，花後應加以修剪，截除老枝或弱枝。老化或生長過度之植株可以重度修剪、追施肥料、鋪設覆蓋之手段促進更新生長，這項工作最好在春末實施，以利新枝在寒冬來臨之前充分成熟，但當季將無法開花。本種為斑點老鼠刺和多枝老鼠刺之雜交品種，是一種雅致而多花的觀花標本樹，適合應用於灌木花壇。
- 繁殖　夏季實施軟木插或半硬木插。

株高
2–3公尺

株寬
3公尺

桃金孃科 Myrtaceae	GRANITE BOTTLEBRUSH

紅花白千層 *Melaleuca elliptica*

性狀：株形渾圓，矮灌木狀。**花**：形似瓶刷，由多數紅色雄蕊密聚成圓柱形花穗，春至夏季開花。**葉**：常綠，卵形至幾近圓形，革質，色灰綠。

- 原生地　澳洲西部。
- 栽培　宜種植於通風良好之溫室中，使用富含腐殖質、含氮量低之培養土栽培。生長期間應適量澆水，此外則少澆為宜，幼株需摘心。
- 繁殖　春季播種，或夏季實施半硬木插。

☀ ◇
❄

株高
3公尺

株寬
2公尺

茄科 Solanaceae	

瓶兒花 *Cestrum elegans*

性狀：生長勢強，枝條彎垂，隨株齡增長漸成樹形。**花**：小型筒狀花，小花密聚成總狀花序，春末至夏季開花，花色紫紅。**果實**：暗紫紅色肉質小漿果。**葉**：常綠，卵狀長橢圓形至披針形，被絨毛，橄欖綠色。

- 原生地　墨西哥之熱帶常綠林。
- 栽培　若種植於寒冷地區，需以南向或西向牆面提供遮風保護。
- 繁殖　夏季實施軟木插。

☀ ◇
❄❄

株高　可
達3公尺

株寬
2公尺

杜鵑花科 Ericaceae	

紅葉興山馬醉木「維克赫斯特」 ♔

Pieris formosa var. *forrestii* 'Wakehurst'

性狀：矮灌木狀，枝葉濃密。**花**：小而芳香，壺形，小花密聚成低垂之圓錐花序，春或早夏開花，花色白。**葉**：常綠，橢圓形至披針形，早夏葉色豔紅，爾後漸轉粉紅、乳黃、乃至深綠。

- 原生地　園藝品種。
- 栽培　宜種植於避風地點，新枝易受霜害，枝條若受損，應盡速修剪至健康枝段前端。
- 繁殖　夏季實施半硬木插。

☀ ◖ ㏗
❄❄

株高　2.5
公尺以上

株寬
2.5公尺

錦葵科 Malvaceae	

蔓性風鈴花（浮釣木）　♈

Abutilon megapotamicum

性狀：枝條彎垂而纖細。**花**：低垂之鐘形花，可自春末連續綻放至秋季，花萼紅色，花藥紫色，花瓣金黃色。**葉**：常綠，卵形，基部心形，色暗綠。

- 原生地　巴西境內之山谷乾旱地區。
- 栽培　偏好輕質土壤，宜種植於溫暖而日照充足之南向或西向牆邊。
- 繁殖　春季播種，或夏季實施軟木插、綠木插或半硬木插。

☀ ○
❄❄

株高　可達3公尺

株寬　3公尺

蠟梅科 Calycanthaceae	CALIFORNIA ALLSPICE

加州夏蠟梅　*Calycanthus occidentalis*

性狀：株形渾圓、矮灌木狀。**花**：有香味，具多數條狀花瓣，夏季開花，花色紫紅。**葉**：落葉性，氣味芳香，卵狀長橢圓形至披針形，色暗綠。

- 原生地　加州海岸山脈山麓丘陵之潮濕地區。
- 栽培　可耐輕度遮陰，宜以深厚肥沃、濕潤、但排水良好之土壤栽培。
- 繁殖　夏季實施軟木插、或秋季播種。

☀ ○
❄❄❄

株高　3公尺

株寬　3公尺

杜英科 Elaeocarpaceae	CHILE LANTERN TREE

燈籠木　*Crinodendron hookerianum*　♈

性狀：株形直立。**花**：大而形似燈籠，花瓣肉質，春末至早夏開花，花色緋紅至深紅。**葉**：常綠，狹長橢圓形至披針形，色光滑暗綠。

- 原生地　智利境內冷涼重濕地區之水岸以及沼澤地區。
- 栽培　宜以濕潤而排水良好之酸性沃土栽培，需防寒風吹襲。
- 繁殖　夏季實施軟木插、或秋季播種。
- 異學名　*Tricuspidaria lanceolata.*

☀ ○ pH
❄❄

株高　2.5公尺以上

株寬　2.5-3公尺

忍冬科 Caprifoliaceae	

勒德布爾總苞忍冬
Lonicera involucrata var.ledebourii

性狀：生長勢強，枝幹挺直，矮灌木狀。**花**：小型筒狀花，春末夏初綻放，花色黃，苞片橙色。**果實**：表皮光亮之黑色小漿果，具紅色苞片。**葉**：落葉性，卵形至長橢圓形，色暗綠。

• 原生地　加州沿海地區。

• 栽培　可耐海濱氣候和都市污染，任何肥沃之土壤均適用於栽培。

• 繁殖　夏季實施半硬木插、或秋季實施硬木插。

株高
3公尺

株寬
3公尺

豆科 Leguminosae	ORCHID TREE

紅花羊蹄甲 *Bauhinia galpinii*

性狀：植株傘狀開展，有時呈半攀緣性。**花**：有香味，小花聚成短總狀花序，夏季開花，花呈鮮豔之磚紅色。**葉**：常綠，具2枚裂片，色翠綠。

• 原生地　南非之山區密灌叢。

• 栽培　宜以肥沃之土壤或培養土栽培，生長期間應隨時補充水分，此外則適量即可，為適合栽培於冷溫室之美麗植物。

• 繁殖　春季播種。

• 異學名　*B. punctata.*

最低溫
5℃

株高
3公尺

株寬
2公尺

山龍眼科 Proteaceae	WARATAH

澳洲帝王花 *Telopea speciosissima*

性狀：株形直立，矮灌木狀，株齡增長後會而漸顯雜亂。**花**：小型筒狀花，小花密聚成球形頭花，春夏開花，花色紅，苞片鮮紅色。**葉**：常綠，狹卵形，有齒緣，革質，色暗綠。

• 原生地　澳洲東部山區。

• 栽培　宜種植於溫暖而日照充足地點，以濕潤而富含腐殖質、排水良好之酸性土壤栽培，需防寒風吹襲。

• 繁殖　春季播種或冬季壓條。

株高
2.5-3公尺

株寬
2公尺

豆科 Leguminosae	COCKSPUR CORAL-TREE

雞冠刺桐 *Erythrina crista-galli*

性狀：株形直立，隨株齡增長漸成樹形。**花**：大型蝶形花，花瓣蠟質，小花聚為帶有葉片之總狀花序，夏至秋季抽苔，花色緋紅。**葉**：落葉性，掌裂狀，具3枚卵形小葉，色翠綠。

• 原生地　巴西。

• 栽培　適合溫暖而日照充足、排水良好、可避免寒風吹襲之地點，地上部會因降雪而枯死，但若得深厚冬雪覆蓋的保護，將可重新萌芽生長。

• 繁殖　春季播種或夏季實施半硬木插。

株高
3公尺

株寬
2公尺

馬錢科 Loganiaceae	

智利冬青 *Desfontainia spinosa*

性狀：生長緩慢，矮灌木狀，枝葉濃密。**花**：低垂之長筒型花，可自仲夏連續綻放至秋末，花色紅，開口處有黃色鑲邊。**葉**：形似冬青之小型常綠葉，葉緣有刺，色光滑暗綠。

- 原生地　南美洲海岸帶及安地斯山脈山麓丘陵之冷涼潮濕地區。
- 栽培　喜深厚肥沃、富含腐殖質且排水良好之土壤，需防寒風，並應以腐葉土或類似物質覆蓋。
- 繁殖　夏季實施半硬木插。

株高
2-3 公尺

株寬
2.5 公尺

桃金孃科 Myrtaceae	STIFF BOTTLEBRUSH

紅瓶刷樹 *Callistemon rigidus*

性狀：矮灌木狀，枝條略彎垂。**花**：花朵密聚成瓶刷狀花穗，春末夏初開花，花色深紅。**葉**：常綠，狹長形，先端銳尖，色綠、無光澤。

- 原生地　主要分布於澳洲東部之潮濕地區。
- 栽培　需要南向或西向溫暖牆面之保護，宜以排水良好之沃土栽培，尤其偏好中至酸性土壤。
- 繁殖　夏季實施半硬木插、或春秋播種。

株高
2 公尺

株寬
2 公尺

豆科 Leguminosae	CORAL TREE

畢威珊瑚刺桐 *Erythrina × bidwillii*

性狀：直立形亞灌木。**花**：小型蝶形花，小花聚成長總狀花序，夏末或秋季開花，花呈鮮豔之紅色。**葉**：落葉性三出複葉，色淺至翠綠。

- 原生地　園藝品種。
- 栽培　需種植於土質排水良好、可避寒風吹襲之溫暖而日照充足地點，地上部會因降雪而枯死，但若得深厚冬季覆蓋之保護，將可從基部重新萌芽生長。
- 繁殖　夏季實施半硬木插。

株高 可
達 3 公尺

株寬
2 公尺

桃金孃科 Myrtaceae	

紅千層「璀璨」

Callistemon citrinus 'Splendens'

性狀：矮灌木狀，枝條略彎垂，株形優美。**花**：小花密聚成瓶刷狀花穗，夏季開花，色豔紅。**葉**：常綠，具檸檬香，狹長形，色灰綠，新葉紫紅色。

- 原生地　園藝品種，澳洲東部之多濕地區。
- 栽培　需要南向或西向溫暖牆面之保護，宜以排水良好之沃土栽培，尤其偏好中至酸性土壤，幼株需實施摘心以促進叢狀生長。
- 繁殖　夏季實施半硬木插。

株高
2 公尺

株寬
2 公尺

漆樹科 Anacardiaceae	SMOOTH SUMACH, SCARLET SUMACH

光滑漆樹 *Rhus glabra*

性狀：矮灌木狀，分枝廣闊開展。**花**：小花密聚成長圓錐花序，夏季開花，花色紅中帶綠。**果實**：密被柔細絨毛之緋紅色果實，聚為直立果穗，結實於雌株上。**葉**：落葉性羽狀裂葉，色深藍綠，入秋轉為紅色。

- 原生地　北美洲。
- 栽培　土質不拘，適合全日照環境。
- 繁殖　可在夏季實施半硬木插、或於冬季以根插法繁殖。

☀ ◊
✿✿✿

株高
2.5 公尺

株寬
2 公尺

桃金孃科 Myrtaceae	PINEAPPLE GUAVA

鳳榴 *Acca sellowiana*

性狀：矮灌木狀，漸長成樹形。**花**：花大，瓣肉質，仲夏開花，正面色暗紅，背面白色，雄蕊外突色鮮紅。**果實**：卵形大果實，可食。**葉**：常綠，橢圓至長橢圓形，色灰綠，葉背密被白色毛茸。原生地巴西和阿根廷。

- 栽培　需要南向或西向牆面之保護，可耐乾旱和海濱氣候。
- 繁殖　夏季實施軟木插。
- 異學名　*Feijoa sellowiana.*

☀ ◊
✿✿

株高　可達 3 公尺

株寬
3 公尺

牡丹科 Paeoniaceae	

紫牡丹 *Paeonia delavayi* ♔

性狀：株形直立，枝幹疏展。**花**：小型碗狀單瓣花，外環葉狀苞片，夏季開花，花呈豔麗之暗紅色。**葉**：落葉性，分裂成卵形小葉，葉面碧綠色，葉背藍綠色。

- 原生地　中國雲南省境之石灰岩地密灌叢。
- 栽培　可耐輕度遮陰，宜種植於向陽避風之肥沃土地，地上部若因降雪而枯死，將可從基部重新抽芽生長。
- 繁殖　秋季播種、或夏末實施半硬木插。

☀ ◊
✿✿✿

株高
2 公尺

株寬
1.2 公尺

槭樹科 Aceraceae	

雞爪槭「血紅」 ♔
Acer palmatum 'Bloodgood'

性狀：樹冠密叢狀，隨株齡增長漸成樹形。**花**：小花聚成低垂之花序，春季開花，花色紫紅。**果實**：形似洋桐槭之果實，紅色。**葉**：落葉性掌裂葉，呈極深之暗紫紅色，入秋轉紅。原生地　園藝品種。

- 栽培　可耐輕度遮陰，全日照葉色最美，需防寒風吹襲，宜用保濕佳但排水良好之土壤栽培。
- 繁殖　初夏實施軟木插、或冬末春初實施嫁接。

☀ ◖
✿✿✿

株高　可達 3 公尺

株寬
3 公尺

小檗科	
Berberidaceae	

小檗「瑰麗」 ♈

Berberis thunbergii 'Rose Glow'

性狀：株形飽滿密實，多刺。**花**：球形至杯狀，綻放於仲夏，花色淺黃，略帶紅色。**果實**：紅色橢圓形小漿果。**葉**：落葉性，卵形，色紫紅，新葉有粉紅和銀白色雜斑。

原生地園藝品種。

- **栽培** 土質不拘，但忌澇溼，可耐半遮陰，枯枝應於夏季最易辨別時加以剪除。
- **繁殖** 夏季實施軟木插或半硬木插。

☀ ◊
❀❀❀

株高
2 公尺以上

株寬
2 公尺

大戟科	COPPERLEAF,
Euphorbiaceae	JACOB'S COAT

紅葉鐵莧（威氏鐵莧）*Acalypha wilkesiana*

性狀：矮灌木狀。**花**：小花聚成柔美之花穗，花色紅。**葉**：大型常綠卵形葉，葉緣鋸齒狀，呈鮮豔之紫綠色，有紅色及深紅色斑點。

- **原生地** 太平洋熱帶島嶼。
- **栽培** 宜種植於暖溫室中，以疏鬆而富含腐殖質之土壤或培養土栽培，偏好半遮陰環境。生長旺盛時應隨時補充水分，此外則少澆為宜，幼株應實施摘心、促進分枝。
- **繁殖** 夏季實施軟木插、綠木插、或半硬木插。

☀ ◊

最低溫
16 ℃

株高
2.5 公尺

株寬
2.5 公尺

馬鞭草科	LEMON VERBENA
Verbenaceae	

防臭木 *Aloysia triphylla*

性狀：枝條挺立，矮灌木狀。**花**：細小，小花聚成細長的總狀花序，夏季開花，花色白中帶淡紫。**葉**：落葉性，具濃郁之檸檬香味，披針形，先端尖，色淺綠。

- **原生地** 智利與阿根廷之乾旱地區。
- **栽培** 寒冷地區應以南向或西向牆面提供遮風保護，冬季並應提供覆蓋。
- **繁殖** 夏季實施軟木插。
- **異學名** *Lippia citriodora*。

☀ ◊
❀❀

株高
3 公尺

株寬
2.5 公尺

醉魚草科 Buddlejaceae		錦葵科 Malvaceae	

皺葉醉魚草 *Buddleja crispa*

性狀：株形直立，矮灌木狀。**花**：小而芳香，小花密聚成總狀花序，仲至晚夏開花，花色淡紫，花喉白或橙色。**葉**：落葉性，卵形，色灰綠。**樹皮**：枝條被白色軟毛。

- **原生地** 喜馬拉雅山露空坡地之密灌叢。
- **栽培** 可生長於白堊質和富含石灰質之土地上，寒冷地區應種植於南向或西向之溫暖牆邊，春季應強剪至接近地面或宿存之木質化主幹。
- **繁殖** 夏季實施半硬木插。

株高 可達3公尺

株寬 2.5–3公尺

華木槿「紫后」

Hibiscus sinosyriacus 'Lilac Queen ' '

性狀：生長勢強，枝幹疏展。**花**：大型，具肥厚之花瓣，夏末至中秋開花，花色淡紫，基部酒紅色。**葉**：落葉性，掌裂狀闊葉，葉緣有細齒，色翠綠。

- **原生地** 園藝品種。
- **栽培** 偏好富含腐殖質之土壤，若能種植於溫暖而向陽之地點開花更盛（如南向牆邊），老株可於春季實施重度修剪。
- **繁殖** 春末實施綠木插、或夏季實施半硬木插。

株高 2.5–3公尺

株寬 3公尺

忍冬科 Caprifoliaceae		HIMALAYAN HONEYSUCKLE

來色木 *Leycesteria formosa*

性狀：株形直立，分蘖旺盛。**花**：小型漏斗狀花，小花聚成低垂之花序，夏至初秋開花，花色白，外被紫紅色苞片。**果實**：紫紅色球狀小漿果。**葉**：落葉性，卵形，色暗綠。**樹皮**：鮮豔之藍綠色，新枝被白粉。

- **原生地** 喜馬拉雅林間溪畔。
- **栽培** 可種植於任何肥沃之土壤中，全日照或半遮陰均宜，植株能由基部大量萌發色彩更鮮明的新枝，春季應疏剪開花後之老枝。喜馬拉雅忍冬

是一種觀賞期長久的美麗植物，非常適合種植在籠罩於輕度斑駁遮陰下的樹木園或灌木花壇中。

- **繁殖** 夏季實施軟木插，或於秋季播種或實施分株繁殖。

株高 2公尺

株寬 2公尺

薄荷科 Lamiaceae	MINT BUSH

薄荷木　*Prostanthera ovalifolia*

性狀：株形渾圓，矮灌木狀。**花**：小型杯狀花，具2枚唇瓣，小花聚為帶葉片之總狀花序，春夏開花，花色紫。**葉**：香氣甜美之卵形常綠葉，厚革質，色暗綠。

- 原生地　澳洲東境之岩石丘陵。
- 栽培　宜種植於冷溫室中，適合肥沃而排水良好之土壤或培養土，盆栽植株於生長期間應隨時補充水分，此外適量澆水即可，花後應略施修剪。
- 繁殖　春季播種、或夏季實施半硬木插。

☼ ◇

最低溫
5℃

株高
2公尺以上

株寬
2公尺

桃金孃科 Myrtaceae	WESTERN TEA-MYRTLE

粉紅花白千層　*Melaleuca nesophylla*

性狀：叢生性灌木或小喬木。**花**：球形頭花，包含眾多雄蕊，會在夏季開花，雄蕊呈淡紫至粉紅色。**葉**：小型常綠卵形葉，呈灰綠色。**樹皮**：成株樹皮呈剝落狀。

- 原生地　澳洲西部草原區。
- 栽培　忌白堊土，偏好低氮肥、排水良好之土壤，盆栽植株需要適量澆水，但在低溫時則應少澆為宜。
- 繁殖　春季播種、或夏季實施半硬木插。

☼ ◇
❈

株高　可
達3公尺

株寬
2公尺

錦葵科 Malvaceae	

印度風鈴花「紫花」
Abutilon × *suntense* 'Violetta'·'

性狀：生長勢強，分枝先直立、後彎垂。**花**：大型碗狀花，春末夏初開花，色深紫。**葉**：落葉性，形似葡萄葉，葉緣銳齒狀，色暗綠。

- 原生地　園藝品種。
- 栽培　偏好輕質土壤，生長於溫暖而日照充足之南向或西向牆邊開花最盛，早春可大幅修剪成株之去年生枝段。
- 繁殖　夏季實施軟木插、綠木插、或半硬木插。

☼ ◇
❈❈

株高
3公尺

株寬
1.5公尺

薄荷科 Lamiaceae	ROUND-LEAVED MINT BUSH

圓葉薄荷木　*Prostanthera rotundifolia*　♥

性狀：矮灌木狀，枝葉濃密，株形渾圓。**花**：鐘形，春末或夏季開花，花色豔紫至藍紫。**葉**：細小之卵形常綠葉，氣味芳香，色深綠。

- 原生地　澳洲大陸與塔斯馬尼亞島。
- 栽培　宜種植於溫暖而日照充足之避風地點，亦適合種植於冷溫室中，生長期間應隨時補充水分，此外則應減少澆水，定根完成之植株可於花後實施重度修剪。
- 繁殖　春季播種、或夏末實施半硬木插。

☼ ◇
❈

株高
2.5-3公尺

株寬
2.5-3公尺

茄科 Solanaceae	BLUE POTATO BUSH

藍洋芋木「皇袍」 *Solanum* 'Royal Robe'

性狀：枝葉開展而稀疏，植株圓形。**花**：小型淺碟狀花，盛開後呈平展狀，夏季成簇綻放，花呈豔藍紫色，花心黃色。**葉**：常綠，披針形，表面平滑，色鮮綠。

- 原生地　園藝品種。
- 栽培　宜種植於冷溫室中，以肥沃而排水良好之土壤或培養土栽培，生長期間應適度澆水，冬季則應減量，但不可令植株乾枯。
- 繁殖　夏季實施半硬木插。

☀ ◐

最低溫
7℃

株高
1.5~2公尺

株寬
2公尺

蝶形花科 Papilionaceae	

白刺槐　*Sophora davidii*

性狀：矮灌木狀，枝條彎曲，分枝多刺。**花**：蝶形小花聚成短總狀花序，春末夏初開花，呈紫白色。**葉**：落葉性羽裂狀，小葉13~19枚，色灰綠。

- 原生地　中國境內之乾旱岩石谷地。
- 栽培　可耐極度乾旱和白堊質土壤，生長在炎熱而日照充足之地點開花最盛，毋需經常修剪，但通常可適應重度修剪。
- 繁殖　秋季播種。
- 異學名　*S. viciifolia.*

☀ ◐
❀❀❀

株高
2~2.5公尺

株寬
2公尺

醉魚草科 Buddlejaceae	

醉魚草「洛金奇」 *Buddleja* 'Lochinch'

性狀：矮灌木狀，株形密實，枝條彎垂。**花**：芳香之筒型小花，密聚成長圓錐形圓錐花序，夏末至秋季開花，花色藍紫。**葉**：落葉性，披針形，新葉灰綠，密被毛茸，後轉為平滑，葉背密被白色毛茸。

- 原生地　園藝品種。
- 栽培　能適應白堊質與石灰質之土壤，任何中等肥沃之土壤均適用於栽培，春季應實施強剪，可誘蝶。
- 繁殖　夏季實施半硬木插。

☀ ◐
❀❀❀

株高
3公尺

株寬
3公尺

茄科 Solanaceae	

紫花碧姬花　*Fabiana imbricata* f. *violacea*

性狀：株形直立，矮灌木狀。**花**：筒型小花，夏季大量綻放於枝梢，花色淡紫。**葉**：小型常綠葉，形似石南，色暗綠。

- 原生地　園藝品種。
- 栽培　宜種植於中等肥沃之輕質土壤中，本種雖可耐石灰質，但仍忌淺薄之白堊土，在南向或西向溫暖牆面之屏蔽下開花最盛。
- 繁殖　春季播種、或夏季實施綠木插。

☀ ◐
❀❀

株高　可
達2.5公尺

株寬
2公尺

錦葵科 Malvaceae	

木槿「青鳥」

Hibiscus syriacus 'Oiseau Bleu'

性狀：生長勢強，株形直立。**花**：花大，形似錦葵，仲至晚夏開花，花色藍紫，花心紅色。**葉**：落葉性掌裂葉，色深綠。

- 原生地　園藝品種。
- 栽培　喜富含腐殖質之土壤，於溫暖而日照充足地點開花更盛（如南向牆邊），毋需經常修剪。
- 繁殖　春末實施綠木插、或夏季實施半硬木插。
- 異學名　*H. syriacus* 'Blue Bird'.

☼ ◊
❀ ❀ ❀

株高
2.5–3 公尺

株寬
2 公尺

鼠李科 Rhamnaceae	SANTA BARBARA CEANOTHUS

聖巴巴拉美洲茶 *Ceanothus impressus*

性狀：矮灌木狀，枝葉濃密，枝條傘狀開展。**花**：花朵細小，密聚成小型花簇，仲春至早夏開花，花色藍。**葉**：小型常綠葉，橢圓形至幾近圓形，葉面皺縮，色暗綠。

- 原生地　南加州之密灌叢帶。
- 栽培　適合溫暖而日照充足之避風處，以排水性佳之輕質土壤栽培，可耐稍含石灰質之土壤和海岸氣候，春季應修剪枯枝，花後則應剪短側枝。
- 繁殖　夏季實施半硬木插。

☼ ◊
❀ ❀

株高
1.5 公尺

株寬
3 公尺

五加科 Araliaceae	

異株五加 *Eleutherococcus sieboldianus*

性狀：生長勢強，枝條彎垂，略具蔓性，多刺。
花：花朵細小，早夏團團綻放，花色淺綠。**果實**：
黑色圓形小漿果，聚成果串。**葉**：落葉性掌裂葉，
小葉 5 枚，色光滑鮮綠。

- 原生地　中國東部之密灌叢與叢林地。
- 栽培　可耐貧瘠的土壤和都市污染。
- 繁殖　可在秋季播種、冬季根插、或夏季實施半
  硬木插。
- 異學名　*Acanthopanax sieboldianus.*

☼ ◊
❋ ❋ ❋

株高　可
達 3 公尺

株寬
2.5~3 公尺

芸香科 Rutaceae	JAPAN PEPPER

胡椒木（蜀椒）*Zanthoxylum piperitum*

性狀：矮灌木狀，植叢密實，多刺，隨株齡增長漸
成樹形。**花**：花朵細小，春季開花，花色黃綠。**果
實**：紅色圓形小果實。**葉**：氣味芳香，落葉性羽
葉，具多數小葉，色光滑暗綠，入秋轉為黃色。

- 原生地　中國北部、韓國與日本山區之密灌叢地
  帶中。
- 栽培　可耐半遮陰，任何肥沃之土壤均適用於栽
  培，應隨時修剪枯枝。
- 繁殖　秋季播種、或冬末以根插法繁殖。

☼ ◊
❋ ❋ ❋

株高
2 公尺

株寬
2 公尺

芸香科 Rutaceae	HOP TREE, WAFER ASH

忽布樹「金光」*Ptelea trifoliata* 'Aurea' ♈

性狀：矮灌木狀，枝葉濃密，有時可長成樹形。
花：細小而極香之星形花，小花聚成繖房花序，夏
季開花，花色淡黃。**果實**：有翅，形似榆實，密聚
成果串，秋季結實，色綠。**葉**：落葉性三出複葉，
氣味芳香，新葉鮮黃色，後轉為淺綠。

- 原生地　園藝品種。
- 栽培　可耐輕度遮陰，任何肥沃之土壤均適用於
  栽培。
- 繁殖　夏季實施軟木插。

☼ ◊
❋ ❋ ❋

株高
3 公尺

株寬
3 公尺

鼠刺科 Escalloniaceae	

月月青 *Itea ilicifolia* ♈

性狀：矮灌木狀，枝條彎垂。**花**：花朵細小，聚成
柔美的總狀花序，狀似柔荑花序，夏季及早秋開
花，花色淺綠。**葉**：卵形常綠葉，葉緣銳齒狀，色
光滑暗綠。

- 原生地　中國西境低矮山巒之峭壁。
- 栽培　可耐半遮陰，能適應大多數不太乾旱之沃
  土，宜栽種於溫暖之南向牆邊，幼株需要冬季覆
  蓋的保護。
- 繁殖　夏季實施軟木插。

☼ ◊
❋ ❋

株高
3 公尺

株寬
3 公尺

桃金孃科 Myrtaceae	LEMON BOTTLEBRUSH

淡白瓶刷樹 *Callistemon pallidus*

性狀：矮灌木狀，枝條彎垂，株形優美。**花**：小型花，密聚成瓶刷狀花穗，夏季開花，花色乳黃。**葉**：常綠葉，狹長形，氣味芬芳，呈灰綠色，新葉略呈粉紅色。

- 原生地　澳洲東部潮濕地區之優勢植物。
- 栽培　需有溫暖之南向或西向牆面遮蔽保護，宜種植於肥沃但排水良好之土壤中，尤其偏好中至酸性土質，幼株應實施摘心、促進叢狀生長。
- 繁殖　夏季實施半硬木插。

株高
3公尺

株寬
3公尺

薔薇科 Rosaceae	

美國風箱果「達特金葉」　♈
Physocarpus opulifolius 'Dart`s Gold'

性狀：枝葉濃密，株形渾圓。**花**：小型淺杯狀，春末成簇綻放，色白或淺粉紅。**葉**：落葉性，卵至圓形，三裂，色金黃。**樹皮**：平滑，有細條狀紋理。

- 原生地　園藝品種。
- 栽培　可耐各種肥沃之土壤，但淺薄之白堊土除外，適合生長在濕潤而略偏酸性之土壤中，花後可修剪老枝、疏展過度擁擠之枝條。
- 繁殖　夏季實施軟木插。

株高
2.5公尺

株寬
2.5公尺

山茱萸科 Cornaceae	

紅枝四照花（紅瑞木）「司培氏」　♈
Cornus alba 'Spaethii'

性狀：生長勢強，株形直立。**花**：小花聚成小型花簇，春末夏初開花，花色乳白。**果實**：白色圓形小果實，形似漿果。**葉**：落葉性，卵形至橢圓形，色鮮綠，有黃邊。**樹皮**：冬季枝條呈鮮紅色。

- 原生地　園藝品種。自生種分布於西伯利亞至中國北部和韓國一帶之森林地。
- 栽培　可育成鮮豔冬季枝條，早春應修剪。
- 繁殖　夏季軟木插或秋冬硬木插。

株高　可
達2公尺

株寬
2-2.5公尺

繖形花科 Umbelliferae	SHRUBBY HARE'S EAR

兔耳柴胡 *Bupleurum fruticosum*

性狀：株形渾圓，矮灌木狀，枝條纖細而彎垂。**花**：小花聚成圓形頭狀花，會在仲夏至早秋開花，花黃色。**葉**：常綠葉，長卵形或披針形，質地厚，呈海綠色。

- 原生地　分布於南歐之密生灌叢與岩石峭壁。
- 栽培　可耐海岸氣候，能適應任何不甚肥沃的土壤，種植地點需溫暖避風，春季為修剪生長過度植株之適期。
- 繁殖　夏季實施半硬木插。

株高
2公尺以上

株寬
2公尺

木樨科
Oleaceae

ITALIAN JASMINE, YELLOW JASMINE

小黃馨（矮探春）*Jasminum humile*

性狀：矮灌木狀，半攀緣性或堆狀生長。**花**：小而芳香之筒型花，著花於細枝末稍，春初至秋末綻放，花色鮮黃。**葉**：常綠或半常綠，羽裂為 5-7 枚小葉，色鮮綠。

- **原生地**　阿富汗至中國間，喜馬拉雅山區之旱谷密灌叢。
- **栽培**　任何肥沃之土壤均適用於栽培，寒冷地區需以溫暖之南向或西向牆遮蔽保護，若有需要可於花後疏剪老枝，除此之外很少需要修剪。花朵著生於去年生枝段和當年生枝段末稍。種植於牆邊之植株可向上攀緣，但必需綁縛於堅固的支撐架上。本種若不加以支撐而任其在灌木花壇隨意生長，將可形成美麗的堆狀植叢，此外亦可種植於適合的地方當作點景植物。
- **繁殖**　夏季實施半硬木插。

☀ ◊
❄ ❄

株高
2–2.5 公尺

株寬
2–2.5 公尺

茄科 Solanaceae	WILLOW-LEAVED JASSAMINE

大夜香木（大夜丁香）*Cestrum parqui*

性狀：生長勢強，枝幹疏展。**花**：小型筒狀花，夜間可散發芳香，夏季成簇盛放，花色黃綠。**果實**：紫褐色小漿果。**葉**：落葉性，狹披針形，色翠綠。

- 原生地　智利之貧瘠乾旱地區。
- 栽培　宜以肥沃而排水良好之土壤栽培，需有南向或西向之溫暖牆面提供遮蔽保護，並需以常綠植物之修剪枝條作為冬季覆蓋，地上部若因降雪而枯死將可再度萌芽。
- 繁殖　夏季實施軟木插。

☼ ◊
❀❀

株高
2–3公尺

株寬
2公尺

豆科 Leguminosae	BLADDER SENNA

魚鰾槐 *Colutea arborescens*

性狀：生長勢強，枝幹疏展，植株圓形。**花**：蝶形，全夏綻放，花色金黃。**果實**：醒目之膨大莢果，夏末與秋季結實，初結時為綠色，成熟轉為褐色。**葉**：落葉性，羽裂成多數小葉，色淺綠。

- 原生地　中歐至地中海一帶。
- 栽培　土質不拘，但忌澇澀，可耐輕度遮陰，但生長於全日照下開花最盛。
- 繁殖　夏季實施軟木插、或秋季播種。

☼ ◊
❀❀❀

株高　可
達3公尺

株寬
3公尺

豆科 Leguminosae	

金鏈葉黃花木 *Piptanthus nepalensis*

性狀：枝幹疏展，株形直立。**花**：小型蝶形花，聚成總狀花序，春末夏初開花，花色鮮黃。**葉**：落葉性或半常綠，分裂為3枚大型小葉，色暗藍綠。

- 原生地　喜馬拉雅山之密灌叢與疏林地。
- 栽培　寒冷地區需有溫暖之南向或西向牆提供遮蔽，春季應剪除開花後之老枝、疏展過度擁擠之枝條。
- 繁殖　秋季播種。
- 異學名　*P. laburnifolius, P. forrestii.*

☼ ◊
❀❀

株高
2–3公尺

株寬
2公尺

第倫桃科 Dilleniaceae	

楔葉鈕扣花 *Hibbertia cuneiformis*

性狀：矮灌木狀，株形直立。**花**：小，具5枚外展花瓣，聚成附葉片花序，春夏開花，色鮮黃。**葉**：小型常綠葉，卵形，前端葉緣有鋸齒，色暗綠。

- 原生地　澳洲西部地區。
- 栽培　宜種植於溫室中，適合添加粗砂之肥沃而富含腐殖質之土壤或培養土，生長期間應適量澆水，此外則應減少澆水，需保持通風良好。
- 繁殖　夏季實施半硬木插。
- 異學名　*Candollea cuneiformis, H. tetrandra.*

☼ ◊

最低溫
5–7℃

株高
2–3公尺

株寬
1.5公尺

牡丹科 Paeoniaceae	TIBETAN PEONY

黃牡丹 *Paeonia delavayi* var. *ludlowii*

性狀：株形直立，枝幹疏展。**花**：大型單瓣碗狀花，夏季綻放，花色豔麗之金黃色。**葉**：落葉性，掌裂為深缺刻、先端尖之小葉，色鮮綠。

- 原生地　園藝品種。自生種分布於西藏西南境之山區峽谷。
- 栽培　可耐輕度遮陰，宜種植於中至鹼性之沃土中，種植地點應日照充足而避風，地上部因降雪而枯死之後可重新萌發。此種牡丹花葉俱美，為最受喜愛的品種之一，秋季落葉後應剪除開花枝，並於春季將所有老化之開花枝從基部截除，為葉姿較美的新枝開闢生長空間。
- 繁殖　秋季播種（約需三年才能發芽）、或夏末實施半硬木插。
- 異學名　*P. lutea* var. *ludlowii*.

☼ ◊
❅ ❅ ❅

株高
2.5 公尺

株寬
2.5 公尺

豆科 Leguminosae	

橙花魚鰾槐 *Colutea* × *media*

性狀：生長勢強，枝幹疏展，株形渾圓。**花**：蝶形小花聚成總狀花序，夏日抽苔，花色金黃而略透橙褐。**果實**：醒目之膨大莢果，夏末秋季結實，略帶紅色。**葉**：落葉性，羽裂為多數小葉，色灰綠。

- 原生地　園藝品種。
- 栽培　土質不拘，但忌澇溼，可耐輕度遮陰，但全日照下開花最盛，若有需要，可於春季實施強剪以限制植株大小。
- 繁殖　夏季實施軟木插。

☼ ◊
❄ ❄ ❄

株高　可達 3 公尺

株寬　3 公尺

豆科 Leguminosae	

尖葉黃槐 *Senna corymbosa*

性狀：生長勢強，枝條彎垂，漸長成樹形。**花**：碗狀小花聚成大型花枝，夏季抽苔，金黃。**果實**：長橢圓形莢果，初為綠色，成熟轉褐色。**葉**：常綠或半常綠，羽裂成 4-6 枚卵形小葉，色鮮綠。

- 原生地　美國南部、阿根廷及烏拉圭坡地林。
- 栽培　宜種植於通風良好之溫室中，生長期間應隨時補充水分，此外則適量澆水即可。
- 繁殖　春季播種。
- 異學名　*Cassia corymbosa.*

☼ ◊

最低溫　7 ℃

株高　2-3 公尺

株寬　2 公尺以上

豆科 Leguminosae	SPANISH BROOM

鷹爪豆 *Spartium junceum* ♈

性狀：株形直立，新枝細瘦，老化後逐漸彎垂。**花**：芳香蝶形花，早夏至秋季綻放，呈豔麗金黃色。**葉**：落葉性，幾無葉，莖似燈心草，色深綠。

- 原生地　西南歐與地中海一帶之密灌叢，常分布於石灰岩地。
- 栽培　宜種植於溫暖而日照充足之地點，土質不拘，但忌澇溼，最好栽種於不甚肥沃的土壤中，三月為修剪適期，但應避免修剪老幹。
- 繁殖　秋季播種。

☼ ◊
❄ ❄

株高　3 公尺

株寬　3 公尺

罌粟科 Papaveraceae	TREE POPPY, BUSH POPPY

罌粟木　*Dendromecon rigida*

性狀：生長勢強，枝條初直立、後彎垂。**花**：大而芳香，形似罌粟花，春秋之間可斷續開花，花色金黃。**葉**：常綠，狹卵形至披針形，色藍綠。

- 原生地　加州之乾旱岩石丘陵。
- 栽培　需有溫暖而日照充足之牆面提供遮蔽，冬季應鋪設乾燥之覆蓋材料加以保護。
- 繁殖　夏季實施軟木插、春或秋季播種、或冬季實施根插繁殖。

☀ ◊
❄ ❄

株高
3 公尺

株寬
3 公尺

豆科 Leguminosae	GOLDEN WONDER

複總望江南　*Senna didymobotrya*

性狀：圓形或開展形。**花**：大型蝶形花，密聚於花穗，由光滑黑褐色苞片中綻放出來，全年開花，色鮮黃。**葉**：常綠，羽裂成 8-18 枚小葉，色黃綠。

- 原生地　熱帶非洲之坡地叢林。
- 栽培　宜種植於暖溫室中，以排水良好之土壤或培養土栽培。生長期間可充分澆水，此外則適量至少量澆水即可。
- 繁殖　春季播種。
- 異學名　*Cassia didymobotrya*.

☀ ◊

最低溫
13 ℃

株高　可
達 3 公尺

株寬
2.5 公尺

錦葵科 Malvaceae	

風鈴花「湯普森氏」
Abutilon pictum 'Thompsonii'

性狀：生長勢強，株形直立，植叢密實。**花**：鐘形，夏季至中秋綻放，花色橙黃，瓣脈深紅色。**葉**：大型，3-5 裂，色鮮綠、有黃斑。

- 原生地　園藝品種。
- 栽培　宜種植於溫室中，以排水良好之沃土栽培。可耐半遮陰，生長期應隨時澆水，此外適量澆水，幼株應摘心，可當作夏季花壇植物。
- 繁殖　夏季軟木插、綠或半硬木插。

☀ ◊

最低溫
5-7 ℃

株高
2.5 公尺

株寬
2 公尺

繡球花

繡球花（Hydrangea）泛指一群產自中國、日本、喜馬拉雅山和南、北美洲的落葉性灌木和落葉或常綠性攀緣植物，其頭狀花序形狀變化萬千，但其中最有名的當屬小花聚成大而渾圓的頭花之「蓬頭花品系」（園藝型），和頭花形狀較為扁平的「蕾絲帽品系」。有些品種的洋繡球會隨土壤酸鹼度的變化而開出藍色（酸性土壤）或粉紅色（中性或鹼性土壤）花朵，一枝頭狀花序通常都包含多數細小的可孕性花朵，花型較大、具有非常漂亮的紙質瓣狀萼片之不孕性花朵則環繞於外圍或間雜於其中。洋繡球偏好全日照或半遮陰環境，以及肥沃濕潤、但排水性佳之土壤，繁殖可於夏季實施軟木插。

圓錐繡球花（水亞木）「盛美」

性狀：生長勢強，枝幹疏展，株形直立。**花**：白色舌狀小花組成極大之密圓錐形頭花，夏末及秋季開花，花朵老化後轉為粉紅或紅色。**葉**：落葉性，卵形，有齒緣，色暗綠。
- 株高　3公尺
- 株寬　3公尺

圓錐繡球花「盛美」
H. Paniculata 'Unique'

櫟葉繡球花

性狀：矮灌木狀，形成堆狀植叢。**花**：小花聚成角錐形圓錐花序，仲夏至中秋開花，花色白，老化後漸帶紫紅色。**葉**：落葉性，深裂狀，色暗綠，入秋轉為紫紅色。
- 栽培　喜中至酸性土，宜植於可避霜雪處。
- 株高　1-1.5公尺
- 株寬　2公尺

櫟葉繡球花
H. quercifolia

圓錐繡球花「早花」

性狀：生長勢強，枝幹疏展，花期早。**花**：舌狀，有齒緣，小花疏聚為狹圓錐形頭花，仲夏開花，花色白。**葉**：落葉性，先端銳尖，有齒緣，色暗綠。
- 株高　3公尺
- 株寬　3公尺

圓錐繡球花「早花」
H. Paniculata 'Praecox'

小樹型繡球花「大花」

性狀：株形直立，枝幹疏展，矮灌木狀。**花**：大型舌狀花，密聚成圓形頭花，仲夏至早秋開花，花色乳白。**葉**：落葉性，廣卵形，先端銳尖，葉色呈鮮綠。
- 栽培　很少需要修剪，但冬末或春初可適度加以修剪，促進植株開出更大的花序。
- 株高　1.5公尺以上
- 株寬　1.5公尺

小樹型繡球花「大花」
H. arborescens 'Grandiflora'

洋繡球「萊納斯白花」

性狀：矮灌木狀，枝葉密集，植叢密實。**花**：平展形頭花，仲至晚夏綻放，大型白色花朵分布於外圍，豔麗或粉紅色細小花朵聚於中央。**葉**：落葉性，卵形，有齒緣，色光滑翠綠。
- 株高　1.5公尺
- 株寬　2公尺

洋繡球「萊納斯白花」
H. macrophylla 'Lanarth White'（蕾絲帽品系）

圓錐繡球花「多花」

性狀：生長勢強，枝幹疏展。**花**：大而密集之狹圓錐形頭花，中央為小型花朵，外圍環繞極大之舌狀花，夏末開花，花色白。**葉**：落葉性，先端尖，有齒緣，色暗綠。

- 株高　3公尺
- 株寬　3公尺

圓錐繡球花「多花」
H. paniculata 'Floribunda'

☀ ◐ ❄❄❄　　▽

東陵繡球花

性狀：株形直立，枝條略彎垂。**花**：闊「蕾絲帽型」頭花，仲夏至晚夏開花，淡綠色小花聚於中央，外環大型白色舌狀花，花朵老化後轉為粉紅色。**葉**：落葉性，狹卵形，有齒緣，色暗綠。

- 株高　3公尺
- 株寬　3公尺

東陵繡球花
H. heteromalla,
Bretschneideri Group

☀ ◐ ❄❄❄　　▽

圓錐繡球花「布魯塞爾蕾絲」

性狀：生長勢強，枝幹疏展。**花**：小花聚成大而細緻之圓錐形圓錐花序，夏末秋初開花，花色白。**葉**：葉大，落葉性，先端尖，有齒緣，色暗綠。

- 株高　3公尺
- 株寬　2公尺

圓錐繡球花「布魯塞爾蕾絲」*H. paniculata* 'Brussels Lace'

☀ ◐ ❄❄❄

小樹型繡球花「安娜貝爾」

性狀：株形直立，枝幹疏展。**花**：圓形頭花大而緻密，仲夏至早秋綻放，花色乳白。**葉**：落葉性，廣卵形，先端尖，色鮮綠。

- 株高　1.5公尺以上
- 株寬　1.5公尺

小樹型繡球花「安娜貝爾」
H. arborescens 'Annabelle'

☀ ◐ ❄❄❄　　▽

總苞繡球花「重瓣」

性狀：枝葉稀疏，株形傘狀開展。**花**：花小、重瓣，小花密聚成族，夏末與秋季開花，花呈乳白、粉紅與綠色。**葉**：落葉性，闊心形，有剛毛，葉緣細齒狀，色暗綠。

- 株高　1.2-1.5公尺
- 株寬　1.2-1.5公尺

總苞繡球花「重瓣」
H. involucrata 'Hortensis'

☀ ◐ ❄❄　　▽

洋繡球「維布瑞將軍」

性狀：生長勢強，矮灌木狀。**花**：小花密聚成圓形頭花，仲至晚夏開花，生長於酸性土壤開淺藍色花，否則開清麗之淡粉紅色花。**葉**：落葉性，卵形，有齒緣，色淺綠。

- 株高　1.5公尺
- 株寬　1.5公尺

洋繡球「維布瑞將軍」
H. macrophylla 'Générale Vicomtesse de Vibraye'
（蓬頭花品系園藝型）

☀ ◐ ❄❄

洋繡球「漢堡」

性狀：生長勢強，矮灌木狀。**花**：小花大型，密聚成圓頂形頭花，仲至晚夏開花，花色深玫瑰紅或深藍，依土壤酸鹼值而定。**葉**：落葉性，卵形，先端尖，色深綠。

- 株高　1.5-2公尺
- 株寬　2-2.5公尺

洋繡球「漢堡」
H. macrophylla 'Hamburg'
（蓬頭花品系園藝型）

☀ ◐ ❄❄

洋繡球「高株」

性狀：生長勢強，矮灌木狀。**花**：花小，密聚成圓頂形頭花，仲至晚夏開花，花色豔玫瑰紅，種植於酸性土壤則花色鮮藍。**葉**：落葉性，卵形，先端尖，色深綠。

- 株高　1.5-2 公尺
- 株寬　2-2.5 公尺

洋繡球「高株」
H. macrophylla 'Altona'
（蓬頭花品系園藝型）

☀ ◐ ❀❀

馬桑繡球花

性狀：生長勢強，直立形。**花**：平展形頭花，夏末至中秋開花，紫色小花聚於內側，大型舌狀花白中帶紫。**葉**：落葉性，披針形，有齒緣，色綠、無光澤，有剛毛，葉背被灰色絨毛。

- 株高　3 公尺
- 株寬　3 公尺

馬桑繡球花
H. aspera

☀ ◐ ❀❀❀

洋繡球「粉紫」

性狀：生長勢強，矮灌木狀。**花**：平展形頭花，仲至晚夏開花，深紫色細小花朵聚於中央，較大之粉紫紅色花朵環繞於外圍。**葉**：落葉性，卵形，有齒緣，色光滑翠綠。

- 株高　1.5 公尺
- 株寬　2 公尺

洋繡球「粉紫」
H. macrophylla 'Lilacina'
（蕾絲帽品系）

☀ ◐ ❀❀

粗齒繡球花

性狀：矮灌木狀，枝葉濃密細瘦。**花**：扁平頭花，仲至晚夏開花，在酸性土壤呈藍色，否則呈粉紅色。**葉**：落葉性，卵形有齒緣，先端尖色青綠。

- 異學名　*H. macrophylla* subsp. *serrata*.
- 株高　1.5 公尺
- 株寬　1.5 公尺

粗齒繡球花
H. serrata

☀ ◐ ❀❀❀

洋繡球「維奇氏」

性狀：生長勢強，枝葉鬆散，矮灌木狀。**花**：平展形頭花，仲至晚夏開花，細小之淺藍紫色花朵聚於中央，外緣環繞初為白色、後轉粉紅之較大花朵。**葉**：落葉性，卵形，有齒緣，色光滑翠綠。

- 株高　1.5 公尺
- 株寬　2 公尺

洋繡球「維奇氏」
H. macrophylla 'Veitchii'
（蕾絲帽品系）

☀ ◐ ❀❀❀　　♛

洋繡球「馬瑞氏美花」

性狀：生長勢強，矮灌木狀。**花**：小花聚成扁平之頭花，仲至晚夏綻放，在酸性土壤呈藍色，否則呈粉紅色。**葉**：落葉性，卵形，有齒緣，色青綠。

- 異學名　*H. macrophylla* 'Blue Wave'.
- 株高　1.5-2 公尺
- 株寬　2 公尺

洋繡球「馬瑞氏美花」
H. macrophylla 'Mariesii Perfecta'（蕾絲帽品系）

☀ ◐ ❀❀

粗齒繡球花「青鳥」

性狀：生長勢強，矮灌木狀，枝幹粗壯。**花**：扁平、開展狀頭花，仲至晚夏開花，藍、粉紅或白色小花聚於中央，舌狀花在酸性土壤呈藍色，此外則呈紫紅色。**葉**：落葉性，卵形，有齒緣，先端尖，色青綠，入秋轉紅。

- 株高　1.2 公尺
- 株寬　1.2 公尺

粗齒繡球花「青鳥」
H. serrata 'Bluebird'

☀ ◐ ❀❀❀　　♛

洋繡球「藍帽」

性狀：生長勢強，矮灌木狀。**花**：小花密生之圓頂形頭花，仲至晚夏開花，色豔藍或粉紅，唯有生長於酸性土壤方可呈現純正的藍色。**葉**：落葉性，卵形，先端尖，色深綠。

- 株高　1.5-2 公尺
- 株寬　2-2.5 公尺

洋繡球「藍帽」*H. macrophylla* 'Blue Bonnet'（蓬頭花品系園藝型）

☀ ◐ ❀❀

鼠李科 Rhamnaceae	

刺科力木　*Colletia hystrix*

性狀：枝幹彎曲，分枝粗壯，極多刺。**花**：小而芳
香之筒型花，夏末至秋季由粉紅色花苞開出白花。
葉：葉小，落葉性，橢圓形，非常稀疏。
- 原生地　智利南境之碎石坡地。
- 栽培　宜種植於溫暖避風之處，以排水良好、不
  甚肥沃之土壤栽培。
- 繁殖　夏末實施半硬木插。
- 異學名　*C. armata.*

株高
2-2.5公尺

株寬
3公尺

忍冬科 Caprifoliaceae	

香莢蒾　*Viburnum farreri*

性狀：株形筆挺，枝葉濃密。**花**：小而極香，呈圓
形花簇，秋末至春初開花，色白或淡粉紅。**葉**：落
葉性，卵形，色暗綠，新葉及秋季老葉紅褐色。
- 原生地　中國北部之密灌叢與森林地。
- 栽培　可適應任何不甚乾旱之深厚沃土，花後應
  疏剪老枝。
- 繁殖　夏季實施軟木插、或秋季播種（栽培品種
  鮮少結果）。
- 異學名　*V. fragrans.*

株高
3公尺

株寬
3公尺

豆科 Leguminosae	POWDER PUFF TREE

美洲合歡（粉紅花型）
Calliandra haematocephala (pink form)

性狀：株形傘狀開展，隨株齡增長漸成樹形。**花**：
細小之小花聚成大型粉撲狀頭花，秋末至春季開
花，花色粉紅，有細長之粉紅色雄蕊。**葉**：常綠羽
裂葉，具 16-24 枚狹卵形小葉，色鮮綠。
- 原生地　南美洲之乾旱岩石丘陵。
- 栽培　宜栽培於溫室中，生長期隨時補充水分，
  低溫時減少澆水，花後應將花枝剪短三分之二。
- 繁殖　春季播種。

株高　2.5
公尺以上

株寬
3公尺

衛矛科
Celastraceae

希伯桃葉衛矛「紅精靈」*Euonymus hamiltonianus* subsp. *sieboldianus* 'Red Elf'

性狀：株形直立，有時呈樹形。**花**：細小而不顯眼，早夏開花，色綠。**果實**：蒴果四室，深粉紅色，秋季裂開後可釋出紅色種子。**葉**：落葉性，長橢圓形，先端尖，色綠、無光澤，入秋轉鏽紅色。

• 原生地　園藝品種。

• 栽培　可適應任何肥沃的土壤，尤其是白堊土。宜兩株以上群植，以確保植株結果。

• 繁殖　夏季實施半硬木插。

☀ ◊
❄ ❄ ❄

株高
3 公尺

株寬
3 公尺

衛矛科
Celastraceae

歐洲衛矛「紅衛矛」
Euonymus europaeus 'Red Cascade'　♈

性狀：矮灌木狀，有時呈樹形。**花**：細小而不起眼，早夏開花，綠色。**果實**：蒴果四室，粉玫瑰紅色，秋季裂開後可釋出橙色種子。**葉**：落葉性狹卵形葉，色翠綠，入秋轉為深紅色。

• 原生地　園藝品種。

• 栽培　可耐輕度遮陰，全日照下結果及秋色最佳，沃土即可，白堊土尤佳。宜兩株以上群植。

• 繁殖　夏季實施半硬木插。

☀ ◊
❄ ❄ ❄

株高
2.5-3 公尺

株寬
2.5-3 公尺

衛矛科
Celastraceae

寬葉衛矛　*Euonymus latifolius*

性狀：枝幹疏展，枝條先直立、後彎垂。**花**：細小而不起眼，早夏開花，花色淺綠。**果實**：大型四室蒴果，色深紅，秋季開裂後可釋出橙色種子。**葉**：落葉性橢圓形葉，色深綠，入秋轉為豔紅色。

• 原生地　南歐至小亞細亞峭壁疏林與坡地灌叢。

• 栽培　全日照下結果與秋色最美，可適應任何肥沃的土壤，尤其是白堊土。宜兩株以上群植，以確保植株結果。

• 繁殖　夏季實施半硬木插。

☀ ◊
❄ ❄ ❄

株高
3 公尺

株寬
3 公尺

忍冬科 Caprifoliaceae	

樺葉莢蒾 *Viburnum betulifolium*

性狀：多主幹，枝條先直立、後彎曲。**花**：小花密聚成頭狀花序，早夏開花，花色白。**果實**：表皮光滑之鮮紅色漿果，秋冬可大量結實。**葉**：落葉性，形似樺樹葉，色光滑鮮綠。

- 原生地　中國中、西部密灌叢帶。
- 栽培　可適應任何深厚肥沃且不甚乾燥之土壤，宜數株群植以確保結果豐碩，花後應疏剪老枝。
- 繁殖　夏季實施軟木插或秋季播種。

☼ ◊
❀ ❀ ❀

株高
3 公尺

株寬
2.5–3 公尺

衛矛科 Celastraceae	WINGED SPINDLE

衛矛 *Euonymus alatus*

性狀：枝葉濃密，分枝水平層狀分布，有軟木質翼狀莖。**花**：不顯眼，夏季開花，花色淺綠。**果實**：四室小蒴果，果紫紅相間，秋季裂開後可釋出橙色種子。**葉**：落葉性卵形至橢圓形葉，色深綠，入秋轉為鮮豔之深紅色。

- 原生地　中國與日本之疏林地和密灌叢帶。
- 栽培　可耐遮陰，但全日照下結果與秋色最佳，宜以肥沃之土壤栽培。
- 繁殖　夏季實施半硬木插。

☼ ◊
❀ ❀ ❀

株高　可
達 2 公尺

株寬
3 公尺

楝科 Aitoniaceae (Meliaceae)	CHINESE LANTERNS, KLAPPERBOS

南非燈籠花 *Nymania capensis*

性狀：株形渾圓，枝幹堅硬，隨株齡增長漸成樹形。**花**：鐘形，花瓣直立，春季開花，花色粉玫瑰紅。**果實**：果皮紙質、膨大，形似燈籠，秋季結實，色深紅。**葉**：狹線形常綠葉，革質，簇生。

- 原生地　非洲南部之乾旱不毛之半沙漠地帶。
- 栽培　宜以肥沃而排水良好之土壤或培養土栽培，生長期間應小心而適量地澆水，此外則少澆為宜。
- 繁殖　春季播種、或夏季實施半硬木插。

☼ ◊

株高　可
達 3 公尺

株寬
1.5–2 公尺

山茱萸科 Cornaceae	

紅枝四照花（紅瑞木）「凱索林」
Cornus alba ‘Kesselringii’

性狀：生長勢強，株形直立。**花**：小型花，春末至早夏綻放，花色乳白。**葉**：落葉性，卵形至橢圓形，色暗綠，入秋轉為紫紅色。**樹皮**：冬季枝幹呈紫黑色。

- 原生地　園藝品種。
- 栽培　若要培育漂亮的彩色冬枝，應於每年早春將植株修剪至接近地面。
- 繁殖　夏季實施軟木插、或秋冬實施硬木插。

☼ ◊
❀ ❀ ❀

株高　可
達 2 公尺

株寬
2–2.5 公尺

馬鞭草科 Verbenaceae	

寶麗紫珠 *Callicarpa bodinieri* var. *giraldii*

性狀：株形渾圓，矮灌木狀。**花**：細小，仲夏成簇綻放，花色淡紫。**果實**：閃亮的珠狀小漿果，聚成果串，早秋結實，色紫紅。**葉**：落葉性，橢圓至披針形，先端尖，色淺綠，新葉略帶紅褐色。
- 原生地　中國中、西部之疏林與密灌叢地帶。
- 栽培　數株群植結果更盛，任何肥沃之土壤均適用於栽培。
- 繁殖　夏季實施軟木插。

株高
2 公尺

株寬
2 公尺

馬鞭草科 Verbenaceae	GLORY FLOWER

臭牡丹 *Clerodendrum bungei* ♈

性狀：株形直立，分蘗旺盛，半木本植物。**花**：小而芳香之鐘形花，花朵聚成圓頂形花序，夏末秋初綻放，花色深粉紅至紫紅。**葉**：落葉性心形葉，葉緣疏鋸齒狀，有惡臭，色翠綠。
- 原生地　中國大陸之密灌叢與疏林地。
- 栽培　宜以富含腐殖質之土壤栽培，須防寒風與季末霜雪傷害，春季應實施疏枝修剪。
- 繁殖　春季播種或實施軟木插、夏季實施半硬木插，或春、秋二季以帶根之吸芽繁殖。

株高
2 公尺

株寬
2 公尺

鼠李科 Rhamnaceae	

美洲茶「秋藍」 ♈
Ceanothus 'Autumnal Blue'

性狀：生長勢強，矮灌木狀。**花**：花朵細小，疏聚成大型圓錐花序，春末、夏季至秋季開花，呈鮮豔之天藍色。**葉**：廣卵形常綠葉，色光滑鮮綠。
- 原生地　園藝品種。
- 栽培　可耐稍含石灰質之土壤與海岸氣候，宜種植於溫暖而日照充足之避風地點及質地鬆軟、排水佳之土壤。少需修剪，花後可稍微修剪側枝。
- 繁殖　夏季實施半硬木插。

株高
3 公尺

株寬
3 公尺

小蘗科 Berberidaceae	

小蘗「野性」 *Berberis* 'Barbarossa'

性狀：生長勢強，枝條彎垂。**花**：小花聚成圓形圓錐花序，春末夏初開花，花色淺黃。**果實**：深橙紅色球狀小漿果，夏季大量結實。**葉**：半常綠，狹卵形，色暗綠。
- 原生地　園藝品種。
- 栽培　可耐輕度遮陰，土質不拘，但忌澇溼，偏好富含腐殖質之沃土，生長在全日照下開花最盛，花後可實施強剪以促進更新生長。
- 繁殖　夏季實施半硬木插。

株高
1.5–2 公尺

株寬
2 公尺

芸香科
Rutaceae

刺花椒 *Zanthoxylum simulans*

性狀：矮灌木狀，株形傘狀開展，多刺，隨株齡增長漸成樹形。**花**：細小，春末夏初開花，花色淡黃綠。**果實**：橙紅色圓形小漿果，夏末串串結實。**葉**：落葉性，氣味芳香，羽裂成 7-11 枚小葉，色光滑鮮綠。

- 原生地　中國大陸之山區密灌叢。
- 栽培　可耐半遮陰，能適應各種肥沃之土壤，應隨時剪除枯枝。
- 繁殖　秋季播種、或冬末以根插法繁殖。

☼ ◊
❊❊❊

株高
2-3 公尺

株寬
2-3 公尺

薔薇科
Rosaceae

席夢思枸子 *Cotoneaster simonsii*

性狀：株形直立。**花**：小型淺杯花，早夏綻放，花色白。**果實**：橙紅色小漿果，秋至冬季經久不落。**葉**：半常綠或落葉性，卵形，色光滑暗綠。

- 原生地　喜馬拉雅山區之山坡密灌叢。
- 栽培　可耐輕度遮陰，土質要求不嚴苛，乾旱之土壤亦可，唯忌澇漬。本種適合培植為綠籬，冬末或春初應加以修剪，易感染火燒病。
- 繁殖　夏季實施半硬木插。

☼ ◊
❊❊❊

株高
3 公尺

株寬
2 公尺

唇形科
Labiatae

深紅火把花 *Colquhounia coccinea*

性狀：株形直立，枝葉疏展。**花**：筒型，輪生排列，夏末與秋季開花，花色深橙紅。**葉**：大型常綠或半常綠葉，芳香，卵至心形，被絨毛，色黃綠。

- 原生地　喜馬拉雅山區密灌叢帶。
- 栽培　適合排水良好之土壤，應植於可避寒風和季末霜侵襲之日照充足地點，栽種於南向或西向牆邊可旺盛生長。地上部會因降雪而枯死，但可從基部重新抽芽生長，冬季應覆蓋保護。
- 繁殖　夏季實施軟木插。

☼ ◊
❊❊

株高
可達 3 公尺

株寬
2-2.5 公尺

唇形科
Labiatae

LION'S EAR, WILD DAGGA

獅耳花 *Leonotis ocymfolia*

性狀：株形筆挺，枝幹稀疏。**花**：筒型，具2枚唇瓣，輪生排列，秋末冬初開花，花呈鮮豔之深橙紅色。**葉**：半常綠，披針形，被絨毛，色藍綠。

- 原生地　南非。
- 栽培　宜植植於冷溫室中，生長全盛時期應隨時補充水分，此外則少澆為宜，早春為實施強剪之適期。
- 繁殖　夏季實施綠木插、或春季播種。

☼ ◊
❊

株高
1.5-2 公尺

株寬
可達 1.5 公尺

薔薇科
Rosaceae

火刺木「金美人」
Pyracantha 'Golden Charmer'

性狀：生長勢強，枝葉濃密彎曲多刺。**花**：小型淺杯狀，早夏綻放，色白。**果實**：豔橙色大漿果，早秋結實。**葉**：狹卵形常綠葉，色光滑鮮綠。

- 原生地　園藝品種。
- 栽培　任何肥沃之土壤均適用於栽培，能適應北向或東向之牆邊環境，但生長在全日照下開花及結果最盛，攀牆植株應於花後實施整枝和修剪。
- 繁殖　夏季實施半硬木插。

☼ ◊
❄ ❄ ❄

株高
3公尺

株寬
3公尺

薔薇科
Rosaceae

史特恩栒子　*Cotoneaster sternianus*

性狀：枝條彎垂，樹姿優美。**花**：花小，初夏綻放，花色白裡透紅。**果實**：幾近圓形之橙紅色大漿果，早秋大量結實。**葉**：葉小，常綠或半常綠，卵形，色灰綠，葉背白色。

- 原生地　喜馬拉雅山區之山坡密灌叢帶。
- 栽培　可耐輕度遮陰，土質要求不嚴苛，乾旱土壤亦無妨，唯忌澇溼，是一種優良的綠籬植物。
- 繁殖　夏季實施半硬木插。
- 異學名　*C. franchettii* var. *sternianus*.

☼ ◊
❄ ❄ ❄

株高
3公尺

株寬
3公尺

薔薇科
Rosaceae

火刺木「金圓頂」
Pyracantha 'Golden Dome'

性狀：枝葉濃密，植叢堆狀生長，多刺。**花**：小型淺杯狀，初夏綻放，色白。**果實**：深黃色大漿果，初夏大量結實。**葉**：狹卵形常綠葉，色光滑暗綠。

- 原生地　園藝品種。
- 栽培　任何肥沃之土壤均適用於栽培，能適應北向或東向之牆邊環境，但生長在全日照下開花及結果最盛，攀牆植株應於花後實施整枝和修剪。
- 繁殖　夏季實施半硬木插。

☼ ◊
❄ ❄ ❄

株高
3公尺

株寬
3公尺

薔薇科 Rosaceae	

二花莓 *Rubus biflorus*

性狀：枝幹初直立、後彎垂，多棘刺。**花**：大型花，春末夏初開花，花色潔白。**果實**：黃色圓形果實，形似黑莓，可食。**葉**：落葉性，5~7 裂，色暗綠，葉背白色。**樹皮**：細枝顏色有如白堊，表皮被蠟粉。

- 原生地　喜馬拉雅山區之密灌叢與疏林林緣。
- 栽培　在土質肥沃之全日照或半遮陰處均可生長良好。
- 繁殖　春季實施分株或壓條。

株高
3公尺
株寬
3公尺

薔薇科 Rosaceae	GHOST BRAMBLE

西藏懸鉤子 *Rubus thibetanus*

性狀：枝條彎曲，多棘刺。**花**：花小，花萼密被軟毛，仲夏至晚夏開花，花色粉紫紅。**果實**：黑色小果實，形似黑莓，被淺藍色果粉。**葉**：落葉性羽葉，7~13 裂，色暗綠，葉背白色。**樹皮**：細枝紫褐色，表皮被白色蠟粉。

- 原生地　中國西境之密灌叢與疏林地。
- 栽培　在土質肥沃之全日照或半遮陰處均可生長良好。
- 繁殖　春季實施分株或壓條。

株高
2公尺
株寬
2公尺

忍冬科 Caprifoliaceae	

毛香莢蒾 *Viburnum foetens*

性狀：枝幹疏展，株形傘狀開展。**花**：香氣極濃，花苞密聚成簇，仲冬至早春之間開花，花色白，花苞粉紅色。**葉**：落葉性葉大而芳香，廣卵形，表面光滑，色暗綠。

- 原生地　喀什米爾之喜馬拉雅山區和韓國之針葉林下層林木。
- 栽培　生長季間不致發生乾旱之深厚肥沃土壤均可適應良好。
- 繁殖　夏季實施軟木插、或秋季播種。

株高
1.5~2公尺
株寬
1.5~2公尺

忍冬科 Caprifoliaceae	LAURUSTINUS

羅樂斯莢蒾 *Viburnum tinus*

性狀：枝葉濃密，矮灌木狀。**花**：小花聚成扁平頭狀花序，秋末至春初由花苞綻放而成，花色白，花苞粉紅色。**果實**：卵形，似漿果，色藍黑、有金屬光澤。**葉**：卵形常綠葉，色光滑暗綠。

- 原生地　地中海至西南歐一帶之密灌叢帶、疏林地和海岸石灰質荒地。
- 栽培　任何不甚乾旱之深厚沃土均適合，在內陸花園需遮蔽寒風，非常適合種植於海岸花園。
- 繁殖　夏季實施半硬木插。

株高
3公尺
株寬
3公尺

桃金孃科 Myrtaceae	GERALDTON WAXFLOWER

蠟花（白花型）

Chamelaucium uncinatum (white form)

性狀：矮灌木狀，枝條細瘦。**花**：微香之杯狀花，冬末或春季綻放，花色白。**葉**：針狀常綠葉，葉尖有倒鉤。

- 原生地　澳洲西南部之碎石地帶。
- 栽培　宜種植於溫室中，以中至酸性、排水極佳之砂質土壤或培養土栽培，生長季應適量澆水，此外則少澆為宜，需保持通風良好。為保持株形密實，花後應立即將開花枝剪短一半，盆栽植株尤其需要修剪。本種可當作美麗的點景灌木。
- 繁殖　春季播種、或夏季實施半硬木插。

☼ ◊ ㏗

最低溫
5℃

株高　可
達2公尺

株寬
2公尺

豆科 Leguminosae	POWDER PUFF TREE

美洲合歡（白花型）
Calliandra haematocephala (white form)

性狀：傘狀開展，隨株齡增長漸成樹形。**花**：大型粉撲狀頭花，由具有白色細長雄蕊的細小花朵組成，中秋至春季為花期。**葉**：常綠，羽裂成16~24枚狹卵形小葉，色鮮綠。

- 原生地　南美洲之乾旱岩石丘陵。
- 栽培　宜種植於溫室中，生長全盛期應隨時補充水分，低溫時則應大幅減少澆水。
- 繁殖　春季播種。

☼ ◊

最低溫
7℃

株高　2.5
公尺以上

株寬
3公尺

梧桐科 Sterculiaceae	

粉紅野梨花　*Dombeya burgessiae*

性狀：矮灌木狀，枝葉濃密。**花**：有香味，花朵密聚成圓形花簇，秋冬開花，花色白、瓣脈粉紅或紅色。**葉**　常綠，圓形、三裂，被絨毛，色翠綠。

- 原生地　非洲中、南部。
- 栽培　宜採溫室栽培，需防夏日炎陽直射，並種植於肥沃的砂質土壤或培養土中，生長期間應隨時補充水分。
- 繁殖　春季播種、或夏季實施半硬木插。
- 異學名　*D. mastersii.*

☼ ◊

最低溫
5℃

株高
2公尺

株寬
2公尺

夾竹桃科 Apocynaceae	WINTERSWEET, POISON ARROW PLANT

毒仙丹　*Acokanthera oblongifolia*

性狀：株形渾圓，枝葉濃密。**花**：小而芳香，花朵密聚成簇，冬末或春季開花，花色白或粉紅。**果實**：形似梅李，有劇毒，色黑。**葉**：橢圓形常綠葉，革質，色暗綠。

- 原生地　南非。
- 栽培　宜種植於溫室中，生長期間應隨時為盆栽補充水分，此外則少澆為宜。
- 繁殖　春、秋播種，或夏季實施半硬木插。
- 異學名　*A. spectabilis, Carissa spectabilis.*

☼ ◊

最低溫
10℃

株高
2公尺

株寬
2公尺

瑞香科 Thymelaeaceae	

寶錄瑞香　*Daphne bholua*

性狀：株形直立。**花**：香氣濃冽之筒型花，具4枚裂瓣，花朵簇集於枝梢，冬末開花，花色白和淡紫紅，花苞粉紫紅色。**葉**：常綠或落葉性，披針形，革質，色暗綠。

- 原生地　喜馬拉雅山區之密灌叢與杜鵑林。
- 栽培　宜種植於溫暖避風之地點，以不甚乾旱的肥沃土壤栽培。
- 繁殖　春季播種、或夏季實施半硬木插。

☼ ◊
❋ ❋

株高　可
達3公尺

株寬
2公尺以上

桃金孃科 Myrtaceae	GERALDTON WAXFLOWER

蠟花（粉紅花型）
Chamelaucium uncinatum (pink form)

性狀：矮灌木狀，枝條細瘦。**花**：有淡香，冬末或春季開花，花色粉紫紅至粉紅。**葉**：針狀常綠葉，葉尖有倒鉤。

- 原生地　澳洲西南部之碎石地帶。
- 栽培　宜種植於篷下，以中至酸性、排水極佳之砂質土壤或培養土栽培，生長季應適量澆水，此外則少澆為宜。
- 繁殖　春季播種、或夏季實施半硬木插。

☀ ◐ pH
最低溫
5℃
株高 可達 2 公尺
株寬
2 公尺

忍冬科 Caprifoliaceae	

波德萊迷「曙光」 ♈
Viburnum × *bodnantense* 'Dawn'

性狀：生長勢強，株形極為筆直，枝葉濃密。**花**：小而極香之筒型花，小花聚成圓形花簇，秋末至春初綻放，花色淺粉紅，花苞深桃紅色。**葉**：落葉性，卵形，色暗綠，新葉和秋季老葉紅褐色。

- 原生地　園藝品種。
- 栽培　任何不甚乾旱之深厚沃土均適合，花後應疏剪老枝以免過度擁擠，且應從老枝基部截除。
- 繁殖　夏季實施軟木插。

☀ ◐
❉ ❉ ❉
株高
3 公尺
株寬
3 公尺

大戟科 Euphorbiaceae	POINTSETTIA, CHRISTMAS STAR

聖誕紅　*Euphorbia pulcherrima*

性狀：枝幹開展，分枝稀疏。**花**：花朵細小，秋末至春季開花，花色紅、綠，具大而豔麗之鮮紅、粉紅、黃、或白色苞片。**葉**：常綠，披針形至卵狀橢圓形，色鮮綠或暗綠。

- 原生地　墨西哥西部地區。
- 栽培　宜種植於居家室內或溫室，以肥沃而富含腐殖質之土壤或培養土栽培，生長期間應適量澆水，在英國需有特殊光照處理才能開花。
- 繁殖　春季採頂梢插穗扦插。

☀ ◐
最低溫
15℃
株高 可達 3 公尺
株寬
2.5 公尺

山茱萸科 Cornaceae	SIBERIAN DOGWOOD

紅枝四照花「西伯利亞」 ♈
Cornus alba 'Sibirica'

性狀：株形直立。**花**：花朵聚成小型花簇，春末夏初開花，花色乳白。**果實**：白色小果實，形似漿果。**葉**：落葉性，卵形至橢圓形，色暗綠。**樹皮**：嫩枝在冬季呈鮮豔之珊瑚紅色。

- 原生地　園藝品種。
- 栽培　土質不拘，欲培養色彩鮮豔之冬季枝條，可於每年春初將植株修剪至幾近齊平地面。
- 繁殖　夏季實施軟木插、或秋冬實施硬木插。

☀ ◐
❉ ❉ ❉
株高 可達 2 公尺
株寬
2-2.5 公尺

紫金牛科 Myrsinaceae	CORAL BERRY, SPICEBERRY

珠砂根 *Ardisia crenata*

性狀：株形直立，枝幹疏展。**花**：小而芳香的星形花，夏季成簇綻放，花色白。**果實**：鮮紅色圓形果實，形似漿果，秋冬大量結實。**葉**：常綠，橢圓形至披針形，葉緣皺縮，色暗綠。

- 原生地　日本至印度北方之森林地。
- 栽培　宜種植於居家室內或溫室，以濕潤、排水良好、富含腐殖質之土壤或培養土栽培。
- 繁殖　春季播種、或夏季實施半硬木插。
- 異學名　*A. crenulata.*

最低溫
7℃

株高　可
達2公尺

株寬
2公尺

茄科 Solanaceae	

紫雪茄花 *Iochroma cyanea*

性狀：半直立性，枝條纖細。**花**：筒型小花密聚成簇，秋末至次年夏季斷續綻放，花色深藍紫。**葉**：常綠，廣披針形，先端尖，色灰綠、被絨毛。

- 原生地　南美洲雲霧森林帶。
- 栽培　宜種植於居家室內或溫室中，以肥沃而排水良好之土壤或培養土栽培。
- 繁殖　夏季實施綠木插或半硬木插。
- 異學名　*I. tubulosa.*

最低溫
7-10℃

株高　可
達3公尺

株寬
1.5公尺

旌節花科 Stachyuraceae	

旌節花 *Stachyurus praecox*

性狀：枝幹疏展，新枝纖細彎垂。**花**：細小之鐘形花，小花聚成低垂之花穗，冬末春初綻放於裸枝上，花色淺黃綠。**葉**：落葉性，卵形至披針形，先端尖，色暗綠。**樹皮**：新枝紫紅色。

- 原生地　日本本州地區之密灌叢、稀疏林地及森林邊緣。
- 栽培　種植於土壤常保濕潤之處可耐全日照，偏好中至酸性、富含腐殖質之土壤。
- 繁殖　夏季實施軟木插。

株高　可
達2公尺

株寬
3公尺

蠟梅科 Calycanthaceae	WINTERSWEET

蠟梅 *Chimonanthus praecox*

性狀：矮灌木狀。**花**：小而極香之杯狀花，具多數蠟質花瓣，冬季綻放於裸枝上，花色淺黃，花心紫色。**葉**：落葉性，卵形，質地粗硬，色暗綠。

- **原生地** 中國大陸之山區密灌叢。
- **栽培** 宜種植於深厚肥沃之土壤中（白堊土亦可），最好有溫暖之南向或西向牆面提供遮蔽，必要時應於花後立即進行修剪，臨牆植株可於夏季將新枝綁縛在支架上。蠟梅必須在完全定根之後才會開花，幼株可能有 5-12 年的時間處於不

開花狀態，歷經炎炎長夏而充分成長的枝條開花最盛。蠟梅最適合種植在門口附近，如此可以輕易享受到濃郁的冬季花香，它的切花也有很長的瓶插壽命。蠟梅的夏季葉姿並不出色，但是可以為生長力中等旺盛、夏花性的鐵線蓮提供很好的支撐架構。

- **繁殖** 春或秋季播種、或夏季實施軟木插。

☀ ◊ ❄❄❄

株高 2.5 公尺以上

株寬 3 公尺

小蘗科 Berberidaceae	

十大功勞 *Mahonia japonica*

性狀：生長勢強，枝葉濃密，株形直立。**花**：有香味，小花聚成細長下垂的總狀花序，秋末至春初抽苔開花，花呈柔和之檸檬黃色。**葉**：常綠葉大型羽葉，具多數帶刺小葉，葉面有光澤、色暗灰綠。

- **原生地** 原生地不明，可能來自中國和台灣。
- **栽培** 可適應全遮陰或半遮陰環境，宜以濕潤肥沃、富含腐殖質之土壤栽培。本種在樹木園或遮陰灌木花壇中均可成為漂亮的點景植物，芳香的冬季花朵亦廣受喜愛，用於插花具有很長的觀賞

期，再加上具有造型殊異的葉姿和硬挺直立的株形，全年均有觀賞價值，是冬季花園裡不可或缺的要角。除枯枝以外，十大功勞甚少需要修剪，事實上，最好是不要修剪，因為這種植株的造型還是以自然長成者最美。

- **繁殖** 夏季取葉芽或半硬木扦插、或秋季播種。

☀ ◊ ❄❄❄

株高 2 公尺以上

株寬 3 公尺

芸香科 Rutaceae	CALAMONDIN, PANAMA ORANGE

四季橘 ×Citrofortunella microcarpa ♔

性狀：矮灌木狀，隨株齡增長漸成樹形。**花**：細小而芳香之蠟質花，可全年斷續開花，花色白。**果實**：橙黃色小果實。**葉**：常綠，橢圓形至廣卵形，色光滑暗綠。

- 原生地　園藝品種。
- 栽培　以肥沃而排水良好之土壤或培養土栽培，生長期應隨時補充水分，此外適量澆水即可。
- 繁殖　夏季實施綠木插或半硬木插。
- 異學名　×C. mitis, Citrus mitis.

☼ ◑

最低溫
5-10 ℃

株高
2 公尺

株寬
1.5 公尺

金縷梅科 Hamamelidaceae	

雜交金縷梅「費麗塔」♔
Hamamelis ×*Intermedia* 'Pallida'

性狀：枝幹疏展，全株開展形。**花**：芳香，蜘蛛形，具細長花瓣，仲冬至晚冬綻放於裸枝上，色淺黃。**葉**：落葉性，廣卵形，色暗綠，秋季轉黃。

- 原生地　園藝品種。
- 栽培　可耐全日照或半遮陰，宜以深厚、濕潤、但排水良好之泥炭質土壤栽培，需防乾燥寒風。
- 繁殖　夏季實施軟木插、夏末實施芽接、或冬季以嫁接法繁殖。

☼ ◑ pH
❋❋❋

株高
3 公尺

株寬
3 公尺

木樨科 Oleaceae	WINTER JASMINE

迎春花 Jasminum nudiflorum ♔

性狀：枝條彎垂而開展，形成堆狀植叢。**花**：小型筒狀花，具開展裂瓣，冬季和早春綻放於無葉綠色枝條上，花色鮮黃。**葉**：落葉性，卵形，色暗綠。

- 原生地　不明。
- 栽培　可耐半遮陰，於全日照下開花最盛，任何肥沃之土壤均適合栽培，乾旱土壤亦無妨。攀牆植株需要加設支撐物，花後應實施整形修剪。
- 繁殖　可在夏季實施半硬木插、或秋季以壓條法繁殖。

☼ ◑
❋❋❋

株高 可
達 3 公尺

株寬
3 公尺

冬青

　　冬青（*Ilex*）這一屬包含原生於溫帶及熱帶疏林、森林和林緣的常綠或落葉性喬木和灌木，大多數的冬青都可以耐都市污染和海岸氣候，而且能適應重度修剪。優美的葉姿和不顯眼的春花之後結成的可愛漿果（主要為球形），使得冬青成為一種廣受喜愛的植物，有許多品種可以當作漂亮的標本木，株形非常嬌

小的品種則適合應用在石景花園或盆栽中，高大而且生長勢強的品種則可以培育成優良的防風綠籬。

　　冬青可適應任何中等肥沃、排水良好的土壤，不拘全日照或遮陰環境，多數品種為雌雄異株，必須同時栽種雄株才能使雌株纍纍結實，植株不耐移植。

細刺冬青

性狀：直立形。**果實**：紅色球形小漿果。**葉**：小巧工整的橢圓狀卵形葉，略有刺，革質，色暗綠、無光澤。

- 栽培　全日照或遮陰下均能生長良好。
- 株高　4-6公尺
- 株寬　4-6公尺

細刺冬青
I. cilliospinosa

☀ ◊ ❀❀❀

英國冬青

性狀：直立形。**果實**：紅色大漿果。**葉**：三角形，但基部圓形，葉尖長，葉緣略有波狀尖刺，色光滑暗綠。

- 異學名　*I. aquifolium*　×*I. pernyi.*
- 株高　5公尺
- 株寬　3公尺

英國冬青
I. ×aquipernyi

☀ ◊ ❀❀❀

貓兒刺

性狀：生長緩慢，枝幹堅硬。**果實**：鮮紅色小漿果。**葉**：幾近三角形，先端銳尖，葉緣有5枚刺，色光滑暗綠。**莖**：嫩枝呈淺綠色。

- 栽培　可培育成極為美麗可愛的標本木。
- 株高　可達8公尺
- 株寬　4公尺

貓兒刺
I. pernyi

☀ ◊ ❀❀❀

柯恩冬青

性狀：圓錐形灌木，或隨株齡增長漸成小喬木。**果實**：紅色大漿果。**葉**：大型，長橢圓狀橢圓形，葉緣有刺，色光滑鮮綠。**莖**：嫩枝呈紫色。

- 異學名　*I. aquifolium*　×*I. latifolia.*
- 株高　可達8公尺
- 株寬　5公尺

柯恩冬青
I. ×koehneana

☀ ◊ ❀❀❀

枸骨冬青「柏佛第」

性狀：株形渾圓，植叢密實，枝葉濃密。**果實**：紅色大漿果，結果旺盛。**葉**：圓狀長橢圓形，葉尖，具單一銳刺，葉面呈光亮鮮綠。

- 栽培　適合培育成綠籬植物。
- 株高　可達4公尺
- 株寬　2.5公尺

枸骨冬青「柏佛第」
I. cornuta 'Burfordii'
（雌株）

☀ ◊ ❀❀❀

狹葉冬青

性狀：枝葉濃密、株形渾圓之灌木。**果實**：紅色小漿果。**葉**：小於其原生種，橢圓形至橢圓狀披針形，葉色翠綠至暗綠、無光澤。**莖**：新枝呈綠色或紫色。

- 株高　4公尺
- 株寬　4公尺

狹葉冬青
I. fargesii var. *brevifolia*

☀ ◊ ❀❀❀

鈍齒冬青「廣葉」

性狀：生長勢強，傘狀開展至直立形，隨株齡增長可長成樹形。**果實**：表皮光滑之黑色小漿果。**葉**：相當大的廣卵形葉，色光滑暗綠。**莖**：綠色。

- 異學名　*I. crenata f. latifolia.*
- 株高　可達 6 公尺
- 株寬　3 公尺

鈍齒冬青「廣葉」
I. crenata 'Latifolia'
（雌株）

☀ ◊ ✲✲✲

藍冬青「藍公主」

性狀：生長勢強，枝葉濃密。**果實**：紅色漿果，通常可旺盛結實。**葉**：卵形小葉片，呈波狀，有軟刺，色藍綠。**莖**：新枝綠中帶紫。

- 栽培　生性十分耐寒，但是不一定能適應海濱氣候。
- 株高　3 公尺
- 株寬　1.2 公尺

藍冬青「藍公主」*I. × meserveae* 'Blue Princess'
（雌株）

☀ ◊ ✲✲✲　♆

鈍齒冬青「龜甲」

性狀：矮灌木狀，植叢密實，枝葉濃密。**果實**：黑色小漿果，結果旺盛。**葉**：葉小，呈球狀橢圓形，葉脈間起皺或呈圓凸狀，色光滑暗綠。**莖**：綠中帶紫。

- 異學名　*I. crenata* 'Bullata'.
- 株高　可達 2.5 公尺
- 株寬　1.2-1.5公尺

鈍齒冬青「龜甲」
I. crenata 'Convexa'
（雌株）

☀ ◊ ✲✲✲　♆

輪生冬青

性狀：枝葉濃密，分蘖旺盛。**果實**：鮮紅色之小漿果，冬季綴於裸枝上，經久不落。**葉**：落葉性，卵形至披針形，葉緣鋸齒狀，色鮮綠，入秋轉黃。**莖**：新枝綠中帶紫。

- 異學名　*Prinos certicillatus.*
- 株高　1-5 公尺
- 株寬　2-5 公尺

輪生冬青
I. verticillata

☀ ◖ ♔ ✲✲✲

沼生冬青

性狀：枝葉濃密，植株低矮，平伏性。**果實**：表皮光滑之黑色小漿果。**葉**：極小的卵形葉，葉緣圓齒狀，色光滑暗綠。

- 異學名　*I. radicans.*
- 株高　15-30 公分
- 株寬　不一定

沼生冬青
I. crenata var. *paludosa*

☀ ◊ ✲✲✲

鈍齒冬青「金斑」

性狀：分枝疏展，鮮少開花。**葉**：綠色卵形葉，不規則金黃色斑點或塊斑。

- 栽培　適合當作標本木，但易反祖遺傳，恢復成普通綠葉品種。
- 異學名　*I. crenata* 'Aureovariegata', *I. crenata* 'Luteovariegata'.
- 株高　4 公尺
- 株寬　2.5 公尺

鈍齒冬青「金斑」
I. crenata 'Variegata'

☀ ◊ ✲✲✲

鈍齒冬青「海利氏」

性狀：植株低矮，枝葉濃密，形成堆狀植叢。**果實**：表皮光滑之黑色小漿果。**葉**：極小之橢圓形葉，有少許尖刺，色光滑暗綠。**莖**：新枝呈綠色。

- 栽培　適合應用在石景花園。
- 株高　可達 1.2 公尺
- 株寬　1-1.2 公尺

鈍齒冬青「海利氏」
I. crenata 'Helleri'
（雌株）

☀ ◊ ✲✲✲

鋸齒冬青（落霜紅）「乳白果」

性狀：分枝密集，生長緩慢。**果實**：細小的乳白色漿果，著生於裸枝上。**葉**：落葉性，橢圓形小葉片，葉緣有細齒，色鮮綠，新葉被絨毛。

- 異學名　*I. serrata f. leucocarpa.*
- 株高　4 公尺
- 株寬　2.5 公尺

鋸齒冬青（落霜紅）「乳白果」
I. serrata 'Leucocarpa'

☀ ◖ ♔ ✲✲✲

衛矛科 Celastraceae	

冬青衛矛「寬葉白邊」 *Euonymus japonicus* 'Latifolius Albomarginatus'

性狀：矮灌木狀，枝葉濃密，株形直立。**花**：不顯眼，春季開花，花色淡綠。**葉**：卵形常綠葉，色暗綠，鑲有寬闊的白邊。
• 原生地　園藝品種。
• 栽培　可耐都市污染、海岸氣候及半遮陰環境，任何中等肥沃之土壤均適用於栽培，白堊土尤佳，需防乾冷冬風吹襲。
• 繁殖　夏季實施半硬木插。

☼ ◊
❀❀
株高
3公尺以上
株寬
3公尺

衛矛科 Celastraceae	

扶芳藤「銀后」 ♈

Euonymus fortunei 'Silver Queen'

性狀：矮灌木狀，植叢密實，株形直立或以氣生根攀緣而上。**花**：不顯眼，春季開花，花色淡綠。**葉**：常綠，形狀多變，卵形至橢圓形，色暗綠，有寬闊之白色鑲邊，有時略帶粉紅色。
• 原生地　中國、日本及韓國，此為園藝品種。
• 栽培　可耐全日照或遮陰，能適應各種沃土，白堊土亦然，可當地被植物或附壁性攀緣植物。
• 繁殖　夏季實施半硬木插。

☼ ◊
❀❀❀
株高
2公尺以上
株寬
1–1.5公尺

竹蕉科 Dracaenaceae	BELGIAN EVERGREEN

萬年竹 *Dracaena sanderiana* ♈

性狀：生長緩慢，株形直立形，分枝稀少，主莖細長似藤條。**葉**：披針形常綠葉，色綠淺至灰綠，有銀白色鑲邊。
• 原生地　東非熱帶地區。
• 栽培　宜種植於居家室內或溫室中，可耐半遮陰，生長期間應適量澆水，此外則少澆為宜，低溫時尤應避免澆水。若欲使植株更新生長，可於春季強剪至接近齊平土面。
• 繁殖　春季空中壓條或夏季取頂梢或莖段扦插。

☼ ◊
最低溫
13℃
株高
1.5–2公尺
株寬
1.5公尺

五加科 Araliaceae	JAPANESE FATSIA, GLOSSY-LEAVED PAPER PLANT

八角金盤「斑葉」 ♈

Fatsia japonica 'Variegata'

性狀：株形渾圓，植叢密實，枝葉濃密。**花**：細小，聚成粗大之直立圓錐花序，秋季抽苔開花，色白。**果實**：黑色圓形小果實，似漿果，春季成熟。**葉**：常綠掌狀葉，色光滑暗綠，有乳白色鑲邊。
• 原生地　日本與南韓海岸疏林地，園藝品種。
• 栽培　可耐半遮陰、污染與海岸氣候，適合任何肥沃的土壤，寒冷地區需提供防風保護。
• 繁殖　夏季實施半硬木插。

☼ ◊
❀❀
株高
3公尺
株寬
3公尺

小蘗科 Berberidaceae	

南天竹「火砲」

Nandina domestica 'Firepower'

性狀：株形直立，形似竹子。**花**：星形小花聚成闊圓錐花序，夏季開花，色白。**果實**：鮮紅色圓形，秋季結實。**葉**：常綠或半常綠，分裂成 2-3 枚橢圓至披針形小葉，色暗綠，新葉和秋季老葉呈深紅。

- 原生地　園藝品種。
- 栽培　喜濕潤而排水良好之沃土，種植於日照充足之避風地點，植株成熟後可從基部截除老幹。
- 繁殖　夏季實施半硬木插。

☀ ◐
❄ ❄

株高
1.5 公尺

株寬
1.5 公尺

無患子科 Sapindaceae	

車桑仔「紫葉」

Dodonaea viscosa 'Purpurea'

性狀：矮灌木狀，隨株齡增長漸成樹形。**花**：不顯眼。**果實**：小型三翅蒴果，夏末成簇結實，色紅。**葉**：橢圓常綠葉，有乳汁，質地硬，帶紫銅色。

- 原生地　原生種分布於南非、澳洲和墨西哥，此為園藝品種。
- 栽培　宜種植於溫室中，生長期間應隨時補充水分，此外則適量澆水即可，春末應實施修剪。
- 繁殖　夏季實施半硬木插。

☀ ◌

最低溫
5℃

株高
2 公尺

株寬
1.5 公尺

鼠刺科 Escalloniaceae	WIRE-NETTING BUSH

鐵絲網木　*Corokia cotoneaster*

性狀：矮灌木狀，分枝疏展，枝條交錯。**花**：細小芳香之星形花，春末綻放，花色黃。**果實**：鮮紅色之圓形小果實，似漿果，秋季結實。**葉**：小型匙形常綠葉，色暗綠。

- 原生地　紐西蘭之稀疏林地。
- 栽培　宜以排水良好之肥沃土壤栽培，具有良好之抗風性，可在氣候溫和之海岸花園旺盛生長，寒冷地區應種植於溫暖避風之地點。
- 繁殖　夏季實施軟木插。

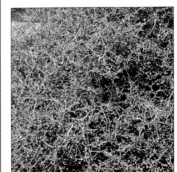

☀ ◌
❄ ❄

株高　可
達 2 公尺

株寬
2 公尺

松球鳳尾蕉科
Zamiaceae

刺葉鋼蕉 *Encephalartos ferox*

性狀：生長緩慢，形似棕櫚，可逐漸發育出樹幹。
葉：常綠羽狀葉長 60-180 公分，由多數具有鋸齒緣及尖端銳刺之革質小葉組成，色灰綠。

• 原生地　南非之炎熱山谷和溪谷。

• 栽培　宜種植於玻璃溫室中，使用排水迅速、以樹皮為基質之土壤或添加腐葉土和花園堆肥的培養土栽培，並需提供稍有遮陰之充足日照和良好之通風環境，但應注意避免乾旱，生長期間應每月以稀釋之水溶性肥料施肥一次，同時適量澆水即可，此外則盡量減少澆水為宜。刺葉鋼蕉需要多年的時間才能發育出主幹，不過它的幼株是居家溫室兩相宜的可愛觀賞植物。

• 繁殖　春季播種。

最低溫
10-13℃

株高　可達 1.7 公尺

株寬
1.5 公尺

杜鵑花科 Ericaceae	GREEN MANZANITA

綠葉熊梅 *Arctostaphylos patula*

性狀：株形渾圓、多主幹之灌木。**花**：壺形小花疏聚成圓錐花序，仲春至晚春開花，花色白或淡粉紅。**果實**：暗褐色之扁圓形小果實。**葉**：廣卵形常綠葉，質地肥厚，呈鮮明之灰綠色。

- 原生地　加州內華達山之針葉林地。
- 栽培　需防範寒風吹襲，並以富含腐殖質之酸性沃土栽培。
- 繁殖　秋季播種、或夏季實施半硬木插。

☀ ◐ 凸
❄ ❄

株高
1-2 公尺

株寬　可達 2 公尺

桑科 Moraceae	MISTLETOE FIG, MISTLETOE RUBBER PLANT

三角榕 *Ficus deltoidea* ♛

性狀：生長緩慢、矮灌木狀。**花**：不顯眼。**果實**：黃色無光澤小型隱頭果，熟時轉紅。**葉**：匙形至卵形常綠葉，幼株葉呈披針形，色鮮綠，葉背泛紅。

- 原生地　蘇門答臘至婆羅洲一帶。
- 栽培　宜栽培於暖溫室中，可耐半隱陰，生長期間應適量澆水，此外則應減少澆水。
- 繁殖　春季播種或採葉芽、頂枝扦插，或夏季實施空中壓條。
- 異學名　*F. diversifolia.*

☀ ◊

最低溫
15-18 ℃

株高
2 公尺以上

株寬
1.5 公尺

棕櫚科 Palmae Arecaceae	BAMBOO PALM, LADY PALM, GROUND RATTAN

觀音棕竹 *Rhapis excelsa*

性狀：主幹細瘦，隨株齡增長漸成族叢狀。**葉**：扇形常綠葉，長 20-30 公分，分裂成 20 枚以上的狹長裂片，色光滑深綠。

- 原生地　中國之暖溫帶森林。
- 栽培　幼株為優良之觀賞植物，適合擺放在家中和暖溫室內，宜使用富含腐殖質的土壤或培養土栽培。生長期間應充分澆水，並應經常以軟水噴灑葉面。
- 繁殖　春季以種子、吸芽或分株法繁殖。

◐ ◊ ◊

最低溫
15 ℃

株高　1.5-
2 公尺以上

株寬
2 公尺

天南星科 Araceae	

細裂蔓綠絨 *Philodendron bipinnatifidum* ♛

性狀：株形直立，無分枝，非攀緣性，具氣生根。**花**：有時可抽出很長的佛焰苞，花色淡綠。**葉**：常綠，長可達 60 公分以上，分裂成 20 枚以上的指狀裂片，色光滑暗綠。

- 原生地　巴西東南境之熱帶森林。
- 栽培　宜種植於居家室內或暖溫室中，需設立支柱，生長期間應適量澆水，此外則少澆為宜。
- 繁殖　夏季扦插葉芽插枝。
- 異學名　*P. selloum.*

☀ ◊

最低溫
15-18 ℃

株高
2 公尺以上

株寬
2 公尺

| 鳳尾蕉科
Cycadaceae | JAPANESE SAGO PALM |

蘇鐵 *Cycas revoluta*

性狀：生長緩慢，形似棕櫚，隨株齡增長可形成數根主幹。**果實**：黃色卵形果，密聚成串，秋季結實。**葉**：常綠羽裂葉，長可達 1.5 公尺，分裂成多數葉尖針刺狀、邊緣內捲的小葉，色暗綠。

• 原生地　日本疏木松林間的破空地和石灰岩壁。

• 栽培　宜採盆栽方式擺放於居家室內或暖溫室中，使用質地疏鬆、富含纖維、以樹皮為基質的土壤或培養土栽培，生長期間應適量澆水，此外則少澆為宜，需提供良好的日照和通風條件，但應注意避免乾旱。蘇鐵的生長速度非常緩慢，不過幼株可以當作造型奇趣的觀賞植物，適合擺放在日照充足的居家和暖溫室中，但應注意選擇擺放位置，避免摩擦到葉尖、造成植物受損。

• 繁殖　春季播種或以吸芽繁殖。

最低溫
7 ℃

株高 可
達 3 公尺

株寬
3 公尺

黃楊科 Buxaceae	

洋黃楊「漢斯沃斯」
Buxus sempervirens 'Handsworthiensis'

性狀：生長勢強，枝葉濃密，株形直立，隨株齡增長漸成樹形。**花**：細小、無瓣，春季開花。**葉**：常綠，圓形至長橢圓形，厚革質，色暗綠。

• **原生地**　原生種分布於南歐、北非至西南亞一帶，本種為園藝品種。
• **栽培**　可耐半遮陰，土質不拘，但忌澇溼。為極佳的綠籬或綠屏植物，夏季為修剪綠籬之適期。
• **繁殖**　夏季實施半硬木插。

☼ ◊
❀❀❀

株高
3公尺

株寬
3公尺

五加科 Araliaceae	FERN-LEAF AEALIA

蕨葉福祿桐　*Polyscias filicifolia*

性狀：株形直立，分枝稀疏。**葉**：常綠，長可達30公分，羽裂成多數葉緣鋸齒狀之小葉，色鮮綠。

• **原生地**　東馬來西亞和西太平洋地區之潮濕熱帶氣候區。
• **栽培**　宜種植於居家室內或暖溫室中，使用肥沃而且富含腐殖質之土壤或培養土栽培，並應保持空氣濕潤。生長期間應充分澆水，此外則適量澆水即可。
• **繁殖**　夏季採頂枝或無葉之莖段扦插。

☼ ◊

最低溫
15-18 ℃

株高　可
達2公尺

株寬
2公尺

桃葉珊瑚科 Aucubaceae	

日本桃葉珊瑚　*Aucuba japonica*

性狀：矮灌木狀，枝葉濃密，株形渾圓。**花**：細小，仲春綻放，花色淺紫。**果實**：雌株可結圓形至卵形小漿果，果色鮮紅。**葉**：狹卵形常綠葉，有齒緣，色光滑暗綠。

• **原生地**　日本疏林地。
• **栽培**　可耐重度遮陰，土質不拘，但忌澇溼，春季應重度修剪老枝以限制生長，雌雄混植方能旺盛結實。
• **繁殖**　夏季實施半硬木插。

☼ ◊
❀❀

株高
2.5公尺

株寬
2.5公尺

五加科 Araliaceae	TREE IVY

熊掌木　× *Fatshedera lizei*

性狀：分枝鬆散，形成堆狀植叢。**花**：花小，聚成圓形頭狀花序，秋季開花，花色白。**葉**：常綠，大型掌狀葉，葉緣深裂，色光滑暗綠。

• **原生地**　園藝品種。
• **栽培**　可耐遮陰、海岸氣候及都市污染，任何肥沃之土質均適用於栽培，寒冷地區需防寒冷冬風吹襲，可綁縛於格架等支撐物上，像攀緣植物般加以整枝造型。
• **繁殖**　夏季實施半硬木插。

☼ ◊
❀❀

株高
1.2-2公尺

株寬
3公尺

馬齒莧科 Portulaceae	ELEPHANT BUSH

樹馬齒莧 *Portulacaria afra*

性狀：株形直立，具水平層狀分枝。**花**：細小的星形花，春末夏季成簇綻放，花色淡粉紅。**葉**：半常綠，卵形至圓形小型葉，肥厚多肉，色鮮綠。

• 原生地　南非叢林帶乾旱炎熱之茂密矮叢林中。
• 栽培　宜使用排水迅速之砂質土壤或培養土栽培，生長期間應適量澆水，此外很少需要澆水。
• 繁殖　夏季實施半硬木插，插穗應置於陰涼處12-24小時，待切口陰乾後再行扦插。

☼ ◌

最低溫
7-10 ˚C

株高　可
達 3 公尺

株寬
2 公尺

棕櫚科 Palmae	DWARF MOUNTAIN PALM, PARLOUR PALM

袖珍椰子 *Chamaedorea elegans*

性狀：株形細瘦，葉柄似藤莖，隨株齡增長而多分蘗。**葉**：常綠羽葉，長可達 60-100 公分，分裂為12-20 枚小葉，色光滑暗綠。

• 原生地　南墨西哥與瓜地馬拉之雨林下層。
• 栽培　宜種植於居家室內或暖溫室中，需防日光直射，以肥沃而富含腐殖質之土壤或培養土栽培，生長期間應適量澆水，此外則少澆為宜。
• 繁殖　春季播種。
• 異學名　*Neanthe bella*.

☼ ◌

最低溫
18 ˚C

株高
2 公尺

株寬
2 公尺

龍舌蘭科 Agavaceae	SPANISH BAYONET, DAGGER PLANT

王蘭 *Yucca aloifolia*

性狀：生長緩慢，株形直立，分枝極少，隨株齡增長漸成樹形。**花**：圓鐘形大花，花朵低垂，聚成大型圓錐花序，夏至秋季抽苔開花，花色白中帶紫。**葉**：劍形常綠葉，長 50-75 公分，色深綠。

• 原生地　美國東南部和西印度群島之沙丘與乾旱丘陵。
• 栽培　可耐貧瘠之土壤，生長期間應適量澆水，此外則少澆為宜，夏季可將盆栽移置於戶外。
• 繁殖　春季播種或以吸芽繁殖。

☼ ◌

最低溫
7 ˚C

株高
2 公尺以上

株寬
2 公尺

木樨科 Oleaceae

小蠟「維卡利」 *Ligustrum* 'Vicaryi'

性狀：矮灌木狀，枝葉濃密。**花**：筒型小花密聚成總狀花序，仲夏開花，花色白。**葉**：大型廣卵形半常綠葉，色金黃，入冬帶紫褐色。

- 原生地　園藝品種。
- 栽培　能適應各種排水良好的土壤，白堊土亦然，甚少需要修剪，但仲春實施重度修剪可促進老幹大量萌發新芽，應用於灌木花壇可成為漂亮的標本木。
- 繁殖　夏季實施半硬木插。

株高 3公尺
株寬 3公尺

胡頹子科 Elaeagnaceae

洋胡頹子「黃斑」
Elaeagnus × *ebbingei* 'Limelight'

性狀：生長勢強，矮灌木狀，枝葉濃密。**花**：芳香小壺形花，秋季綻放，花色白。**葉**：常綠，卵至長橢圓形，葉面暗綠，有淺綠和黃色塊斑，葉背銀色。

- 原生地　園藝品種。
- 栽培　只要種植地點排水良好，各種土質幾乎都適合，唯淺薄的白堊土除外。可耐半遮陰，需隨時剪除成葉全綠分枝，適合培育為自然形綠籬。
- 繁殖　夏季實施半硬木插。

株高 可達3公尺
株寬 3公尺

桃葉珊瑚科 Aucubaceae

日本桃葉珊瑚「巴豆葉」
Aucuba japonica 'Crotonifolia'

性狀：矮灌木狀，枝葉濃密，株形渾圓。**花**：雌株有花，花朵細小，仲春綻放，花色紫。**果實**：鮮紅色圓形至蛋形小漿果。**葉**：大型卵形常綠葉，色光滑暗綠，有醒目的金黃色斑。

- 原生地　園藝品種。
- 栽培　可耐半遮陰，全日照下葉色最鮮明，土質不拘忌澇溼，這種雌性栽培品種須和雄株混植。
- 繁殖　夏季實施半硬木插。

株高 2公尺以上
株寬 2公尺

楊柳科 Salicaceae	

戟葉柳「維爾漢」

Salix hastata 'Wehrhahnii'

性狀：生長緩慢，株形開展，分枝直立。**花**：可開出耀眼的雄性柔荑花序，早春綻放於裸枝上，花色銀灰。**葉**：落葉性，卵形，色鮮綠。**樹皮**：新枝深紫色，後轉為黃色。

• 原生地　園藝品種。原生種分布於瑞士恩加丁（Engadine）之山區潮濕地帶。

• 栽培　能適應任何潮潤的土壤，甚少需要修剪，但新枝可開出較大的柔荑花序，偶爾可以修剪老枝之手段促進萌發新枝。本種為美麗的標本木，適合用於灌木花壇或面積較大的石景花園，早春綻放的柔荑花序是蜜蜂珍貴的花粉來源。

• 繁殖　夏季實施半硬木插、或冬季實施硬木插。

株高
1-1.5 公尺

株寬
1-1.5 公尺

八仙花科 Hydrangeaceae	

小溲疏 *Deutzia gracilis*

性狀：株形直立或傘狀開展。**花**：花瓣 5 枚，小花密聚成直立花序，春末夏初開花，花色純白。**葉**：落葉性，披針形至卵形，葉緣有細齒，色鮮綠。

- 原生地　日本山地密灌叢。
- 栽培　可耐幾乎各種肥沃而排水良好的土壤，但在遇夏不旱、富含腐殖質的土壤中生長最佳。新枝開花更盛，花後應加以疏枝，將開過花的老枝從基部剪除。
- 繁殖　夏季實施軟木插。

☀ ◌
❄❄❄
株高　可達 1.5 公尺
株寬
1~2 公尺

薔薇科 Rosaceae	

麥李「白花海」
Prunus glandulosa ‘Alba Plena’

性狀：株形整潔，分枝疏展，枝幹纖細。**花**：大型重瓣花，春末成簇綴滿全枝，花色潔白。**葉**：落葉性，狹卵形，色翠綠。

- 原生地　園藝品種。原生種分布於中國中、北部和日本之密灌叢地帶。
- 栽培　任何不太過乾旱、排水迅速的肥沃土壤均適合，於溫暖而日照充足的避風環境開花最盛。
- 繁殖　夏季實施軟木插。

☀ ◌
❄❄❄
株高　可達 1.5 公尺
株寬
1.5 公尺

杜鵑花科 Ericaceae	LABRADOR TEA

格陵蘭杜香茶 *Ledum groenlandicum*

性狀：株形直立，矮灌木狀。**花**：小型花，密聚成圓形頭狀花序，仲春至早夏開花，花色白。**葉**：常綠，氣味芳香，線狀長橢圓形，葉緣反捲，革質，色暗綠。

- 原生地　北美洲北部及格陵蘭島的泥炭沼澤和針葉疏林。
- 栽培　宜種植在疏木林和沼澤花園中，腐葉土和枯花覆蓋可有利於生長。
- 繁殖　夏季實施半硬木插。

☀ ◌ pH
❄❄❄
株高
0.5-1.5 公尺
株寬
0.5-2 公尺

桔梗科 Campanulaceae	

維達風鈴草 *Azorina vidalii*

性狀：直立性亞灌木。**花**：花大，鐘形，聚成總狀花序，春夏開花，花色白或粉紅。**葉**：線形常綠葉，葉緣疏齒狀，色光滑暗綠。

- 原生地　葡屬亞速爾群島。
- 栽培　宜種植於溫室中，可耐半遮陰，生長全盛期間應適量澆水，此外則少澆為宜，花後應剪除枯花。
- 繁殖　春季播種，或春夏季實施軟木插。
- 異學名　*Campanula vidalii*.

☀ ◌
最低溫
5 ℃
株高
50 公分
株寬
50 公分

薔薇科 Rosaceae	BRIDAL WREATH

菱葉繡線菊 *Spiraea* × *vanhouttei* 🏆

性狀：生長勢強，植叢密實，枝條纖細彎垂。**花**：小花密聚成族，春末夏初密布於枝條上，花色純白。**葉**：落葉性，菱形，色暗綠。

- 原生地　園藝品種。
- 栽培　生長期間不致大旱、肥力適中之任何土壤均適用於栽培，花後應加以修剪，截去開過花的老枝。
- 繁殖　夏季實施軟木插。

☀ ◐
❀ ❀ ❀

株高
1.5 公尺

株寬
1.5 公尺

薔薇科 Rosaceae	CHERRY LAUREL

桂櫻「札皮里安」
Prunus laurocerasus ‘Zabeliana’

性狀：枝幹疏展，枝條水平層狀分布。**花**：小花聚成柔美的花穗，春末抽苞開花，花色白。**果實**：紅色小果實，形似櫻桃，成熟轉黑。**葉**：常綠，形狀狹長，色光滑暗綠，全株有毒，誤食有害。

- 原生地　園藝品種。
- 栽培　極度耐陰，土質不拘，但忌澇漬和淺薄白堊土。可於春季重度修剪，為優良的地被植物。
- 繁殖　夏季實施半硬木插。

☀ ◐
❀ ❀ ❀

株高
1 公尺

株寬
2.5 公尺

薔薇科 Rosaceae	

桂櫻「奧托·路肯」 🏆
Prunus laurocerasus ‘Otto Luyken’

性狀：枝葉濃密，植叢密實，枝幹直立生長。**花**：小花聚成柔美之花穗，春末盛放，色白。**果實**：小而形似櫻桃，色紅，成熟轉黑。**葉**：直立之常綠葉，形狀狹長，色光滑暗綠。

- 原生地　園藝品種。
- 栽培　非常耐陰，土質不拘但忌澇漬和淺薄白堊土。可於春季實施重度修剪，為優良地被植物。
- 繁殖　夏季實施半硬木插。

☀ ◐
❀ ❀ ❀

株高
75 公分–
1 公尺

株寬
2 公尺

杜鵑花科 Ericaceae	

威賜力白珠樹「威賜力珍珠」
Gaultheria × *wisleyensis* 'Wisley Pearl'

性狀：矮灌木狀，枝葉濃密，分蘗旺盛。**花**：壺形小花聚成總狀花序，春末夏初綻放，色白。**果實**：血紅色大型肉果。**葉**：卵形常綠葉，色暗綠。

- 原生地　園藝品種。
- 栽培　在全遮陰或半遮陰處均可生長良好，宜以泥炭質土壤栽培，適合應用於樹木園。
- 繁殖　春季以吸芽繁殖，或夏季實施半硬木插。
- 異學名　× *Gaulnettya* 'Wisley Pearl'.

☀ ◐ ❅
❆❆❆

株高　可
達 1.5 公尺

株寬　可
達 1.5 公尺

八仙花科 Hydrangeaceae	

淡紅溲疏 *Deutzia* × *rosea*

性狀：植叢密實，枝條彎垂。**花**：闊鐘形，花瓣 5 枚，小花聚成粗大的花序，春末夏初開花。**葉**：落葉性，卵形，色暗綠。

- 原生地　園藝品種。
- 栽培　可耐幾乎任何肥沃而排水良好之土壤，但在富含腐殖質且夏季不致乾旱之土壤中生長最佳。花後應疏枝，從基部剪除開過花的老枝，新枝開花更盛。
- 繁殖　夏季實施軟木插。

☀ ◐
❆❆❆

株高
75 公分-
1 公尺

株寬
75 公分-
1 公尺

薔薇科 Rosaceae	

紫葉櫻桃 *Prunus* × *cistena*　

性狀：生長緩慢，株形直立，多主幹。**花**：花小，仲春至晚春開花，花色淡粉紅。**果實**：形似櫻桃，色紫黑。**葉**：落葉性，卵形至披針形，先端尖，色紫紅，新葉紅色。

- 原生地　園藝品種。
- 栽培　土質不拘，但忌澇溼，為極佳的綠籬植物，非常耐寒抗風，花後應實施整形修剪，並疏剪老枝、抒解擁擠的枝條。
- 繁殖　夏季實施軟木插。

☀ ◌
❆❆❆

株高
1.5 公尺

株寬
1.5 公尺

忍冬科 Caprifoliaceae	

賈德莢蒾 *Viburnum* × *juddii*　

性狀：生長勢強，株形渾圓，矮灌木狀。**花**：小而芳香，聚成大而圓的頭花，仲至晚春大量綻放，花白色，花苞粉紅色。**葉**：落葉性，廣卵形至長橢圓形，色暗綠。

- 原生地　園藝品種。
- 栽培　可耐輕度遮陰，但生長在全日照下開花最盛，宜種植於生長期間不致乾旱的深厚沃土中。
- 繁殖　早夏實施軟木插。

☀ ◌
❆❆❆

株高
1-1.5 公尺

株寬
1-2 公尺

忍冬科
Caprifoliaceae

紅蕾莢蒾 *Viburnum carlesii*

性狀：株形渾圓、矮灌木狀，枝葉濃密。**花**：極香，聚成大而圓之頭狀花序，仲至晚春開花，花白色，花苞粉紅色。**果實**：形似小漿果，色墨黑。**葉**：落葉性，廣卵形，葉面暗綠無光澤，葉背被灰色絨毛，入秋轉紅。

• 原生地　韓國和日本之密灌叢地。
• 栽培　可耐輕度遮陰，適合種植於不太乾旱、深厚肥沃的土壤中。
• 繁殖　秋季播種、或早夏實施軟木插。

☀ ◊
✽✽✽

株高　可達 1.5 公尺
株寬 1.5 公尺

瑞香科
Thymelaeaceae

博氏瑞香「薩默塞特」
Daphne × *burkwoodii* 'Somerset'

性狀：生長勢強，矮灌木狀，株形直立。**花**：香氣極濃之筒型小花，有裂瓣，花朵密聚成簇，春末盛開，有時可秋季二度開花，花筒粉紫紅、裂瓣淡粉紅。**葉**：半常綠，狹卵形至披針形，淺至翠綠色。

• 原生地　園藝品種。
• 栽培　任何肥沃的土壤均適用，種植地應能避寒冷冬風吹襲。本種為栽培最容易的瑞香科植物。
• 繁殖　夏季實施半硬木插。

☀ ◊
✽✽✽

株高　可達 1.5 公尺
株寬　可達 1.5 公尺

瑞香科
Thymelaeaceae

凹葉瑞香 *Daphne tangutica* ♔

性狀：生長緩慢，分枝密集。**花**：小而極香、密聚成簇，春末夏初開花，花色白裡透紅，花苞深紫色。**葉**：常綠，長橢圓形至披針形，革質，色光滑暗綠。

• 原生地　中國西部喜馬拉雅山之山區密灌叢與松木森林。
• 栽培　宜種植於肥沃而富含腐殖質之土壤中。
• 繁殖　秋播新鮮種子、或夏季實施半硬木插。
• 異學名　*D. retusa.*

☀ ◊
✽✽✽

株高　可達 1.5 公尺
株寬 1.5 公尺

薔薇科
Rosaceae | DWARF RUSSIAN ALMOND

俄國矮扁桃 *Prunus tenella*

性狀：矮灌木狀，枝幹直立。**花**：淺杯狀，仲至晚春開滿全枝，呈鮮明之粉紅色。**葉**：落葉性，狹卵形，葉面光亮，葉色深綠，葉背顏色較淺。

• 原生地　中歐至西伯利亞東部之乾旱草原。
• 栽培　可種植於任何不致太過乾旱、排水迅速之肥沃土地。
• 繁殖　秋季播種、或夏季實施軟木插。

☀ ◊
✽✽✽

株高　可達 1.5 公尺
株寬 1.5 公尺

茶藨子科 Grossulariaceae	

血紅茶藨子「布洛克班」

Ribes sanguineum 'Brocklebankii'

性狀：矮灌木狀，傘狀開展。**花**：筒型小花聚成低垂花序，春季開花，色淺粉紅。**果實**：黑色漿果，被白色果粉。**葉**：落葉性，3–5裂，色淺黃綠。

- 原生地　園藝品種。
- 栽培　可耐半日照，能適應任何肥力適中、排水性佳之土質，花後應剪除部分老枝，冬季或早春可重度修剪生長過度的植株。
- 繁殖　冬季實施硬木插。

☼ ◐
❋ ❋ ❋

株高　可
達 1.5 公尺

株寬
1.5 公尺

杜鵑花科 Ericaceae	

紫紅仿杜鵑

Menziesia ciliicalyx var. *purpurea*

性狀：生長緩慢，矮灌木狀，株形傘狀開展。**花**：低垂的壺形小花，花瓣蠟質，聚成總狀花序，春末夏初開花，花色粉紫紅。**葉**：落葉性卵形葉，先端短而銳尖，色鮮綠。

- 原生地　日本山區密灌叢。
- 栽培　宜種植於泥炭質土壤中，並需防範寒風與季末霜雪之侵襲，毋須經常修剪。
- 繁殖　秋季播種、或夏季實施軟木插。

☼ ◐ pH
❋ ❋ ❋

株高
1–1.5 公尺

株寬
1–1.5 公尺

冷地木科 Epacridaceae	COMMON HEATH

普石南　*Epacris impressa*

性狀：株形筆直，枝幹疏展，形似石南。**花**：小型筒狀花聚成花穗，冬末春季開花，色粉紅或豔紅。**葉**：常綠，線形至披針形，色暗綠，葉尖紅色。

- 原生地　澳洲的南部和塔斯馬尼亞島之石南灌叢地帶。
- 栽培　宜種植於冷溫室，以富含腐殖質且不太肥沃的中至酸性土壤或培養土栽培，生長期間應適量澆水。
- 繁殖　春季播種、或夏末實施軟木插。

☼ ◐ pH

最低溫
5℃

株高
1 公尺

株寬
1 公尺

花葱科 Polemoniaceae	MAGIC FLOWER OF THE INCAS

印加魔花 *Cantua buxifolia*

性狀：矮灌木狀，枝條彎垂。**花**：花大，筒型，聚成低垂的花序，仲至晚春開花，花色鮮紅和紫紅。**葉**：常綠或半常綠，橢圓形至披針形，色灰綠。

• 原生地　秘魯、玻利維亞和智利北部之安地斯山脈地區。

• 栽培　適合種植於肥沃之土壤或培養土中，需有溫暖避風的南向或西向牆面遮蔽保護，若有需要可實施花後修剪、移除弱枝和擁擠枝，冷涼地區應栽種於溫室中，待沒有霜雪的夏季再移放於戶外，生長期間應隨時為盆栽植株補充水分，此外則適量澆水即可。

• 繁殖　春季播種、或夏季實施半硬木插。

• 異學名　*C. dependens.*

☀ ◊
❄

株高
1公尺以上

株寬
1公尺

大戟科 Euphorbiaceae	CHRIST THORN, CROWN OF THORNS

麒麟花 *Euphorbia milii* ♗

性狀：生長緩慢、多刺的半多肉植物。**花**：花朵細小，外環苞葉 2 枚，全年斷續開花，花黃色，苞葉鮮紅色。**葉**：主要為常綠性，卵形，葉面平滑，色鮮綠。

- 原生地　非洲馬達加斯加島（Madagascar）。
- 栽培　可種植於居家室內或溫室中，宜使用添加粗砂、富含腐殖質的土壤或培養土栽培，需良好通風環境，生長期間應適量澆水，此外宜少澆。
- 繁殖　秋或春季播種。

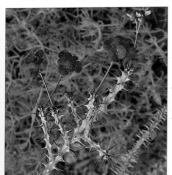

☀ ◌

最低溫
8℃

株高　可
達1公尺

株寬
1公尺

薔薇科 Rosaceae	

壯麗貼梗海棠「羅威藍」 ♗
Chaenomeles ×*superba* 'Rowallane'

性狀：低矮灌木狀，傘狀開展。**花**：大型杯狀花，春季開花，色深紅。**果實**：黃綠圓形果實，形似蘋果，氣味芳香。**葉**：落葉性，卵形，色光滑暗綠。

- 原生地　園藝品種。
- 栽培　土質不拘，但忌澇溼，可耐遮陰，但全日照下開花最盛，若培育為攀牆植物，花後應將側枝剪短至僅餘 2-3 個芽點。
- 繁殖　夏季實施軟木插或綠木插。

☀ ◌
❊❊❊

株高
1公尺以上

株寬
2公尺

薔薇科 Rosaceae	

壯麗貼梗海棠「尼可鈴」 ♗
Chaenomeles ×*superba* 'Nicoline'

性狀：生長勢強，株形低矮，矮灌木狀，株形傘狀開展。**花**：大型杯狀花，春季怒放，花色深紅。**果實**：黃綠色圓形果實，形似蘋果，氣味芳香。**葉**：落葉性，卵形，色光滑暗綠。

- 原生地　園藝品種。
- 栽培　土質不拘，但忌澇溼，若培育為攀牆植物，花後應將側枝剪短至僅餘 2-3 個芽點。
- 繁殖　夏季實施軟木插或綠木插。

☀ ◌
❊❊❊

株高
1公尺

株寬
1.5公尺

芸香科 Rutaceae	SCENTED BORONIA, BROWN BORONIA

杜梨 *Boronia megastigma*

性狀：株形纖瘦，枝條細硬。**花**：極香之碗狀花，冬末春季綻放，花外側色紫褐、內側色淺黃。**葉**：常綠，分裂成 3-5 枚柔軟的狹長形小葉，色暗綠。

- 原生地　澳洲西部之石南灌叢地。
- 栽培　宜種植於溫室中，以中至酸性之砂質土壤或培養土栽培，生長期間應適量澆水，此外則宜少澆。
- 繁殖　春季播種、或夏季實施半硬木插。

☀ ◌ ⊞

最低溫
5-7℃

株高
75公分-
1公尺以上

株寬
75公分

杜鵑花科 Ericaceae	

熊莓「翠茵」
Arctostaphylos 'Emerald Carpet'

性狀：植株低矮，堆狀植叢。**花**：壺形小花，密聚成短圓錐花序，春季開花，色白。**葉**：廣卵形常綠葉，質地厚，葉面光亮鮮綠。**樹皮**：平滑色紫褐。

• **原生地** 園藝品種。
• **栽培** 需防寒風吹襲，宜使用肥沃而富含腐殖質之酸性土壤或培養土栽培，毋須經常修剪。植株不耐移植，因此應慎選日照充足之地點種植。
• **繁殖** 夏季實施半硬木插。

☼ ◐ pH
❄❄

株高 可
達 35 公分

株寬 可
達 1.5 公尺

楊柳科 Salicaceae	WOOLLY WILLOW

毛葉柳 *Salix lanata*

性狀：生長緩慢，矮灌木狀，枝葉濃密。**花**：大型直立柔荑花序，春末開花，花色黃綠。**葉**：落葉性，廣卵形至圓形，被絨毛，色銀灰。**樹皮**：新枝被灰色軟毛。

• **原生地** 北歐至西伯利亞東境之山區岩地或峭壁地帶。
• **栽培** 可耐半遮陰，宜種植於可持根部涼爽之地點，以濕潤而排水良好的土壤栽培。
• **繁殖** 夏季實施半硬木插、或冬季實施硬木插。

☼ ◐
❄❄❄

株高
60 公分-
1.2 公尺

株寬
60 公分-
1.2 公尺

大戟科 Euphorbiaceae	MEDITERRANEAN SPURGE

地中海大戟 *Euphorbia characias*

性狀：株形直立，有塊莖、無分枝之亞灌木。**花**：多數苞片密聚於枝頂，形成圓形頭狀花序，春至夏初開花，花色淺黃綠、中心深紫色。**葉**：線形常綠葉，色暗藍綠。

• **原生地** 地中海沿岸之乾旱岩丘。
• **栽培** 宜種植於可防季末霜雪和寒風侵襲之溫暖乾燥地點。
• **繁殖** 春或夏季切下塊莖扦插、或春秋以分株法繁殖。

☼ ◐
❄❄

株高 可
達 1.5 公尺

株寬
1.5 公尺

瑞香科 Thymelaeaceae	

軟枝月桂瑞香
Daphne laureola subsp. *philippi*

性狀：植叢密實，半平伏性。**花**：小而芳香，筒型具裂瓣，冬末春初開花，色淡綠。**果實**：黑色小果，形似漿果。**葉**：卵形常綠葉，色光滑暗綠。

• **原生地** 法國和西班牙之庇里牛斯山。
• **栽培** 偏好全日照環境，但可耐重度遮陰，宜種植於開闊地點，以肥沃而富含腐殖質之土壤栽培，根部範圍應保持涼爽。
• **繁殖** 夏季實施半硬木插。

☼ ◐
❄❄❄

株高 可
達 40 公分

株寬
40-60 公分

大戟科 Euphorbiaceae	BALKAN SPURGE

巴爾幹大戟

Euphorbia characias subsp. *wulfenii*

性狀：株形直立，有塊莖之亞灌木。**花**：多數苞片密聚於枝頂，形成圓形頭狀花序，春季及夏初開花，花色淺黃綠。**葉**：線形常綠葉，沿主莖螺旋狀排列，色灰綠。

- 原生地　土耳其和東南歐巴爾幹半島之疏林地與乾旱岩丘。
- 栽培　宜種植於溫暖乾燥地點，以排水迅速的輕質土壤栽培，種植於南向或西向牆的牆根最是理想，需防季末霜雪與寒冷冬風吹襲。無分枝的主莖為兩年生，第一年長出繁茂的葉片、第二年開花，夏末應剪除開過花的主莖，為次年開花的新株開闢生長空間。大戟類植物的乳汁有毒性和刺激性，種植時應多加小心，若有乳汁沾附於皮膚上，應立即沖洗乾淨。
- 繁殖　春或夏季切下塊莖扦插，或春秋以分株法繁殖。

☀ ◐
❄ ❄

株高
1 公尺以上

株寬
1.5 公尺

楊柳科 Salicaceae	CREEPING WILLOW

匍匐柳　*Salix repens*

性狀：矮灌木狀，植株平伏或半直立狀。**花**：柔荑花序被絹毛，仲至晚春萌葉前開花，雄花成熟時表面被黃色花粉，花色灰。**葉**：落葉性，狹卵形小葉片，葉面灰綠色，葉背銀色。

- 原生地　歐洲與亞洲北部之石南灌叢與沼澤地帶，常見於酸性土壤帶。
- 栽培　宜種植於根部可保持涼爽之地點，以濕潤而排水性佳之土壤栽培，毋須經常修剪。
- 繁殖　夏季實施半硬木插、或冬季實施硬木插。

☼ ◦
✿ ✿ ✿

株高 可達 1.5 公尺

株寬 1.5 公尺

小蘗科 Berberidaceae	OREGON GRAPE

胡桃葉十大功勞　*Mahonia aquifolium*

性狀：枝幹疏展，分枝稀少，分蘗旺盛。**花**：花小，密聚成密實的直立總狀花序，春季開花，花色金黃。**果實**：藍黑色小果實，形似漿果。**葉**：常綠，分裂成 5-13 枚帶刺卵形小葉，色光滑暗綠。

- 原生地　北美洲西部之針葉林。
- 栽培　可適應任何肥沃濕潤、排水良好的土壤。
- 繁殖　秋季播種新鮮種子、或夏季採葉芽或半硬木扦插。

☼ ◦
✿ ✿ ✿

株高 1 公尺以上

株寬 1.5 公尺

豆科 Leguminosae	WARMINSTER BROOM

早熟金雀花　*Cytisus ×praecox*

性狀：植叢密實，分枝密集而彎曲。**花**：蝶形，仲至晚春大量綴滿全枝，花色乳黃。**葉**：落葉性，細小的三出複葉，被絹毛，色灰綠。

- 原生地　園藝品種。
- 栽培　宜種植於有肥份、但不過度肥沃的中性至微酸性土壤，花後應實施修剪，最多可將新生枝段剪短三分之二。
- 繁殖　夏末採半熟莖扦插。

☼ ◦
✿ ✿ ✿

株高 75 公分

株寬 1.5 公尺

豆科 Leguminosae	DWARF SIBERIAN PEA-TREE

蒙古錦雞兒「娜娜」
Caragana arborescens 'Nana'

性狀：植叢密實，矮灌木狀，小枝扭曲。**花**：蝶形聚成小簇，春末開花，色黃。**葉**：落葉性羽葉，具 8-12 枚卵至橢圓、先端有刺之小葉，鮮綠色。

- 原生地　西伯利亞和中國東北乾冷地區，此為園藝品種。
- 栽培　宜種植於開闊環境，使用肥力適中之土壤栽培，為適合應用於石景花園的漂亮標本木。
- 繁殖　夏季芽接或實施軟木插或半成熟莖扦插。

☼ ◦
✿ ✿ ✿

株高 75 公分

株寬 75 公分

爵床科
Acanthaceae

黃蝦花 *Pachystachys lutea*

性狀：枝葉稀疏，分枝開展，全株呈圓形。**花**：筒型小花密封於苞片內，聚成花穗，春夏抽苔，花白色，苞片金黃色。**葉**：大型常綠葉，狹卵形至披針形，葉脈明顯，葉面粗糙，色暗綠。

- 原生地　秘魯。
- 栽培　可種植於居家室內或溫室中，以排水良好之肥沃土壤或培養土栽培，生長全盛期應隨時補充水分，此外則適度澆水即可。
- 繁殖　夏初實施綠木插。

最低溫
13-15 ℃

株高
1 公尺以上

株寬
1 公尺

豆科
Leguminosae

FURZE, GORSE, WHIN

荊豆 *Ulex europaeus*

性狀：株形直立，新枝密集。**花**：蝶形，有香味，全年開花不斷，但春季開花最盛，花色鮮黃。**果實**：被軟毛之黑色莢果。**葉**：無葉或幾近無葉，暗綠色之尖刺和枝條使其狀似常綠植物。

- 原生地　西歐地區密灌叢與石南灌叢中之酸性砂質地區。
- 栽培　宜使用不太肥沃的中至微酸性土壤栽培，適合應用於非常貧瘠的土地。
- 繁殖　秋季播種。

株高
75 公分-
1 公尺

株寬
75 公分-
1 公尺

豆科
Leguminosae

早熟金雀花「黃雀花」

Cytisus × praecox 'Allgold'

性狀：植叢密實，分枝密集而彎曲。**花**：蝶形，仲至晚春綴滿全枝，花色金黃。**葉**：細小，落葉性三出複葉，小葉被絹毛，色灰綠。

- 原生地　園藝品種。
- 栽培　宜使用有肥份、但不太肥沃的中至微酸性土壤栽培，花後應加以修剪，並將新枝剪短三分之二。
- 繁殖　夏末實施半硬木插。

株高
75 公分-
1 公尺

株寬
1.5 公尺

小檗科 Berberidaceae	

烏鴉小檗 *Berberis empetrifolia*

性狀：矮灌木狀，枝葉濃密，分枝彎垂，半平伏性。**花**：小型球狀花，春末綴於全枝，花色金黃。**果實**：藍黑色、被果粉的球形漿果，秋季結實。**葉**：小型常綠葉，狹橢圓形，色灰綠。

- 原生地　智利和阿根廷海岸至山麓丘陵岩石地。
- 栽培　可耐輕度遮陰，土質不拘，但忌澇溼，偏好富含腐殖質的肥沃土壤，生長在全日照下開花最盛。
- 繁殖　夏季實施半硬木插。

☀ ◊
❋ ❋ ❋

株高
30~60公分

株寬
75 公分

豆科 Leguminosae		PRICKLY MOSES

多刺相思樹 *Acacia pulchella*

性狀：枝幹展幅大，多刺。**花**：花朵細小，密生為球形頭狀花序，春季開花，花色深黃。**葉**：半常綠或落葉性，細裂成 2~11 對狹長橢圓形至卵形小葉，色濃綠。

- 原生地　澳洲西部。
- 栽培　宜種植於溫室中，以富含腐殖質之砂質土壤或培養土栽培，生長期間應適量澆水，此外則宜少澆，需保持通風良好。
- 繁殖　春季播種。

☀ ◊

最低溫
5~7℃

株高
1 公尺以上

株寬
1.5 公尺

豆科 Leguminosae	

藍葉情人小冠花　　🏆

Coronilla valentina subsp. *glauca*

性狀：矮灌木狀，枝葉濃密，株形渾圓。**花**：蝶形，有香味，密聚成圓形花簇，仲春至早夏開花，花呈鮮明之檸檬黃色。**葉**：常綠，分裂為 4~6 枚對生之廣卵形小葉，色藍綠。

- 原生地　地中海與愛琴海沿岸密灌叢與岩石地。
- 栽培　宜種植於緊鄰南向或西向牆腳之溫暖避風地點，以排水迅速的輕質土壤栽培。
- 繁殖　夏季實施軟木插。

☀ ◊
❋ ❋

株高
1 公尺

株寬
1 公尺

豆科 Leguminosae		DYER'S GREENWEED

染料木 *Genista tinctoria*

性狀：直立或平伏性，植叢密實，株形開展。**花**：蝶形，密聚成花穗，夏至秋季開花，花色金黃。**葉**：落葉性，狹橢圓形至披針形，色暗綠。

- 原生地　歐洲至小亞細亞一帶之石南灌叢地、草地和疏木林。
- 栽培　宜種植於有肥份、但不太肥沃的輕質土壤中，為保持植株密實，每年花後應加以修剪，但須留意避免傷及老枝。
- 繁殖　秋季播種、或夏季軟木插或半硬木插。

☀ ◊
❋ ❋ ❋

株高
60 公分~
1.5 公尺

株寬
1 公尺

豆科 Leguminosae	HOLLY FLAME PEA

冬青葉柊豆 *Chorizema ilicifolium*

性狀：株形直立至蔓性。**花**：蝶形，疏聚成總狀花序，春夏開花，旗瓣色橙黃，龍骨瓣色紫紅。**葉**：常綠，具針狀齒緣，形似冬青葉，色暗綠。

- 原生地　澳洲西部海岸與河岸之砂礫地。
- 栽培　宜種植於溫室中，以添加粗砂之中至酸性沃土或培養土栽培，生長期間應適量澆水，此外則宜少澆。
- 繁殖　春季播種。

☼ ◐ pH

最低溫
7 ℃

株高
50 公分-
1 公尺

株寬
75 公分

苦苣苔科 Gesneriaceae	CLOG PLANT

袋鼠花 *Nematanthus gregarius*

性狀：攀緣性或蔓性。**花**：腹部膨大之筒花，1–3朵疏聚成簇，春至秋季開花，花呈鮮明之橙、黃色。**葉**：常綠，橢圓形至卵形，肉質，色暗綠。

- 原生地　南美洲東岸。
- 栽培　宜種植於居家室內或溫室中，以富含腐殖質之土壤或培養土栽培，生長全盛期應適量澆水，需待土壤幾近乾燥時才可再度澆水。
- 繁殖　夏季實施軟木插或綠木插。
- 異學名　*N. radicans, Hypocyrta radicans.*

☀ ◐

最低溫
13–15 ℃

株高　可
達 80 公分

株寬
80 公分

八仙花科 Hydrangeaceae	

蒙氏溲疏 *Deutzia monbeigii*

性狀：枝條彎垂，分枝細長。**花**：星形小花聚成花簇，早至仲夏大量綻放，花色潔白耀眼。**葉**：落葉性，葉小，卵形至披針形，色暗綠。

- 原生地　中國雲南之高海拔密灌叢。
- 栽培　可耐部分遮陰，幾乎能適應任何肥沃而排水良好的土壤，但種植於遇夏不旱、富含腐殖質之土壤中生長最佳。
- 繁殖　夏季實施軟木插。

☼ ◐

❄❄❄

株高
1–1.5 公尺

株寬
1.5 公尺

玄參科 Scrophulariaceae	

短管長階花「白寶」
Hebe brachysiphon 'White Gem'

性狀：低矮，枝葉濃密，株形渾圓。**花**：花小，具4 枚裂瓣，聚成總狀花序，早夏開花，色白。**葉**：小型常綠葉，卵至披針形，葉面平滑色鮮綠。

- 原生地　園藝品種。
- 栽培　可適應海濱花園，宜種植於可避免寒冷冬風、土質肥沃、排水迅速之地點。利用春季修剪可限制植株之生長或整理徒長枝。
- 繁殖　夏季實施半硬木插。

☼ ◐

❄❄❄

株高
75 公分-
1 公尺

株寬
1 公尺

薔薇科 Rosaceae	

雞麻 *Rhodotypos scandens*

性狀：株形直立或略彎垂。**花**：大型淺杯狀花，春末夏初大量綻放，花色白。**果實**：小而形似豌豆，果皮光亮、色黑。**葉**：落葉性，卵形，葉緣銳齒狀，葉脈明顯，色翠綠。

- 原生地　中國和日本。
- 栽培　可耐半遮陰，土質不拘，花後應將最老的枝條修短至基部。
- 繁殖　秋季播種、或夏季實施軟木插。
- 異學名　*R. kerrioides.*

☀ ◌
❄❄
❄

株高　可達 1.5 公尺

株寬 1.5 公尺

菊科 Compositae	

微曲灰葉雛菊木
Olearia phlogopappa var. *subrepanda*

性狀：植叢密實，株形直立。**花**：雛菊花頭花密聚成圓錐花序，花朵布滿全枝，仲春至早夏綻放，花色白。**葉**：狹卵形常綠葉，氣味芳香，有齒緣，色灰綠、無光澤，葉背白色、被絨毛。

- 原生地　塔斯馬尼亞島和澳洲南部。
- 栽培　排水良好之沃土均適合，白堊土亦然，植株耐鹽風，但種植於內陸應避免寒風吹襲。
- 繁殖　夏季實施軟木插。

☀ ◌
❄❄

株高：可達 1.5 公尺

株寬 1.5 公尺

千屈菜科 Lythraceae	ELFIN HERB, FALSE HEATHER

細葉雪茄花 *Cuphea hyssopifolia* ♈

性狀：枝葉濃密，株形渾圓。**花**：花小，花瓣 6 枚，夏秋開花，花有玫瑰紫、淡紫、白等色。**葉**：狹披針形常綠葉，色暗綠。

- 原生地　墨西哥及瓜地馬拉。
- 栽培　宜採溫室栽培，以肥力適中之土壤或培養土培育，生長期間應隨時補充水分，此外則適量澆水即可，花後應將開花枝剪短。
- 繁殖　春季播種、或春夏實施綠木插。

☀ ◌
❄

株高　可達 60 公分

株寬 60 公分

唇形科 Labiatae	AUSTRALIAN ROSEMARY

澳洲迷迭香 *Westringia fruticosa* 🏆

性狀：植叢密實，株形渾圓。**花**：花形細緻，具 5 枚不規則形裂瓣，小花疏聚成簇，春夏開花，呈白至極淡之藍色。**葉**：常綠，4枚輪生，色暗綠，葉背密被白色毛茸。
- 原生地　澳洲新南威爾斯省。
- 栽培　宜種植於溫室中，使用富含腐殖質之中至酸性土壤或培養土栽培，生長期間應適量澆水。
- 繁殖　春季播種、或夏末實施半硬木插。
- 異學名　*W. rosmariniformis.*

☀ ◌ pH
最低溫
5–7 ℃
株高
1.2 公尺
株寬
1.2 公尺

茜草科 Rubiaceae	

黃梔花「玉樓春」

Gardenia augusta 'Fortuniana'

性狀：生長緩慢，株形渾圓。**花**：大而芳香之重瓣花，夏至冬季連續綻放，花色白，老化漸呈乳白色。**葉**：大型卵形常綠葉，革質，色光滑暗綠。
- 原生地　園藝品種。
- 栽培　宜採溫室栽培，以富含腐殖質之非土壤介質培育，需防日光直曬，並保持空氣濕潤。
- 繁殖　春季實施綠木插、或夏季實施半硬木插。
- 異學名　*G. jasminoides* 'Fortuniana'.

☀ ◌ pH
最低溫
15 ℃
株高　可
達 1.5 公尺
株寬
1.5 公尺

八仙花科 Hydrangeaceae	

山梅花「隱士斗蓬」 🏆

Philadelphus 'Manteau d'Hermine'

性狀：矮灌木狀，植叢密實。**花**：大而芳香之重瓣花，早至仲夏成簇綻放，花色乳白。**葉**：落葉性小型葉，廣卵形，色淺綠至翠綠。
- 原生地　園藝品種。
- 栽培　土質不拘，淺薄之白堊土亦無妨，可耐半遮陰，全日照下開花更盛。花後應將部分老枝剪短至新生芽條上方，並保留新枝以待來年著花。
- 繁殖　夏季實施軟木插。

☀ ◌
❄ ❄ ❄
株高
75 公分–
1 公尺
株寬
1.5 公尺

薔薇科 Rosaceae	

金露梅「艾伯斯伍德」 🏆

Potentilla fruticosa 'Abbotswood'

性狀：矮灌木狀，株形開展。**花**：大型單瓣花，夏至秋季連續盛放，花色純白。**葉**：落葉性，分裂為 5 枚狹卵形小葉，色暗藍綠。
- 原生地　園藝品種。
- 栽培　可耐輕度遮陰，能適應任何具有肥份適中、但不過度肥沃的土壤，早春應從基部截除擁擠枝，並將生長旺盛的枝條剪短三分之一。
- 繁殖　夏季實施軟木插或綠木插。

☀ ◌
❄ ❄ ❄
株高
60 公分
株寬
90 公分

薔薇科 Rosaceae	

滿洲金露梅

Potentilla fruticosa var. *mandshurica* 'Manchu'

性狀：枝葉濃密，形成堆狀植叢。**花**：春末至早秋開花，花色白。**葉**：落葉性，分裂成 5 枚狹卵形小葉，色銀灰。**樹皮**：新枝呈深粉紅色。

- 原生地　園藝品種。
- 栽培　可耐輕度遮陰，能適應任何肥份適中、但不過度肥沃的土壤，早春應從基部截除擁擠枝。
- 繁殖　夏季實施軟木插或綠木插。

☀ ◊
❆❆❆

株高　45
公分以上

株寬
45 公分

半日花科 Cistaceae	

繖形半日花　*Halimium umbellatum*

性狀：株形直立或傘狀開展，分枝扭曲。**花**：花小，早夏成簇綻放，花色白、花心黃色、花苞泛紅。**葉**：狹披針形常綠葉，色光滑暗綠，葉背密被白色毛茸。

- 原生地　地中海地區之密灌叢與松木林。
- 栽培　宜種植於溫暖避風之地點，以排水迅速之輕質土壤栽培，為優良的海濱植物，亦適合應用於石景花園。
- 繁殖　夏季實施半硬木插。

☀ ◊
❆❆

株高
40 公分

株寬
40 公分

旋花科 Convolvulaceae	SILVER BUSH

銀旋花　*Convolvulus cneorum*　♈

性狀：矮灌木狀，枝葉濃密，株形渾圓。**花**：漏斗狀，春末至夏末盛放，花色潔白、花苞粉紅色。**葉**：常綠，狹披針形至線形，葉面光亮，被絹毛，色銀綠。

- 原生地　地中海沿岸之石灰岩地。
- 栽培　宜種植於溫暖避風之地點，以不過度肥沃的砂礫土栽培。
- 繁殖　早夏實施軟木插。

☀ ◊
❆❆

株高
50~75公分

株寬
50~75公分

薔薇科 Rosaceae	

金露梅「法瑞爾白花」

Potentilla fruticosa 'Farrer's White'

性狀：矮灌木狀，枝幹直立、株形渾圓。**花**：大型單瓣花，夏至秋季連續盛放，花色純白。**葉**：落葉性，分裂成 5 枚狹卵形小葉，色灰綠。

- 原生地　園藝品種。
- 栽培　可耐輕度遮陰，能適應任何肥份適中、但不過度肥沃的土壤，早春應從基部截除擁擠枝，並將生長旺盛的枝條剪短約三分之一。
- 繁殖　夏季實施軟木插或綠木插。

☀ ◊
❆❆❆

株高
60~90公分

株寬
60~90公分

半日花科 Cistaceae	

半日岩薔薇花 × *Halimiocistus sahucii*

性狀：矮灌木狀，枝葉濃密，形成堆狀植叢。**花**：單瓣，春末夏初大量綻放，花色純白。**葉**：常綠，線形至狹披針形，色暗綠，葉背被絨毛。

- 原生地 法國南部密灌叢與疏林地，常見於石灰岩地。
- 栽培 宜種植於溫暖避風之處，以排水迅速之輕質砂礫土栽培，土面應鋪設碎礫石以防寒冬濕氣侵害。
- 繁殖 夏季實施半硬木插。

☼ ◊
❄❄

株高 50 公分以上

株寬 50 公分

半日花科 Cistaceae	MONTPELIER ROCK ROSE

蒙皮立岩薔薇 *Cistus monspeliensis*

性狀：矮灌木狀，植叢密實，株形直立。**花**：單瓣，聚成小花簇，早至仲夏開花，色純白。**葉**：常綠，線形至長橢圓形，有黏性、略皺，色暗綠。

- 原生地 南歐至北非和西班牙加納利群島之旱丘密灌叢。
- 栽培 可耐乾旱，宜種植於溫暖避風之處，以排水迅速之輕質土壤栽培，適合種植於海濱花園和乾燥向陽的河岸。
- 繁殖 秋季播種、或夏季實施軟木插或綠木插。

☼ ◊
❄❄

株高 可達 1.5 公尺

株寬 1.5 公尺

半日花科 Cistaceae	ROCK ROSE

鼠尾草葉岩薔薇 *Cistus salviifolius*

性狀：矮灌木狀，枝葉濃密。**花**：單瓣，單生或聚為小花簇，早夏開花，花色純白，花心有黃斑。**葉**：常綠，卵形至長橢圓形，略起皺，色灰綠，葉背顏色較淺。

- 原生地 地中海和南歐之乾旱石灰岩丘陵。
- 栽培 宜種植於溫暖避風之處，以排水迅速之輕質土壤栽培。
- 繁殖 秋季播種、或夏季實施軟木插或綠木插。

☼ ◊
❄❄

株高 50 公分

株寬 50 公分以上

半日花科 Cistaceae	ROCK ROSE

雜交岩薔薇 *Cistus × hybridus*

性狀：矮灌木狀，枝葉濃密，株形開展。**花**：單瓣，春末至早夏綻放，花色純白，花心黃色。**葉**：卵形常綠葉，氣味芳香，葉面起皺，色暗綠。

- 原生地 南歐與西北非。
- 栽培 宜種植於溫暖地點，以排水迅速之輕質土壤栽培，需防乾燥寒風吹襲。
- 繁殖 夏季實施軟木插或綠木插。
- 異學名 *C. × corfbariensis.*

☼ ◊
❄❄

株高 可達 1 公尺

株寬 1 公尺

半日花科 Cistaceae	ROCK ROSE

西普路岩薔薇 *Cistus × cyprius*

性狀：生長勢強，矮灌木狀。**花**：大型單瓣花，花期長達數週，每朵花僅有一日壽命，花色純白，每枚花瓣基部均有一深紅色塊斑。**葉**：常綠，氣味芳香，長橢圓形至披針形，有黏性，具波緣，色光亮暗綠，葉背被灰色絨毛。

- **原生地** 南歐及北非花崗岩早丘之密灌叢和針葉疏林。

- **栽培** 宜種植於溫暖而日照充足之處，以排水迅速、不甚肥沃之輕質土壤栽培，需提供遮蔽以防乾冷冬風和季末霜雪侵襲。就像其他半日花屬植物一樣，西普路岩薔薇不喜濕冷的冬季，亦不耐移植和修剪，幼株可於早春時小心摘除頂芽以促進叢狀發育，春季為修剪枯枝之適期，非常適合應用於海濱花園、乾燥向陽的河岸和露台矮牆。

- **繁殖** 夏季實施軟木插或綠木插。

☀ ◊
❄ ❄

株高 可達 1.5 公尺

株寬
1.5–2 公尺

半日花科 Cistaceae	ROCK ROSE

艾吉拉岩薔薇「紅斑」
Cistus × aguilarii 'Maculatus'

性狀：生長勢強，矮灌木狀。**花**：大型單瓣，早至仲夏綻放，色純白，花瓣基部均有一深紅色塊斑。**葉**：披針形常綠葉，芳香具黏性，波緣，色鮮綠。

- 原生地　園藝品種。
- 栽培　宜種植於溫暖而日照充足之處，以排水迅速、不太肥沃的輕質土壤栽培，需提供遮蔽以防乾冷冬風和季末霜雪侵襲。
- 繁殖　夏季實施軟木插或綠木插。

☀ ◐
❄❄

株高　可達 1.5 公尺

株寬 1.5–2 公尺

半日花科 Cistaceae	GUM CISTUS

膠岩薔薇 *Cistus ladanifer*

性狀：分枝疏展，株形直立。**花**：大型單瓣花，早至仲夏綻放，花色純白，每枚花瓣基部均有一紅褐色塊斑。**葉**：常綠，氣味芳香，狹披針形，有黏性，色暗綠。

- 原生地　南歐與北非。
- 栽培　宜種植於溫暖而日照充足之處，以排水迅速、不太肥沃之輕質土壤栽培，需提供遮蔽以防乾冷冬風和季末霜雪侵襲。
- 繁殖　秋季播種、或夏季實施軟木插或綠木插。

☀ ◐
❄❄

株高　可達 1.5 公尺

株寬 1.5–2 公尺

夾竹桃科 Apocynaceae	MADAGASCAR PERIWINKLE, ROSE PERIWINKLE

日日春 *Catharanthus roseus*

性狀：株形直立之多肉植物，隨株齡增長漸成開展形。**花**：花大，形似長春花，春至秋季開花，花色白至粉玫瑰紅。**葉**：常綠，長橢圓形至匙形，葉面平滑，色暗綠。

- 原生地　非洲馬達加斯加島。
- 栽培　生長期間應對盆栽適度澆水，此外則宜少澆，為廣受歡迎之夏季花壇植物。
- 繁殖　春季播種或夏季實施綠或半硬木插。
- 異學名　*Vinca rosea.*

☀ ◐

最低溫 5–7 ℃

株高　可達 60 公分

株寬 60 公分

薔薇科 Rosaceae	

厚葉石斑木 *Rhaphiolepis umbellata*

性狀：生長緩慢，矮灌木狀，株形渾圓。**花**：小而芳香，在枝梢聚成花簇，早夏開花，花色白。**果實**：藍黑色梨形小果實，形似漿果。**葉**：廣卵形常綠葉，革質，色光滑暗綠。

- 原生地　日本海岸密灌叢。
- 栽培　宜栽培於肥沃而排水性佳之土壤中，寒冷地區應種植於溫暖之南向或西向牆邊，需防乾燥寒風吹襲。
- 繁殖　夏末實施半硬木插。

☀ ◐
❄❄

株高 1.5 公尺

株寬 1.5 公尺以上

桃金孃科 Myrtaceae	

岩生薄子木 *Leptospermum rupestre*

性狀：半平伏性，枝條闊展彎垂。**花**：闊杯狀小花，會在早夏布滿全枝，花色白。**葉**：常綠葉，氣味芳香，狹卵狀長橢圓形，色光滑暗綠，入冬則呈紫褐色。

• **原生地**　澳洲塔斯馬尼亞島之海岸至山區。

• **栽培**　宜以富含腐殖質之中至酸性土壤栽培，寒冷地區需有溫暖的牆面提供遮風保護，並以鳳尾蕨枯葉或同類材料作為冬季覆蓋。老幹無法萌發新枝，花後僅能稍加修剪、維持叢狀株形。本種

為亮麗芳香的葉片和繁茂的花朵而廣受喜愛，薄子木屬植物在氣候溫和的海岸花園裡相當有用，可作為盆栽標本木、或培育為自然形矮綠籬。

• **繁殖**　夏季實施半硬木插。

• **異學名**　*L. humifusum.*

株高
50 公分-
1 公尺

株寬
1.5 公尺

龍舌蘭科 Agavaceae	OUR LORD'S CANDLE

短莖王蘭 *Yucca whipplei*

性狀：無莖幹，在地表形成茂密之圓形葉簇。**花**：芳香的鐘形花，密聚成長圓錐花序，春末夏初開花，花色淡綠。**葉**：常綠，長而狹窄的披針形，質地堅硬，色藍綠。

• 原生地　加州之乾旱密灌叢與叢林地。

• 栽培　宜以排水良好之土壤栽培，需種植於炎熱乾旱、日照充足之處方能開花良好。

• 繁殖　冬季以根插法繁殖。

• 異學名　*Hesperaloë whipplei.*

☼ ◊
❄❄

株高
1.5 公尺

株寬
1 公尺

忍冬科 Caprifoliaceae	

錦帶花「乳白斑葉」 ♟

Weigela florida 'Variegata'

性狀：矮灌木狀，植叢密實，枝葉濃密。**花**：漏斗狀，春末夏初綻放，色粉玫瑰紅。**葉**：落葉性，卵形至長橢圓形，先端尖，色翠綠，有乳白色鑲邊。

• 原生地　園藝品種。

• 栽培　可耐都市污染，土質不拘，偏好肥沃而富含腐殖質的土壤和溫暖、日照充足的環境，每年花後應剪掉一些最老的枝條。

• 繁殖　夏季實施軟木插。

☼ ◊
❄❄❄

株高　可
達 1.5 公尺

株寬
1.5 公尺

杜鵑花科 Ericaceae	HIGHBUSH BLUEBERRY, SWAMP BLUEBERRY

小藍莓 *Vaccinium corymbosum* ♟

性狀：株形直立，枝葉濃密，分枝略彎曲。**花**：壺形小花，春末夏初成簇綻放，花色白或淺粉紅。**果實**：藍黑色球果，味甜可食。**葉**：落葉性，卵形至披針形，色鮮綠，入秋轉紅。

• 原生地　北美洲東岸地區。

• 栽培　可耐遮陰，宜以濕潤、排水性佳的泥炭質或砂質酸性土壤栽培。

• 繁殖　秋季播種或夏季實施半硬木插。

☼ ◊ pH
❄❄❄

株高
1.5 公尺

株寬
1–2 公尺

龍舌蘭科
Agavaceae

細葉王蘭「象牙」 Yucca flaccida 'Ivory'

性狀：主莖短縮，在地表形成濃密的葉簇。**花**：芳香的鐘形花，密聚成長圓錐花序，仲至晚夏開花，花色象牙白。**葉**：常綠，長而狹窄、披針形，中段以上反折，色暗綠。

- 原生地　園藝品種。
- 栽培　種植於炎熱乾旱、日照充足之處方能旺盛開花，在海濱庭園和砂質地上可生長良好。
- 繁殖　冬季以根插法繁殖。
- 異學名　*Y. filifera* 'Ivory'.

☀ ◊
❄ ❄

株高
1.2-1.5公尺

株寬
75 公分-
1公尺

菊科
Compositae　KEROSCENE WEED

煤油草 Ozothamnus ledifolius

性狀：枝葉濃密，株形渾圓。**花**：花小，形似雛菊，聚成密頭狀花序，夏初開花，花色白。**葉**：闊線形常綠葉，氣味芳香，葉緣反捲，葉面暗綠色、有黏性，葉背黃色。

- 原生地　澳洲塔斯馬尼亞島之山區。
- 栽培　可適應任何肥力適中、排水佳之土壤，寒冷區應種植於溫暖避風處，如南向或西向牆邊。
- 繁殖　夏季實施半硬木插。
- 異學名　*Helichrysum ledifolium.*

☀ ◊
❄ ❄

株高
1公尺

株寬
1公尺

山龍眼科
Proteaceae

野芹花 Lomatia silaifolia

性狀：矮灌木狀。**花**：小而芳香，具4枚窄而扭曲的花瓣，穗狀花序，仲至晚夏抽苔，花色乳白。**葉**：常綠葉，細裂為小葉，色暗綠。

- 原生地　澳洲東部之海岸叢林。
- 栽培　可適應輕度遮陰環境，宜以濕潤、排水性佳之中至酸性土壤栽培，並防範乾燥寒風吹襲。
- 繁殖　夏季實施軟木插或半硬木插。

☀ ◊ ᵖᴴ
❄ ❄

株高
75-90公分

株寬
1公尺

忍冬科
Caprifoliaceae　DOCKMACKIE,
MAPLE LEAF VIBURNUM

槭葉莢蒾 Viburnum acerifolium

性狀：株形渾圓。**花**：花小，聚成大型繖頭花，夏初開花，花色乳白。**果實**：卵形，似漿果，初為紅色，後轉為光亮之黑色。**葉**：落葉性三裂掌葉，葉緣疏齒狀，葉鮮綠，入秋轉深紅。

- 原生地　北美洲東岸落葉性疏林。
- 栽培　宜種植於深厚肥沃、不太乾旱的土壤中，全日照或半遮陰均可。
- 繁殖　秋季播種、或早夏實施軟木插。

☀ ◊
❄ ❄ ❄

株高　可
達 1.5 公尺

株寬
1.5 公尺

菊科 Compositae	

銀毛花椰菜木 *Cassinia leptophylla* subsp. *vauvilliersii* var. *albida*

性狀：枝葉濃密，株形直立。**花**：花小，形似雛菊，聚成密頭狀花序，仲至晚夏開花，花色白。**葉**：細小之常綠葉，狹卵形，革質，色暗綠，葉背被白色絨毛。

- 原生地　紐西蘭。
- 栽培　任何肥力適中、排水迅速的土壤均適合，宜種植於溫暖而日照充足、可避乾燥寒風之處。
- 繁殖　夏季實施軟木插。

☼ ◊
❋ ❋

株高　可達 1.5 公尺

株寬 1.5 公尺

蓼科 Polygonaceae	WILD BUCKWHEAT

野蕎麥 *Eriogonum arborescens*

性狀：株形渾圓，分枝稀疏。**花**：花朵細小，聚成帶葉之闊織形花序，花期春至秋季，花色白或粉紅。**葉**：常綠，線形至長橢圓形，葉緣反捲，表面平滑，葉面暗綠色，葉背被白色軟毛。

- 原生地　加州沿海地帶。
- 栽培　宜採溫室栽培，偏好肥份低、排水性極佳的土壤或培養土，需保持通風良好，生長期間應適量澆水，此外則少澆為宜。
- 繁殖　春或秋季播種。

☼ ◊

最低溫 5℃

株高　可達 1.5 公尺

株寬 1.5 公尺

玄參科 Scrophulariaceae	

捲葉長階花 *Hebe recurva*

性狀：植株低矮，分枝稀疏、傘狀開展。**花**：花小，具 4 裂瓣，聚成小型穗狀花序，仲至晚夏抽苔，花色白。**葉**：常綠，葉面捲曲，狹披針形，葉面平滑，色藍灰。

- 原生地　紐西蘭南島之岩石地帶。
- 栽培　能適應海濱花園環境，任何排水迅速之肥沃土壤均適用於栽培，需防冬季寒風吹襲，春季為限制生長或整理徒長植株之修剪適期。
- 繁殖　夏季實施半硬木插。

☼ ◊
❋ ❋

株高 75 公分- 1 公尺

株寬 1 公尺

玄參科 Scrophulariaceae	

白長階花　*Hebe albicans*　♇

性狀：植株低矮，枝葉濃密，形成堆狀植叢。**花**：花小，具 4 裂瓣，密聚成短花穗，早至仲夏開花，花色白。**葉**：常綠，卵形至長橢圓形，肉質，葉面平滑，色藍灰。

- 原生地　紐西蘭南島之山區岩石地。
- 栽培　能適應海濱花園環境，任何排水迅速之肥沃土壤均適用於栽培，需防冬季寒風吹襲。
- 繁殖　夏季實施半硬木插。

☼ ◐
❄❄

株高　可達 60 公分

株寬　60 公分

八仙花科 Hydrangeaceae	

雜交溲疏「山薔薇」　♇
Deutzia × *hybrida* 'Mont Rose'

性狀：矮灌木狀，枝葉濃密，株形直立。**花**：星形小花簇，早夏開花，色粉紅或粉紫紅，花藥黃色。**葉**：落葉性，卵或披針形，葉緣銳齒狀，色翠綠。

- 原生地　園藝品種。
- 栽培　可耐幾乎任何排水良好的肥沃土壤，但種植於遇夏不旱、富含腐殖質的土壤中生長最佳，花後應加以疏剪、將開花枝從基部剪除。
- 繁殖　夏季實施軟木插。

☼ ◐
❄❄❄

株高　1-1.5 公尺

株寬　1.5 公尺

薔薇科 Rosaceae	

金露梅「白日曙光」　♇
Potentilla fruticosa 'Daydawn'

性狀：矮灌木狀，枝條略彎垂。**花**：花大，早夏至中秋開花，花色乳黃而略帶淡橙色。**葉**：落葉性，分裂成 5-7 枚狹卵形小葉，色翠綠。

- 原生地　園藝品種。
- 栽培　可耐輕度遮陰，任何肥份適中、但不過度肥沃的土壤均可適應，早春可從基部剪除弱枝，並擇生長旺盛的新枝剪短約三分之一。
- 繁殖　夏季實施軟木插或綠木插。

☼ ◐
❄❄❄

株高　可達 1 公尺

株寬　1 公尺

山龍眼科 Proteaceae	KING PROTEA

帝王花　*Protea cynaroïdes*

性狀：矮灌木狀，株形渾圓。**花**：多數小而柔細的小花，聚成形似睡蓮的花序，苞片被絹毛、形似花瓣，春至夏季開花，花色粉紅至鮮紅。**葉**：卵形常綠葉，葉面平滑，色翠綠至暗綠。

- 原生地　南非共和國開普省。
- 栽培　宜採溫室栽培，以低磷、低氮之中至酸性土壤或培養土培育，生長期間應適量澆水，此外則宜少澆。
- 繁殖　春季播種、或夏季實施半硬木插。

☼ ◐ ❄

最低溫
5-7 ℃

株高　可達 1.5 公尺

株寬　1.5 公尺

忍冬科 Caprifoliaceae	GOUCHER ABELIA

六道木「高奇爾」
Abelia 'Edward Goucher'

性狀：植叢密實，枝條彎曲。**花**：漏斗狀，仲夏至秋季成簇綻放，花色淡紫紅。**葉**：落葉性或半常綠，卵形，葉面光滑、色鮮綠，新葉紅褐色。

- 原生地　園藝品種。
- 栽培　宜種植於溫暖而日照充足之處，可適應任何肥沃的土壤，需防寒風吹襲，寒冷地區應種植於南向或西向牆邊。
- 繁殖　夏季實施軟木插。

株高　可達1.5公尺

株寬　1.5公尺

忍冬科 Caprifoliaceae	

四川六道木　*Abelia schumannii*

性狀：枝條彎垂，分枝纖細。**花**：漏斗狀，仲夏至中秋開花，花呈粉玫瑰紅和白色。**葉**：落葉性或半常綠，先端尖，色翠綠，新葉紅褐色。

- 原生地　中國中部之乾旱谷地及河岸。
- 栽培　宜種植於日照充足之處，任何肥沃之土壤均適用於栽培，需防寒風吹襲，寒冷地區應種植於南向或西向牆邊。
- 繁殖　夏季實施軟木插。

株高　可達1.5公尺

株寬　1.5公尺

杜鵑花科 Ericaceae	SALAL, SHALLON

檸檬葉白珠樹　*Gaultheria shallon*

性狀：生長勢強，矮灌木狀，分蘗旺盛。**花**：壺形小花，聚成低垂的總狀花序，春末夏初開花，花色粉紅。**果實**：暗紫色圓形果實，密聚成串。**葉**：廣卵形常綠葉，先端銳尖，革質，色暗綠。

- 原生地　北美西岸地區海岸密灌叢及針葉林。
- 栽培　能適應全遮陰或半遮陰環境，宜使用濕潤的泥炭土栽培，為極佳的地被植物。
- 繁殖　秋季播種、夏季實施半硬木插、或春秋以分株法繁殖。

株高　60公分-1公尺

株寬　1-1.5公尺以上

唇形科 Labiatae	

義大利糙蘇　*Phlomis italica*

性狀：直立性亞灌木。**花**：具2枚唇瓣，上唇瓣盔狀，下唇瓣淺裂狀，輪生於枝梢，仲夏開花，花色淡紫紅。**葉**：常綠，長橢圓形至披針形，密被軟毛，色灰綠。

- 原生地　西班牙巴里亞利群島（Balearic Islands）之乾旱岩地。
- 栽培　宜種植於日照充足的避風處，以不甚肥沃的輕質砂礫土栽培。
- 繁殖　秋季播種、或夏季實施軟木插。

株高　30-45公分

株寬　30公分

苦檻藍科 Myoporaceae	

小葉苦檻藍 *Myoporum parvifolium*

性狀：傘狀開展至半平伏性。**花**：具蜂蜜香味的小花，夏季成簇綻放，花色白或粉紅，有紫色斑點。**果實**：細小的紫色果實，形似漿果。**葉**：小型常綠葉，線形，略偏肉質，色翠綠。

- 原生地　澳洲南部。
- 栽培　宜採溫室栽培，以不甚肥沃的砂質土壤或培養土培育。生長期間應適量澆水，冬季則應保持幾近乾燥。
- 繁殖　春季播種、或夏末實施半硬木插。

☀ ◊

最低溫
2–5℃

株高　可
達50公分

株寬
75公分

豆科 Leguminosae	

麗江木藍 *Indigofera dielsiana*

性狀：株形直立，枝幹疏展。**花**：花小，聚成直立總狀花序，佈滿新生枝段，早夏至早秋開花，花色淺粉紅。**葉**：落葉性，細裂成 7–11 枚卵形、被絨毛之小葉，色暗綠。

- 原生地　中國雲南之旱地密灌叢。
- 栽培　土質不拘，但忌澇漬，寒冷地區需有溫暖的南向或西向牆提供遮風保護。
- 繁殖　夏季實施軟木插、或秋季播種。

☀ ◊
❀❀

株高
1–1.5公尺

株寬
1.5公尺

半日花科 Cistaceae	ROCK ROSE

斯甘伯格岩薔薇 *Cistus ×skanbergii* ♉

性狀：矮灌木狀，植叢密實。**花**：單瓣，聚成小型花簇，早至仲夏開花，呈純淨之粉紅色。**葉**：常綠，長橢圓形至披針形，具波緣，色灰綠，葉背被白色絨毛。

- 原生地　義大利藍佩杜沙島（Lampedusa）、希臘、西西里島之旱丘密灌叢。
- 栽培　可耐旱，適合種植於溫暖避風處，以排水迅速的輕質土壤栽培，適合乾旱向陽河岸地帶。
- 繁殖　夏季實施軟木插或綠木插。

☀ ◊
❀❀

株高　可
達1公尺

株寬
1公尺

瑞香科 Thymelaeaceae	RICE FLOWER

米花 *Pimelea ferruginea*

性狀：枝葉濃密，株形渾圓，枝條直立。**花**：筒型小花，密聚成幾近球形的頭花，春或早夏開花，花色豔粉紅。**葉**：細小的常綠葉，卵形至橢圓形，葉面反捲，色深綠，葉背被絨毛。

- 原生地　澳洲西部。
- 栽培　宜採溫室栽培，以排水良好的中至酸性土壤或培養土培育，生長期間應適量澆水，並需保持通風良好。
- 繁殖　春季播種、或夏末實施半硬木插。

☀ ◊ ㏗

最低溫
7℃

株高　75
公分以上

株寬
75–80公分
以上

八仙花科 Hydrangeaceae	

美秀溲疏「羅絲琳」 🏆

Deutzia × *elegantissima* 'Rosealind'

性狀：矮灌木狀，枝葉濃密，株形渾圓。**花**：花小5瓣，聚成繁茂花簇，春末夏初盛放，色深粉紅。**葉**：小型落葉性，卵形至長橢圓狀，色暗綠。

- 原生地　園藝品種。
- 栽培　可耐任何肥沃而排水良好的土壤，但以遇夏不旱、富含腐殖質的土壤最佳，花後應將老化的開花枝疏剪至基部，以促進新枝開花更盛。
- 繁殖　夏季實施軟木插。

☀ ◐
❋❋❋

株高 可達1.5公尺

株寬 1.5公尺

忍冬科 Caprifoliaceae	

錦帶花「佛利斯紫葉」 🏆

Weigela florida 'Foliis Purpureis'

性狀：矮灌木狀，植叢密實，枝葉濃密。**花**：漏斗狀，春末夏初盛放，色深粉紅，內淺粉紅。**葉**：落葉性，卵形至長橢圓形，先端尖，色紫或綠紫。

- 原生地　園藝品種。
- 栽培　可耐污染，土質不拘，喜富含腐殖質的沃土和溫暖、日照充足的環境，花後應將部分老枝剪短至幾近齊平地面，以維持植株的生長活力。
- 繁殖　夏季實施軟木插。

☀ ◐
❋❋❋

株高 75公分-1公尺

株寬 1-1.5公尺

薔薇科 Rosaceae	

日本繡線菊「小公主」

Spiraea japonica 'Little Princess'

性狀：生長緩慢，枝葉密實，形成堆狀植叢。**花**：花朵細小，密聚成小型頭花，仲至晚夏盛放，花色粉玫瑰紅。**葉**：落葉性小型葉，卵形至披針形，葉緣疏齒狀，色暗綠，入秋略轉紅。

- 原生地　園藝品種。
- 栽培　能適應不太過乾旱、肥力適中的土壤，春季應剪短新枝，並從將極老的枝條從基部截除。
- 繁殖　夏季實施軟木插。

☀ ◐
❋❋❋

株高 50公分-1公尺

株寬 50公分-1公尺

薔薇科 Rosaceae	

日本繡線菊「金焰」 🏆

Spiraea japonica 'Goldflame'

性狀：植叢密實，株形直立，枝條略彎垂。**花**：細小，密聚成扁平頭花，仲至晚夏綻放，呈濃豔粉玫瑰紅色。**葉**：落葉性小型葉，卵形至披針形，葉緣疏齒狀，新葉初為橙紅、後轉鮮黃，最後成淺綠。

- 原生地　園藝品種。
- 栽培　能適應任何生長期間不致太過乾旱、肥力適中的土壤。
- 繁殖　夏季實施軟木插。

☀ ◐
❋❋❋

株高 75公分-1公尺

株寬 75公分-1公尺

鼠李科 Rhamnaceae	

蒼白美洲茶「珍珠玫瑰」
Ceanothus × *pallidus* 'Perle Rose'

性狀：矮灌木狀，株形渾圓。**花**：花朵細小，密聚成總狀花序，仲夏至早秋開花，花呈亮麗的深粉紅色。**葉**：落葉性，廣卵形，色翠綠。
- 原生地　園藝品種。
- 栽培　可耐含石灰質土壤和海岸氣候，適合溫暖日照充足的避風環境及排水良好的輕質土壤，春季應修剪至僅餘主幹或 8-10公分去年生枝段。
- 繁殖　夏季實施半硬木插。

☼ ◊
❄❄

株高　可
達 1.5 公尺

株寬
1.5 公尺

獬床科 Acanthaceae	KING'S CROWN, BRAZILIAN PLUME

珊瑚花　*Justicia carnea*

性狀：株形直立，分枝稀疏。**花**：筒型花，具醒目的苞片，小花密聚成花穗，夏秋開花，花色粉紅至粉紫紅。**葉**：卵形，常綠葉，先端尖，質地柔軟，色翠綠。
- 原生地　南美洲北部地區。
- 栽培　宜以肥沃而富含腐殖質的土壤或培養土栽培，僅生長全盛期間需隨時補充水分。
- 繁殖　春季或早夏實施軟木插或綠木插。
- 異學名　*Jacobinia carnea, J. pohliana.*

☼ ◊

最低溫
10-15 ℃

株高　可
達 1.5 公尺

株寬
75 公分

玄參科 Scrophulariaceae	

長階花「大峨嵋」　*Hebe* 'Great Orme' ♀

性狀：枝幹疏展，株形渾圓。**花**：花小，具 4 裂瓣，聚成柔美的花穗，仲夏至中秋開花，花由明豔的深粉紅色漸褪為白色。**葉**：常綠，細長、披針形，有光澤、色暗綠。**樹皮**：新枝深紫色。
- 原生地　園藝品種。
- 栽培　能適應海濱花園環境，任何排水迅速的肥沃土壤均適用於栽培，需防冬季寒風吹襲，可利用春季修剪限制生長和整理徒長植株。
- 繁殖　夏季實施半硬木插。

☼ ◊
❄❄

株高　可
達 1.5 公尺

株寬
1.5 公尺

玄參科 Scrophulariaceae	

同形葉吊鐘柳　*Penstemon isophyllus* ♀

性狀：枝葉稀疏、傘狀開展，主幹直立而細瘦。**花**：大型筒狀花，聚成長花串，仲至晚夏開花，花色深粉紅，花喉具白、紅色斑。**葉**：落葉性矛形葉，色光滑翠綠。
- 原生地　墨西哥。
- 栽培　宜種植於溫暖乾燥、日照充足之處，以排水性佳、但不太肥沃的土壤栽培。
- 繁殖　秋或春季播種，或仲夏期間從非開花枝擷取軟木或半硬木插穗扦插。

☼ ◊
❄❄

株高
70 公分

株寬
70 公分

茜草科 Rubiaceae	EGYPTIAN STAR, STAR-CLUSTER

埃及繁星花 *Pentas lanceolata*

性狀：枝葉鬆散，株形渾圓，枝幹直立或傘狀開展。**花**：細小的星形花，聚成平展的花簇，夏至秋季開花，花有粉紅、淡紫、白等色。**葉**：常綠，卵形至披針形，被軟毛，色鮮綠。

- 原生地　阿拉伯至東非熱帶地區。
- 栽培　宜種植於暖溫室中，以肥沃的土壤或培養土栽培，生長期間應隨時補充水分。
- 繁殖　春季播種，或夏季實施軟木插。
- 異學名　*P. carnea.*

☀ ◐
最低溫 10-15 ℃
株高 1公尺以上
株寬 1公尺

薔薇科 Rosaceae	

日本繡線菊「安東尼・華特爾」 ♧
Spiraea japonica 'Anthony Waterer'

性狀：植叢密實，株形直立。**花**：花朵細小，聚成密生頭花，仲至晚夏綻放，花色深粉紅。**葉**：落葉性小型葉，卵形至披針形，葉緣疏齒狀，新葉由紅轉為深綠，有時具乳白與粉紅色雜斑。

- 原生地　園藝品種。
- 栽培　能適應任何不太乾旱、肥力適中的土質，春季應剪短新枝，並從基部截除老枝條。
- 繁殖　夏季實施軟木插。

☀ ◐
❄❄❄
株高 1公尺以上
株寬 1公尺

半日花科 Cistaceae	

克里特岩薔薇
Cistus incanus subsp. *creticus*

性狀：矮灌木，株形渾圓。**花**：單瓣，早至仲夏開粉紅或粉紫紅花。**葉**：灰綠卵形常綠葉，具波緣。

- 原生地　地中海沿岸之坡地密灌叢及疏林地。
- 栽培　宜種植在溫暖、日照充足之處，以排水迅速、但不甚肥沃的輕質土壤栽培，需提供遮蔽以防乾冷冬風和季末霜雪侵襲。
- 繁殖　秋季播種、或夏季實施軟木插或綠木插。
- 異學名　*C. creticus.*

☀ ◐
❄❄
株高 可達1公尺
株寬 1.5-2公尺

杜鵑花科 Ericaceae	

深紅美月桂 *Kalmia angustifolia* f. *rubra* ♧

性狀：矮灌木形，形成堆狀植叢。**花**：淺碟狀，密聚成簇，早夏開花，花色暗粉紫紅。**葉**：常綠，長橢圓形至橢圓形，有光澤、色暗綠，全株有毒。

- 原生地　美國東岸之酸性沼澤及石南灌叢地。
- 栽培　可耐半遮陰，宜使用濕潤、富含腐殖質的泥炭質或砂質土壤栽培。
- 繁殖　秋季播種、或夏季實施軟木插。
- 異學名　*K. angustifolia* 'Rubra'.

☀ ◐ pH
❄❄❄
株高 50公分-1公尺
株寬 1.5公尺

吊鐘花

吊鐘花（倒掛金鐘）這一屬主要由原生於中南美洲山地森林的落葉或常綠灌木及喬木所組成。灌木品種可依生長習性整枝成灌叢形、角錐形或標準樹形的標本木，枝條柔軟或蔓性品種則可以培育成吊藍盆栽。吊鐘花的花期在夏秋之間，除了短筒吊鐘花（F. magellanica）和「瑞卡頓」吊鐘花（F. 'Riccartonii'）之外，幾乎所有品種的地上部都會因降雪而枯死（標準樹形植株亦不例外），因此盆栽植株應移放至室內度冬。耐寒的露地栽培品種最好用肥沃濕潤、排水良好的土壤栽培，種植在半遮陰地點，並遮蔽寒風的吹襲。入春時應將枯萎的地上部修剪至齊平地面，任何季節均可以軟木扦插法繁殖。

吊鐘花「哈利・葛瑞」

性狀：枝條柔軟而疏展，花期極不定，可自行分枝。**花**：重瓣，萼筒淡粉紅色、萼片色白、先端綠、略帶粉紅色，花瓣白至淡粉紅色。**葉**：色翠綠，莖紅色。

- **栽培** 適合培育成吊藍盆栽。
- **株高** 2公尺
- **株寬** 不一定

吊鐘花「哈利・葛瑞」
F. 'Harry Gray'
（吊籃型）

☀ ◊ ❄

吊鐘花「安娜貝爾」

性狀：株形直立，花期極不定。**花**：大型重瓣花，萼筒長而且具粉紅色條斑，萼片色白裡、略帶粉紅，花瓣呈乳白色。**葉**：淺綠色。

- **栽培** 極佳的標準樹形品種。
- **株高** 75公分
- **株寬** 75公分

吊鐘花「安娜貝爾」
F. 'Annabel'

☀ ◊ ❄　　　　　🏆

吊鐘花「安・霍華德・崔普」

性狀：生長勢強，株形直立，可自行分枝，花期極不定。**花**：單瓣或半重瓣，萼筒色白，萼片色白、尖端淡綠，花瓣色白、瓣脈淡粉紅色，花葉分明。**葉**：淺綠色。

- **株高** 75公分
- **株寬** 75公分

吊鐘花
「安・霍華德・崔普」
F. 'Ann Howard Tripp'

☀ ◊ ❄

吊鐘花「伙伴」

性狀：矮灌木狀，株形直立，可自行分枝。**花**：小型單瓣花，萼筒和萼片蠟白色，花瓣淺珊瑚紅色。**葉**：翠綠色。

- **株高** 1.5公尺
- **株寬** 75公分

吊鐘花「伙伴」
F. 'Other Fellow'

☀ ◊ ❄

吊鐘花「白蜘蛛」

性狀：生長勢強，矮灌木狀，分枝水平伸展，花期不定。**花**：大型單瓣花，呈極淡之粉紅色，萼片狹長而扭曲、萼尖色綠。**葉**：翠綠色。

- **栽培** 極適合作為吊藍盆栽，亦可整枝成垂枝標準樹形。
- **株高** 2公尺
- **株寬** 不一定

吊鐘花「白蜘蛛」
F. 'White Spider'
（吊籃型）

☀ ◊ ❄

吊鐘花「粉紅花海」

性狀：蔓性。**花**：大型重瓣花，淡粉紅色。**葉**：有光澤、色暗綠。

- **栽培** 培育大型吊藍盆栽、整枝成垂枝標準樹形或花架攀緣植物的極佳品種，也很適合作為半遮陰處的花壇植物。
- **株高** 1.5公尺
- **株寬** 不一定

吊鐘花「粉紅花海」
F. 'Pink Galore'
（吊籃型）

☀ ◊ ❄

吊鐘花「李歐諾拉」

性狀：生長勢強，矮灌木狀，株形直立，可自行分枝。**花**：單瓣，呈清麗的粉紅色，萼尖綠色。**葉**：翠綠色。

• 栽培　適合整枝成標準樹形。
• 株高　1.5 公尺
• 株寬　1 公尺

吊鐘花「李歐諾拉」
F. 'Leonora'

吊鐘花「搖擺時光」

性狀：生長勢強，枝幹疏展，可自行分枝。**花**：大型重瓣花，萼筒及萼片紅色，花瓣乳白色，瓣脈粉紅色。**葉**：暗綠色。

• 栽培　優良的標準樹形和樹籬品種，也很適合用於花壇和吊籃盆栽。
• 株高　1 公尺
• 株寬　1 公尺

吊鐘花「搖擺時光」
F. 'Swingtime'
（吊籃型）

吊鐘花「傑克・艾克蘭德」

性狀：矮灌木狀，株形直立。**花**：大型半重瓣花，萼筒及萼片呈鮮豔的粉紅色，花瓣呈粉玫瑰紅色，老化後轉為淡粉紅色。**葉**：翠綠色。

• 栽培　優良標準樹形種，可為吊籃盆栽。
• 株高　1.5 公尺
• 株寬　1 公尺

吊鐘花「傑克・艾克蘭德」
F. 'Jack Acland'
（吊籃型）

吊鐘花「拇指姑娘」

性狀：生長勢強，矮灌木狀，植叢密實，株形直立。**花**：小型半重瓣花，萼筒及萼片桃紅色，花瓣白色，瓣脈粉紅色。**葉**：狹卵形，色翠綠。

• 栽培　可整枝成迷你標準樹形，適合用於灌木或混合式花壇。
• 株高　50 公分
• 株寬　50 公分

吊鐘花「拇指姑娘」
F. 'Lady Thumb'

吊鐘花「傑克・沙漢」

性狀：生長勢強，蔓生性，花期不定。**花**：花大，淺至深粉紅色。**葉**：翠綠色。

• 栽培　非常適合培育成為吊籃盆栽，並可整枝成垂枝標準樹形或花架攀緣植物。
• 株高　2 公尺
• 株寬　不一定

吊鐘花「傑克・沙漢」
F. 'Jack Shahan'
（吊籃型）

吊鐘花「白花安娜」

性狀：株形直立。**花**：重瓣，萼筒及萼片紅色，花瓣白色，瓣脈深紅色。**葉**：翠綠色。

• 栽培　適合整枝成標準樹形。
• 株高　1 公尺
• 株寬　75 公分

吊鐘花「白花安娜」
F. 'White Ann'

樹形吊鐘花

性狀：株形直立之灌木植物，或可隨株齡增長漸成樹形。**花**：花朵細小，聚或直立頭狀花序，終年開花不斷，色淺紫紅。**果實**：幾近球形的漿果，色黑、被藍色果粉。**葉**：常綠，形似月桂葉，色翠綠至暗綠。

• 株高　3-8 公尺
• 株寬　2.5 公尺

樹形吊鐘花
F. arborescens
（淡紫晚櫻、樹晚櫻）

最低溫 5 ℃

吊鐘花「妮麗・納托」

性狀：生長勢強，矮灌木狀，株形直立。**花**：單瓣且萼筒及萼片呈玫瑰紅色，白花瓣且紅色瓣脈，花開於葉叢上方。**葉**：淺綠色。

• 栽培　適合當作夏季花壇植物，並可整枝成標準樹形。
• 株高　1 公尺
• 株寬　75 公分

吊鐘花「妮麗・納托」
F. 'Nellie Nuttall'

吊鐘花「金色曙光」

性狀：株形直立。花：單瓣，萼筒及萼片淺紅色，花瓣呈略帶桃紅的橙色。葉：淺綠色。

- 栽培　適合整枝成標準樹形，應及早摘心以確保分枝旺盛。
- 株高　1.5 公尺
- 株寬　75 公分

吊鐘花「金色曙光」
F. 'Golden Dawn'

☀ ◊ ❋

吊鐘花「昆特爾」

性狀：生長勢強，株形直立。花：柔美的單瓣花，萼筒及萼片呈深玫瑰紅至粉紅色，花瓣紅至粉紅色。葉：翠綠色。

- 株高　1.5 公尺
- 株寬　1 公尺

吊鐘花「昆特爾」
F. 'Kwinter'

☀ ◊ ❋

吊鐘花「魯佛斯」

性狀：生長勢強，矮灌木狀，株形直立，花期不定。花：小型單瓣花，色鮮紅。葉：翠綠色。

- 栽培　適合牆植及整枝成標準樹形，若種植地點排水良好且能避乾燥寒風，將可耐-10℃以上之低溫。
- 株高　1.5 公尺
- 株寬　75 公分

吊鐘花「魯佛斯」
F. 'Rufus'

☀ ◊ ❋❋

吊鐘花「紅蜘蛛」

性狀：生長勢強，蔓生性。花：花形細長，萼筒細瘦、紅色，萼片狹長而開展、粉玫瑰紅色，萼脈深紅色，花瓣呈稍暗一些的紅色。葉：翠綠色。

- 栽培　極佳的大型吊藍品種，亦適合整枝成花架攀緣植物。
- 株高　1.5 公尺
- 株寬　不一定

吊鐘花「紅蜘蛛」
F. 'Red Spider'
（吊籃型）

☀ ◊ ❋

吊鐘花「薄荷枝」

性狀：矮灌木狀，株形直立。花：大型重瓣花，萼筒及萼片深紅色，花瓣豔紫色、具粉紅色雜斑。葉：翠綠色。

- 栽培　適合整枝成標準樹形。
- 株高　1.5 公尺
- 株寬　1 公尺

吊鐘花「薄荷枝」
F. 'Peppermint Stick'

☀ ◊ ❋

吊鐘花「秋妍」

性狀：枝葉鬆散而開展，花期晚。花：單瓣，萼筒及萼片深紅色，花瓣紫紅色。葉：有紅、金黃、紅褐色雜斑。

- 栽培　適合培育為吊藍盆栽，並可整枝成垂枝標準樹形。
- 株高　2 公尺
- 株寬　50 公分

吊鐘花「秋妍」
F. 'Autumnale'
（吊籃型）

☀ ◊ ❋

吊鐘花「瑞卡頓」

性狀：枝幹堅硬而直立，花期極不定。花：小型單瓣花，萼筒短、紅色，萼片狹長反捲、紅色，花瓣紫色。葉：翠綠而略帶紅褐色。

- 異學名　*F. magellanica* 'Riccartonii'.
- 株高　2 公尺
- 株寬　1.5 公尺

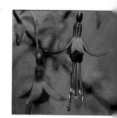

吊鐘花「瑞卡頓」
F. 'Riccartonii'

☀ ◊ ❋❋❋　　♆

吊鐘花「達樂公主」

性狀：生長勢強，矮灌木狀，株形直立，花期早。花：小型重瓣花，萼筒及萼片呈櫻桃紅色，花瓣豔紫色。葉：翠綠色。

- 栽培　栽培易，極適於培育叢叢形、角錐形或標準樹形植株，需良好排水環境和遮風保護。
- 株高　1 公尺
- 株寬　75 公分

吊鐘花「達樂公主」
F. 'Dollar Princess'

☀ ◊ ❋❋

吊鐘花「皇家天鵝絨」

性狀：生長勢強，株形直立。**花**：大型重瓣花，萼筒及萼片紅色，花瓣深紫、具深粉紅色雜斑。**葉**：翠綠色。

- 栽培　極佳之標準樹形品種。
- 株高　1.5 公尺
- 株寬　75 公分

吊鐘花「皇家天鵝絨」
F. 'Royal Velvet'

吊鐘花「柏登托」

性狀：矮灌木狀，株形直立，花期晚。**花**：小型單瓣或半重瓣花，深紅色，開花時花瓣幾近黑色，老化後花朵變大、顏色變淡。**葉**：翠綠色。

- 栽培　優良的花壇品種，亦適合種植於冷溫室。
- 株高　1 公尺
- 株寬　75 公分

吊鐘花「柏登托」
F. 'Gruss aus dem Bodethal'

吊鐘花「傑恩」

性狀：株形直立。**花**：小型單瓣花，萼筒及萼片呈櫻桃紅色，花瓣紫色。**葉**：金綠色。

- 栽培　優良的標準樹形品種。
- 株高　1.5 公尺
- 株寬　75 公分

吊鐘花「傑恩」
F. 'Genii'

吊鐘花「湯姆一級棒」

性狀：矮灌木狀，株形直立，花期極不定。**花**：小型單瓣花，萼筒及萼片紅色，花瓣藍紫色。**葉**：鮮綠色。

- 栽培　可整枝成迷你標準樹形，適用於灌木或混合式花壇，需良好的排水環境和遮風保護。
- 株高　50 公分
- 株寬　50 公分

吊鐘花「湯姆一級棒」
F. 'Tom Thumb'

短筒吊鐘花

性狀：株形直立，花期極不定。**花**：花朵小而柔美，萼筒及萼片呈深紅色，花瓣藍紫色。**葉**：卵形至橢圓形，色鮮綠。

- 栽培　適合濕潤但排水良好之土壤，需防寒風吹襲，地上部在降雪枯死後可重新萌芽生長。
- 株高　3 公尺
- 株寬　2 公尺

短筒吊鐘花
F. magellanica
（淑女的耳墜）

吊鐘花「波柏夫人」

性狀：生長勢強，矮灌木狀，株形直立。**花**：大型單瓣花，雄蕊和雌蕊極長，萼筒及萼片緋紅色，花瓣藍紫色，雄蕊和雌蕊深紅色。**葉**：翠綠色。

- 栽培　在避風地區可長成極佳的綠籬植物，能適應全日照環境，需要良好的排水環境和遮風保護。
- 株高　1.5 公尺
- 株寬　75 公分

吊鐘花「波柏夫人」
F. 'Mrs. Popple'

吊鐘花「瑪琳卡」

性狀：生長勢強，矮灌木狀，蔓生性。**花**：單瓣，萼筒及萼片紅色，花瓣暗紅色、瓣緣折疊狀。**葉**：暗綠色，中脈深紅色。

- 栽培　非常適合培育為大型吊藍盆栽，也很適合整枝成花架攀緣植物，葉片若受寒風吹襲將會變色。
- 株高　2公尺
- 株寬　不一定

吊鐘花「瑪琳卡」
F. 'Marinka'
（吊籃型）

吊鐘花「棋盤」

性狀：生長勢強，枝葉濃密，株形直立。**花**：單瓣，萼筒紅色，萼片初為紅色、老化後轉白，花瓣暗紅色。**葉**：翠綠色。

- 栽培　漂亮的夏季花壇植物。
- 株高　可達1.2公尺
- 株寬　75公分

吊鐘花「棋盤」
F. 'Checkerboard'

吊鐘花「金斑瑪琳卡」

性狀：蔓生性。**花**：單瓣，萼筒及萼片豔紅色，花瓣呈暗紅色。**葉**：有金、黃雜斑，葉脈紅色。

- 栽培　適合培育成吊藍盆栽和垂枝標準樹形，生長在日照充足之處葉色最美，但若受風吹襲將會變色。
- 株高　2公尺
- 株寬　不一定

吊鐘花「金斑瑪琳卡」
F. 'Golden Marinka'
（吊籃型）

白萼紅花玻利維亞吊鐘花

性狀：株形直立，分枝彎垂，隨株齡增長漸成樹形。**花**：花朵長、極纖細，簇生於枝梢，萼筒及萼片白色，花瓣緋紅色。**葉**：大型，呈鮮明之灰綠色，中脈略帶紅色。

- 株高　3公尺
- 株寬　1公尺

白萼紅花玻利維亞吊鐘花
F. boliviana var. *alba*

最低溫 5℃

吊鐘花「西利亞・史梅德雷」

性狀：生長勢極強，株形直立。**花**：大型單瓣或半重瓣花，萼筒淡綠色，萼片淡粉紅色，花瓣酒紅色。**葉**：大型，翠綠色。

- 栽培　整枝成標準樹形最美觀，種於大盆可培育出很美的灌叢株形。
- 株高　1.5公尺
- 株寬　1公尺

吊鐘花「西利亞・史梅德雷」
F. 'Celia Smedley'

吊鐘花「賴氏獨家品種」

性狀：生長勢強，矮灌木狀，株形直立。**花**：小型單瓣花，萼筒長、蠟白色，萼片及花瓣橙紅色。**葉**：翠綠色。

- 栽培　培育大型角錐形植株的絕佳品種。
- 株高　1.5公尺
- 株寬　1公尺

吊鐘花「賴氏獨家品種」
F. 'Lye's Unique'

吊鐘花「瑪麗・波賓斯」

性狀：矮灌木狀，株形直立。**花**：細長的單瓣花，萼筒及萼片粉杏色，花瓣朱紅色。**葉**：翠綠色。

- 株高　1.5 公尺
- 株寬　75 公分

吊鐘花「瑪麗・波賓斯」
F. 'Mary Poppins'

☼ ◐ ❋

吊鐘花「新嬌客」

性狀：生長勢強，株形直立。**花**：大型重瓣花，萼筒及萼片淺粉紅色，花瓣洋紅色。**葉**：翠綠色。

- 株高　1.5 公尺
- 株寬　1 公尺

吊鐘花「新嬌客」
F. 'Garden News'

☼ ◐ ❋❋❋　　🏆

桿狀吊鐘花

性狀：直立或開展形。**花**：花朵細小，淡粉紅至深紅色。**果實**：表皮光滑的黑色圓形小漿果。**葉**：落葉性，披針形至卵形，葉緣細鋸齒狀，色翠綠至暗綠。

- 栽培　適合培育成吊籃盆栽。
- 株高　75 公分
- 株寬　75 公分

桿狀吊鐘花
F. ×*bacillaris*

☼ ◐ ❋❋

吊鐘花「塔利亞」

性狀：生長勢強，株形直立，花期極不定。**花**：細長的單瓣花，具窄長的萼筒、小萼片和小花瓣，著花於枝梢，花朵密聚成簇，萼片紅色，花瓣橙紅色。**葉**：質地柔軟，細脈呈橄欖綠色、粗肋呈暗洋紅色。

- 株高　1 公尺
- 株寬　1 公尺

吊鐘花「塔利亞」
F. 'Thalia'

☼ ◐　最低溫 5℃

吊鐘花「花瀑」

性狀：蔓生性，枝條低垂，花期極不定。**花**：單瓣，萼筒及萼片白裡透紅，花瓣深紅色。**葉**：翠綠色。

- 栽培　非常適合培育成吊籃盆栽。
- 株高　2 公尺
- 株寬　不一定

吊鐘花「花瀑」
F. 'Cascade'
（吊籃型）

☼ ◐ ❋

吊鐘花「麗娜」

性狀：枝葉鬆散而開展。**花**：重瓣，萼筒及萼片淡粉紅色，花瓣紫色、有粉紅色雜斑。**葉**：翠綠色。

- 栽培　優良的標準樹形品種。
- 株高　1 公尺
- 株寬　1 公尺

吊鐘花「麗娜」
F. 'Lena'

☼ ◐ ❋❋　　🏆

吊鐘花「喬依・帕特摩爾」

性狀：生長勢強，株形直立。**花**：單瓣，萼筒白色，萼片白色、尖端略帶綠色，花瓣呈櫻桃紅色、基部白色。**葉**：翠綠色。

- 栽培　優良的標準樹形品種。
- 株高　1.5 公尺
- 株寬　1 公尺

吊鐘花「喬依・帕特摩爾」
F. 'Joy Patmore'

☼ ◐ ❋　　🏆

吊鐘花「鐘樓」

性狀：蔓生性，可自行分枝，花期極不定。**花**：小型半重瓣花，萼筒白色、雜有紫斑，萼片白色，花瓣紫紅色、老化漸褪為淡藍紫色。**葉**：翠綠色。

- 栽培　非常適合培育成吊藍盆栽，也很適合整枝成花架攀緣植物，頻繁摘心則可培育成茂密的叢狀植株。
- 株高　1.5 公尺
- 株寬　不一定

吊鐘花「鐘樓」
F. 'La Campanella'
（吊藍型）

☀ ◊ ❄

吊鐘花「卡斯蒂利亞薔薇」

性狀：生長勢強，矮灌木狀，株形直立。**花**：小型單瓣花，萼筒白色，萼片白色、尖綠，花瓣粉紅、有紫雜斑。**葉**：翠綠色。

- 栽培　可得標準樹形，良好排水和冬季屏障，可耐-10℃以上低溫。
- 株高　1.5 公尺
- 株寬　1 公尺

吊鐘花
「卡斯蒂利亞薔薇」
F. 'Rose of Castile'

☀ ◊ ❄❄　　　♛

吊鐘花「埃斯特爾・瑪麗亞」

性狀：矮灌木狀，株形直立，可自行分枝。**花**：單瓣花，萼筒淡綠色，萼片白色，花瓣藍色至紫色，老化後漸呈紫色。**葉**：暗綠色。

- 栽培　極佳的夏季花壇品種。
- 株高　1 公尺
- 株寬　50 公分

吊鐘花
「埃斯特爾・瑪麗亞」
F. 'Estelle Marie'

☀ ◊ ❄

偃枝吊鐘花

性狀：平伏性，花期極不定。**花**：花朵細小、直立性，無瓣，萼筒黃色，萼片紫色，花粉豔藍色。**果實**：紅色大漿果，持久不落。**葉**：幾近圓形、葉基心形。

- 栽培　以砂質土壤栽培開花最盛。
- 株高　10 公分
- 株寬　不一定

偃枝吊鐘花
F. procumbens

☀ ◗ ◊ ❄❄

紅葉吊鐘花

性狀：株形直立，有塊根。**花**：萼筒長的花朵聚成短花族，花色橙。**果實**：深紫色卵形大漿果。**葉**：大型，卵形至心形，葉緣細齒狀，色灰綠。

- 栽培　易有葡萄象鼻蟲（Vine Weevil）和粉蛾（Whitefly）為害。
- 株高　可達 3 公尺
- 株寬　1 公尺

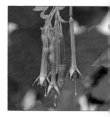

紅葉吊鐘花
F. fulgens

☀ ◊　最低溫 5℃　♛

吊鐘花「紅珊瑚」

性狀：生長勢強，株形直立。**花**：小型花，具狹長的萼筒和小型萼片、花瓣，花朵密聚成族，夏季著花於枝梢，花色粉橙紅。**葉**：質地柔軟，色深藍綠。

- 栽培　適合作為夏季花壇植物，並極適合作為溫室盆栽標本木。
- 株高　1 公尺
- 株寬　1 公尺

吊鐘花「紅珊瑚」
F. 'Coralle'

☀ ◊　最低溫 7℃　♛

爵床科 Acanthaceae	

黃鳥尾花 *Crossandra nilotica*

性狀：直立至開展形。**花**：筒型小花，具外展裂瓣，花聚成短花穗，夏季抽苔，花色杏黃至淺磚紅。**葉**：卵形常綠葉，先端尖，色光滑鮮綠。

- 原生地　熱帶非洲密灌叢帶。
- 栽培　宜種植於暖溫室中，以肥沃而富含腐殖質的土壤或培養土栽培，生長全盛期需隨時補充水分，此外適量澆水即可。冬末應將開花枝剪短一半，夏日需加以遮陰。
- 繁殖　春季播種，或春末、夏實施綠木插。

☀ ◊

最低溫
15℃

株高　可
達 50 公分

株寬
50–75 公分

鼠刺科 Escalloniaceae	

紅花老鼠刺「林緣」
Escallonia rubra 'Woodside'

性狀：矮灌木狀，植叢密實，枝葉濃密，株形開展。**花**：筒型小花，呈短總狀花序，夏秋開花，色深紅。**葉**：常綠，卵形至披針形，色光滑暗綠。

- 原生地　園藝品種。
- 栽培　可耐富含石灰質、乾旱的土壤，在氣候溫和地區和海濱花園均可生長良好，內陸花園需提供遮風保護，必要時可實施早春修剪。
- 繁殖　夏季實施軟木插或半硬木插。

☀ ◊
❄ ❄

株高　50
公分以上

株寬
1.5 公尺

豆科 Leguminosae	BALLOON PEA, DUCK PLANT

汽球果木 *Sutherlandia frutescens*

性狀：株形直立，分枝疏落。**花**：大型蝶形花，聚成總狀花序，春末夏季開花，花色赭紅。**果實**：膨大之紙質莢果，初為綠色、後出現紅色雜斑。**葉**：常綠，羽裂成 13–21 枚狹長形小葉，色銀灰綠。

- 原生地　非洲乾旱丘陵地。
- 栽培　以輕質土壤栽植於溫暖避風處，冬季應鋪設乾爽的覆蓋加以保護（如鳳尾蕨枯葉）。地上部若因降雪而枯死，將可從基部重新萌芽。
- 繁殖　春季播種。

☀ ◊
❄

株高
1.5 公尺

株寬
1.5 公尺

茜草科 Rubiaceae	FLAME OF THE WOODS, JUNGLE FLAME

紅仙丹花 *Ixora coccinea*

性狀：矮灌木狀，株形渾圓。**花**：筒型小花，密聚成頭狀花序，夏季開花，有紅、粉紅、橙、黃等色。**葉**：常綠葉，橢圓形至長橢圓狀卵形，色光滑暗綠。

- 原生地　印度和斯里蘭卡之熱帶森林。
- 栽培　宜種植於暖溫室或家中日照充足之處，以不含壤土之肥沃培養土栽培，生長期間應隨時補充水分，此外適量澆水即可。
- 繁殖　春季播種，或夏季實施半硬木插。

☀ ◊

最低溫
13–16℃

株高
1 公尺以上

株寬
1 公尺

薔薇科
Rosaceae

金露梅「紅愛司」

Potentilla fruticosa 'Red Ace'

性狀：矮灌木狀，植叢密實，枝葉濃密，形成堆狀。**花**：大型單瓣花，晚春至中秋盛放，花色朱紅，背面淺乳黃色。**葉**：落葉性，掌裂成 5 枚狹卵形小葉，色鮮綠。

• 原生地　園藝品種。

• 栽培　任何肥度適中、但不過度肥沃的土壤均適用於栽培，全日照下可生長良好，但鮮豔的花色將褪成較不鮮明的紅色。本種和橙、紅或粉紅等色的品種均需在半遮陰下才能保持花色鮮豔。春季為修剪弱枝和擁擠枝的適期，必要時可於早春將強壯的新枝剪短約三分之一，保持植叢密實或限制枝幹展幅。

• 繁殖　夏季實施軟木插或綠木插。

株高
1公尺

株寬
1公尺

玄參科
Scrophulariaceae

賽吊鐘 *Phygelius aequalis*

性狀：直立性亞灌木。**花**：筒型，聚成單邊圓錐花序，仲夏至早秋開花，花色暗粉橘紅，花喉黃色。**葉**：常綠或半常綠，卵形，色暗綠。

- 原生地　南非。
- 栽培　宜種植於避風之處，以不會太乾旱的輕質土壤栽培。寒冷地區應種植於南向或西向牆邊。
- 繁殖　春季播種、或夏季實施軟木插。

株高
1-1.2 公尺

株寬
1-1.2 公尺

唇形科
Labiatae　MEXICAN RED SAGE

墨西哥紅鼠尾草 *Salvia fulgens*

性狀：直立性亞灌木。**花**：筒型，具 2 枚唇瓣，輪生排列，夏末開花，呈耀眼的緋紅色。**葉**：常綠或半常綠，卵形至心形，具軟毛，葉面色翠綠、葉背被白色絨毛。

- 原生地　墨西哥之橡木林和山區針葉林。
- 栽培　宜以排水迅速、肥沃的輕質土壤栽培，並栽種於溫暖、日照充足的避風處。
- 繁殖　春季播種、或仲夏季實施軟木插。

株高　可
達 1 公尺
以上

株寬
1 公尺

唇形科
Labiatae

紅花小葉鼠尾草
Salvia microphylla var. neurepia

性狀：株形直立，分枝發達。**花**：筒型，具2枚唇瓣，花序總狀，夏末和秋季抽苔，花呈鮮豔的粉玫瑰紅色。**葉**：常綠，三角形至卵形，色淺綠。

- 原生地　墨西哥山區密灌叢、橡木和針葉林。
- 栽培　宜以排水迅速、肥沃的輕質土壤栽培，種植於溫暖、日照充足的避風處，冬季需防植株受凍受潮。
- 繁殖　仲夏實施軟木插。

株高　可
達 1.2 公尺

株寬
1 公尺

山龍眼科
Proteaceae

檜葉銀樺「羅賓・高登」
Grevillea 'Robyn Gordon'

性狀：株形渾圓，漸長成開展形。**花**：筒型，花柱突出反捲，密聚成總狀花序，春至夏末斷續開花，色深紅。**葉**：常綠，狹長似蕨葉，革質色暗綠。

- 原生地　園藝品種。
- 栽培　宜種植於溫室內，以中至酸性土壤或培養土栽培，生長期間應適量澆水，此外則宜少澆，需有良好的通風，必要時實施花後整形修剪。
- 繁殖　夏季實施半硬木插。

最低溫
5-10 ℃

株高
1 公尺

株寬
1 公尺

爵床科	SHRIMP PLANT
Acanthaceae	

小蝦花 *Justicia brandegeeana* 🏆

性狀：矮灌木狀，株形渾圓。**花**：花小，花期主要在夏季，花色白，具有重疊的蝦紅色苞片。**葉**：常綠，卵形至橢圓形，質地柔軟，色翠綠。

- 原生地　墨西哥。
- 栽培　宜種植於家中或溫室內，以富含腐殖質的肥沃土壤或培養土栽培，僅生長全盛期間可充分澆水。
- 繁殖　春季或早夏季實施軟木插和綠木插。
- 異學名　*Beloperone guttata, Drejerella guttata.*

☀ ◗

最低溫
7-10 ℃

株高
75 公分-
1 公尺

株寬
50 公分

楓樹科	
Aceraceae	

雞爪槭「千歲山」 🏆
Acer palmatum 'Chitoseyama'

性狀：分枝彎垂，形成堆狀植叢。**花**：花朵細小，花序低垂，春季開花，花色紫紅。**果實**：形似洋桐槭之果實。**葉**：落葉性深裂葉，色綠而略帶紅褐，夏末至秋季轉為耀眼的紅色。

- 原生地　園藝品種。
- 栽培　宜以濕潤、但排水良好的中至酸性土壤栽培，需加以遮擋寒風。
- 繁殖　春季軟木插、夏季芽接或冬末春初嫁接。

☀ ◗
❋❋❋

株高
1-1.5 公尺

株寬
1.5 公尺

楓樹科	
Aceraceae	

皺紋槭樹 *Acer palmatum* var.
Dissectum Atropurpureum Group

性狀：矮灌木狀，形成堆狀植叢。**花**：花朵細小，花序低垂，春季開花，花色紫紅。**果實**：形似洋桐槭果實，具有紅色或綠色果翅。**葉**：落葉性深裂葉，呈濃豔之紅褐色或紫色，入秋轉為鮮明的紅、橙或黃色。

- 原生地　園藝品種。原生種分布於中國、日本、韓國之丘陵或山區叢林。
- 栽培　可耐輕度遮陰，生長在全日照下葉色最美，但種植地點應有半遮陰，以免夏日正午炎陽曝曬。本種適合栽種於生長期間常保濕潤且排水良好的中至酸性土壤中，需提供遮風保護以免葉片受風枯黃，適合應用於小庭園造景，並可整枝培育為盆景。
- 繁殖　春季實施軟木插、夏季芽接、或冬末春初嫁接繁殖。

☀ ◗
❋❋❋

株高
1-1.5 公尺

株寬
1.5 公尺

玄參科
Scrophulariaceae

太陽長階花「紫煙」

Hebe hulkeana 'Lilac Hint'

性狀：株形直立，分枝疏展。**花**：花小，具4枚裂瓣，小花聚成大圓錐花序，春末夏初盛放，色淡藍紫。**葉**：卵形常綠，有齒緣，葉面光亮、色淺綠。

• 原生地　園藝品種。

• 栽培　能適應海濱花園環境和任何排水迅速的肥沃土壤，需防寒冷冬風吹襲。本種甚少需要修剪，但花後修剪可促進發育。

• 繁殖　夏季實施半硬木插。

☀ ◊
❄❄

株高　60
公分以上

株寬
60公分

豆科
Leguminosae

圓錐山螞蝗　*Desmodium elegans*

性狀：直立性亞灌木。**花**：蝶形小花，聚成大型圓錐花序，晚夏至中秋開花，花色淡紫。**葉**：落葉性，分裂成3枚大而呈圓卵形之小葉，色翠綠。

• 原生地　喜馬拉雅山密灌叢帶。

• 栽培　宜使用輕質土壤栽培，寒冷地區應有溫暖的南向或西向牆面遮擋寒風，冬季應鋪設乾爽的覆蓋加以保護。

• 繁殖　夏季實施軟木插或秋季播種。

• 異學名　*D. tiliifolium.*

☀ ◊
❄❄

株高　90
公分-1.5
公尺以上

株寬
1.5公尺

玄參科
Scrophulariaceae

長階花「波爾士」　*Hebe* 'E. A. Bowles'

性狀：矮灌木狀，株形渾圓。**花**：花小，具4枚裂瓣，聚成纖細的花穗，仲夏至晚秋開花，花呈柔和的淺紫色。**葉**：狹卵形常綠葉，色光滑淺綠。

• 原生地　園藝品種。

• 栽培　能適應海濱花園的環境，任何排水迅速的肥沃土壤均適用於栽培，需防寒冷冬風吹襲。本種很少需要大幅修剪，但徒長株可於春季剪短。

• 繁殖　夏季實施半硬木插。

☀ ◊
❄❄

株高　75
公分以上

株寬
1公尺

馬鞭草科 Verbenaceae	

紫花馬櫻丹 *Lantana montevidensis*

性狀：蔓性或低矮叢狀。**花**：花朵細小，密聚成頭狀花序，終年開花不斷，主要花期在夏季，花色粉紫，花心黃色。**葉**：常綠，卵狀長橢圓形至披針形，葉緣鋸齒狀，色翠綠。

- 原生地　南美洲。
- 栽培　可種植於室內日照充足之處或溫室中，以排水迅速之肥沃土壤或培養土栽培，生長期間應隨時補充水分，此外則適量澆水即可。幼株應實施摘心、促進叢狀發育。種植於玻璃溫室之植株易有紅蜘蛛（Red spider mite）和粉蛾為害。此種植物因花期長而備受喜愛，在暖溫室或室內日照充足之處可長成漂亮的標本植株，在溫暖而無霜雪的地區並可成為開花旺盛的優良地被植物。
- 繁殖　春季播種、或夏季實施半硬木插。
- 異學名　*L. delicatissima, L. sellowiana.*

☼ ◊

最低溫
7–10 ℃

株高　50
公分以上

株寬
1.2 公尺

紫草科 Boraginaceae	CHERRY-PIE, HELIOTROPE

香水草 *Heliotropium arborescens*

性狀：矮灌木狀。**花**：小而極香，密聚成平頂狀花序，春末至冬季開花，花色紫至藍紫。**葉**：常綠，橢圓狀長橢圓形至卵形，密布皺紋，色暗綠。

- 原生地　秘魯之乾旱開闊地區。
- 栽培　宜種植於溫室中，以肥沃而排水良好的土壤或培養土栽培。生長期間應隨時補充水分，此外則適量澆水即可，適合當作夏季花壇植物。
- 繁殖　春季播種或夏末綠木插或半硬木插。
- 異學名　*H. peruvianum.*

☼ ◊

最低溫
5 ℃

株高
1 公尺以上

株寬
75 公分–
2 公尺

遠志科 Polygalaceae	

達耳馬氏遠志 *Polygala ×dalmaisiana* ♀

性狀：株形直立，分枝旺盛。**花**：蝶形，聚成短總狀花序，春末至秋季開花，花色豔紫，瓣脈白色。**葉**：小型常綠葉，長橢圓形或卵形，色灰綠。

- 原生地　南非。
- 栽培　宜種植於溫室內，以添加粗砂、肥沃而富含腐殖質的土壤或培養土栽培。生長期間應隨時補充水分，此後則適量澆水即可。
- 繁殖　春季播種、或夏季實施半硬木插。
- 異學名　*P. myrtifolia* ‘Grandiflora’.

☼ ◊

最低溫
5 ℃

株高
1 公尺以上

株寬
1.5 公尺

| 茄科 Solanaceae | |

番茉莉「大花」
Brunfelsia pauciflora 'Macrantha'

性狀：株形開展、多分枝。**花**：大型碟狀花，冬至夏季綻放，花色豔藍紫、老化漸褪成白色。**葉**：常綠，長橢圓形至披針形，革質，色深綠。

- 原生地　園藝品種。
- 栽培　宜種植於室內或溫室中，以肥沃而富含腐殖質的土壤栽培，需要充足的日照，但不宜日光直射。生長期間應適量澆水，此外則少澆為宜。
- 繁殖　夏季實施半硬木插。

☀ ◊
最低溫 7-10℃
株高 1.5公尺
株寬 1.5公尺

| 唇形科 Labiatae | FRENCH LAVENDER |

法國薰衣草 *Lavandula stoechas* ♔

性狀：矮灌木狀，枝葉濃密。**花**：花細小而具濃香，密聚成花穗，春末夏季抽苔，花色深紫，頂端苞片色紫紅。**葉**：常綠，氣味芳香，線形至長橢圓狀披針形，被軟毛，色銀灰。

- 原生地　地中海沿岸之旱丘密灌叢及稀疏針葉林地。
- 栽培　宜種植於溫暖而日照充足之處，任何排水迅速之肥沃土壤均適用於栽培。
- 繁殖　春季播種，或夏季實施半硬木插。

☀ ◊ ❄❄
株高 30公分-1公尺
株寬 30公分-1公尺

| 玄參科 Scrophulariaceae | |

長階花「秋輝」 *Hebe* 'Autumn Glory'

性狀：分枝疏展，植叢呈堆狀。**花**：花小，具4枚裂瓣，密生於總狀花序，仲夏至早冬開花，花色深藍紫。**葉**：廣卵形常綠葉，色光滑深綠，略帶紫色。**樹皮**：新枝表皮光滑、色暗紫紅。

- 原生地　園藝品種。
- 栽培　任何肥沃而排水迅速的土壤均適用於栽培，需防寒風吹襲。本種能適應海濱花園環境，並可耐都市污染，春季為修剪徒長植株之適期。
- 繁殖　夏季實施半硬木插。

☀ ◊ ❄❄
株高 60公分
株寬 75公分

| 唇形科 Labiatae | HIDCOTE LAVENDER |

薰衣草「海闊」 ♔
Lavandula angustifolia 'Hidcote'

性狀：矮灌木狀，枝葉濃密。**花**：細小而芳香，密聚於花莖細長之花穗，仲至晚夏開花，花色深紫。**葉**：常綠，氣味芳香，狹披針形，色銀灰。

- 原生地　園藝品種。
- 栽培　適合溫暖日照充足且排水迅速的沃土。本種非常適合培育成低矮綠籬，春季應修剪以保持植叢密實，花朵未完全綻放前可採下乾燥。
- 繁殖　夏季實施半硬木插。

☀ ◊ ❄❄❄
株高 可達30公分
株寬 60-80公分

唇形科 Labiatae	HYSSOP

柳薄荷（神香草）*Hyssopus officinalis*

性狀：矮灌木狀，植叢密實，株形筆直，多分枝。
花：筒型小花，具 2 枚唇瓣，聚為細長的花穗，仲夏至早秋開花，花色藍紫。**葉**：半常綠或落葉性，氣味芳香，狹卵形，色深綠。

- 原生地　南歐和東歐之旱坡地。
- 栽培　宜種植於排水迅速、土質肥沃、溫暖而日照充足之處，為極佳的低矮綠籬植物，春季應稍加修剪，葉片可用於烹調。
- 繁殖　秋季播種、或夏季實施軟木插。

☼ ◊
❄ ❄ ❄

株高　可
達60公分

株寬
60公分

玄參科 Scrophulariaceae	

長階花「愛咪」*Hebe* 'Amy'

性狀：矮灌木狀，植叢密實。**花**：花小具 4 裂瓣，花序總狀，早夏至中秋開花，色深藍紫。**葉**：常綠，廣卵至橢圓形，新葉帶紫後轉成光亮深綠色。

- 原生地　園藝品種。
- 栽培　能適應海濱花園環境，並可耐都市污染，任何排水良好的肥沃土壤均適用於栽培，需防寒冷冬風吹襲。春季為修剪徒長植株之適期。
- 繁殖　夏季實施半硬木插。
- 異學名　*H.* 'Purple Queen'.

☼ ◊
❄ ❄

株高
75 公分

株寬
75 公分

鼠李科 Rhamnaceae	CREEPING BLUE BLOSSOM

匍匐藍花美洲茶　♈
Ceanothus thyrsiflorus var. *repens*

性狀：生長勢強，枝葉濃密，植叢呈堆狀。**花**：花朵細小，密生於圓形總狀花序，春末夏初抽苞，花色藍。**葉**：廣橢圓形常綠葉，色光滑暗綠。

- 原生地　北加州之海岸密灌叢。
- 栽培　可耐半遮陰、輕質土壤環境和海岸環境，宜種植於溫暖而日照充足且排水良好的避風處。春季應修剪枯枝，花後應剪短側枝。
- 繁殖　夏季實施半硬木插。

☼ ◊
❄ ❄

株高　可
達 1 公尺

株寬
2.5 公尺

鼠李科 Rhamnaceae	

德利爾美洲茶「凡爾賽之光」

Ceanothus × *delileanus* 'Gloire de Versailles'

性狀：生長勢強，矮灌木狀。**花**：花朵細小，聚成大型總狀花序，仲夏至早秋開花，花色淺藍。**葉**：落葉性，廣卵形，色翠綠。

- 原生地　園藝品種。
- 栽培　適合溫暖避光且排水良好的輕質土壤，植株可耐略含石灰質的土壤和海岸環境。春季應修剪主幹至基部或僅保留 8-10 公分的去年生枝段。
- 繁殖　夏季實施半硬木插。

☼ ◊
❉ ❉

株高　可 達 1.5 公尺
株寬 1.5 公尺

馬鞭草科 Verbenaceae	

蘭香木「亞瑟・西蒙斯」 *Caryopteris* × *clandonensis* 'Arthur Simmonds'

性狀：矮灌木狀，株形渾圓的亞灌木。**花**：花朵細小，多數密生為花序，夏末至秋季開花，花呈鮮明之藍紫色。**葉**：落葉性，狹卵形、具不規則齒緣，色灰綠。

- 原生地　園藝品種。
- 栽培　宜使用肥沃的輕質土壤栽培，並種植於溫暖避風地點。本種可耐白堊土。
- 繁殖　夏季實施綠木插或半硬木插。

☼ ◊
❉ ❉

株高 75 公分
株寬 75 公分

菊科 Compositae	BLUE DAISY, BLUE MARGUERITE

妃莉藍菊「聖塔安妮塔」

Felicia amelloides 'Santa Anita'

性狀：矮灌木狀，株形開展的亞灌木。**花**：形似雛菊的大型頭花，花梗長，春末至秋季開花，花色藍色，花心色鮮黃。**葉**：常綠，圓形至卵形，色鮮綠。

- 原生地　原生種分布於南非之乾旱岩石地。
- 栽培　宜種植於土質疏鬆、避風之處，天寒時應加以保護，並經常摘除枯花。
- 繁殖　夏季或早秋實施綠木插。

☼ ◊
❉

株高　可 達 30 公分
株寬 60 公分

唇形科 Labiatae	

濱藜葉分藥花「藍塔」

Perovskia atriplicifolia 'Blue Spire'

性狀：直立性亞灌木。**花**：細小、筒型，具 2 枚唇瓣，小花聚成細長的圓錐花序，夏末至中秋開花，花色藍紫。**葉**：落葉性，氣味芳香，具深缺刻，色灰綠。**樹皮**：新枝白色。

- 原生地　園藝品種。
- 栽培　適合溫暖日照充足且排水迅速的土壤。春季新芽萌發時，應將植株大幅修剪至接近基部。
- 繁殖　夏末實施軟木插。

☼ ◊
❉ ❉ ❉

株高　可 達 1.5 公尺
株寬 1.5 公尺

忍冬科
Caprifoliaceae

小花毛核木「佛利斯斑葉」
Symphoricarpos orbiculatus 'Foliis Variegatis'

性狀：矮灌木狀，分蘖旺盛。**花**：夏至秋季偶爾見花，花色白或粉紅。**葉**：落葉性，卵形，綠色、鑲黃邊。

- 原生地　園藝品種。
- 栽培　可耐都市污染、海岸氣候和乾旱的土壤。
- 繁殖　夏季軟木插或秋季取帶根的吸芽繁殖。
- 異學名　*S. o.* 'Variegatus', *S. o.* 'Aureovariegatus'.

株高 可達 1.5 公尺

株寬 1.5 公尺

忍冬科
Caprifoliaceae

美廉錦帶花　*Weigela middendorffiana*

性狀：矮灌木狀，枝條彎垂。**花**：漏斗狀大型花，花呈柔和的硫磺色，花喉有橙色斑點。**葉**：落葉性，長橢圓形至狹卵形，先端尖，葉緣呈鋸齒狀，色鮮綠。

- 原生地　日本及中國北部山區叢林。
- 栽培　喜肥沃而富含腐殖質之土壤及溫暖日照充足之環境，可耐都市污染，對於土質要求不嚴苛，花後應將部分最老之枝條修剪至接近齊地。
- 繁殖　夏季實施軟木插。

株高 可達 1.5 公尺

株寬 1.5 公尺

爵床科
Acanthaceae

小蝦花「沙特勒茲」
Justicia brandegeeana 'Chartreuse'

性狀：矮灌木狀，枝條彎垂。**花**：筒型小花，聚成彎曲花穗，夏季為主要花期，色白，包被於重疊淺黃綠色苞片中。**葉**：常綠，卵至橢圓形，色翠綠。

- 原生地　園藝品種。
- 栽培　適合室內日照充足處或溫室中肥沃而富含腐殖質之土壤。生長全盛期應隨時澆水，否則適量澆水即可。春季為修剪徒長植株適期。
- 繁殖　春或早夏軟木插或綠木插。

最低溫 7-10 ℃

株高 75 公分- 1 公尺

株寬 50-75 公分

菊科
Compositae

那不勒斯羽葉棉杉菊「硫磺」*Santolina pinnata* subsp. *Neapolitana* 'Sulphurea'

性狀：矮灌木狀，株形渾圓。**花**：花朵微小，密生為鈕釦狀頭花，花莖細長，仲夏開花，花色淡黃。**葉**：常綠，氣味芳香，具羽狀深缺刻，色灰綠。

- 原生地　義大利南部乾旱海岸丘陵，園藝品種。
- 栽培　適合排水良好、土質不甚肥沃、溫暖且日照充足之處，秋季應摘除枯花並修剪長莖。
- 繁殖　夏季實施半硬木插。

株高 60-75 公分

株寬 60-75 公分

薔薇科
Rosaceae

金露梅「維爾摩利妮安娜」

Potentilla fruticosa 'Vilmoriniana'

性狀：生長勢強，矮灌木狀，分枝直立朝上。**花**：大型，單瓣花，春末至秋季會大量盛放，花色淺黃或乳白。**葉**：落葉性，掌裂成 5 枚狹卵形小葉，葉色銀灰。

- 原生地　園藝品種。
- 栽培　可耐輕度遮陰，但生長在全日照下開花最盛，任何肥度適中、但不過份肥沃的土壤均適用於栽培，太過肥沃的土壤將促進葉片生長而少

花。早春為修剪適期，可從基部剪除弱枝和擁擠枝，並將生長勢強的枝條剪短約三分之一。枝條擁擠的老株可分二至三季分次於早春實施局部重度修剪，促進植株更新生長。此栽培種和其他委陵菜屬灌木在灌木和混合式花壇都是非常具有價值的植物。

- 繁殖　夏季實施軟木插或綠木插。

株高　可達 1.5 公尺

株寬　1 公尺

豆科 Leguminosae	TREE LUPIN

木本羽扇豆 *Lupinus arboreus*

性狀：生長快速的匍匐性植物，生命週期通常很短。**花**：小而芳香，聚成短邊花穗，早至晚夏開花，花呈濃淡不一、柔和明亮的黃色。**葉**：半常綠，掌裂成 6-9 枚小葉，通常具絹毛，色淺綠。
- 原生地 加州地區的沙丘及海岸密灌叢。
- 栽培 可耐海岸環境，宜使用排水迅速、不甚肥沃的輕質土壤栽培，並種植於溫暖而日照充足、可避寒風之處。
- 繁殖 秋季利用新鮮種子播種繁殖。

☼ ◊
❋ ❋
株高 可
達 1.5 公尺
株寬
1.5-2 公尺

玄參科 Scrophulariaceae	

賽吊鐘「黃喇叭」

Phygelius aequalis 'Yellow Trumpet'

性狀：直立性亞灌木。**花**：筒型，聚成單邊圓錐花序，仲夏至早秋開花，花色淺乳黃。**葉**：常綠或半常綠，卵形，色暗綠。
- 原生地 園藝品種。
- 栽培 宜種植於土質疏鬆但不會太乾旱的南向或西向避風處。春季應修剪至僅餘木質主幹，地上部可能因降雪而枯死，但可從基部重新發芽。
- 繁殖 夏季實施軟木插。

☼ ◊
❋ ❋
株高
1-1.2 公尺
株寬
1-1.2 公尺

薔薇科 Rosaceae	

金露梅「伊莉莎白」

Potentilla fruticosa 'Elizabeth'

性狀：生長勢強，矮灌木狀，植叢呈堆狀。**花**：大型單瓣花，春末至中秋盛開，花色鮮黃亮麗。**葉**：落葉性，羽裂成 5 枚狹卵形小葉，呈柔和綠色。
- 原生地 園藝品種。
- 栽培 可種植於任何肥度適中、但不致過度肥沃的土壤中。早春應剪除擁擠枝，並將生長勢強的枝條剪短約三分之一。
- 繁殖 夏季實施軟木插繁殖。

☼ ◊
❋ ❋ ❋
株高
1 公尺
株寬
1.2 公尺

山龍眼科 Proteaceae	

硫磺花檜葉銀樺

Grevillea juniperina f. *sulphurea*

性狀：矮灌木狀，株形渾圓。**花**：筒型具突出反捲花柱，呈總狀花序，早春至夏末斷續開花，色淺黃。**葉**：針狀常綠，緣反捲，面暗綠，背被絹毛。
- 原生地 澳洲新南威爾斯省。
- 栽培 嚴霜地區應種植於冷溫室中，一般地區則適合中至酸性、排水迅速的土壤，並種植於溫暖而日照充足的避風處，必要時可實施花後修剪。
- 繁殖 夏季實施半硬木插。

☼ ◊
❋
株高
1 公尺以上
株寬
1 公尺以上

薔薇科
Rosaceae

金露梅「費里曲森」
Potentilla fruticosa 'Friedrichsenii'

性狀：生長勢強，矮灌木狀，株形直立。**花**：大型單瓣花，春末至中秋大量盛放，花色鮮黃。**葉**：落葉性，分裂成 5 枚狹卵形小葉，色灰綠。

- 原生地　園藝品種。
- 栽培　適合任何肥度適中但不過度肥沃的土壤。早春為修剪適期，應從基部剪除弱枝和擁擠枝，並將生長強旺的新枝剪短約三分之一。
- 繁殖　夏季實施軟木插綠。

☀ ◊
❄ ❄ ❄

株高　可達 1.5 公尺

株寬　1.2 公尺

半日花科
Cistaceae

羅勒半日花「蘇珊」　♈
Halimium ociymoïdes 'Susan'

性狀：植叢密實，株形開展。**花**：單瓣或重瓣小花，疏聚成小圓錐花序，夏季遍布全枝，色鮮黃，花心具深紫紅色斑。**葉**：狹卵形常綠葉，色灰綠。

- 原生地　原生種分布於地中海沿岸砂質土地之南灌叢與松木林間。
- 栽培　喜溫暖日照充足且排水迅速的輕質土壤。適合種植於海濱花園，亦合應用於石景花園。
- 繁殖　夏季實施半硬木插。

☀ ◊
❄ ❄

株高　60 公分

株寬　60 公分

半日花科
Cistaceae

美麗半日花
Halimium lasianthum subsp. *formosum*

性狀：矮灌木狀，株形開展。**花**：小型單瓣花，早夏開花，花色金黃，花心具深紅色塊斑。**葉**：狹卵形常綠葉，色灰綠。

- 原生地　葡萄牙南部及西班牙南部的密灌叢和疏木林地。
- 栽培　宜種植於溫暖避風之處，以排水迅速的輕質土壤栽培。本種適合應用於海濱花園。
- 繁殖　夏季實施半硬木插。

☀ ◊
❄ ❄

株高　75 公分–1 公尺

株寬　75 公分–1 公尺

唇形科　JERUSALEM SAGE
Labiatae

灌木糙蘇 *Phlomis fruticosa*　♈

性狀：株形開展，枝條直立朝上。**花**：具 2 枚唇瓣，上唇瓣盔狀，下唇瓣淺裂狀，花朵輪生排列於枝上，早至仲夏開花，花色金黃。**葉**：常綠，氣味芳香，卵形至披針形，色灰綠。

- 原生地　地中海沿岸之乾旱岩坡，常見分布於石灰岩地。
- 栽培　宜種植於避風處，以排水迅速、不甚肥沃的輕質土壤栽培。
- 繁殖　秋季播種，或夏季實施軟木插。

☀ ◊
❄ ❄

株高　1–1.5 公尺

株寬　1–1.5 公尺

小蘗科	
Berberidaceae	

小蘗「金光」 *Berberis thunbergii* 'Aurea'

性狀：生長緩慢，植叢密實，多刺。**花**：球形至杯狀，仲春開花，花色淺黃。**果實**：紅色橢圓形小漿果。**葉**：落葉性，卵形，新葉黃色、後轉淺綠。

- 原生地　原生種分布於日本的疏林地，此為園藝品種。
- 栽培　土質不拘，但忌澇溼，葉片在全日照下容易枯黃，可耐半遮陰。
- 繁殖　夏季實施軟木插或半硬木插。

☀ ◊
✻ ✻ ✻

株高
50 公分

株寬
50 公分

豆科	BLACK BROOM
Leguminosae	

變黑金雀花 *Cytisus nigricans*

性狀：植叢密實，株形直立。**花**：蝶形，聚成細長柔美、被絹毛的花穗，仲至晚夏大量綻放，花色黃。**葉**：落葉性，細小，三出複葉，色暗綠。

- 原生地　中歐、東南歐至中俄羅斯之旱地林緣。
- 栽培　適合以有肥份、但不太肥沃的中至微酸性土壤栽培，並應於春季剪短新生生芽條。植株不耐移植。
- 繁殖　夏末實施半硬木插。

☀ ◊
✻ ✻ ✻

株高
1–1.5 公尺

株寬
75 公分

豆科	SPANISH GORSE
Leguminosae	

西班牙小金雀花 *Genista hispanica*

性狀：矮灌木狀，植叢密實、堆狀，多刺。**花**：蝶形，密聚成簇，春末夏初開花，花色金黃。**葉**：落葉性，細小，卵狀長橢圓形，色暗綠。

- 原生地　法國南部和西班牙北部乾旱岩丘地之密灌叢。
- 栽培　宜以有肥份、但不甚肥沃的輕質土壤栽培，花後應實施年度修剪以保持植叢密實，但應小心勿傷及老枝。
- 繁殖　秋季播種或夏季軟木插或半硬木插。

☀ ◊
✻ ✻

株高
50–75 公分

株寬
1.5 公尺

菊科	
Compositae	

達尼丁短喉菊　♀

Brachyglottis Dunedin Hybrids Group

性狀：矮灌木狀，植叢呈堆狀。**花**：形似雛菊之頭花，花朵簇生於密被白色毛茸的細枝上，早至仲夏開花，花色鮮黃。**葉**：卵形常綠葉，新葉銀灰色，後轉暗綠，葉背被白色毛茸。

- 原生地　園藝品種。
- 栽培　能適應海濱環境，喜排水良好之避風處。
- 繁殖　夏季實施半硬木插。
- 異學名　*Senecio* 'Sunshine'.

☀ ◊
✻ ✻

株高　可達 1 公尺以上

株寬
1.5 公尺

藤黃科 Guttiferae	AARON'S BEARD, ROSE OF SHARON

宿萼金絲桃 *Hypericum calycinum*

性狀：分蘗旺盛，枝幹直立。**花**：花大，仲夏至中秋綻放，花色鮮黃。**葉**：常綠或半常綠，長橢圓形至狹卵形，色暗綠。

- 原生地　保加利亞東南和土耳其北部。
- 栽培　可耐乾旱和遮陰，土質不拘，但忌澇溼，每二年應實施一次春季重度修剪，將植株修短至接近地面。本種是非常好的地被植物，但其生長方式具有侵略性。
- 繁殖　秋季播種或分株、或夏季實施軟木插。

☀ ◊
❋ ❋ ❋

株高
20~60 公分

株寬 1.5
公尺以上

藤黃科 Guttiferae	

金絲桃「海闊」 *Hypericum* 'Hidcote' ♈

性狀：矮灌木狀，枝條半彎垂。**花**：大型杯狀花，聚成繁盛的花序，仲夏至早秋開花，花色豔麗金黃。**葉**：常綠或半常綠，三角披針形，色暗綠。

- 原生地　園藝品種。
- 栽培　可耐半遮陰，但生長在全日照下開花最盛，任何排水良好的土壤均適用於栽培。春季應剪除枯枝，枝葉遇嚴霜會枯萎，但可從基部重新萌芽，可實施大幅整形修剪。
- 繁殖　夏季實施半硬木插。

☀ ◊
❋ ❋ ❋

株高 可
達 1.5 公尺

株寬 可
達 2.5 公尺

藤黃科 Guttiferae	

無味金絲桃「艾爾斯泰德」
Hypericum × *Inodorum* 'Elstead'

性狀：矮灌木狀，枝條直立。**花**：星形小花，仲夏至早秋蔚為花海，花色黃。**果實**：橙紅色卵形肉質蒴果。**葉**：半常綠或落葉性，長橢圓形披針形至廣卵形，搓揉後可散發香味，色暗綠。

- 原生地　園藝品種。
- 栽培　可耐半遮陰，但全日照下開花最盛，喜中等肥沃、排水良好的土壤，春季應修剪枯枝。
- 繁殖　夏季實施半硬木插。

☀ ◊
❋ ❋ ❋

株高
1 公尺

株寬
1 公尺

藤黃科 Guttiferae	

貴州金絲桃 *Hypericum kouytchense* ♈

性狀：矮灌木狀，枝條彎垂。**花**：星形小花，仲夏至早秋蔚為花海，花色金黃。**果實**：紅褐色卵形肉質蒴果。**葉**：半常綠或落葉性，橢圓形至卵形，色暗綠。

- 原生地　中國之開闊地密灌叢。
- 栽培　可耐半遮陰，但生長在全日照下開花最盛，任何中等肥沃、排水良好的土壤均適用於栽培，春季應剪除枯枝。
- 繁殖　秋季播種、或夏季實施半硬木插。

☀ ◊
❋ ❋ ❋

株高
1 公尺以上

株寬
1.5 公尺

亞麻科 Linaceae	YELLOW FLAX

黃亞麻 *Reinwardtia indica*

性狀：直立性亞灌木。**花**：花大而形似亞麻花，密聚成短總狀花序，花期主要在夏季，但全年均可零星見花，花色黃。**葉**：橢圓形常綠葉，色灰綠。

- 原生地　印度北部與中國。
- 栽培　宜種植於室內日照充足處或溫室中，以肥沃而排水迅速的土壤或培養土栽培，生長期間應隨時補充水分，此後則適量澆水即可。
- 繁殖　春末實施軟木插。
- 異學名　*R. trigyna.*

☀ ◌

最低溫
7-10 ℃

株高
60-90公分

株寬
60-90公分

菊科 Compositae	

黃翠菊木 *Euryops pectinatus* ♀

性狀：生長勢強，株形直立。**花**：細緻的雛菊形頭花，春末夏初綻放，花呈清雅的黃色。**葉**：常綠，具深缺刻，被絨毛，色灰綠。

- 原生地　南非之山地。
- 栽培　宜採溫室栽培，以輕質、富含砂礫、排水迅速的中至微酸性土壤培育。在幾無霜雪地區可露地栽培，但需有南向或西向牆面遮風，並於冬季鋪設乾爽的覆蓋。
- 繁殖　夏季實施軟木插。

☀ ◌

最低溫
5-7 ℃

株高
1公尺以上

株寬
75 公分

菊科 Compositae	

門羅短喉菊 *Brachyglottis monroi* ♀

性狀：矮灌木狀，植叢密實，枝葉濃綠。**花**：似雛菊的黃色小花，仲夏成簇綻放。**葉**：小型常綠，長橢圓至卵形，具波緣色暗綠，背密被白色毛茸。

- 原生地　紐西蘭境內之亞高山密灌叢。
- 栽培　宜種植於避風地點，任何排水良好的土壤均適用於栽培。春季實施修剪可獲得最佳觀葉效果，此外於花後剪短枝條即可。
- 繁殖　夏季實施半硬木插。
- 異學名　*Senecio monroi.*

☀ ◌
❄❄

株高　可達1公尺

株寬
1 公尺

菊科 Compositae	

智島格林菊 *Grindelia chiloensis*

性狀：枝幹直立、叢生狀亞灌木。**花**：大而形似雛菊，夏季開花，花苞外被白色黏膠，花色亮黃。**葉**：常綠，披針形，鋸齒狀，有黏性，色暗綠。

- 原生地　南美洲巴塔哥尼亞高原（Patagonia）。
- 栽培　可耐乾旱貧瘠的土壤，喜排水良好、不太肥沃的砂礫土，並種植於日照充足的避風處。
- 繁殖　夏季實施半硬木插。
- 異學名　*G. speciosa.*

☀ ◌
❄❄

株高
1 公尺

株寬
75 公分

豆科 Leguminosae	

諾曼第金雀花

Cytisus scorparius f. *andreanus*

性狀：密生分枝，枝條彎垂。**花**：蝶形，花朵遍生於細枝上，春末夏初大量綻放，花色鮮黃，具紅褐色斑。**葉**：落葉性三出複葉，色暗綠。

- 原生地　法國諾曼地半島。
- 栽培　宜以有肥份、但不太肥沃的中至微酸性土壤栽培，花後應將開花枝剪短約二分之一，切勿修剪老枝。
- 繁殖　夏末實施半硬木插。

☀ ◑
❊ ❊ ❊

株高
75 公分

株寬
1.5 公尺

錦葵科 Malvaceae	

風鈴花「肯特郡美女」

Abutilon 'Kentish Belle'

性狀：生長勢強，枝條彎垂。**花**：大而下垂的鐘形花，夏秋開花，花色橙黃、鮮紅。**葉**：半常綠，深掌裂狀，色暗綠、葉脈紫色。

- 原生地　園藝品種。
- 栽培　偏好輕質土壤，宜種植於溫暖而日照充足之處（如南向或西向牆邊），寒冷地區入冬後應鋪設乾爽的覆蓋，早春應大幅剪短去年生枝段。
- 繁殖　夏季實施軟木插、綠木插或半硬木插。

☀ ◑
❊

株高　可
達 1.5 公尺

株寬
1 公尺

牡丹科 Paeoniaceae	

檸檬香牡丹「美心・科紐紀念品種」

Paeonia ×*lemoinei* 'Souvenir de Maxime Cornu'

性狀：直立性。**花**：極大而芳香，碗狀重瓣花，夏季開花，花色黃色，具橙紅色波狀瓣緣。**葉**：落葉性，分裂成先端尖的小葉，色鮮綠。

- 原生地　園藝品種。
- 栽培　可耐白堊土和輕度遮陰，宜以肥沃的中至鹼性土壤栽培，並種植於可避免朝陽直曬、日照充足的避風處。
- 繁殖　夏末半硬木插或冬季嫁接。

☀ ◑
❊ ❊ ❊

株高　可
達 1.5 公尺

株寬
1.5 公尺

牡丹科 Paeoniaceae	

牡丹「露意絲・亨利夫人」

Paeonia 'Mme Louis Henri'

性狀：直立性。**花**：極大之碗狀花，疏半重瓣，夏季開花，花色鏽紅。**葉**：落葉性，分裂成具深缺刻、先端尖的小葉，色鮮綠。

- 原生地　園藝品種。
- 栽培　可耐白堊土和輕度遮陰，適合肥沃且可避免朝陽直曬、日照充足的中至鹼性土壤避風處，若枝葉枯萎，可從植株基部重新抽芽生長。
- 繁殖　夏末半硬木插或冬季嫁接。

☀ ◑
❊ ❊ ❊

株高　可
達 1.5 公尺

株寬
1.5 公尺

玄參科 Scrophulariaceae	BUSH MONKEY FLOWER

灌木龍頭花 *Mimulus aurantiacus*

性狀：植株圓頂形或匍匐性。**花**：筒型，春末至秋季開花，花色橙、黃或紫紅。**葉**：披針形常綠葉，色墨綠。

- 原生地　美國奧勒岡州南部及加州北部海岸丘陵之乾旱岩丘。
- 栽培　喜乾旱輕質土壤及溫暖而日照充足之處。
- 繁殖　夏末實施半硬木插。
- 異學名　*M. glutinosus, Diplacus glutinosus.*

☀ ◊ ❄

株高　可達 1.2 公尺

株寬　1.2 公尺

玄參科 Scrophulariaceae	

加拿利對刻瓣花 *Isoplexis canariensis*

性狀：株形渾圓，枝幹直立朝上。**花**：大而形似毛地黃，呈直立花穗，夏季開花，花色橙黃至橙黃。**葉**：常綠，披針形至狹卵形，有齒緣，色翠綠。

- 原生地　西班牙加納利群島。
- 栽培　宜採溫室栽培，以乾旱的輕質土壤培育，在幾無霜雪地區可露地栽培，但需有南向或西向牆面遮風保護。
- 繁殖　夏季實施半硬木插。
- 異學名　*Digitalis canariensis.*

☀ ◊

最低溫 7 ℃

株高 1.2 公尺

株寬　75 公分以上

薔薇科 Rosaceae	

金露梅「落日」*Potentilla fruticosa* ‘Sunset’

性狀：矮灌木狀，枝條隨株齡增長日漸彎垂。**花**：大型單瓣花，早夏至中秋大量綻放，花色深橙。**葉**：落葉性，分裂成 5 枚狹卵形小葉，色翠綠。

- 原生地　園藝品種。
- 栽培　宜種植於任何中等肥沃、但不過度肥沃的土壤，花朵在全日照下會褪色，早春時節應從基部剪除擁擠枝，並將生長勢強的枝條剪短約三分之一。
- 繁殖　夏季實施軟木插或綠木插。

☀ ◊ ❄❄❄

株高 1 公尺

株寬 1 公尺

茄科 Solanaceae	

珠燕花 *Juanulloa mexicana*

性狀：株形直立，分枝稀疏。**花**：蠟質筒花，壺形花萼表面有稜，花聚成低垂的花序，夏季開花，花色橙。**葉**：常綠，長橢圓形，革質，色暗綠。

- 原生地　秘魯、哥倫比亞及中美洲。
- 栽培　宜種植於暖溫室，以肥沃的土壤或培養土栽培，生長期間應適量澆水，此外則宜少澆，幼株新枝應予以摘心。
- 繁殖　夏季實施半硬木插。
- 異學名　*J. aurantiaca.*

☀ ◊

最低溫 13–15 ℃

株高 1 公尺以上

株寬 1 公尺

馬鞭草科 Verbenaceae	

馬纓丹「夕暉」 *Lantana* 'Spreading Sunset'

性狀：渾圓至開展形。**花**：細小的筒花，聚成圓形頭花，春至秋季綻放，花色金黃至柔和的粉紅色。**葉**：常綠葉卵形，先端尖，密布皺紋，色暗綠。

- 原生地 園藝品種。
- 栽培 宜採溫室並以肥沃土壤或培養土培育，生長期間應隨時補充水分，此外適量澆水即可，幼株應實施頂芽修剪以促進叢狀分枝。本種可當作夏季花壇植物，早夏為移植戶外的適期。
- 繁殖 夏季實施半硬木插。

☼ ◊

最低溫
10-13℃

株高
60 公分

株寬
1.2 公尺

千屈菜科 Lythraceae	CIGAR FLOWER

雪茄花 *Cuphea ignea* 🏆

性狀：株形開展，矮灌木狀。**花**：小型筒花，春至秋季綻放，花色深橙紅，每朵花開口處均有一深色帶和白色環紋。**葉**：常綠，披針形，色暗綠。

- 原生地 墨西哥及牙買加。
- 栽培 宜以中等肥度的土壤或培養土栽培，生長期間應隨時補充水分，此外則適量澆水即可，春夏期間應每週施肥一次。本種可作為夏季花壇植物或種植於冷溫室中。
- 繁殖 春季播種、或春夏期間實施綠木插。

☼ ◊

最低溫
2℃

株高 可
達 60 公分

株寬
60 公分

千屈菜科 Lythraceae	

深藍雪茄花 *Cuphea cyanaea*

性狀：渾圓的亞灌木。**花**：小型筒花，夏季綻放，花色橙紅、黃和藍紫等。**葉**：常綠，狹卵形，被黏性毛，色暗綠。

- 原生地 墨西哥乾旱地區。
- 栽培 宜以中等肥沃的土壤或培養土栽培，生長期間應隨時補充水分，此外則適量澆水即可，春夏期間應每週施肥一次。適合當作夏季花壇植物或種植於冷溫室中。
- 繁殖 春季播種、或春夏期間實施綠木插。

☼ ◊

最低溫
2℃

株高 可
達 60 公分

株寬
60 公尺

爵床科 Acanthaceae	

穗花爵床 *Justicia spicigera*

性狀：矮灌木狀，多分枝。**花**：小型筒花，聚於頂生花穗，夏季為主要花期，花色橙或紅。**葉**：大型常綠葉，披針形至卵形，質地柔軟，色翠綠。

- 原生地 墨西哥及哥倫比亞。
- 栽培 宜種植於溫室中，以肥沃而富含腐殖質的土壤或培養土栽培，生長全盛期應隨時補充水分，此外則適量澆水即可。
- 繁殖 春季或早夏實施軟木插或綠木插。
- 異學名 *Jacobinia spicigera*.

☼ ◊

最低溫
10℃

株高 可
達 1.5 公尺

株寬
1 公尺

楝科	
Meliaceae	

鈍頭葉金銀楝 *Turraea obtusifolia*

性狀：矮灌木狀，株形渾圓，枝條彎垂。**花**：芳香的星形花，秋至春季為花期，花色白。**果實**：扁球形、有隔室的橙黃色小果實。**葉**：常綠，卵形至披針形，色暗綠。

- 原生地　南非。
- 栽培　宜種植於暖溫室中，以肥沃的土壤或培養土栽培，生長期間應隨時補充水分，此外則適量澆水即可。
- 繁殖　春季播種、或夏季實施半硬木插。

☼ ◊

最低溫
13℃

株高　可
達1.5公尺

株寬
1公尺

豆科	FAIRY DUSTER,
Leguminosae	MESQUITILLA

綿毛葉美洲合歡 *Calliandra eriophylla*

性狀：枝葉濃密，枝條硬挺，株形開展。**花**：小型粉撲狀頭花，由花絲細長的細小花朵組成，春末至秋季開花，花色白。**葉**：常綠羽葉，具 12-20 枚狹橢圓形小葉，色鮮綠。

- 原生地　加州及新墨西哥州。
- 栽培　宜採溫室栽培，本種可耐半遮陰環境，夏季陽光最烈時應加以遮陰，生長全盛期應隨時補充水分，低溫時則少澆為宜。
- 繁殖　春季播種。

☼ ◊

最低溫
10℃

株高　可
達1公尺

株寬
1公尺

小蘗科	
Berberidaceae	

小蘗「紅果」 *Berberis* 'Rubrostilla'

性狀：生長勢強，枝條彎垂。**花**：球狀至杯狀小花，聚成總狀花序，早夏開花，花色淺黃。**果實**：珊瑚紅色之卵形大漿果，夏末大量結實。**葉**：落葉性，卵形，色灰綠，入秋轉為豔紅色。

- 原生地　園藝品種。
- 栽培　可耐輕度遮陰，土質不拘，唯忌澇溼，偏好富含腐殖質的沃土，生長在全日照下開花最盛，花後可實施重度修剪、促進更新生長。
- 繁殖　夏季實施半硬木插。

☼ ◊
❊❊❊

株高　可
達1.5公尺

株寬
1.5公尺

薔薇科	
Rosaceae	

平枝栒子 *Cotoneaster horizontalis*

性狀：株形開展，分枝魚骨狀排列。**花**：花小，春末至夏季開花，花色淡粉紅。**果實**：鮮紅色球形小果實，形似漿果，秋冬結實。**葉**：落葉性，廣橢圓形，色光滑暗綠，入秋轉紅。

- 原生地　中國西部多岩地帶。
- 栽培　土質不拘，唯忌澇溼，可耐半遮陰，但生長在全日照下結果最盛。
- 繁殖　秋季播種、夏季實施軟木插。

☼ ◊
❊❊❊

株高　50
公分以上

株寬
1.5公尺

杜鵑花科
Ericaceae

平滑狹葉越橘

Vaccinium angustifolium var. *laevifolium*

性狀：矮灌木狀，分蘗旺盛。**花**：圓筒型或鐘形小花，春末夏初開花，花色白或略帶粉紅。**果實**：藍黑色球形果，表面被果粉，可食。**葉**：落葉性，長橢圓形至披針形，色光滑綠，入秋轉紅。

• 原生地　北美洲東北部地區。

• 栽培　植株可耐蔭，宜種植於排水良好而濕潤的泥炭質或砂質酸性土壤中。

• 繁殖　秋季播種、或夏季實施半硬木插。

☀ ◐ pH
❋❋❋

株高
50~60公分

株寬　80
公分以上

茜草科
Rubiaceae

三葉四角星花　*Bouvardia ternifolia*

性狀：矮灌木狀，株形直立。**花**：筒型，小花簇生，夏至早冬開花，花色豔紅。**葉**：主要常綠，卵形至披針形，3枚輪生，葉面平滑，色翠綠。

• 原生地　美國佩科斯河流域（Trans-Pecos）、德州、新墨西哥州及墨西哥山區。

• 栽培　宜採溫室栽培，以肥沃而排水迅速的土壤或培養土培育，生長全盛期需要隨時補充水分，此外則適量澆水即可。

• 繁殖　春季軟木插或夏季綠木插或半硬木插。

☀ ◐

最低溫
7~10℃

株高　可
達1公尺

株寬
75公分

忍冬科
Caprifoliaceae

歐洲莢蒾「密實」 ♢

Viburnum opulus 'Compactum'

性狀：枝葉茂密，植叢密實。**花**：扁平狀「花邊帽型」頭花，早夏開花色白。**果實**：紅色漿果，秋季結實。**葉**：落葉性，3~5裂，色暗綠入秋轉紅。

• 原生地　原生種分佈於歐洲至西伯利亞之灌叢帶與樹林中，本種為園藝品種。

• 栽培　植株可耐半遮陰，適合深厚肥沃不過度乾旱的土壤。植株過度擁擠可於花後剪掉老枝。

• 繁殖　夏季實施軟木插。

☀ ◐
❋❋❋

株高　可
達1.5公尺

株寬
1.5公尺

杜鵑花科
Ericaceae　HIGHBUSH BLUEBERRY

小藍莓「拓荒者」

Vaccinium corymbosum 'Pioneer'

性狀：株形直立，枝葉茂密，枝條略彎曲。**花**：花小、壺形、簇生，春末至夏初開花，花色白或略帶粉紅。**果實**：藍黑色球形果，被果粉，味甜可食。**葉**：落葉性，卵形至披針形，色暗綠，入秋轉紅。

• 原生地　園藝品種。

• 栽培　植株可耐蔭，宜種植於開闊、排水良好但濕潤的泥炭質或砂質酸性土地上。

• 繁殖　夏季實施半硬木插。

☀ ◐ pH
❋❋❋

株高　可
達1.5公尺

株寬　1~2
公尺

| 杜鵑花科 | RED BILBERRY, |
| Ericaceae | RED HUCKLEBERRY |

小葉越橘 *Vaccinium parvifolium*

性狀：株形直立，枝葉茂密。**花**：球形小花，春末夏初開花，花色白或略帶粉紅。**果實**：珊瑚紅色之半透明蛋形果，可食、但味酸。**葉**：落葉性小型葉，形狀多變，色暗綠，入秋轉紅。

- 原生地　北美洲西岸山麓丘陵的乾旱和潮濕林地。
- 栽培　植株可耐蔭，宜種植於開闊、排水性佳但濕潤的泥炭質或砂質酸性土地上。
- 繁殖　秋季播種、或夏季實施半硬木插。

☀ ◐ pH
❄❄

株高　可
達 1.5 公尺

株寬
1.5 公尺

| 唇形科 | |
| Labiatae | |

木香薷 *Elsholtzia stauntonii*

性狀：株形渾圓、分枝疏展的亞灌木。**花**：花小盔狀，具 2 枚唇瓣，聚成纖細的花穗，夏末至秋季抽苔開花，色深粉紫紅。**葉**：落葉性，氣味芳香，卵形至橢圓形，葉緣銳齒狀，色暗綠，入秋轉紅。

- 原生地　中國北部。
- 栽培　可適應任何肥沃的土壤。枝條降霜後可能會枯死，但可從基部重新抽芽，春季實施重度修剪可育成最美的花葉。
- 繁殖　夏季實施軟木插。

☀ ◐
❄❄

株高
1-1.5 公尺
以上

株寬
1.5 公尺

| 藍雪科 | |
| Plumbaginaceae | CHINESE PLUMBAGO |

中國藍雪花 *Ceratostigma willmottianum* ♈

性狀：植株低矮，枝條疏展。**花**：小型筒花，具開展的裂瓣，夏末至秋季開花，花色鮮藍。**葉**：落葉性，披針形至卵形，先端尖，有剛毛，色翠綠，入秋轉紅。

- 原生地　中國西部至西藏一帶的河谷旱坡地。
- 栽培　植株可耐乾旱土壤，任何肥沃的土壤均適用於栽培，地上部入冬後會完全枯萎，但來春可再度萌芽生長。
- 繁殖　夏季實施軟木插。

☀ ◐
❄❄

株高　可
達 1 公尺

株寬
1 公尺

| 馬桑科 | |
| Coriariaceae | |

黃果草馬桑

Coriaria terminalis var. *xanthocarpa*

性狀：枝條彎垂，分蘗旺盛。**花**：小花聚成長總狀花序，春末抽苔開花，花色淺綠。**果實**：半透明，形似漿果，包圍在肉質花瓣中，色黃。**葉**：落葉性羽狀複葉，小葉卵形，色翠綠，入秋轉紅。

- 原生地　錫金和尼泊爾。
- 栽培　可種植於任何中等肥沃的深厚土壤中。
- 繁殖　秋季播種，或夏季實施軟木插。

☀ ◐
❄❄

株高
60 公分-
1.5 公尺

株寬
1 公尺以上

芸香科 Rutaceae	

茵芋「白果」
Skimmia japonica 'Fructo-alba'

性狀：矮灌木狀，枝葉茂密，植株低矮。**花**：僅開雌花，花朵小而芳香，仲至晚春綻放，花色乳白。**果實**：白色球形漿果，可維持至入冬。**葉**：常綠，氣味芳香，披針形或橢圓形，色暗綠。

- 原生地　園藝品種，原生種於日本森林地帶。
- 栽培　植株可耐都市污染和海岸氣候，喜濕潤肥沃的中至微酸性土壤，需混植雄株方能結果。
- 繁殖　夏季實施半硬木插。

☀ ◐ ❄❄❄

株高
75 公分

株寬
75 公分

忍冬科 Caprifoliaceae	SHRUBBY HONEYSUCKLE

灌木忍冬　*Lonivera* × *purpusii*

性狀：矮灌木狀，枝葉茂密。**花**：小而極香，短筒型、具外展的裂瓣，冬季和早春開花，花色乳白，花藥黃色。**葉**：半常綠，卵形，葉面暗綠色、葉背顏色較淺。

- 原生地　園藝品種。
- 栽培　植株可耐半遮陰，但全日照下開花最盛。任何肥沃的土壤均可用於栽植，花後修剪應限於剪除枯枝或限制生長。
- 繁殖　夏季實施半硬木插、或秋季實施硬木插。

☀ ◐ ❄❄❄

株高　可
達 1.5 公尺

株寬
1.5 公尺

杜鵑花科 Ericaceae	

微凸白珠樹「冬季」　♈

Gaultheria mucronata 'Wintertime'

性狀：矮灌木狀，分蘗旺盛。**花**：小型壺形花，春末夏初開花，色白。**果實**：大型白色球形果，持久不落。**葉**：常綠，長橢圓形，色光滑暗綠。

- 原生地　園藝品種。
- 栽培　宜以濕潤之酸性土壤栽培，種植於半遮陰處，需混植雄株才能確保結實。
- 繁殖　夏季實施半硬木插、或春秋分株繁殖。
- 異學名　*Pernethya mucronata* 'Wintertime'.

☀ ◐ ⽥
❄❄❄

株高
1 公尺

株寬
1.2 公尺

黃楊科 Buxaceae	

矮性羽脈野扇花

Sarcococca hookeriana var. *humilis*

性狀：植株低矮，簇叢生長，分蘗旺盛。**花**：細小芳香，冬末開花，色白、花藥粉紅。**果實**：黑色小圓果，似漿果。**葉**：橢圓常綠葉，色光滑暗綠。

- 原生地　中國山區密生灌叢地。
- 栽培　植株可耐乾旱或白堊土，種植於常保濕潤之地植株可耐全日照，偏好富含腐殖質而肥沃的土壤，適合採收冬季切花。
- 繁殖　秋季播種或夏季實施半硬木插。

☀ ◐ ❄❄❄

株高
60 公分

株寬　75
公分以上

瑞香科 Thymelaeaceae	

瑞香「金邊」

Daphne odora 'Aureomarginata'

性狀：矮灌木狀，分枝朝上直立。**花**：小而極香的筒型花，具外展的裂瓣，花朵密聚成簇，仲冬至早春開花，花深粉紫紅和白色。**葉**：狹卵形常綠葉，色光滑暗綠，葉緣鑲乳黃色邊。

- 原生地　原生種分佈於中國低海拔山坡地，此為園藝品種。
- 栽培　適合肥度適中的土壤，應避寒風吹襲。
- 繁殖　夏季實施半硬木插。

☼ ◐
❄ ❄

株高　可
達 1.5 公尺

株寬　可
至 1.5 公尺

黃楊科 Buxaceae	

雙蕊羽脈野扇花　🏆

Sarcococca hookeriana var. *digyna*

性狀：枝葉茂密，矮灌木狀，分蘗旺盛。**花**：細小芳香，冬末開花，色白具粉紅花藥。**果實**：黑色小球果，似漿果。**葉**：狹橢圓常綠葉，色光滑鮮綠。

- 原生地　中國西部山區密生灌叢地。
- 栽培　植株可耐乾旱或白堊土，種植於常保濕潤之地植株可耐全日照，偏好遮陰或半遮陰環境、以及富含腐殖質的沃土。
- 繁殖　秋季播種或夏季半硬木插。

☼ ◐
❄ ❄

株高　可
達 1 公尺

株寬
1 公尺

瑞香科 Thymelaeaceae	MEZEREON, FEBRUARY DAPHNE

歐亞瑞香　*Daphne mezereum*

性狀：株形筆直。**花**：筒型，小而芳香，具外展的裂瓣，冬末春初開裸枝，花色深粉紅或紫。**果實**：猩紅色球形肉質漿果，有毒。**葉**：落葉性，狹卵形，色灰綠、無光澤。

- 原生地　歐洲至小亞細亞及西伯利亞的密灌叢和疏林地。
- 栽培　宜種植於土質肥沃的全日照地點。
- 繁殖　初夏播新鮮種子、或夏季實施半硬木插。

☼ ◐
❄ ❄ ❄

株高　可
達 1.5 公尺

株寬
1.5 公尺

杜鵑花科
Ericaceae

微凸白珠樹「桑椹酒」

Gaultheria mucronata 'Mulberry Wine'

性狀：矮灌木狀，分蘗旺盛。**花**：雌性小型壺形花，春末夏初開花，花色白。**果實**：洋紅至紫色球形大果實，持久不落。**葉**：常綠，長橢圓狀橢圓形，色光滑暗綠。

- 原生地　園藝品種。
- 栽培　喜濕潤的酸性土壤，須同時栽種雄株。
- 繁殖　夏季實施半硬木插。
- 異學名　*Pernethya mucronata* 'Mulberry Wine'.

株高
1.2 公尺

株寬
1.2 公尺

芸香科
Rutaceae

可麗雅　*Correa pulchella*

性狀：矮灌木狀，枝幹細瘦。**花**：低垂的小型筒花，夏至冬季開花，有時在其他季節也能開花，花色玫瑰紅。**葉**：卵形常綠葉，葉面平滑、色淺綠。

- 原生地　澳洲南部。
- 栽培　宜種植於涼溫室中，以肥沃的中至酸性土壤或培養土栽培，氣候溫和地區可種植於戶外溫暖避風處，生長期間應適量澆水，此外則應該少澆水。
- 繁殖　春季播種、或夏季實施半硬木插。

株高
1-1.5 公尺

株寬
1 公尺

芸香科
Rutaceae

茵芋「風疹」 *Skimmia japonica* 'Rubella'

性狀：矮灌木狀，枝葉茂密，株形直立。**花**：雄性，暗紅色花苞密聚成簇，秋冬抽苔、春季綻放為芳香的頭花，花色乳白。**葉**：常綠，氣味芳香，卵形至橢圓形，色暗綠、有紅邊。

- 原生地　園藝品種。
- 栽培　可耐都市污染和海岸氣候，宜以濕潤肥沃的中至微酸性土壤栽培，種植於遮陰或半遮陰處。於全日照下和貧瘠的土壤中，葉色會轉黃。
- 繁殖　夏季實施半硬木插。

株高
75 公分

株寬
75 公分

芸香科
Rutaceae

深紅茵芋「羅伯特幸運」 *Skimmia japonica* subsp. *reevesiana* 'Robert Fortune'

性狀：矮灌木狀，株形直立。**花**：雌雄同株，小而芳香，春季成簇綻放，色乳白。**果實**：深紅色卵形漿果。**葉**：常綠芳香，披針形或橢圓形，色暗綠。

- 原生地　園藝品種。
- 栽培　植株可耐都市污染和海岸氣候，宜使用濕潤肥沃的中至微酸性土壤栽培，並種植於遮陰或半遮陰地點。
- 繁殖　夏季實施半硬木插。

株高
1 公尺

株寬
1 公尺

芸香科 Rutaceae	

茵芋 *Skimmia japonica*

性狀：矮灌木狀，枝葉茂密。**花**：小而芳香，仲至晚春成簇綻放，花色乳白。**果實**：雌株可結鮮紅色球形漿果，果實可維持至入冬。**葉**：常綠，氣味芳香，卵形至橢圓形，色翠綠至暗綠。

• 原生地　中國和日本森林地。

• 栽培　宜使用濕潤肥沃的中至微酸性土壤栽培，種植於遮陰或半遮陰地點，需同時種植雌、雄株才能正常結果。

• 繁殖　春季播種、或夏季實施半硬木插。

株高　可達 1.5 公尺

株寬 1.5 公尺

茶藨子科 Grossulariaceae	

桂葉茶藨子 *Ribes laurifolium*

性狀：半平伏性，株形開展。**花**：小型，筒狀花，花序低垂，春季開花，雄花較大，花色黃綠。**果實**：形似紅醋栗的黑色小果實，可食，結於雌株上，雌雄群植方能結果。**葉**：狹橢圓形常綠葉，革質，色暗綠。

• 原生地　中國山區岩石地。

• 栽培　植株可耐半遮陰，任何中等肥沃、排水性佳的土壤均適用於栽培。

• 繁殖　夏季實施半硬木插。

株高　可達 1 公尺

株寬 1.5 公尺

忍冬科 Caprifoliaceae	

川西莢蒾 *Viburnum davidii*

性狀：枝葉茂密，形成堆狀植叢。**花**：花小，聚成疏展的頭花，春末開花，花色白。**果實**：蛋形，似漿果，結於雌株上，呈有金屬光澤的藍玉色。**葉**：狹卵形常綠葉，具三條深凹葉脈，色光滑暗綠。

• 原生地　中國山區林地。

• 栽培　任何不致太乾旱、深厚肥沃的土壤均適用於栽植，需雌雄混植才能正常結果。

• 繁殖　夏季實施半硬木插。

株高 1 公尺以上

株寬 1.5 公尺

大戟科 Euphorbiaceae	SNOW BUSH

雪花木 *Breynia nivosa*

性狀：分枝繁多，具細長而曲折的枝條。**花**：細小而不明顯，無瓣，色綠。**葉**：卵形常綠葉，綠中帶有白色雜斑。

• 原生地　太平洋諸島。

• 栽培　宜種植於暖溫室中，以肥沃的土壤或培養土栽培，生長期間應隨時補充水分，此後則適量澆水即可，需防盛夏午時炎陽曝曬。

• 繁殖　夏季實施綠木插或半硬木插。

• 異學名　*B. disticha, Phyllanthus nivosus.*

最低溫 13 ℃

株高　可達 1.2 公尺

株寬 1.2 公尺

茜草科
Rubiaceae

柯克污生境「柯克斑葉」
Coprosma ×*kirkii* 'Kirkii Variegata'

性狀：分枝密生，平伏性，漸長成半直立性。**花**：不明顯。**果實**：白色半透明小果實，結於雌株上。**葉**：常綠線狀長橢圓至披針形，淺綠有白邊。

- 原生地　園藝品種。
- 栽培　易降嚴霜的地區最好種植在涼溫室中以肥沃的土壤或培養土栽培，生長期間應隨時補充水分，此外適量澆水即可，需雌雄混植才能結果。
- 繁殖　夏末實施半硬木插。

☀ ◊
❄

株高
50 公分

株寬
1.2 公尺

夾竹桃科
Apocynaceae

蔓長春花「斑葉」 *Vinca major* 'Variegata'

性狀：生長勢強，平伏性，枝條彎垂，枝葉開展。**花**：筒型大花，具 5 枚外展的裂瓣，春末至秋初開花，花色鮮藍。**葉**：常綠，廣卵形至披針形，色鮮綠，葉緣有寬闊的乳白色鑲邊。

- 原生地　園藝品種。
- 栽培　任何濕潤但排水良好的土壤均適合栽培，植株可耐重度遮陰，但於半日照處開花最盛。
- 繁殖　夏季實施半硬木插，或秋至春季間分株、或以壓條法繁殖。

☀ ◊
❄ ❄ ❄

株高
30 公分

株寬
1.5 公尺

露兜樹科
Pandanaceae

斑葉露兜樹 *Pandanus veitchii*

性狀：株形直立，枝幹彎曲。**葉**：常綠，狀狹長呈下垂狀，色淺綠，葉緣白至乳白色、有刺。

- 原生地　不明，可能產自玻利尼西亞。
- 栽培　宜種植於暖溫室中，以肥沃的土壤或培養土栽培，生長期間應隨時補充水分，此外則少澆為宜，植株可耐半遮陰。
- 繁殖　春季播種或以吸芽繁殖、或夏季取側枝扦插。
- 異學名　*P. tectorius* 'Veitchii'.

☀ ◊

最低溫
13–16 ℃

株高 可
達 1 公尺

株寬
1 公尺

菊科
Compositae

小木艾 *Artemisia arborescens*

性狀：枝條直立，株形渾圓。**花**：小而形似雛菊，聚成大而渾圓的圓錐花序，夏季和早秋開花，花色黃褐。**葉**：常綠，細裂，色銀白。

- 原生地　地中海沿岸的乾旱岩丘，常可見於石灰岩地。
- 栽培　植株可耐乾旱貧瘠的土壤，需種植於溫暖而日照充足的避風處。
- 繁殖　夏季實施軟木插或半硬木插。
- 異學名　*A. aeborea, A. argentea* of garfens.

☀ ◊
❄

株高
1 公尺

株寬
50–75 公分

菊科 Compositae	LIQUORICE PLANT

傘花蠟菊 *Helichrysum petiolare* ♀

性狀：植叢呈堆狀，枝條具蔓性。**花**：花小，聚成稀疏的頭花，夏季開花，花色乳黃。**葉**：常綠，幾近圓形至廣卵形，密被毛茸，色銀灰。

- 原生地　南非特蘭斯開（Transkei）。
- 栽培　任何排水性佳、不甚肥沃的土壤均適用於栽培，通常以每年重新扦插的方式培育成地被或收邊植物，並適合當作吊藍盆栽。
- 繁殖　夏季實施半硬木插。
- 異學名　*H. petiolatum.*

☀ ○
❄

株高
50公分-
1公尺

株寬
1.5公尺

唇形科 Labiatae	

拔羅塔 *Ballota acetabulosa*

性狀：枝葉茂密，形成堆狀植叢，枝條直立。**花**：花小、具二唇瓣，花朵輪生排列，春末夏初開花，花色粉紅。**葉**：闊心形，常綠葉，葉面密被軟毛，葉色灰綠。

- 原生地　希臘和地中海沿岸乾旱地區，常分佈於鹼土地帶。。
- 栽培　宜種植於乾旱炎熱之處，植株可耐乾旱貧瘠的土壤，冬季應鋪設乾爽的覆蓋加以保護。
- 繁殖　夏季實施半硬木插。

☀ ○
❄❄

株高　可
達60公分

株寬
75公分

菊科 Compositae	

白軟木 *Calocephalus brownii*

性狀：株形渾圓，分枝交錯雜亂。**花**：細小而不明顯，聚成小巧的花簇，夏季開花，花苞銀色，花色黃。**葉**：細小的鱗片狀常綠葉。

- 原生地　澳洲海濱岩岸。
- 栽培　宜以不甚肥沃的砂質土壤栽培，盆栽植株在生長期間應適量澆水，此外則少澆為宜，本種以「觀葉」為主。
- 繁殖　夏末實施半硬木插。

☀ ○

最低溫
7-10 ℃

株高
40公分

株寬　可
至75公分

夾竹桃科 Apocynaceae	

小蔓長春花 *Vinca minor*

性狀：生長勢強，枝條平伏，形成低矮植叢。**花**：小花筒型，具 5 枚外展的展的裂瓣，仲春至早夏開花，花色鮮藍。**葉**：披針形常綠葉，色光滑暗綠。

- 原生地　歐洲至南俄、高加索地區的密灌叢與疏木林。
- 栽培　種植在半日照處開花最盛，宜種植於不會太過乾燥的土壤。
- 繁殖　夏季實施半硬木插或秋至春季之間分株、或以壓條法繁殖。

☀ ◑
❄❄❄

株高
10-20公分

株寬
1.5公尺

棕櫚科 Palmae	

叢櫚（棕竹） *Chamaerops humilis* 🏆

性狀：生長緩慢，葉柄先直立、後彎垂，隨株齡增長分蘗漸多。**葉**：常綠扇形葉，寬可達60-90公分，具狹長的裂片，色綠至灰綠。

- 原生地　葡萄牙西部至摩洛哥一帶。
- 栽培　宜種植於涼溫室中，氣候溫和地區可種植於戶外溫暖避風處，以肥沃的土壤或培養土栽培。生長期間應適量澆水，此外則少澆為宜，植株可耐半遮陰。
- 繁殖　春季播種、或春末以吸芽繁殖。

株高　1.5
公尺以上

株寬
1.5公尺

杜鵑花科 Ericaceae	

灰白越橘 *Vaccinium glaucoalbum* 🏆

性狀：枝葉茂密，分蘗旺盛。**花**：圓筒狀小花，春末夏初成簇綻放，花色白裡透紅。**果實**：球形小果實，似漿果，可維持至入冬，色藍黑、被果粉。**葉**：常綠，卵狀長橢圓形，革質，色暗綠，葉背淡藍色。

- 原生地　喜馬拉雅山區和西藏南境。
- 栽培　宜種植於地處開闊、濕潤但排水性佳的酸性泥炭質土壤上。
- 繁殖　秋季播種、或夏季實施半硬木插。

株高
50公分-
1公尺

株寬
1公尺

豆科 Leguminosae	HUMBLE PLANT, SENSITIVE PLANT

含羞草 *Mimosa pudica*

性狀：生命週期短，枝幹平伏或半直立，多刺。**花**：細小，絨球狀，夏至秋季開花，花色淡粉紅。**葉**：常綠，細裂的羽葉，一觸即閤上，色鮮綠。

- 原生地　中美洲熱帶地區。
- 栽培　宜種植於暖溫室或室內有間接日照的明亮處，以肥沃而富含腐殖質的土壤或培養土栽培，需設立支柱，生長期間最好每週施用液肥一次並隨時補充水分，其餘時候則適度澆水即可。
- 繁殖　春季播種。

最低溫
13-16℃

株高
30-80公分

株寬
30-80公分

菊科 Compositae	SOUTHERNWOOD

青蒿 *Artemisia abrotanum*

性狀：矮灌木狀，株形渾圓，枝幹直立。**花**：細小而形似雛菊，聚成小花簇，夏季開花，花色黃。**葉**：氣味芳香，落葉性或半常綠，細裂成細長的裂片，色灰綠。

- 原生地　原生地不明，但已歸化於東至中南歐的乾旱砂地和岩礫地。
- 栽培　植株可耐乾旱貧瘠，但偏好中等肥沃、排水迅速的土壤。
- 繁殖　夏季取踵插枝或半硬木地插。

☼ ◊
❄❄❄

株高　可達 1 公尺

株寬　1 公尺

玄參科 Scrophulariaceae	

柏葉長階花 *Hebe cupressoïdes*

性狀：枝葉茂密，株形渾圓，枝幹直立。**花**：細小，聚成粗大的花序，早至仲夏開花，花色淡藍紫。**葉**：常綠，氣味芳香，形似柏葉，色灰綠。

- 原生地　紐西蘭南島山區谷地。
- 栽培　能適應海濱花園環境，任何肥沃而排水迅速的土壤均適用於栽培，需防寒冷冬風吹襲，春季為限制生長或修剪徒長植株的適期。
- 繁殖　夏季實施半硬木插。

☼ ◊
❄❄

株高　可達 1.5 公尺

株寬　1.5 公尺以上

茶科 Theaceae	

濱柃木 *Eurya emarginata*

性狀：生長緩慢，分枝密集，株形渾圓。**花**：不起顯，春末開花，花色淺黃綠。**果實**：細小、球形的閃亮漿果，色紫黑。**葉**：小型常綠葉，卵形，有齒緣，革質，色深綠，入冬泛紅。

- 原生地　日本南部海岸地帶。
- 栽培　植株可耐半遮陰，任何肥沃而排水迅速的土壤均適用於栽培，需防寒風吹襲，寒冷地區宜種植於溫室中。
- 繁殖　秋或春季播種、或夏季實施半硬木插。

☼ ◊
❄❄❄

株高　可達 1.5 公尺

株寬　1.5 公尺

黃楊科 Buxaceae	

小葉黃楊「綠枕」
Buxus microphylla 'Green Pillow'

性狀：植叢密實枝葉茂密，圓頂形。**花**：不明顯無花瓣，春開花。**葉**：小型常綠，卵形色暗綠。

- 原生地　園藝品種。
- 栽培　土質不拘，唯忌澇漬，全日照或半遮陰環境不拘，但夏季陽光最烈時，最好能提供一點遮陰，並需防寒風吹襲以免葉片枯黃，春季應實施造型修剪，此外則很少需要修剪。
- 繁殖　夏末實施半硬木插。

☼ ◊
❄❄❄

株高　30–50 公分

株寬　30–50 公分

百合科／假葉樹科 Liliaceae／Ruscaceae	

長葉假葉樹 *Ruscus hypoglossum*

性狀：枝條彎垂，株形簇叢狀。**花**：細小，春季綻放於「葉」面，花色黃。**果實**：鮮紅色大漿果，形似櫻桃，結實於雌株。**葉**：真葉常綠，細小，鱗片狀。大而明顯、卵形、先端尖的「葉片」其實是扁平化的莖，光滑色綠。

- 原生地　南歐森林地。
- 栽培　土質不拘，唯忌澇溼，特別用於乾旱地區當作地被植物，需雌雄混種才能確保結實。
- 繁殖　春季實施分株。

☼ ◐
❄❄

株高　可達 40 公分

株寬　75 公分以上

忍冬科 Caprifoliaceae	

蕊帽忍冬 *Lonicera pileata*

性狀：枝葉茂密，植株低矮，分枝水平開展。**花**：細小、短筒型，春末開花，花色乳白。**果實**：半透明的球形小漿果，色如紫水晶。**葉**：常綠或半落葉性，狹卵狀長橢圓形，色光滑暗綠。

- 原生地　中國湖北及四川省低海拔山區密灌叢和溪岸。
- 栽培　植株可耐半遮陰，任何肥沃而排水性佳的土壤均適用於栽培，為優良地被植物。
- 繁殖　夏季實施半硬木插。

☼ ◐
❄❄❄

株高　75 公分以上

株寬　2.5 公尺

棕櫚科 Palmae	DWARF PALMETTO

矮菜棕 *Sabal minor*

性狀：分蘖旺盛，莖幹主要埋藏在地下。**花**：花小，聚成直立的細密花枝，花色乳白。**果實**：小而幾近球形的閃亮漿果，色黑。**葉**：大型扇形葉，裂片長 20–30 公分，色灰綠。

- 原生地　美國東南至南部地區。
- 栽培　宜於溫室中以富含腐殖質、排水迅速的沃土或培養土栽培，幼株可置於室內明亮處，生長期間應隨時補充水分，此外適量澆水即可。
- 繁殖　春季播種。

☼ ◐

最低溫 5℃

株高　1 公尺以上

株寬　75 公分

黃楊科 Buxaceae	BOX, EDGING BOX

洋黃楊「半灌木」

Buxus sempervirens 'Suffruticosa'

性狀：植叢密實，枝葉極茂密。**花**：不明顯，無花瓣，春末或夏初開花。**葉**：常綠小型卵狀葉，色光滑鮮綠。

- 原生地　園藝品種。
- 栽培　土質不拘，唯忌澇溼，全日照或半遮陰環境均宜，春季可剪短至15公分左右，可當作收邊植物和應用於規則圖形花園。
- 繁殖　夏末實施半硬木插。

☼ ◐
❄❄❄

株高　可達 1 公尺

株寬　30–50 公分

唇形科	
Labiatae	

鼠尾草「黃斑」 *Salvia officinalis* 'Icterina' ♈

性狀：矮灌木狀，植株低矮，枝葉開展。**花**：小花筒型、具二唇瓣，組成小型花穗，偶爾在夏季開花，花色紫。**葉**：常綠或半常綠，氣味芳香，長橢圓形至橢圓形，色灰綠、有淺綠和黃色雜斑。

- 原生地　園藝品種。
- 栽培　植株可耐乾旱土壤，任何排水性佳、不甚肥沃的土壤均適用於栽培，種植地點應可避風。
- 繁殖　仲夏實施軟木插。

☀ ◌
❀❀

株高
50 公分

株寬　可
至 1.2 公尺

爵床科	
Acanthaceae	

金葉木　*Sanchezia speciosa*

性狀：株形直立，枝條柔軟。**花**：大型筒花，夏開花，色黃，具醒目的紅色苞片。**葉**：常綠，卵狀橢圓形至披針形，色光滑翠綠，具黃或白色葉脈。

- 原生地　厄瓜多爾及秘魯熱帶森林。
- 栽培　宜種植於暖溫室或室內光線明亮處，植株可耐半遮陰，生長期間應隨時補充水分，此外則適量澆水即可。
- 繁殖　春季實施軟木插。
- 異學名　*S. nobilis* of gardens.

☀ ◌

最低溫
13–15 ℃

株高
1.5 公分

株寬
1 公尺

芸香科	
Rutaceae	

芸香「傑克曼藍葉」　♈
Ruta graveolens 'Jackman's Blue'

性狀：矮灌木狀、植叢密實的亞灌木。**花**：小花聚成花序，夏季開花，呈油菜花之黃色。**葉**：常綠芳香，呈披針形至狹長橢圓形小葉，鮮明藍綠色。

- 原生地　園藝品種。
- 栽培　可耐輕度遮陰和乾旱貧瘠土壤，喜溫暖且排水性佳的土壤，春季應將枝條剪短至老幹以上，肌膚若接觸植株可能會起水泡。
- 繁殖　夏季實施半硬木插。

☀ ◌
❀❀❀

株高
20–50 公分

株寬
20–50 公分

衛矛科	
Celastraceae	

扶芳藤「金扶芳藤」　♈
Euonymus fortunei 'Emerald 'n' Gold'

性狀：矮灌木狀，植叢密實，枝條直立或蔓性。**花**：不明顯，春開花，色淡綠。**葉**：常綠，卵至橢圓形，色鮮綠，有寬闊鮮黃邊，入冬後略泛粉紅。

- 原生地　園藝品種，原生種分佈於中國、日本及韓國密灌叢和疏林地。
- 栽培　可耐全日照或半遮陰，幾乎任何肥沃的土壤均適合，白堊土亦然，為優良地被植物。
- 繁殖　夏季實施半硬木插。

☀ ◌
❀❀❀

株高　50
公分以上

株寬
1 公尺

杜鵑花科 Ericaceae	

彩葉木藜蘆「虹彩」

Leucothoë fontanesiana 'Rainbow'

性狀：枝條彎垂，簇叢狀。**花**：壺形小花，呈短總狀花序，春開花，色白。**葉**：常綠披針形，先端尖有齒緣，革質色暗綠，有乳白、黃和粉紅色雜斑。

• 原生地　美國東南部山地森林，此為園藝品種。
• 栽培　宜種植於遮陰或半遮陰環境，以濕潤的泥炭質土壤栽培，栽種於使用泥炭土的陽台或樹木園，可成為非常好的地被植物。
• 繁殖　夏季實施半硬木插。

☀ ◐ pH ❋❋❋

株高　可達1.5公尺

株寬　1.5公尺

忍冬科 Caprifoliaceae	

澤葉忍冬「貝吉森金葉」

Lonicera nitida 'Baggesen's Gold'

性狀：枝葉茂密，具彎垂長細枝。**花**：不明顯，仲春開花，色黃綠。**果實**：半透明球形小漿果，色紫，少結實。**葉**：細小卵形常綠葉，色鮮黃。

• 原生地　園藝品種。
• 栽培　植株可耐都市污染，任何肥沃而排水良好的土壤均適用於栽培，為優良的規則形和自然綠籬植物，有時可用於修剪特殊造型。
• 繁殖　夏季實施半硬木插。

☀ ◊ ❋❋❋

株高　可達1.5公尺

株寬　1.5公尺

大戟科 Euphorrbiaceae	CROTON

變葉木　*Codiaeum variegatum*

性狀：枝幹筆直，分枝稀少。**葉**：常綠，革質，形狀極為多變，葉面光滑，且帶有紅、粉紅、橙和黃等雜色。

• 原生地　印度南部、斯裏蘭卡和馬來西亞。
• 栽培　宜種植於室內或暖溫室中，以富含腐殖質的中至微酸性土壤或培養土栽培，生長全盛期應隨時補充水分，此外則適量澆水即可。
• 繁殖　春或夏季從結實的枝梢截取綠木扦插。
• 異學名　*Croton pictum*.

☀ ◊

最低溫 10-13℃

株高 1公尺以上

株寬 1公尺以上

海桐花科 Pittosporaceae	

細葉海桐「大姆哥」

Pittosporum tenuifolium 'Tom Thumb'

性狀：枝葉茂密，株形渾圓。**花**：杯狀小花，夏季開花，花色紫。**葉**：常綠，長橢圓狀橢圓形，具波緣，新葉淺綠色、成熟後轉為紫紅褐色。

• 原生地　園藝品種，原生種分佈於紐西蘭低地和海岸森林。
• 栽培　適合氣候溫和地區，特別是海岸地帶。寒冷地區應種植於南向牆邊，並防範寒風吹襲。
• 繁殖　夏季實施半硬木插。

☀ ◊ ❋❋

株高 75公分-1公尺以上

株寬 50-75公分

帚石南

石南（歐石南及吊鐘杜鵑屬）和帚石南（帚石南、麗方柏〔Calluna vulgaris〕及其栽培品種）共組了一個多采多姿的小葉常綠灌木家族，其中的灌木具有變化萬千的形態，從低矮的抱地性植物到樹形帚石南（如高達 6 公尺以上的歐石南〔Erica arborea〕）都有。

這類植物主要原生於冷涼溫帶風力強勁的惡劣環境中，常可見於土壤貧瘠的地方、以及降雨量高的地帶，不耐寒的南非帚石南也是原生於這類環境中。

從純白到最深的洋紅和絳紅等豐富的花色，石南和帚石南終年不斷地綻放繽紛色彩，而具有四季葉色變化的品種，更增添了具有季節感的觀賞樂趣。那些呈現柔和的銀灰和金黃葉色的品種，入冬以後常常燃起赤褐和野火似的橙紅，創造出美麗的質感對比效果，每一個品種都有其主要的觀賞季節。平伏性帚石南是非常好的地被植物，也是矮松和其他杜鵑花科植物

的好拍檔，尤其和葉色深濃而富有光澤的植物，例如：白珠木（Gaultheria）、馬醉木（Pieris）和木藜蘆（Leucothoë）等植物搭配起來，感覺最是對味。

帚石南適合生長在全日照的露天地點，宜以富含腐殖質的砂質或泥炭質酸性土壤栽培。有些帚石南的原生種和栽培種植株可耐鹼性土壤，另外還有許多品種植株可耐輕度遮陰，但仍以生長在全日照下開花最盛。種植前應將種植地點的多年生雜草清除乾淨：一旦帚石南長成密密麻麻的一片，雜草控制就變得非常困難了。鋪設覆蓋即可幫助土壤保濕和抑制雜草生長。帚石南定植以後約需 2-3 年的時間才能完全覆蓋地表，每年花後應修剪全株、保持植叢密實。

原生種可以春季播種、春季實施軟木插、或夏季分株或壓條等方式繁殖，所有的栽培品種都必須使用營養繁殖的方式繁衍。

帚石南「金洛克魯」

性狀：植叢密實，枝葉茂密，枝條略呈展開狀，花期極不定。**花**：大型重瓣花，花色白，密聚成花穗。**葉**：線形鱗狀葉，肉質，色鮮綠。

- 花期　夏至秋季。
- 株高　30公分
- 株寬　35公分

帚石南「金洛克魯」
Calluna vulgaris
'Kinlochruel'

☼ ◊ ᵖᴴ ❅❅❅　　　♛

吊鐘杜鵑「雪團」

性狀：枝葉雜亂。**花**：大型壺形花，聚成柔美的花穗，花色白。**葉**：披針形至卵形，葉面鮮綠色、葉背銀灰色。

- 花期　春至秋季。
- 株高　45公分
- 株寬　60公分

吊鐘杜鵑「雪團」
Daboecia cantabrica
'Snowdrift'

☼ ◊ ᵖᴴ ❅❅

帚石南「春葉白」

性狀：生長勢強，枝葉茂密。**花**：壺形至鐘形，小型單瓣花，聚成高長的花穗，花色白。**葉**：線形鱗狀葉，色鮮綠，春葉尖端呈乳白色。

- 花期　夏至秋季。
- 株高　45-50 公尺
- 株寬　45-50 公尺

帚石南「春葉白」
Calluna vulgaris
'Spring Cream'

☼ ◊ ᵖᴴ ❅❅❅　　　♛

韋智歐石南「埃克塞特」

性狀：矮灌木狀，形似灌木的樹形帚石南。**花**：有香味，筒型至鐘形，密聚成簇，開花繁盛，花色白。**葉**：針狀，色鮮綠。

- 栽培　植株可耐略含石灰質的土壤。
- 花期　仲冬至春季。
- 株高　可達 2 公尺
- 株寬　2 公尺

韋智歐石南「埃克塞特」
Erica ×veitchii 'Exeter'

☼ ◊ ᵖᴴ ❅❅

蘇格蘭歐石南「虎克史東白花」

性狀：枝葉雜亂，株形開展。花：壺形，聚成長總狀花序，開花繁盛，花色白。葉：針狀，3 枚輪生，色鮮綠。

- 花期　夏初至秋初。
- 栽培　偏好溫暖乾爽的種植地點。
- 株高　35 公分
- 株寬　50 公分

蘇格蘭歐石南「虎克史東白花」*Erica cinerea* 'Hookstone White'

白背葉歐石南「隆納德葛瑞醫生」

性狀：植叢密實。花：小型，壺形花，聚成圓形花簇，花色白。葉：披針狀小型葉，4 枚輪生，葉色暗綠。

- 花期　仲夏至早秋。
- 株高　15 公分
- 株寬　15 公分

白背葉歐石南「隆納德葛瑞醫生」*Erica mackayana* 'Dr Ronald Gray'

白背葉歐石南「輝光」

性狀：枝葉茂密，株形開展。花：小型壺形花，聚成圓形花簇，花色潔白。葉：披針形小型葉，4 枚輪生，色暗綠。

- 花期　仲夏至早秋。
- 株高　15 公分
- 株寬　15 公分

白背葉歐石南「輝光」*Erica mackayana* 'Shining Light'

十字葉歐石南「白花莫里斯」

性狀：生長勢強，分枝直立向上，花期不定。花：大型球狀花，密簇成圓形花簇，花色白。葉：披針形至線形，4 枚輪生，新葉銀灰色、後轉綠色。

- 花期　夏季至秋末。
- 株高　22 公分
- 株寬　22 公分

十字葉歐石南「白花莫里斯」*Erica tetralix* 'Alba Mollis'

漂泊歐石南「里昂尼斯」

性狀：生長勢強，矮灌木狀。花：圓鐘形，聚成長而末端漸細的花穗，花白色，花藥褐色。葉：長針狀，4-5枚輪生，葉色暗綠。

- 花期　仲夏至晚秋。
- 株高　45 公分
- 株寬　45 公分

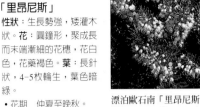

漂泊歐石南「里昂尼斯」*Erica vagans* 'Lyonesse'

高山歐石南「阿爾卑斯山」

性狀：枝葉茂密，枝幹直立。花：有香味，球形，聚成密實的總狀花序，花色白。葉：針狀，3-4 枚輪生，色鮮綠。

- 栽培　植株可耐石灰質土壤。
- 花期　冬末至春末。
- 株高　可達 2 公尺
- 株寬　2 公尺

高山歐石南「阿爾卑斯山」*Erica arborea* var. *alpina*

聖誕歐石南

性狀：枝幹筆直朝上，密生分枝。花：杯狀，春季開花（種植於玻璃溫室則冬季開花），花色珍珠白、略帶粉紅色，花藥黑褐色。葉：針狀，3 枚輪生，色暗綠。

- 栽培　溫暖避風地點。
- 花期　冬或春季。
- 株高　可達 3 公尺
- 株寬　1 公尺

聖誕歐石南 *Erica caniculata*

達利歐石南「潔白」

性狀：生長勢強，枝葉茂密，矮灌木狀。花：鐘形，聚成繁茂的總狀花序，花色白。葉：長針狀，4 枚輪生，色鮮綠。

- 栽培　植株可耐略含石灰質的土壤。
- 花期　仲冬至春季。
- 株高　60 公分
- 株寬　60 公分

達利歐石南「潔白」*Erica* ×*darleyensis* 'White Perfection'

達利歐石南「瓜白」

性狀：生長勢強，枝葉茂密，矮灌木狀。**花**：鐘形，聚成繁茂的總狀花序，花色白。**葉**：長針狀，4 枚輪生，色暗綠。

- 栽培　植株可耐略含石灰質的土壤。
- 花期　仲冬至春季。
- 株高　60 公分
- 株寬　60 公分

達利歐石南「瓜白」
Erica ×darleyensis
'White Glow'

韋智歐石南「紅悅」

性狀：矮灌木狀，灌木狀樹形帚石南。**花**：芳香，筒型至鐘形，密聚成簇，花色潔白，花苞粉紅色。**葉**：針狀，色鮮綠，春季呈金黃色。

- 花期　仲冬至春季。
- 株高　可達 2 公尺
- 株寬　2 公尺

韋智歐石南「紅悅」
Erica ×veitchii 'Pink Joy'

纖毛歐石南「白翼」

性狀：矮灌木狀，植叢密實。**花**：大型壺形弧形花，聚成長總狀花穗，色白。**葉**：小型，卵形至披針形，3 或4 枚輪生，色暗灰綠。

- 栽培　偏好溫暖潮濕的環境。
- 花期　夏季至早秋。
- 株高　30 公分
- 株寬　30 公分

纖毛歐石南「白翼」
Erica cillaris
'White Wings'

纖毛歐石南「大衛・麥克柯林托」

性狀：株形低矮，枝葉開展。**花**：大型壺形花，聚成長總狀花序，花白色、瓣尖粉紅色。**葉**：卵形至披針形，3-4 枚輪生，色淺灰綠。

- 栽培　偏好溫暖潮濕的環境。
- 花期　夏至秋季。
- 株高　35 公分
- 株寬　30 公分

纖毛歐石南「大衛・麥克柯林托」*Erica cillaris*
'David McClintock'

帚石南「美夢」

性狀：生長勢強，植叢密實，枝幹直立向上。**花**：大型重瓣花，聚成長而末端漸細的花穗，花色白。**葉**：線形鱗狀葉，肉質，色暗綠。

- 花期　夏至秋季。
- 株高　50 公尺
- 株寬　50 公尺

帚石南「美夢」
Calluna vulgaris
'My Dream'

春花歐石南「史普林伍德白花」

性狀：生長勢強，蔓性。**花**：大而長型的壺形花，花色白，花藥褐色。**葉**：針狀葉，輪生排列，呈暗墨綠色。

- 栽培　植株可耐石灰質土壤和輕度遮陰。
- 花期　冬末至春季。
- 株高　15 公分
- 株寬　45 公分

春花歐石南「史普林伍德白花」*Erica carnea*
'Springwood White'

帚石南
「安東尼・戴維斯」

性狀：枝葉茂密，植叢密實，花期不定。花：壺形至鐘形，小型單瓣花，聚成直立的花穗，花色白。葉：線形鱗狀葉，肉質，色銀灰。

• 花期　夏季至秋季。
• 株高　38-45 公分
• 株寬　38-45 公分

帚石南「安東尼・戴維斯」
Calluna vulgaris
'Anthony Davis'

☼ ◊ ㎝ ❊❊❊　　♈

帚石南「維克勞郡」

性狀：植叢密實，枝葉茂密，花期極不定。花：重瓣花密聚成花穗，花色粉紅。葉：線形鱗狀葉，肉質，色暗綠。

• 異學名　*Calluna vulgaris* 'Camla'.
• 花期　夏季至秋季。
• 株高　30 公分
• 株寬　35 公分

帚石南「維克勞郡」
Calluna vulgaris
'County Wicklow'

☼ ◊ ㎝ ❊❊❊　　♈

帚石南「銀后」

性狀：枝葉茂密，株形開展。花：壺形至鐘形，小型單瓣花，花色深粉紫紅。葉：線形鱗狀葉，呈柔和之銀灰色。

• 花期　夏季至秋季。
• 株高　40-60 公分
• 株寬　55 公分

帚石南「銀后」
Calluna vulgaris
'Silver Queen'

☼ ◊ ㎝ ❊❊❊　　♈

帚石南
「埃爾西・波奈爾」

性狀：生長勢強，株形開展。花：淺銀紅色重瓣花，花苞呈較深的粉紅色。葉：線形鱗狀葉，肉質，色灰綠。

• 花期　夏季至秋季。
• 株高　60-80 公分
• 株寬　60-80 公分

帚石南「埃爾西・波奈爾」
Calluna vulgaris
'Elsie Purnell'

☼ ◊ ㎝ ❊❊❊　　♈

帚石南「漢米爾頓」

性狀：植叢密實，枝葉茂密，株形開展。花：大型重瓣花，密聚成短花穗，開花繁盛，花色粉橘紅。葉：線形鱗狀葉，肉質，色暗綠。

• 花期　夏季至秋季。
• 株高　20 公分
• 株寬　40 公分

帚石南「漢米爾頓」
Calluna vulgaris
'J. H. Hamilton'

☼ ◊ ㎝ ❊❊❊　　♈

達利歐石南「仙晃」

性狀：生長勢強，枝葉茂密，矮灌木狀。花：鐘形，聚成繁茂的總狀花序，花色粉紅，瓣尖顏色較深。葉：長針狀，4 枚輪生，色暗綠，春葉尖端呈乳白色。

• 花期　仲冬至春季。
• 栽培　植株可耐略含石灰質的土壤。
• 株高　60 公分
• 株寬　60 公分

達利歐石南「仙晃」
Erica ×darleyensis
'Ghost Hills'

☼ ◊ ㎝ ❊❊❊　　♈

達利歐石南
「阿奇・葛拉漢」
性狀：生長勢強，枝葉茂密。**花**：鐘形花，聚成總狀花序，色粉紫紅。**葉**：長針狀，4 枚輪生，葉色暗綠。
- 花期　冬初至春末。
- 栽培　植株可耐略含石灰質的土壤。
- 株高　50 公分
- 株寬　50 公分

達利歐石南「阿奇・葛拉漢」 *Erica ×darleyensis* 'Archie Graham'

☼ ◊ ❀❀❀

華森歐石南「曙光」
性狀：植叢密實，株形開展。**花**：圓鐘形，聚成大型花簇，花色粉紫紅。**葉**：針狀，色翠綠，春葉尖端帶橙紅色。
- 花期　仲至晚夏。
- 株高　30 公分
- 株寬　38 公分

華森歐石南「曙光」 *Erica ×watsonii* 'Dawn'

☼ ◊ ❀❀❀ ♔

達利歐石南
「達利・戴爾」
性狀：生長勢強，枝葉茂密，矮灌木狀。**花**：鐘形，聚成繁茂的總狀花序，色淺紫紅。**葉**：長針狀，4 枚輪生，色暗綠。
- 栽培　植株可耐略含石灰質的土壤。
- 花期　仲冬至春季。
- 株高　60 公分
- 株寬　60 公分

達利歐石南「達利・戴爾」 *Erica ×darleyensis* 'Darley Dale'

☼ ◊ ❀❀❀

威廉斯歐石南
「威廉斯」
性狀：植叢密實，矮灌木狀，株形開展。**花**：小型壺形花，密叢成帶狀的圓形花簇，花色粉紫紅。**葉**：小型針狀葉，4 枚輪生，色暗綠，葉尖金色。
- 花期　仲至晚夏。
- 株高　15 公分
- 株寬　15 公分

威廉斯歐石南「威廉斯」 *Erica ×williamsii* 'P. D. Williams'

☼ ◊ ❀❀❀ ♔

白背葉歐石南「充實」
性狀：植叢密實。**花**：小型壺形重瓣花，聚成圓形花簇，花色深粉紅，往花心淡化成白色。**葉**：披針形小型葉，4 枚輪生，色暗綠。
- 花期　仲夏至早秋。
- 株高　15 公分
- 株寬　15 公分

白背葉歐石南「充實」 *Erica mackayana* 'Plena'

☼ ◊ ❀❀❀

吊鐘杜鵑「雙色」
性狀：枝葉雜亂。**花**：壺形，聚成柔美的花穗，花朵有白、紫、和紫白相間等花色。**葉**：披針形至卵形，葉面暗綠色，葉背銀灰色。
- 花期　春季至秋季。
- 株高　45 公分
- 株寬　60 公分

吊鐘杜鵑「雙色」 *Daboecia cantabrica* 'Bicolor'

☼ ◊ ❀❀ ♔

蘇格蘭吊鐘杜鵑
「威廉・布坎南」
性狀：生長勢強，植叢密實。**花**：花大，鐘形至壺形，聚成柔美的花穗，花色深紫。**葉**：披針形至卵形，葉面暗綠色，葉背銀灰色。
- 花期　晚春至中秋。
- 株高　45 公分
- 株寬　60 公分

蘇格蘭吊鐘杜鵑「威廉・布坎南」 *Daboecia ×scotica* 'William Buchanan'

☼ ◊ ❀❀ ♔

漂泊歐石南「樺光」
性狀：生長勢強，矮灌木狀。**花**：圓鐘形，粉瑰紅色。**葉**：長針狀，4-5 枚輪生，色鮮綠。
- 栽培　植株可耐略含石灰質的土壤。
- 花期　仲夏至晚秋。
- 株高　45 公分
- 株寬　45 公分

漂泊歐石南「樺光」 *Erica vagans* 'Birch Glow'

☼ ◊ ❀❀❀ ♔

十字葉歐石南「粉紅星」

性狀：植株低矮，株形開展。**花**：鐘形，密聚成圓星形頭狀花序，花梗直立，花色粉紅。**葉**：披針形至線形，4 枚輪生，色灰綠。

- 花期　夏季至早秋。
- 株高　22 公分
- 株寬　22 公分

十字葉歐石南「粉紅星」
Erica tetralix 'Pink Star'

  ☼ ◐ ᵖᴴ ❄❄❄　　🏆

纖毛歐石南「可菲堡」

性狀：植叢密實。**花**：大型，壺形花，聚成長總狀花序，花色粉橘紅。**葉**：卵形至披針形，3-4 枚輪生，色暗綠，入冬則轉為古銅色。

- 花期　夏季至早秋。
- 株高　30 公分
- 株寬　30 公分

纖毛歐石南「可菲堡」
Erica ciliaris
'Corfe Castle'

 ☼ ◐ ᵖᴴ ❄❄❄　　🏆

蘇格蘭歐石南「伊森」

性狀：枝葉茂密，矮灌木狀。**花**：壺形，呈現鮮豔的玫瑰紅色。**葉**：針狀，3 枚輪生，葉色深綠、無光澤。

- 栽培　偏好溫暖乾爽的環境。
- 花期　夏初至秋初。
- 株高　20 公分
- 株寬　20 公分

蘇格蘭歐石南「伊森」
Erica cinerea 'C. D. Eason'

☼ ◐ ᵖᴴ ❄❄❄　　🏆

蘇格蘭歐石南「羅蜜麗」

性狀：枝葉茂密，矮灌木狀，植叢密實。**花**：壺形，呈鮮豔的寶石紅。**葉**：針狀，3 枚輪生，色暗灰綠。

- 株高　15 公分
- 株寬　15 公分

蘇格蘭歐石南「羅蜜麗」
Erica cinerea 'Romiley'

☼ ◐ ᵖᴴ ❄❄❄

蘇格蘭歐石南「格蘭凱恩」

性狀：枝葉茂密，株形整潔且呈現開展形。**花**：壺形，色紫紅。**葉**：針狀葉，3 枚輪生，色綠，葉尖略帶粉紅色與紅色，春季尤其明顯。

- 花期　早夏至晚秋。
- 栽培　偏好溫暖乾爽的環境。
- 株高　20 公分
- 株寬　55 公分

蘇格蘭歐石南「格蘭凱恩」
Erica cinerea 'Glencairn'

☼ ◐ ᵖᴴ ❄❄❄

十字葉歐石南「林下」

性狀：生長勢強，植叢圓丘狀。**花**：大型球狀花，密聚成圓形花簇，花色深桃紅。**葉**：披針形至線形，4 枚輪生，色灰綠。

- 花期　夏季至早秋。
- 株高　22 公分
- 株寬　22 公分

十字葉歐石南「林下」
Erica tetralix
'Con Underwood'

☼ ◐ ᵖᴴ ❄❄❄　　🏆

蘇格蘭歐石南「伊甸谷」

性狀：枝葉茂密整潔，株形開展。**花**：壺形，色白、瓣尖粉紫色。**葉**：針狀，3 枚輪生，葉面色光滑深綠。

- 栽培　偏好溫暖乾爽的環境。
- 花期　夏初至秋初。
- 株高　20 公分
- 株寬　55 公分

蘇格蘭歐石南「伊甸谷」
Erica cinerea
'Eden Valley'

☼ ◊ 凹 ❊❊❊　　　♔

愛爾蘭歐石南「明艷」

性狀：植株低矮，枝葉茂密。**花**：有香味，鐘形，花色粉紫紅。**葉**：針狀葉，海綠色，入冬後則染上紫褐色。

- 花期　初冬至暮春。
- 株高　45-50 公分
- 株寬　45-50 公分

愛爾蘭歐石南「明艷」
Erica erigena 'Brightness'

☼ ◊ 凹 ❊❊

春花歐石南「貝克豪斯」

性狀：植叢密實，枝葉茂密。**花**：花小，筒型至鐘形，色淺粉紅。**葉**：針狀，4 枚輪生，色暗綠。

- 花期　仲冬至暮春。
- 栽培　植株可耐石灰質土壤。
- 株高　15-23 公分
- 株寬　15-23 公分

春花歐石南「貝克豪斯」
Erica carnea
'C. J. Backhouse'

☼ ◊ ❊❊❊

帚石南「彼得·史巴克」

性狀：枝葉稀疏，樹姿優美。**花**：大型重瓣花，聚成高長的花穗，花色深粉紅，老化後顏色漸淡，為優良的插花及乾燥花材。**葉**：線形鱗狀葉，肉質，色暗灰綠。

- 花期　夏季至晚秋。
- 株高　50 公分
- 株寬　55 公分

帚石南「彼得·史巴克」
Calluna vulgaris
'Peter Sparkes'

☼ ◊ 凹 ❊❊❊

帚石南「銀騎士」

性狀：枝葉茂密，分枝直立向上。**花**：壺形至鐘形，大型單瓣花，花朵密聚成花穗，花色粉藍紫。**葉**：線形鱗狀色，呈柔和的銀灰色。

- 花期　夏季至秋季。
- 株高　30 公分
- 株寬　30 公分

帚石南「銀騎士」
Calluna vulgaris
'Silver Knight'

☼ ◊ 凹 ❊❊❊

蘇格蘭歐石南「虎克史東紫花」

性狀：枝葉雜亂，株形開展。**花**：壺形，聚成長總狀花序，開花繁盛，花色淺紫。**葉**：針狀，3 枚輪生，色鮮綠。

- 花期　早夏至早秋。
- 株高　38 公分
- 株寬　50 公分

蘇格蘭歐石南「虎克史東紫花」*Erica cinerea*
'Hookstone Lavender'

☼ ◊ 凹 ❊❊❊

帚石南「提伯」

性狀：植叢密實，枝葉茂密，株形渾圓，花期極不定。**花**：花瓣排列緊密的小型重瓣花，花色深粉紅。**葉**：線形鱗狀葉，色暗綠。

- 花期　仲夏至秋季。
- 株高　30-60 公分
- 株寬　40-60 公分

帚石南「提伯」
Calluna vulgaris 'Tib'

☼ ◊ 凹 ❊❊❊　　　♔

春花歐石南「聖誕紅」

性狀：生長勢強，株形開展。**花**：花小，筒型至鐘形，花朵聚成粗壯的花穗，花色深粉紅。**葉**：針狀葉，4 枚輪生，葉色暗墨綠。

- 花期　仲冬。
- 栽培　植株可耐石灰質土壤和稍微遮陰。
- 株高　20 公分
- 株寬　45 公分

春花歐石南「聖誕紅」
Erica carnea
'December Red'

☀ ◇ ❄ ❄ ❄

蘇格蘭歐石南「紫美人」

性狀：枝葉茂密，矮灌木狀。**花**：壺形，聚成長總狀花序，花色暗粉紫。**葉**：針狀，3 枚輪生，色暗綠。

- 花期　夏初至秋初。
- 株高　25-30 公分
- 株寬　25-30 公分

蘇格蘭歐石南「紫美人」
Erica cinerea
'Purple Beauty'

☀ ◇ ❄ ❄ ❄

春花歐石南「維維爾」

性狀：枝葉茂密，植叢密實。**花**：花小，筒型至鐘形，花色深粉紫紅、瓣尖顏色略深。**葉**：針狀，輪生排列，色暗墨綠，入冬轉為古銅色。

- 花期　冬末至春季。
- 栽培　植株可耐石灰質土壤。
- 株高　15 公分
- 株寬　30 公分

春花歐石南「維維爾」
Erica carnea 'Vivellii'

☀ ◇ ❄ ❄ ❄ ♔

帚石南「深紅」

性狀：枝葉茂密，植叢密實。**花**：壺形至鐘形，小型單瓣花，花朵聚成短花穗，開花繁盛，花色深桃紅。**葉**：線形鱗狀葉，肉質，色鮮綠。

- 花期　夏季至秋季。
- 株高　30-40 公分
- 株寬　35 公分

帚石南「深紅」
Calluna vulgaris
'Darkness'

☀ ◇ ❄ ❄ ❄ ♔

帚石南「螢火蟲」

性狀：生長勢強，枝葉茂密。**花**：壺形至鐘形，小型，單瓣花，色深藍紫。**葉**：線形，鱗狀葉，肉質，色紅褐，入冬則轉為豔橙色。

- 花期　夏末至秋初。
- 株高　45-50 公分
- 株寬　45-50 公分

帚石南「螢火蟲」
Calluna vulgaris 'Firefly'

☀ ◇ ❄ ❄ ❄ ♔

史都爾歐石南
「愛爾蘭檸檬葉」

性狀：枝葉茂密，矮灌木狀。**花**：大型鐘形花，聚成圓繖狀花序，花色淺紫紅。**葉**：小型狹披針形葉，4枚輪生，色暗綠，春季尖端略帶檸檬黃色。

• 異學名　E. ×praegeri.
• 花期　春末至夏季。
• 株高　15 公分
• 株寬　30 公分

史都爾歐石南「愛爾蘭檸檬葉」 *Erica ×stuartii* 'Irish Lemon'

帚石南
「佛克西・娜娜」

性狀：植叢極密實，枝葉茂密，株形圓丘狀。**花**：壺形至鐘形，小型單瓣花，花色粉紫紅。**葉**：形似苔蘚葉，色鮮綠。

• 花期　夏季至秋季。
• 株高　10–15 公分
• 株寬　10–15 公分

帚石南「佛克西・娜娜」 *Calluna vulgaris* 'Foxii Nana'

春花歐石南
「威斯伍德金葉」

性狀：枝葉茂密，植叢密實。**花**：花小，筒型至鐘形，花色深粉紅。**葉**：針狀，4枚輪生，色金黃。

• 花期　仲冬至春季。
• 株高　15–23 公分
• 株寬　15–23 公分

春花歐石南「威斯伍德金葉」 *Erica carnea* 'Westwood Yellow'

春花歐石南
「法克斯賀洛」

性狀：生長勢強，株形開展。**花**：數量稀少，花小，筒型至鐘形，花色淺粉紅。**葉**：針狀，4枚輪生，夏季呈金黃色，春季葉尖略帶橙色。

• 花期　早冬至暮春。
• 株高　30 公分
• 株寬　45 公分以上

春花歐石南「法克斯賀洛」 *Erica carnea* 'Foxhollow'

愛爾蘭歐石南
「金小姐」

性狀：植叢密實，很少開花。**花**：具有香味，鐘形，花色白。**葉**：針狀葉，色金黃。

• 栽培　植株可耐略含石灰質的土壤。
• 花期　早冬至暮春。
• 株高　30 公分
• 株寬　30 公分

愛爾蘭歐石南「金小姐」 *Erica erigena* 'Golden Lady'

漂泊歐石南
「維拉利・普勞德利」

性狀：生長勢強，矮灌木狀，很少開花。**花**：白色圓鐘形花。**葉**：長針狀，4–5枚輪生，色金黃。

• 栽培　植株可耐略含石灰質的土壤。
• 花期　夏季至秋季。
• 株高　45 公分
• 株寬　45 公分

漂泊歐石南「維拉利・普勞德利」 *Erica vagans* 'Valerie Proudley'

春花歐石南
「安・史巴克」

性狀：生長緩慢，株形開展。**花**：花小，筒型至鐘形，花色粉紅。**葉**：針狀，4枚輪生，色金黃，入冬轉為古銅色。

• 花期　早冬至暮春。
• 株高　15 公分
• 株寬　15 公分以上

春花歐石南「安・史巴克」 *Erica carnea* 'Ann Sparkes'

帚石南「金羽」

性狀：生長勢強，枝葉茂密。花：壺形至鐘形，小型單瓣花，花色粉紫紅。葉：羽狀複葉，色金黃和鮮綠，枝梢新葉呈紅色，入冬轉為橙色。

• 花期　夏季至秋季。
• 株高　38-50 公分
• 株寬　60 公分

帚石南「金羽」
Calluna vulgaris
'Golden Feather'

☀ ◊ ㅂ ❄❄❄

帚石南
「羅伯特・查普曼」

性狀：枝葉茂密，株形開展。花：壺形至鐘形，小型單瓣花，花色粉紫。葉：線形鱗狀葉，色翠綠，入冬後染上金黃、橙、紅等色。

• 花期　夏季至秋季。
• 株高　25-60 公分
• 株寬　35-60 公分

帚石南「羅伯特・查普曼」
Calluna vulgaris
'Robert Chapman'

☀ ◊ ㅂ ❄❄❄　　♔

帚石南「金霧」

性狀：生長勢強，枝葉茂密，矮灌木狀。花：壺形至鐘形，小型單瓣花，花色白。葉：線形鱗狀葉，呈鮮明的金黃色。

• 花期　夏季至秋季。
• 株高　45-60 公分
• 株寬　25-45 公分

帚石南「金霧」
Calluna vulgaris
'Gold Haze'

☀ ◊ ㅂ ❄❄❄　　♔

帚石南「比歐利金葉」

性狀：生長勢強，枝葉茂密。花：壺形至鐘形，小型單瓣花，聚成短花穗，花色白。葉：線形鱗狀葉，肉質，色淺綠，略帶金色及乳白色雜斑。

• 花期　夏季至秋季。
• 株高　50 公分
• 株寬　60 公分

帚石南「比歐利金葉」
Calluna vulgaris
'Beoley Gold'

☀ ◊ ㅂ ❄❄❄　　♔

蘇格蘭歐石南
溫朵布魯克」

性狀：生長勢強，枝葉茂密，矮灌木狀。花：紫紅色壺形花。葉：針狀，3枚輪生，色金黃、入冬後略帶鮮橙和紅色。

• 花期　早夏至早秋。
• 株高　15 公分
• 株寬　15 公分

蘇格蘭歐石南
「溫朵布魯克」*Erica cinerea* 'Windlebrooke'

☀ ◊ ㅂ ❄❄❄

帚石南「雜色」

性狀：植叢密實，枝葉茂密。花：壺形至鐘形，小型，單瓣花，呈柔和的粉紫紅色。葉：線形，鱗狀葉，色鮮綠，夏季葉尖略帶紅色，入冬後則染上黃、橙等色。

• 花期　夏季至秋季。
• 株高　10-20 公分
• 株寬　10-20 公分

帚石南「雜色」
Calluna vulgaris
'Multicolor'

☀ ◊ ㅂ ❄❄❄

蘇格蘭歐石南
「洛克普」

性狀：枝葉茂密，矮灌木狀，植叢密實。花：紫紅色壺形花。葉：針狀，3枚輪生，色金黃、入冬後略帶橙、紅等色。

• 花期　夏季至早秋。
• 栽培　偏好溫暖乾爽的環境。
• 株高　15 公分
• 株寬　15 公分

蘇格蘭歐石南「洛克普」
Erica cinerea 'Rock Pool'

☀ ◊ ㅂ ❄❄❄

帚石南「博斯科普」

性狀：枝葉茂密，植叢密實。花：壺形至鐘形，小型單瓣花，呈柔和的淡紫紅色。葉：線形鱗狀葉，肉質，呈鮮明的金黃色，入冬轉為深橙紅色。

• 花期　夏季至秋季。
• 株高　30 公分
• 株寬　30 公分

帚石南「博斯科普」
Calluna vulgaris
'Boskoop'

☀ ◊ ㅂ ❄❄❄

夾竹桃科 Apocynaceae	HERALD'S TRUMPET, NEPAL TRUMPET FLOWER

號筒花　*Beaumontia grandiflora*

性狀：木質藤本，纏繞性。**花**：大型，具有香味，漏斗狀至鐘形，春末至夏季開花，花色白。**葉**：常綠葉，長橢圓狀廣卵形，葉面光滑、色綠，葉背被鏽紅色絨毛。

- 原生地　東喜馬拉雅山密灌叢、森林及岩石地。
- 栽培　宜種植於溫室中，以肥沃的土壤或培養土栽培，生長全盛期應隨時補充水分，此外則少澆為宜，花後為修剪適期。
- 繁殖　夏季播種、或採取帶踵部的半硬木扦插。

☀ ◌

最低溫
7-10℃

株高　15
公尺以上

豆科 Leguminosae	

榴紅耀花豆「白花」　♈
Clianthus puniceus 'Albus'

性狀：木質藤本，蔓生性。**花**：大型爪狀花，聚成低垂花序，春季和早夏開花，色乳白。**葉**：常綠或半常綠，分裂成多數狹長橢圓狀小葉，色翠綠。

- 原生地　紐西蘭。
- 栽培　適合南向或西向牆邊等溫暖避風處，春季應修剪枝條，寒冷地區應種植於涼溫室中。
- 繁殖　於春季播種，或夏末實施莖條扦插。

☀ ◌
❄

株高　可
達 5 公尺

蘿藦科 Asclepiadaceae	MADAGASCAR JASMINE, WAX FLOWER

非洲茉莉　*Stephanotis floribunda*　♈

性狀：木質藤本，纏繞性。**花**：小而芳香，漏斗狀，花瓣蠟質，春至秋季成簇綻放，花色白。**葉**：常綠，卵形至長橢圓形，革質，色光滑深綠。

- 原生地　非洲馬達加斯加島。
- 栽培　宜種植於室內或溫室中，以肥沃而富含腐殖質的土壤或培養土栽培，生長全盛期應適量澆水，入冬後則應減少澆水，春季應修剪長枝和擁擠枝。
- 繁殖　春季播種、或夏季實施半硬木插。

☀ ◌

最低溫
13-16℃

株高　可
達 5 公尺

夾竹桃科 Apocynaceae	

美麗紅蟬花　*Mandevilla splendens*

性狀：木質藤本，纏繞性。**花**：大型漏斗狀花，花期春末或夏初，花色粉玫瑰紅，花心黃色。**葉**：廣橢圓形常綠葉，先端尖，葉面光亮，色暗綠。

- 原生地　巴西東南山地森林。
- 栽培　宜種植於溫室中，以肥沃的土壤或培養土栽培，生長期間應隨時補充水分，此外則少澆為宜，早春應實施疏枝修剪並剪短擁擠枝。
- 繁殖　春季播種、或夏季實施半硬木插。

☀ ◌

最低溫
7-10℃

株高
3-6 公尺

紫葳科 Bignoniaceae	

紅鐘藤 *Distictis buccinatoria*

性狀：生長勢強，木質藤本，捲鬚性攀緣植物。
花：花大，筒型至漏斗狀，花色深緋紅，花筒橙黃色。**葉**：常綠，卵形至披針形，先端尖，表面平滑，色翠綠。

- 原生地　墨西哥。
- 栽培　宜種植於肥沃而富含腐殖質的土壤或培養土中，生長全盛期應隨時補充水分，此外則少澆為宜，若種植於玻璃溫室，應保持通風良好。定植時應重度修剪，並於春季加以修剪、去除擁擠枝，此後需配合植株的生長狀況，逐步將枝條綁縛於支架上。這種原產墨西哥的血紅色花卉可成為溫室裡獨特而美麗的標本植物。

- 繁殖　早夏實施軟木插、或夏末實施半硬木插。
- 異學名　*Phaedranthus buccinatorius.*

☀ ◊

最低溫
5℃

株高
5公尺以上

豆科	GLORY PEA, LOBSTER CLAW,
Leguminosae	PARROT'S BILL

榴紅耀花豆 *Clianthus puniceus*

性狀：木質藤本，蔓生性。**花**：大型，爪狀花，聚成低垂的花序，春季和早夏開花，花色豔紅。**葉**：常綠或半常綠，分裂成多數狹長橢圓形的小葉，葉色翠綠。

- 原生地　紐西蘭。
- 栽培　需種植於南向或西向牆邊等溫暖的避風處，春季應修剪枝梢，寒冷地區則宜種植於涼溫室中。
- 繁殖　春季播種、或夏末採莖條扦插。

☼ ◊ ❄

株高　可達 5 公尺

豆科	DUSKY CORAL PEA
Leguminosae	

深紅珊瑚豌豆 *Kennedia rubicunda*

性狀：生長快速，木質藤本，具纏繞性。**花**：蝶形，花朵聚成小花束，春夏開花，花色呈鮮豔的珊瑚紅。**葉**：常綠三出複葉，小葉卵形，色綠，葉無光澤。

- 原生地　澳洲東部。
- 栽培　宜種植於溫室中，以砂質、中等肥沃的土壤或培養土栽培，生長全盛期應適量而經常地澆水，此外則少澆為宜。
- 繁殖　春季播種、或夏季實施半硬木插。

☼ ◊

最低溫 5-7 ℃

株高　可達 3 公尺

西番蓮科	RED GRANADILLA,
Passifloraceae	RED PASSION FLOWER

洋紅百香花 *Passiflora coccinea*

性狀：生長勢強，木質藤本，捲鬚性攀緣植物。**花**：豔麗非凡的大型複合花（Complex），花期春至秋季，花色深猩紅，花絲冠呈紅、粉紅和白色。**葉**：常綠，圓狀長橢圓形，色翠綠，葉背被絨毛。

- 原生地　委內瑞拉、秘魯及巴西。
- 栽培　宜種植於溫室中，以富含腐殖質的砂質土壤或培養土栽培，生長期間應隨時補充水分，此外則適量澆水即可，春季應疏剪擁擠枝。
- 繁殖　春季播種、或夏季實施半硬木插。

☼ ◊

最低溫 15 ℃

株高 3-4 公尺

金蓮花科	
Tropaeolaceae	

三色金蓮花 *Tropaeolum tricolorum*

性狀：草質藤本，具塊根，葉柄具纏繞性。**花**：花小，有花距，於早春至夏季開花，花色橙黃，具橙紅色、頂端黑色的花萼。**葉**：落葉性，呈 5-7 裂，葉色墨綠。

- 原生地　智利及玻利維亞。
- 栽培　宜種植於涼溫室中，以富含腐殖質的中至微酸性砂質土壤或培養土栽培，塊根應貯藏於乾爽處越冬。
- 繁殖　春季播種、或取塊根或基部枝條扦插。

☼ ◊

最低溫 5 ℃

株高 1 公尺

杜鵑花科 Ericaceae	

垂枝樹蘿蔔 *Agapetes serpens*

性狀：枝條彎垂，蔓爬性。**花**：花小，高腳杯狀，懸垂於細枝下側，春季開花，花色深玫瑰紅，瓣脈較深色。**葉**：小型常綠葉，披針形，葉面光亮，色暗綠。

- 原生地　東喜馬拉雅山山區森林。
- 栽培　宜種植於涼溫室中，氣候溫和地區可種植於避風而有遮陰的牆邊，適合以富含腐殖質、保水力佳、但排水良好的土壤栽培。
- 繁殖　春季播種、或夏季實施半硬木插。

☀ ◐ pH

最低溫
5℃

株高
2–3 公尺

苦苣苔科 Gesneriaceae	

紅僧帽苣苔 *Mitraria coccinea*

性狀：木質藤本，蔓生或向上攀緣性。**花**：小型筒狀花，春末和夏季著花於葉腋，花色鮮橙紅。**葉**：小型常綠葉，具齒緣，革質，葉面光滑、色綠。

- 原生地　智利和阿根廷。
- 栽培　宜種植於避風有蔭處，以富含腐殖質的酸性土壤栽培，若欲培植成攀緣植物，應配合植株生長狀況，逐步將細枝綁縛於支架上。
- 繁殖　春季播種、或夏季採莖條扦插。

☀ ◐ pH
❄

株高　可
達 2 公尺

茜草科 Rubiaceae	BRAZILIAN FIRECRACKER

巴西火焰草 *Manettia luteorubra*

性狀：生長快速，纏繞性。**花**：小型漏斗狀花，春夏開花，花紅色、先端黃色。**葉**：常綠，披針形或長橢圓形，色光滑暗綠。

- 原生地　南美洲森林地帶。
- 栽培　宜使用肥沃而富含腐殖質的土壤或培養土栽培，生長期間應隨時補充水分，秋冬則應減少澆水。
- 繁殖　春季實施軟木插、或夏季實施半硬木插。
- 異學名　*M. inflata.*

☀ ◐

最低溫
5℃

株高
2 公尺

木通科 Lardizabalaceae	CHOCOLATE VINE

木通 *Akebia quinata*

性狀：生長勢強，木質藤本，纏繞性。**花**：花小，具有香草的味道，花序總狀，春末開花，花呈紫褐色。**果實**：紫色臘腸形果實。**葉**：落葉或半常綠性，深裂成 3–5 枚長橢圓狀卵形小葉，色深綠。

- 原生地　日本、中國及韓國。
- 栽培　本種植株可耐北向或東向牆面環境，任何肥沃的土壤均可適用。
- 繁殖　秋或春季播種、夏季實施半硬木插、或冬季壓條繁殖。

☀ ◐
❄❄

株高　10
公尺以上

木通科 Lardizabalaceae	

鷹爪楓 *Holboellia coriacea*

性狀：生長快速，纏繞性。**花**：有香味，春季開花，雄花小，色淡紫紅；雌花大，淡綠中略帶紫色。**果實**：紫色臘腸形果實，長 4-6 公分。**葉**：常綠，具 3 枚卵形至披針形革質小葉，色暗綠。

- 原生地　中國中部地區。
- 栽培　植株可耐半遮陰，但需有日照才能開花結果，任何肥沃的土壤均適用於栽培，宜種植於溫暖避風處。
- 繁殖　夏季實施半硬木插。

☼ ◊
✿✿✿

株高　可達 7 公尺

木通科 Lardizabalaceae	

六葉野木瓜 *Stauntonia hexaphylla*

性狀：木質藤本，纏繞性。**花**：小而芳香，杯狀，小花聚成總狀花序，春季開花，花色淡藍紫。**果實**：紫色蛋形果，可食。**葉**：常綠，具 3-7 枚卵形革質小葉，色暗綠。

- 原生地　日本、韓國及台灣。
- 栽培　植株可耐半遮陰，但需有日照才能結果，任何肥沃的土壤均適用於栽培，宜種植於溫暖避風處。
- 繁殖　春季播種、或春夏採莖條扦插。

☼ ◊
✿✿

株高　可達 10 公尺以上

紫葳科 Bignoniaceae	ARGENTINE TRUMPET VINE, LOVE-CHARM

連理藤 *Clytostoma callistegioides*

性狀：生長勢強，木質藤本，捲鬚性攀緣植物。**花**：漏斗狀至鐘形，聚成小型花序，春至夏季開花，花色淡粉紫、瓣脈紫色。**葉**：常綠，每葉各具 2 枚卵形光亮的小葉和一根捲鬚，葉色綠。

- 原生地　巴西和阿根廷低地森林。
- 栽培　宜種植於暖溫室中，以肥沃、富含腐殖質的砂質土壤或培養土栽培，生長期間應隨時補充水分，此外則適量澆水即可。
- 繁殖　夏季實施半硬木插。

☼ ◊

最低溫
10-13℃

株高　可達 5 公尺

豆科 Leguminosae	WESTERN AUSTRALIA CORAL PEA

西澳一葉豆 *Hardenbergia comptoniana* ♈

性狀：木質藤本，纏繞性。**花**：小型蝶形花，大量聚成細長總狀花序，春季開花，色深藍紫。**葉**：常綠，3-5 裂，小葉披針形，先端尖，色翠綠。

- 原生地　澳洲西部乾旱的尤加利森林以及海岸密灌叢中。
- 栽培　宜種植於涼溫室中，使用生長期間不致乾旱、富含腐殖質的中至微酸性土壤栽培。
- 繁殖　春播預先泡水的種子或採頂枝扦插、或夏末採莖條扦插。

☼ ◊

最低溫
5℃

株高　可達 2.5 公尺

馬鞭草科 Verbenaceae	PURPLE WREATH, SANDPAPER VINE

錫葉藤 *Petrea volubilis*

性狀：生長勢強，木質藤本，纏繞性。**花**：小型筒狀花，具開展的裂瓣，花序穗狀，冬末至夏末開花，花色靛青或淡藍紫。**葉**：橢圓形常綠葉，質地粗糙，葉面深綠色，葉背顏色較淺。

- 原生地　中美洲低地森林。
- 栽培　宜種植於暖溫室中，以肥沃的中至酸性土壤或培養土栽培。生長期間應經常適量澆水，此外則少澆為宜。
- 繁殖　夏季實施半硬木插。

☀ ◐

最低溫
13–15℃

株高　可
達6公尺
以上

海桐花科 Pittosporaceae	AUSTRALIAN BLUEBELL, BLUEBELL CREEPER

藍鐘藤 *Sollya heterophylla* ♈

性狀：藤莖基部木質，纏繞性。**花**：小型鐘形花，春至秋季成簇綻放，花色天藍。**葉**：常綠，披針形至卵形，色翠綠。

- 原生地　澳洲西部海岸平原及山地。
- 栽培　宜以肥沃而富含腐殖質的土壤或培養土栽培，並種植於溫暖避風的牆邊，生長期間應適量澆水，此外則少澆為宜。
- 繁殖　春季播種、或夏季實施綠木插或軟木插。

☀ ◐

最低溫
5℃

株高　可
達3公尺

豆科 Leguminosae	EMERALD CREEPER, JADE VINE

綠玉藤 *Strongylodon macrobotrys*

性狀：生長勢強，木質藤本，纏繞性。**花**：爪狀，花瓣蠟質，聚成低垂的長總狀花序，冬至春季開花，花呈冷調的藍綠色。**葉**：常綠，分裂成3枚長橢圓狀卵形小葉，色暗綠，新葉略帶淺褐紅色。

- 原生地　菲律賓。
- 栽培　宜種植於暖溫室中，以肥沃而富含腐殖質、最好呈中至酸性的土壤或培養土栽培，生長全盛期應隨時補充水分，此外則適量澆水即可。
- 繁殖　夏季播種或莖條扦插或於春季空中壓條。

☀ ◐

最低溫
18℃

株高　可
達20公尺

大麻科 Cannabiaceae	GOLDEN HOP. BINE, EUROPEAN HOP

金啤酒花 *Humulus lupulus* 'Aureus' ♈

性狀：草質藤本，纏繞性。**花**：雌性小花聚成圓形花穗，成簇低垂生長，秋季開花，花色黃綠，具紙質苞片。**果實**：紙質，毬果狀（啤酒花）。**葉**：落葉性，3–5裂，色萊姆綠至黃。

- 原生地　園藝品種。
- 栽培　植株可耐遮蔭和任何排水良好的土壤，但生長在全日照下葉色最美，需以涼亭或格架提供支撐。
- 繁殖　春季採頂芽扦插或分株繁殖。

☀ ◐
❄ ❄ ❄

株高　可
達6公尺

茄科 Solanaceae	

大金盃藤 *Solandra maxima*

性狀：生長勢強，木質藤本，蔓生性。**花**：大型闊喇叭狀，入夜飄香，春夏開花，色淺黃具紫瓣脈，老後轉為金黃。**葉**：橢圓形常綠，光滑翠綠。

- 原生地　墨西哥、中美洲、委內瑞拉熱帶森林之水岸。
- 栽培　宜種植於暖溫室中，生長期間應隨時補充水分，此外則少澆為宜，第一波芽條萌發後，應暫時減少澆水、誘導開花。
- 繁殖　夏季實施半硬木插。

☀ ◌

最低溫
10–13 ℃

株高
7–10 公尺

爵床科 Acanthaceae	

時鐘鄧伯花 *Thunbergia mysorensis* ♈

性狀：木質藤本，纏繞性。**花**：大型筒狀花，具反捲的裂瓣，花朵聚成長而下垂的總狀花序，春至秋季開花，花色黃，具紅褐色裂片。**葉**：狹橢圓形常綠葉，有齒緣，葉面平滑，色翠綠。

- 原生地　印度尼爾基里丘陵坡地。
- 栽培　宜種植於暖溫室中，以肥沃而富含腐殖質的土壤或培養土栽培，生長期間應隨時補充水分、冬季保持濕潤即可，夏季應提供遮陰。
- 繁殖　春季播種或夏季軟木插或半硬木插。

☀ ◌

最低溫
15 ℃

株高　可
達 6 公尺

木樨科 Oleaceae	PRIMROSE JASMINE

雲南黃馨 *Jasminum mesnyi* ♈

性狀：木質藤本，蔓生性。**花**：大型半重瓣花，春季開花，花色淺黃。**葉**：常綠或半常綠，分裂成 3 枚披針形小葉，色光滑暗綠。

- 原生地　中國西部。
- 栽培　任何肥沃土壤均適用於栽培，旱地亦然，在氣候溫和地區可種植於溫暖的南向或西向牆邊，否則以溫室栽培為宜。
- 繁殖　夏末採帶踵的半硬木扦插。

☀ ◌
❊

株高　可
達 3 公尺

| 紫茉莉科
Nyctaginaceae | | 夾竹桃科
Apocynaceae | |

光葉九重葛「白雪」
Bougainvillea glabra 'Snow White'

性狀：木質藤本，蔓生性。**花**：細小，具有醒目的紙質苞片，全年團團綻放，主要花期在夏季，苞片為白色，具綠色葉脈。**葉**：常綠或半常綠，圓卵形，色光滑鮮綠。

- 原生地　園藝品種。
- 栽培　宜種植於溫室中，生長期間應適量澆水，休眠期則應保持幾近乾燥狀態。
- 繁殖　夏季實施半硬木插、或冬季實施硬木插。

☼ ◌

最低溫
7-10℃

株高　可
達 5 公尺

絡石　*Trachelospermum jasminoides*　♈

性狀：木質藤本，纏繞性。**花**：香味極濃，具 5 枚扭曲的裂瓣，夏季成簇綻放，花色白。**果實**：莢果長可至15公分，兩兩對生。**葉**：常綠，卵形至披針形，色暗綠。

- 原生地　中國及台灣。
- 栽培　任何中等肥沃的土壤均適用於栽培，需有溫暖的南向牆面提供遮陰。
- 繁殖　春季播種、夏季壓條或夏末半硬木插。

☼ ◌
❄❄

株高　可
達 9 公尺

| 茄科
Solanaceae | | 豆科
Leguminosae | |

洋芋藤「白花」　♈
Solanum jasminoïdes 'Album'

性狀：木質藤本，蔓生性。**花**：星形，聚成開展的花簇，夏至秋季開花，花色乳白，雄蕊色檸檬黃。**葉**：半常綠或落葉性，卵形至披針形，色暗綠。

- 原生地　園藝品種。
- 栽培　可種植於任何肥沃的土壤中，需有南向或西南向牆面提供支撐及遮風保護，春季應疏枝並修剪側枝。
- 繁殖　夏季實施半硬木插。

☼ ◌
❄

株高　可
達 6 公尺

紫藤「白花」　*Wisteria sinensis* 'Alba'　♈

性狀：生長勢強，木質藤本，逆時針纏繞性。**花**：小而極香，蝶形，聚成柔美下垂的總狀花序，花序長 20-30 公分，早夏開花，花色白。**葉**：落葉性，分裂成 7-13 枚橢圓狀長橢圓形小葉，色鮮綠。

- 原生地　園藝品種。
- 栽培　任何中等肥沃的土壤均適合，宜種植於南向或西向避風處，夏季和冬末為修剪適期。
- 繁殖　冬季實施床接（沙床嫁接）、或夏季以壓條法繁殖。

☼ ◌
❄❄❄

株高　可
達 30 公尺

豆科 Leguminosae	

多花紫藤「白花」*Wisteria floribunda* 'Alba' 🏆

性狀：生長勢強，木質藤本，逆時針纏繞性。**花**：小而芳香，蝶形，聚成柔美下垂的總狀花序，花序長達 60 公分，早夏開花，花色白，有時老化後轉為淡紫色。**葉**：落葉性，分裂成 11–19 枚卵形小葉，色鮮綠。

- 原生地　園藝品種。
- 栽培　任何肥沃的土壤均適用於栽培，但偏好深厚的壤土，夏季和冬末為修剪適期。
- 繁殖　冬季實施床接、或夏季以壓條法繁殖。

☼ ◊ ❄❄❄

株高　可達 9 公尺

蘿藦科 Asclepiadaceae	CRUEL PLANT

白蛾藤 *Araujia sericifera*

性狀：木質藤本，纏繞性。**花**：有香味，筒型，具外展的裂瓣，夏末至秋季開花，花色白。**葉**：常綠，卵狀長橢圓形，色淺綠。

- 原生地　南美洲。
- 栽培　氣候溫和的地區可種植於南向或西向牆邊，以肥沃的土壤栽培，寒冷的地區則應種植於涼溫室中。
- 繁殖　春季播種、或夏末或秋初採莖條扦插。
- 異學名　*A. sericofera*.

☼ ◊ ❄

株高　可達 7 公尺

八仙花科 Hydrangeaceae	CLIMBING HYDRANGEA

蔓性冠蓋繡球花 🏆

Hydrangea anomala subsp. *petiolaris*

性狀：木質藤本，具氣根。**花**：大型「蕾絲帽型」頭花，夏季綻放於成株，內側與舌狀花呈乳白色。**葉**：落葉性，卵形，先端尖具疏齒緣，色翠綠。

- 原生地　日本、韓國及台灣。
- 栽培　任何濕潤而肥沃的土壤均適用於栽培，白堊土亦可，為適合應用於北向牆面的攀緣植物。
- 繁殖　夏季實施軟木插。
- 異學名　*H. petiolaris*.

☼ ♦ ❄❄❄

株高　18–25 公尺

八仙花科 Hydrangeaceae	

青棉花　*Pileostegia viburnoïdes* 🏆

性狀：生長緩慢，木質藤本，具氣生根。**花**：細小，具突出的雄蕊，小花密聚成圓錐花序，夏末至秋季開花，花色乳白。**葉**：常綠，狹長橢圓形至披針形，革質，色光滑暗綠。

- 原生地　印度、中國及台灣。
- 栽培　任何肥沃的土壤均適用於栽培，植株可耐遮陰，適合應用於北向牆面。
- 繁殖　秋季播種，或春季、早夏採頂枝扦插。
- 異學名　*Schizophragma viburnoïdes.*

☼ ◊
❀❀❀

株高
6-10 公尺

馬鞭草科 Verbenaceae	BAG FLOWER, BLEEDING HEART VINE

龍吐珠　*Clerodendrum thomsoniae*

性狀：生長勢強，木質藤本，蔓生性。**花**：筒型，部分為花萼包圍，小花聚成大型花序，夏季開花，色深紅，花萼純白。**葉**：卵形常綠葉，色濃綠。

- 原生地　熱帶西非。
- 栽培　宜種植於暖溫室中，以肥沃、富含腐殖質的土壤或培養土栽培，生長期間應隨時補充水分，冬季則應保持幾近乾燥。
- 繁殖　春季播種、春末實施軟木插、或夏末實施半硬木插。

☼ ◊

最低溫
16 ℃

株高
3 公尺以上

八仙花科 Hydrangeaceae	

全葉鑽地風　*Schizophragma integrifolium* 🏆

性狀：木質藤本，具氣生根。**花**：大而扁平的頭花，具細小的內側小花以及狹卵形、花瓣狀的外側萼片，花色乳白。**葉**：落葉性，卵形或心形，葉色鮮綠。

- 原生地　中國岩石峭壁。
- 栽培　植株可耐遮陰，但生長於根部有遮陰的全日照環境開花最盛，任何肥沃土壤均適合栽培。
- 繁殖　應於春季播種、或於夏季實施綠木插或半硬木插。

☼ ◊
❀❀

株高　可
達 12 公尺

蘿藦科 Asclepiadaceae	

苦繩　*Dregea sinensis*

性狀：木質藤本，纏繞性。**花**：小而芳香的星形花，花朵聚成開展的圓形花序，夏季開花，花色白或乳白，具紅色斑點和條紋。**果實**：細長的莢果，長 5-7 公分。**葉**：心形常綠葉，色翠綠。

- 原生地　中國。
- 栽培　任何任何排水良好的土壤均適用於栽培，宜種植於溫暖避風處，需設立支架。
- 繁殖　春季播種、或夏秋採莖條扦插。
- 異學名　*Wattakaka sinensis.*

☼ ◊
❀❀

株高　可
達 3 公尺

紫葳科 Bignoniaceae	BOWER PLANT

馨葳 *Pandorea jasminoïdes*

性狀：木質藤本，纏繞性。**花**：漏斗狀，冬末至夏季成簇綻放，花色白，具粉紅色花喉。**葉**：常綠，卵形至披針形，小葉 5-9 枚，色光滑淺綠。

- 原生地　澳洲東北部。
- 栽培　宜種植於涼溫室中，以肥沃而富含腐殖質的土壤或培養土栽培，生長期間應隨時補充水分，冬季則應減少澆水，需要良好的通風條件。
- 繁殖　春季播種或夏季以莖條扦插或壓條。
- 異學名　*Bignonia jasminoïdes.*

☀ ◊

最低溫
5℃

株高　可
達5公尺

木樨科 Oleaceae	

大花秀英花 *Jasminum officinale* f. *affine*

性狀：木質藤本，纏繞性。**花**：小而芳香，筒型，具外展的裂瓣，夏至秋季成簇綻放，花色白，花瓣外側及花苞為粉紅色。**葉**：半常綠或落葉性，全裂為 5-9 枚橢圓形小葉，色暗綠。

- 原生地　小亞細亞至喜馬拉雅山及中國的森林和密灌叢地。
- 栽培　植株可耐北向牆的遮陰，但於全日照下開花最盛，任何中等肥沃的土壤均適用於栽培。
- 繁殖　夏季實施半硬木插。

☀ ◊
❀❀❀

株高　可
達12公尺

蘿藦科 Asclepiadaceae	

澳洲毬蘭 *Hoya australis*

性狀：木質藤本，纏繞性、氣生根的附生植物。**花**：芳香的星形花，花瓣蠟質，小花密聚成花束，夏季開花，花色白、具栗色斑。**葉**：常綠，卵形至圓形，肉質，色濃綠。

- 原生地　澳洲海岸森林。
- 栽培　喜暖溫室及富含纖維和腐殖質、混入木炭的土壤或培養土，生長期間應隨時澆水，此外適量澆水即可，需稍加遮陰並設立支架。
- 繁殖　夏季實施半硬木插。

☀ ◊

最低溫
15℃

株高　可
達5公尺

蘿藦科 Asclepiadaceae	WAX PLANT

毬蘭 *Hoya carnosa*

性狀：木質藤本，纏繞性，具氣生根。花：芳香星形花，花瓣蠟質，密聚成束，夏秋開花，色白，老化呈粉紅，花心紅色。葉：卵形常綠葉，暗綠。

- 原生地　印度、緬甸及中國南境。
- 栽培　宜使用富含纖維質及腐殖質、混入木炭的土壤或培養土栽培，生長期間應每隔二週施肥一次並隨時補充水分，此外則適量澆水即可，入冬僅需保持土壤濕潤，需要設立支架並提供遮陰。
- 繁殖　夏季實施半硬木插。

☀ ◌

最低溫
5℃

株高　可
達5公尺

豆科 Leguminosae	SWEET PEA

香豌豆「瑟拉娜」
Lathyrus odoratus 'Selana'

性狀：生長勢強，一年生的捲鬚性攀緣植物。花：花大，香味甜美，夏至早秋開花，花色白裡透粉紅。葉：卵形小葉對生排列，色翠綠。

- 原生地　園藝品種。
- 栽培　任何肥沃、富含腐殖質的土壤均適用於栽培，需以藤條或花格架支撐綁縛，直到完全定根為止，可生產極佳的切花。
- 繁殖　春秋播種，秋播幼苗於冷床或溫室越冬。

☀ ◌
❀ ❀ ❀

株高
2公尺

獼猴桃科 Actinidiaceae	

狗棗獼猴桃 *Actinidia kolomikta*

性狀：木質藤本，纏繞性。花：小而芳香，杯狀花，夏季開花，花色白。葉：落葉性，長而呈狹卵形，色翠綠，具乳白和粉紅色斑紋。

- 原生地　東亞針葉林地。
- 栽培　植株可耐半遮陰和任何中等肥沃的土壤。
- 繁殖　春或秋季播種、夏季實施半硬木插、或冬季壓條繁殖。

☀ ◌
❀ ❀ ❀

株高　可
達6公尺

豆科 Leguminosae	SWEET PEA

香豌豆「異地」
Lathyrus odoratus 'Xenia Field'

性狀：生長勢強，一年生的捲鬚性攀緣植物。**花**：花大，香味甜美，夏至早秋開花，花色深粉紅及乳白。**葉**：卵形小葉對生排列，色翠綠。

- 原生地　園藝品種。
- 栽培　任何肥沃而富含腐殖質的土壤均適用於栽培，需以藤條或花格架支撐綁縛，直到完全定根為止，可生產極佳的切花。
- 繁殖　秋春播種，秋播植株於冷床或溫室越冬。

☀ ◊
❄ ❄ ❄

株高
2公尺

蓼科 Polygonaceae	CORAL VINE

珊瑚藤　*Antigonon leptopus*

性狀：生長勢強，木質藤本，蔓爬性。**花**：花小，聚成密生花束，花期主要在夏季，若氣候適合還可延長至早秋，花色淺珊瑚紅，有時為白色。**葉**：常綠，菱心形，捲皺狀，色淺綠。

- 原生地　墨西哥熱帶森林。
- 栽培　宜種植於暖溫室中，以含氮量不高、富含腐殖質的砂質土壤或培養土栽培，生長期間應隨時補充水分，此外則少澆為宜。
- 繁殖　春季播種、或夏季實施軟木插。

☀ ◊

最低溫
15℃

株高
6公尺以上

夾竹桃科 Apocynaceae	

紅蟬花「飄香藤」　♈
Mandevilla ×*amoena* 'Alice du Pont'

性狀：木質藤本，纏繞性。**花**：大型漏斗狀花，夏季成簇綻放，花呈明豔的粉玫瑰紅色。**葉**：卵形常綠葉，葉脈深陷，色暗綠。

- 原生地　園藝品種。
- 栽培　宜種植於溫室中，以肥沃而富含腐殖質的纖維質土壤或培養土栽培，生長期間應隨時補充水分，冬季應保持乾燥，需提供遮陰和支架。
- 繁殖　夏季實施半硬木插。

☀ ◑ ◊

最低溫
7-10℃

株高　可達4公尺

玄參科 Scrophulariaceae	CREEPING GLOXINIA

紅花金魚藤（蔓性大岩桐）
Lophospermum erubescens

性狀：多年生，藤莖柔軟，蔓爬性。**花**：筒型，具開展的裂瓣，夏秋開花，花色呈柔和的粉玫瑰紅。**葉**：三角形常綠葉，有齒緣，具軟毛，色灰綠。

- 原生地　墨西哥。
- 栽培　宜種植於涼溫室中，任何肥沃的土壤均適用於栽培，通常種植於戶外當作一年生草花。
- 繁殖　春季播種、或夏末採軟的頂枝扦插。
- 異學名　*Asarina erubescens, Maurandia erubescens.*

☀ ◊

最低溫
5℃

株高　可
達 3 公尺

豆科 Leguminosae	EVERLASTING PEA

大花香豌豆　*Lathyrus grandiflorus*

性狀：草質藤本，捲鬚性攀緣植物，莖上有脊。**花**：蝶形，呈整齊總狀花序，夏開花，花粉紫紅相間。**葉**：落葉性，裂成 1-3 對卵形小葉，色淺綠。

- 原生地　南義大利、南巴爾幹半島及西北非山區密灌叢。
- 栽培　植株可耐乾旱的土壤，任何中等肥沃的土壤均適用於栽培，秋季應加以剪短，適合用於妝點綠籬或其他支撐物。
- 繁殖　秋季播種或春季分株繁殖。

☀ ◊
❄❄❄

株高　可
達 2 公尺

忍冬科 Caprifoliaceae	HONEYSUCKLE

雙寶忍冬　*Lonicera × heckrottii*

性狀：木質藤本，纏繞性。**花**：大而芳香，細長的筒型花，夏季團團盛放，花呈鮮豔的粉紅色，花喉橙黃色。**葉**：落葉性，長橢圓狀卵形，色暗綠。

- 原生地　園藝品種。
- 栽培　植株可耐全日照，偏好根部有遮陰的環境，任何肥沃而排水良好的土壤均適用於栽培，需設立支架。
- 繁殖　夏季實施半硬木插或秋末實施硬木插。

☀ ◊
❄❄

株高　可
達 5 公尺

旋花科 Convolvulaceae	

紅牽牛花　*Ipomoea horsfalliae*　♡

性狀：生長勢強，木質藤本，纏繞性。**花**：可愛的漏斗狀花，有梗，夏至冬季成簇綻放，花色深粉紅。**葉**：常綠，分裂成 5-7 枚輻射排列的橢圓形至狹披針形裂片，色翠綠。

- 原生地　墨西哥熱帶森林。
- 栽培　宜種植於溫室中，以肥沃的土壤或培養土栽培，生長期間應隨時補充水分，此外則適量澆水即可，春季應修剪擁擠枝。
- 繁殖　春季播種或夏季軟木插或半硬木插。

☀ ◊

最低溫
7-10℃

株高
2-3 公尺

忍冬科 Caprifoliaceae	CORAL HONEYSUCKLE, TRUMPET HONEYSUCKLE

貫月忍冬 *Lonicera sempervirens* 🏆

性狀：木質藤本，纏繞性。**花**：花大，狹長喇叭形，多數輪生排列於枝條頂端，夏季開花，花呈鮮豔的粉橘色，內側為黃色。**葉**：卵形常綠葉，色濃綠，葉背略偏藍色，上部葉呈抱莖狀。

- 原生地　美國東部與南部。
- 栽培　植株可耐全日照，偏好根部有遮陰的環境，宜使用肥沃而排水良好的土壤栽培，並有南向或西向牆面提供遮蔽保護。
- 繁殖　夏季實施半硬木插、或秋末實施硬木插。

☀ ◊
❄ ❄

株高　可達 4 公尺

紫茉莉科 Nyctaginaceae	

九重葛「馬尼拉小姐」
Bougainvillea 'Miss Manila'

性狀：木質藤本，蔓生性。**花**：細小，外環醒目的紙質苞片，夏季成簇綻放，花色深粉紅。**葉**：常綠或半常綠，卵形，先端尖，葉面平滑，色翠綠。

- 原生地　園藝品種。
- 栽培　宜種植於溫室中，以沃土或培養土栽培，生長期間適度澆水即可，秋末至春初則應保持幾近乾燥，需設立支架，春季為修剪側枝的適期。
- 繁殖　夏季實施半硬木插、或冬季實施硬木插。

☀ ◊

最低溫
7-10 ℃

株高　可達 5 公尺

紫茉莉科 Nyctaginaceae	

九重葛「達尼亞」 *Bougainvillea* 'Dania'

性狀：木質藤本，蔓生性。**花**：細小，外環醒目的紙質苞片，夏季成簇綻放，花色豔粉紅。**葉**：常綠或半常綠，卵形、先端尖，葉面平滑，色翠綠。

- 原生地　園藝品種。
- 栽培　宜種植於溫室中，以肥沃的土壤或培養土栽培，生長期間適度澆水即可，秋末至春初則應保持幾近乾燥，需設立支架，春季為修剪側枝的適期。
- 繁殖　夏季實施半硬木插、或冬季實施硬木插。

☀ ◊

最低溫
7-10 ℃

株高　可達 5 公尺

百合科 Liliaceae	CHILEAN BELL FLOWER, COPIHUE

智利鐘花 *Lapageria rosea* 🏆

性狀：木質藤本，纏繞性。**花**：大型鐘形花，花朵下垂，花瓣蠟質，夏至秋末開花，花色粉紅至深紅。**葉**：長橢圓形常綠葉，革質，色暗綠。

- 原生地　智利及阿根廷安地斯山區。
- 栽培　宜使用富含腐殖質的中至酸性土壤或培養土栽培，生長期間適量澆水即可，秋末至春季則應保持幾近乾燥，需設立支架並提供遮陰。
- 繁殖　春季播種、或春秋壓條繁殖。

☀ ◊
❄

株高　可達 5 公尺

旋花科 Convolvulaceae	SPANISH FLAG

金魚花 *Ipomoea lobata*

性狀：生長勢強，木質藤本，纏繞性，常當作一年生草花栽培。**花**：小型筒狀花，聚成單邊總狀花序，花朵壽命短，但夏至冬季可盛開不斷，花初開時呈深紅色，後轉為黃色，最後褪為白色。**葉**：落葉性或半常綠，全緣或三裂，具齒緣，色翠綠。

- 原生地　墨西哥。
- 栽培　喜日照充足避風沃土，生長期間隨時澆水。
- 繁殖　春季播種。
- 異學名　*Mina lobata*.

☼ ◊
❄

株高　可
達 5 公尺

旋花科 Convolvulaceae	CYPRESS VINE, INDIAN PINK

蔦蘿菘 *Ipomoea quamoclit*

性狀：纏繞性一年生植物。**花**：細長的筒型花，夏至秋季開花，花色橙或深紅。**葉**：卵形，分裂成許多線形裂片，色鮮綠。

- 原生地　熱帶南美洲森林地。
- 栽培　宜種植於溫暖而日照充足的避風處，並以排水迅速的砂質土壤栽培，於旱季期間應該隨時補充水分。
- 繁殖　春季播種。
- 異學名　*Quamoclit pennata*.

☼ ◊
❄

株高
2-4 公尺

豆科 Leguminosae	SWEET PEA

香豌豆「紅旗」

Lathyrus odoratus 'Red Ensign'

性狀：生長勢強，一年生的捲鬚性攀緣植物。**花**：花大，香味甜美，夏至早秋開花，花呈鮮豔的猩紅色。**葉**：卵形小葉對生排列，色翠綠。

- 原生地　園藝品種。
- 栽培　任何肥沃而富含腐殖質的土壤均適用於栽培，需以木棍或花格架提供支撐，定根前需加以綁縛固定。本種為極佳的切花植物。
- 繁殖　春秋播種，秋播幼苗於冷床或溫室越冬。

☼ ◊
❄ ❄ ❄

株高
2 公尺

忍冬科 Caprifoliaceae	

伯朗忍冬「卓普摩猩紅」

Lonicera ×*brownii* 'Dropmore Scarlet'

性狀：木質藤本，纏繞性。**花**：小型狹喇叭狀，輪生排列，夏開花，色深猩紅，花喉橙色。**葉**：落葉性或半常綠，卵形，色藍綠，上部葉呈抱莖狀。

- 原生地　園藝品種。
- 栽培　植株可耐全日照，偏好根部有遮陰的環境，可以肥沃而排水性佳的土壤栽培，需有南向或西向牆面提供遮蔭保護。
- 繁殖　夏季實施半硬木插、或秋末實施硬木插。

◐ ◊
❄ ❄

株高　可
達 4 公尺

| 金蓮花科
Tropaeolaceae | FLAME NASTURTIUM,
SCOTTISH FLAME FLOWER |

火焰金蓮花 *Tropaeolum speciosum*

性狀：草質藤本，纏繞性，具根莖。**花**：花大，有花距，夏季開花，花呈鮮豔的猩紅色。**果實**：小型圓形肉果，色鮮藍，具深紅色萼片。**葉**：分裂為5-7枚裂片，色鮮綠。

- 原生地　智利冷涼潮濕的山林。
- 栽培　偏好肥沃、富含腐殖質、中至酸性的土壤或培養土，根部需要遮陰。此種攀緣植物非常適合用來點綴紅豆杉綠籬或其他葉色深濃的常綠植物，因為它們可以為金蓮花的鮮豔花朵提供美麗的烘托背景。本種亦適合栽種於設有支架的北向牆邊，植株不易定根成活，種植於冷涼潮濕地區生長狀況最佳。
- 繁殖　秋季播種、或春季分株繁殖。

☼ ◊
❀ ❀ ❀

株高　可達3公尺

百合科	
Liliaceae	

嘉蘭「羅斯黛安娜」

Gloriosa superba 'Rothschildiana'

性狀：有塊根，多年生的捲鬚性攀緣植物，全株有毒。**花**：花大，形似百合，具有 6 枚反翹、有波緣的花瓣，夏季開花，花瓣紅色、有黃邊。**葉**：落葉性，卵形至披針形，色光滑鮮綠。

- 原生地　園藝品種。
- 栽培　於涼溫室中以添加粗砂而富含腐殖質的沃土栽培。生長期間應隨時澆水，需設立支架。
- 繁殖　春季分株繁殖。

☀ ◯

最低溫
8 ℃

株高
2.5 公尺

使君子科	RANGOON CREEPER
Combretaceae	

使君子　*Quisqualis indica*

性狀：生長勢強，攀緣性。**花**：小而芳香筒型，具開展裂瓣，春末至夏末開花，初開呈白色，後轉紅色。**葉**：半常綠橢圓形至長橢圓形，色鮮綠。

- 原生地　南非和馬來西亞的馬來亞地區。
- 栽培　宜種植於暖溫室中，以含氮量不高、富含腐殖質、濕潤、但排水性佳的土壤或培養土栽培，生長期間應隨時補充水分，冬季則應保持幾近乾燥，需提供遮陰。
- 繁殖　春季播種或夏季半硬木插。

☀ ◐

最低溫
10 ℃

株高
3–5 公尺

五味子科	
Schisandraceae	

紅葉北五味子　*Schisandra rubriflora*

性狀：木質藤本，纏繞性。**花**：小而芳香，春或早夏開花，花色深紅。**果實**：雌株可結長串下垂的猩紅色漿果。**葉**：落葉性，披針形，革質，有齒緣，色翠綠。

- 原生地　喜馬拉雅山。
- 栽培　任何富含腐殖質、中至酸性的肥沃土壤均適用於栽培，雌雄混植才能結果，需設立支架並稍加遮陰。
- 繁殖　夏季實施綠木插或半硬木插。

☀ ◯
❄ ❄

株高　可
達 6 公尺

大風子科 Flacourtiaceae	CORAL PLANT

珊瑚小蘗 *Berberidipsis corallina*

性狀：木質藤本，蔓生或纏繞性。**花**：小型，球形花，聚成下垂的花序，於夏至早秋開花，花色深紅。**葉**：常綠葉，卵形至心形，革質，葉緣具有小刺，色鮮綠。

• 原生地　智利重濕森林。

• 栽培　種植於酸或中性土壤生長最佳，需防寒風吹襲，並隨生長過程將枝條綁縛在支架上，冬季需覆根，若遭受霜害將可由基部重新萌芽。

• 繁殖　夏季實施半硬木插。

☀ ◊
❊❊

株高
4.5 公尺

玄參科 Scrophulariaceae	

血紅玫瑰袍 *Rhodochiton atrosanguineum* ♀

性狀：藤莖纖細，攀附型攀緣植物。**花**：下垂筒型花，花萼鐘形，春末至夏末開花，色紫黑，花萼淺紅。**葉**：常綠，近心形，具明顯齒緣，色翠綠。

• 原生地　墨西哥的乾旱沙土地帶。

• 栽培　植株需要保護，除非當作一年生的戶外草花。宜使用肥沃而富含腐殖質的土壤栽培，生長期間應隨時補充水分，冬季則應保持幾近乾燥。

• 繁殖　趁種子新鮮時播種或春季播種。

• 異學名　*R. volubilis.*

☀ ◊

最低溫
5℃

株高 可
達 3 公尺

葡萄科 Vitaceae	

川鄂爬牆虎 *Parthenocissus henryana* ♀

性狀：木質藤本，捲鬚性攀緣植物，具吸盤。**花**：細小不明顯。**果實**：小而形似漿果，秋季串串結實，色鮮藍。**葉**：落葉性，具 3-5 枚有齒緣的卵形小葉，葉面具絲絨光澤、色深綠或紅褐，具白至淺粉紅色的葉脈。

• 原生地　中國境內重濕森林。

• 栽培　宜使用肥沃而排水良好的濕潤土壤栽培，種植於北向或東向地點葉色最美。

• 繁殖　夏季實施軟木插或綠木插或春季硬木插。

☀ ◊
❊❊❊

株高 可
達 10 公尺

馬兜鈴科 Aristolochiaceae	CALICO FLOWER

煙斗花藤 *Aristolochia littoralis* ♀

性狀：生長勢強，木質藤本，纏繞性。**花**：大型心形花，面寬可至12公分，夏季開花，花呈栗色，具白色雲紋。**葉**：常綠，心形至腎形，葉面平滑，葉面翠綠色，葉背藍綠色。

• 原生地　南美洲。

• 栽培　宜種植於溫室中，生長期間應隨時補充水分，此外則少澆為宜，春季為修剪適期。

• 繁殖　春季播種、或夏季實施半硬木插。

• 異學名　*A. elegans.*

☀ ◊

最低溫
13℃

株高 可
達 7 公尺

苦苣苔科 Gesneriaceae	

白芷 *Asteranthera ovata*

性狀：木質藤本，蔓生性，具氣生根的攀緣植物。
花：筒型，長可達 5-6 公分，對生於葉腋，夏季開花，花色鮮紅，花喉白色。**葉**：小型常綠葉，長橢圓形，有齒緣，色翠綠至暗綠。

- 原生地　智利。
- 栽培　適合濕潤、腐葉含量高的中至酸性土壤中，種植地點應能避風、有遮陰，很適合應用在樹木園裡，讓藤蔓攀爬到樹頂或當作地被植物。
- 繁殖　夏季採頂枝扦插或夏末秋初莖條扦插。

☼ ◑
❄❄

株高　可達 4 公尺

豆科 Leguminosae	PERENNIAL PEA

寬葉香豌豆 *Lathyrus latifolius* ♈

性狀：草質藤本，捲鬚性攀緣植物，具翼狀莖。
花：蝶形，密聚成小型總狀花序，夏季至早秋開花，花色粉紫紅。**葉**：落葉性，具一對有分叉的捲鬚和線形至卵形小葉，色翠綠。

- 原生地　中、南歐密灌叢和荒地。
- 栽培　植株可耐旱地，任何中等肥沃的土壤均適用於栽培，需設立支架。
- 繁殖　秋季播種、或春季分株繁殖。

☼ ◇
❄❄❄

株高
2 公尺以上

紫茉莉科 Nyctaginaceae	

光葉九重葛「錦葉」
Bougainvillea glabra 'Variegata'

性狀：木質藤本，蔓生性。**花**：細小，具醒目的紙質苞片，花聚成簇，終年開花，主要花期在夏季，苞片呈豔紫色。**葉**：常綠或半常綠，圓卵形，色暗綠，具乳白色鑲邊。

- 原生地　園藝品種。
- 栽培　宜種植於溫室中，生長期間適量澆水即可，休眠期則應保持幾近乾燥。
- 繁殖　夏季實施半硬木插、或冬季實施硬木插。

☼ ◇

最低溫
7-10 ℃

株高　可達 5 公尺

紫茉莉科 Nyctaginaceae	PAPER FLOWER

光葉九重葛 *Bougainvillea glabra* ♈

性狀：木質藤本，蔓生性。**花**：細小，具醒目的紙質苞片，花聚成簇，主要花期在夏季，苞片呈紫紅色。**葉**：常綠或半常綠，圓卵形，色暗綠。

- 原生地　巴西沿海地區和乾旱山谷。
- 栽培　宜種植於溫室中，生長期間適量澆水即可，休眠期則應保持幾近乾燥。
- 繁殖　夏季實施半硬木插、或冬季實施硬木插。

☼ ◇

最低溫
7-10 ℃

株高　可達 5 公尺

旋花科 Convoolvulaceae	

美洲牽牛花 *Ipomoea hederacea*

性狀：纏繞性一年生植物。**花**：漏斗狀，夏至早秋開花，花色藍，有時略偏紫色。**葉**：心形或三裂，色鮮綠。

- 原生地　熱帶美洲。
- 栽培　宜種植於溫暖避風處，以富含腐殖質、排水迅速的砂質土壤栽培，並以支柱、鐵絲網或花格架提供支撐。
- 繁殖　春季氣溫達18℃時播下預先泡水的種子，太早或溫度過低時播種常導致失敗。

☀ ◊
❄

株高
3-4公尺

電燈花科 Cobaeaceae	CUP-AND-SAUCER VINE

電燈花 *Cobaea scandens* ♈

性狀：木質藤本，捲鬚性攀緣植物。**花**：大而芳香的鐘形花，花期夏末至初霜降臨以前，花朵初綻時呈黃綠色，爾後漸轉為紫色。**葉**：常綠，小葉 4-6枚，色翠綠至鮮綠。

- 原生地　墨西哥山地。
- 栽培　可露地栽培當作一年生植物，土壤不宜太過肥沃，盆栽於生長期間應隨時補充水分，此外則少澆為宜，需對植株提供支撐。
- 繁殖　春季播種、或夏季實施軟木插。

☀ ◊
最低溫
4℃
株高
4-5公尺

豆科 Leguminosae	SWEET PEA

香豌豆「黛安娜小姐」
Lathyrus odoratus 'Lady Diana'

性狀：生長勢普通，一年生捲鬚性攀緣植物。**花**：花大，具有甜美的香味，夏至早秋開花，花色淺藍紫。**葉**：小葉卵形、對生，色翠綠。

- 原生地　園藝品種。
- 栽培　任何肥沃而富含腐殖質的土壤均適用於栽培，需以支柱或格架提供支撐並輔助固定，直到植株完全定根為止，為極佳的切花植物。
- 繁殖　秋春播種，秋播幼苗於冷床或溫室越冬。

☀ ◊
❄❄❄

株高
2公尺

桔梗科 Campanulaceae	

雞蛋參 *Codonopsis convolvulacea* ♈

性狀：纏繞性多年生草本藤蔓。**花**：花形細緻，闊鐘形至淺碟狀，夏季開花，花色粉藍紫。**葉**：披針形至卵形，色鮮綠。

- 原生地　喜馬拉雅山密灌叢與岩石坡。
- 栽培　偏好半遮陰環境，宜使用肥沃、保水力佳、但排水迅速的輕質土壤栽培，需對植株提供支撐或使其蔓爬於附近的灌木上。
- 繁殖　秋或春季播種。

☀ ◊
❄❄❄

株高　可
達2公尺

茄科 Solanaceae	PARADISE FLOWER, POTATO VINE

溫德蘭洋芋藤 *Solanum wendlandii*

性狀：生性強健，蔓生性，藤莖有刺。**花**：闊漏斗狀，小花聚生於花梗細瘦的叢狀花枝上，夏末和秋季開花，色藍紫。**葉**：主要為常綠性，形狀多變，掌裂或羽裂狀小葉，長橢圓至卵形，色鮮綠。

- 原生地　哥斯大黎加。
- 栽培　宜種植於暖溫室中，以肥沃的土壤或培養土栽培，生長期間應隨時補充水分，此外則少澆為宜。
- 繁殖　春季播種、或夏季實施半硬木插。

☀ ◌
最低溫
10℃
株高
3-6公尺

西番蓮科 Passifloraceae	

卡波百香花「約翰因尼斯」

Passiflora × *caponii* 'John Innes'

性狀：生長勢強，木質藤本，捲鬚性攀緣植物。**花**：低垂的碗狀大花，夏至秋季開花，花色白而略帶紫紅，有具紫色橫紋的白色花絲組成的副花冠。**葉**：常綠三裂掌葉，色鮮綠。

- 原生地　園藝品種。
- 栽培　於溫室中以富含腐殖質的砂質土壤或培養土栽培，生長期間應隨時澆水，此外適量即可。
- 繁殖　春季播種、或夏季實施半硬木插。

☀ ◌
最低溫
7-10℃
株高
8公尺

茄科 Solanaceae	

懸星花藤「格拉斯尼文」

Solanum crispum 'Glasnevin'　🏆

性狀：生長勢強，蔓生性木質藤本。**花**：形似馬鈴薯的小花聚成大花序，夏季開花，色深藍紫，花藥色黃。**葉**：常綠或半常綠，卵至披針形，色鮮綠。

- 原生地　園藝品種。
- 栽培　可耐半遮陰，任何沃土均適合，白堊土亦然。春季為修剪弱枝和雜枝的適期，需配合植株生長過程逐步綁縛藤莖，種植地點應能避風。
- 繁殖　夏季實施半硬木插。

☀ ◌
❄ ❄
株高　可達6公尺

西番蓮科 Passifloraceae	GIANT GRANADILIA

大百香果 *Passiflora quadrangularis*　🏆

性狀：生長勢強，木質藤本，捲鬚性攀緣植物。**花**：花大，夏季開花，花色白、粉紅、紅或淺藍紫，有具白色與深紫色橫紋的波狀花絲組成的副花冠。**葉**：常綠，卵形至披針形，色鮮綠。

- 原生地　熱帶美洲。
- 栽培　宜種植於溫室中，以富含腐殖質的砂質土壤或培養土栽培，生長期間應隨時補充水分，此外則適量澆水即可。
- 繁殖　春季播種或夏季實施半硬木插。

☀ ◌
最低溫
10℃
株高
5-8公尺

| 西番蓮科
Passifloraceae | BLUE PASSION FLOWER,
COMMON PASSION FLOWER |

百香花（西番蓮）*Passiflora caerulea*

性狀：生長勢強，木質藤本，捲鬚性攀緣植物。
花：花大，夏至秋季開花，花色白，有時略帶粉紅色，具有藍或紫色橫紋的花絲。**果實**：橙色大型蛋形果。**葉**：常綠或半常綠，5-7 裂，色暗綠。

• 原生地　巴西南部。

• 栽培　任何中等肥沃的土壤均適用於栽培，需有南或西向牆面遮風。一般來說，西番蓮種植在含氮量不高的土壤中開花最佳，因為氮肥會促進葉片生長，致使花量減少。需對植株提供支撐，春季應疏剪擁擠的枝條並剪短枝條。在冬溫臨界耐寒溫度的地區應保護植株免於乾燥寒風吹襲，並以麻布等覆蓋材料保護植株的地上部和基部，使其安度最寒冷的時期，如此植株的生長情況最佳。本種唯有經歷炎熱的夏季才能結果。

• 繁殖　春季播種、或夏季實施半硬木插。

☼ ◊
❄

株高
10公尺

豆科 Leguminosae	

台灣紫藤 *Wisteria × formosa*

性狀：生長勢強，木質藤本，逆時針纏繞。**花**：小而芳香的蝶形花，聚成長達 25 公分的總狀花序，早夏開花，花色淺紫和淡粉紫。**葉**：落葉性，分裂成 9-15 枚狹卵形小葉，色鮮綠。

- 原生地　園藝品種。
- 栽培　任何肥沃的土壤均適用於栽培，宜種植於溫暖避風處，仲至末夏應修剪葉片濃密的枝條，冬末則將長枝剪短至僅餘 2-3 個芽點。
- 繁殖　夏季壓條。

☀ ◊
❄❄❄

株高　可達25公尺以上

豆科 Leguminosae	CHINESE WISTERIA

紫藤 *Wisteria sinensis* ♈

性狀：生長勢強，木質藤本，逆時針纏繞性。**花**：小而芳香的蝶形花，聚成長 20-30 公分的總狀花序，早夏開花，花色粉紫或淺藍紫。**葉**：落葉性，分裂成 11 枚卵形小葉，色鮮綠。

- 原生地　中國。
- 栽培　任何肥沃的土壤均適用於栽培，宜種植於溫暖避風處，仲夏至晚夏應修剪葉片濃密的枝條，冬末則應將長枝剪短至僅餘2-3個芽點。
- 繁殖　夏季壓條。

☀ ◊
❄❄❄

株高　可達30公尺以上

豆科 Leguminosae	LORD ANSON'S BLUE PEA

明脈香豌豆 *Lathyrus nervosus*

性狀：草質藤本，為捲鬚性攀緣植物。**花**：蝶形花，有香味，聚成花梗很長的總狀花序，夏季開花，花色藍紫。**葉**：分裂成一對卵形至長橢圓形小葉，葉色藍綠。

- 原生地　智利南部叢林地。
- 栽培　種植於生長季常保濕潤的土壤中可耐全日照，宜使用保水力佳、富含腐殖質的肥沃土壤栽培，並以豆莖架或花格架提供支撐。
- 繁殖　秋季播種、或春季實施分株。

☀ ◊
❄❄

株高
1公尺

旋花科 Convolvulaceae	

三色牽牛花「天堂藍」 ♈
Ipomoea tricolor 'Heavenly Blue'

性狀：生長快速，纏繞性一年生植物。**花**：花大，漏斗狀，花瓣柔軟光滑，夏至早秋綻放，花色天藍。**葉**：心形，色翠綠至鮮綠。

- 原生地　園藝品種。
- 栽培　宜種植於溫暖避風處，以富含腐殖質的砂質土壤栽培，需提供支撐，有時需要遮風保護。
- 繁殖　春季以預先浸水的種子播種，太早或氣溫太低時播種常為失敗的原因。

☀ ◊
❄

株高
3公尺

鐵線蓮

鐵線蓮（*Clematis*）這一屬是由常綠或落葉性、主要為纏繞性攀緣植物和多年生草花（未包含於本書中）所組成。

本屬植物以繁花繽紛、花期綿長取勝，一年到頭幾乎都有不同的品種開花。許多品種的生長勢相當旺盛，可以用來覆蓋大片牆壁或美化不美觀的建築物，不過大花品種的生長勢通常較弱。

鐵線蓮最適合種植在基部有遮陰、高處枝枒可接受陽光照射的地點，或土質肥沃、排水良好的遮陰處。栽培品種可於早夏時利用軟木插、半硬木插或壓條法繁殖，原生種則可於秋季播種。

鐵線蓮可根據花期、性狀和修剪需求分成三大群系，葉形特徵描述如下，若葉形不同於其種型，則另於條目中描述說明。

早花性品種，長瓣鐵線蓮、高山鐵線蓮和繡線藤及栽培品種

著花於去年生的成熟枝，花後應立即修剪，促進新枝萌發成熟，以待來年開花。修剪時，側枝應剪短至由主幹起算僅餘 1 或 2 個葉芽，生長過度的植株可耐重度修剪。

長瓣鐵線蓮和高山鐵線蓮的葉色淺綠至翠綠，葉片分裂成 3-5 枚披針形至廣卵形、有鋸齒緣的小葉，繡線藤的形態相似，但葉色翠綠至紫綠。

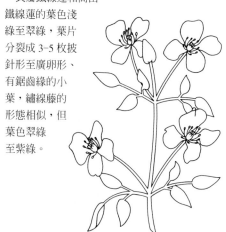

早花性大花品種，如鐵線蓮「妮莉莫瑟」及「總統」品種

早花性大花品種著花於去年生的成熟枝和當季新生枝條，早至晚夏開花，宜利用新枝尚未萌發的冬末時節進行修剪，修剪時應剪除枯枝或傷枝，並將所有的細枝剪短至明顯可見的強壯腋芽上方，這些腋芽將會綻放出第一批花朵。這類品種的葉片呈淺綠至翠綠色，為單葉或三出複葉。

晚花性大花品種、晚花性品種、以及晚花性小花品種，如鐵線蓮「歐奔尼公爵夫人」和「紫星」品種

花開於夏秋兩季，著花於當季生長的新枝上，故應於冬末開始萌芽生長以前實施修剪，將所有去年生的枝條剪短至距離地面 15-30 公分的強壯腋芽上方。

大花品的葉片形似前述的早花性大花種，晚花性大花品種和小花品種的葉片呈淺綠至暗綠、或灰綠色，分裂成 3 枚或 3-5 枚小葉。

繡球藤

性狀：生長勢極強，花量繁多。花：單瓣，直徑5-7公分，春末開花，花色白，花藥色黃。葉：三出複葉，小葉卵形至披針形，淺裂狀，有疏鋸齒緣，色翠綠。

- 栽培　可耐全日照和遮陰，非常適合應用於遮蔽籬笆、圍牆、建築物和攀爬於樹木上。
- 株高　7-12公尺
- 株寬　2-3公尺

繡球藤
C. montana
（早花品種）

☀ ◊ ❋ ❋ ❋

鐵線蓮「亨利氏」

性狀：生長勢強，花量繁多。花：單瓣，直徑12-18公分，花瓣先端銳尖，花色白，花藥褐色。

- 株高　3公尺
- 株寬　1公尺

鐵線蓮「亨利氏」
C. 'Henryi'
（早花性大花品種）

☀ ◊ ❋ ❋ ❋　　🏆

小木通

性狀：生長勢強。花：芳香的平展形單瓣花，直徑約5公分，早春開花，花色白。葉：常綠三出複葉，色光滑暗綠。

- 栽培　植栽於避風的南向或西南向牆邊生長最佳。
- 株高　3-5公尺
- 株寬　2-3公尺

小木通
C. armandii
（早花品種）

☀ ◊ ❋ ❋

鐵線蓮「喬治・傑克曼夫人」

性狀：生長勢普通。花：半重瓣，直徑10公分，早夏開花，早秋可二度綻開單瓣花，花色乳白，花藥淺褐色。

- 株高　2-3公尺
- 株寬　1公尺

鐵線蓮「喬治・傑克曼夫人」*C.* 'Mrs. George Jackman'
（早花性大花品種）

☀ ◊ ❋ ❋

火焰色鐵線蓮

性狀：生長勢強，枝葉濃密。花：平展狀的單瓣花具有杏仁香味，直徑2.5公分，夏至早秋大量綻放，花色乳白。葉：落葉或半常綠性，具3-5枚狹披針形小葉，葉面無光澤，色綠至灰。

- 株高　3-5公尺
- 株寬　2公尺以上

火焰色鐵線蓮
C. flammula
（晚花品種）

☀ ◊ ❋ ❋

鐵線蓮「紫番蓮」

性狀：生長勢弱，藤莖細瘦。花：單瓣，直徑8公分，仲夏至晚夏開花，花色乳白，紫色雄蕊聚成突出的花心。葉：落葉或半常綠性，分裂成卵形至披針形小葉，色光滑暗綠。

- 栽培　宜種植於溫暖而日照充足的避風處。
- 異學名　*C. florida* 'Bicolor'.
- 株高　2-3公尺
- 株寬　1公尺

鐵線蓮「紫番蓮」
C. florida 'Sieboldii'
（晚花性小花品種）

☀ ◊ ❋ ❋ ❋

鐵線蓮「哈汀」

性狀：生長勢極強，通常開花繁盛。花：單瓣，花期仲夏至早秋，花瓣正面呈珍珠白、背面淡紫色，花藥乳白色。

- 栽培　適合用於營造花廊和花亭，種植於全日照下生長最佳。
- 株高　3-4 公尺以上
- 株寬　2 公尺

鐵線蓮「哈汀」
C. 'Huldine'
（晚花性小花品種）

☀ ◊ ❀ ❀ ❀

長瓣鐵線蓮「馬克漢粉紅」

性狀：花量繁多。花：半重瓣，直徑 8 公分，花期春末至早夏，花色淺粉紅。葉：裂葉，小葉卵形至披針形、有鋸齒緣，色翠綠。

- 株高　3.5 公尺
- 株寬　1.5 公尺

長瓣鐵線蓮「馬克漢粉紅」
C. macropetala
'Markham's Pink'
（早花品種）

☀ ◊ ❀ ❀ ❀　　　🏆

鐵線蓮「妮莉·莫瑟」

性狀：生長勢強，花量極多。花：單瓣，直徑 12-18 公分，花色紫桃紅，花藥色紫紅，每枚花瓣中央有一桃紅色條斑。

- 栽培　非常適合應用於東、西、或北向牆面，全日照下花色較淡。
- 株高　3.5 公尺
- 株寬　1 公尺

鐵線蓮「妮莉·莫瑟」
C. 'Nelly Moser'
（早花性大花品種）

☀ ◊ ❀ ❀ ❀　　　🏆

魯賓斯繡球藤

性狀：生長勢極強，花量繁多。花：單瓣，直徑 5 公分，春末開花，花色淺粉紅，花藥黃色。葉：三出複葉，狹長的小葉呈卵形至披針形，葉緣淺裂狀，有疏鋸齒緣，略帶紅褐色。

- 株高　7-12 公尺
- 株寬　2-3 公尺

魯賓斯繡球藤
C. montana var. *rubens*
（早花品種）

☀ ◊ ❀ ❀ ❀　　　🏆

繡線藤「四瓣紅」

性狀：生長勢強，花量繁多。花：單瓣，直徑 7-10 公分，花瓣肥厚，春末開花，花色光滑、深粉紅色。葉：全葉，小葉狹長，卵形至披針形，葉緣淺裂狀，有疏鋸齒緣，略帶紅褐色。

- 株高　7-8 公尺
- 株寬　2-3 公尺

繡線藤「四瓣紅」
C. montana 'Tetrarose'
（早花品種）

☀ ◊ ❀ ❀ ❀　　　🏆

鐵線蓮「哈格利雜交種」

性狀：生長勢強，花量極多。花：單瓣，直徑 8-10 公分，花瓣船形，夏至早秋開花，花瓣紫桃紅色，花藥紅色。

- 栽培　宜種植於避免日光直射處。
- 株高　2.5 公尺
- 株寬　1 公尺

鐵線蓮「哈格利雜交種」
C. 'Hargley Hybrid'
（晚花性大花品種）

☀ ◊ ❀ ❀ ❀

鐵線蓮「林肯之星」

性狀：生長勢普通。花：單瓣，直徑 10-12 公分，早夏開花，入秋可二度開花，花瓣呈鮮豔的深粉紅色，後期花朵顏色較淺。

- 株高　2-3 公尺
- 株寬　1 公尺

鐵線蓮「林肯之星」
C. 'Lincoln Star'
（早花性大花品種）

☀ ◊ ❀ ❀ ❀

鐵線蓮「歐奔尼公爵夫人」

性狀：生長勢強，花量極多。花：小型單瓣花，花朵直立，形似鬱金香，長6公分，夏至早秋開花，花呈柔和的粉紅色，花藥褐色，每一花瓣內側均有一深粉紅色條斑。

- 株高　2.5 公尺
- 株寬　1 公尺

鐵線蓮「歐奔尼公爵夫人」
C. 'Duchess of Albany'
（晚花性小花品種）

☼ ◊ ❀ ❀ ❀　　❦

鐵線蓮「燦花」

性狀：生長勢強。花：平展狀單瓣花，直徑 2 公分，夏至早秋開花，花色粉玫瑰紅，花瓣具細緻的瓣脈，花藥色黃。葉：全裂，狹長的小葉呈披針形至廣卵形，色鮮綠。

- 株高　2-3 公尺
- 株寬　1 公尺

鐵線蓮「燦花」
C. 'Abundance'
（晚花性小花品種）

☼ ◊ ❀ ❀ ❀

葡萄胞鐵線蓮「妖紫」

性狀：生長勢強。花：完全重瓣，直徑可達 6 公分，花瓣緊密簇生，花色紫紅，外側花瓣有時呈綠色。葉：全裂，小葉廣卵形，色翠綠。

- 株高　3-4 公尺
- 株寬　1.5 公尺

葡萄胞鐵線蓮「妖紫」
C. viticella
'Purpurea Plena Elegans'
（晚花性小花品種）

☼ ◊ ❀ ❀ ❀　　❦

鐵線蓮「里昂」

性狀：生長勢極強。花：單瓣，直徑 10-13 公分，花瓣圓形，呈鮮豔的洋紅色，瓣緣顏色較深，花藥黃色。

- 栽培　全日照或半遮陰下均可生長良好。
- 株高　3-4 公尺以上
- 株寬　1 公尺

鐵線蓮「里昂」
C. 'Ville de Lyon'
（晚花性大花品種）

☼ ◊ ❀ ❀ ❀

鐵線蓮「海神」

性狀：生長勢普通。花：重瓣，直徑 10-12 公分，早夏開花，晚夏可二度開單瓣花，花色深紫紅，中心略帶深粉紅色雜斑。

- 栽培　本種在半遮陰環境生長最佳，雖可充分耐寒，但若芽在嚴冬酷寒下枯萎，來年將僅能開出單瓣花。
- 株高　2.5-3 公尺
- 株寬　1 公尺

鐵線蓮「海神」
C. 'Proteus'
（早花性大花品種）

◐ ◊ ❀ ❀ ❀

鐵線蓮「可瑞芬夫人」

性狀：生長勢極強，花量繁多。花：平展狀，單瓣花，直徑可達 5-7 公分，花瓣扭曲，於仲夏至早秋開花，花呈酒紅色，花藥呈乳白色。葉：全裂，具葉脈明顯的淺裂狀小葉，葉色翠綠。

- 株高　2.5-3.5 公尺
- 株寬　1 公尺

鐵線蓮「可瑞芬夫人」
C. 'Mme Julia Correvon'
（晚花性小花品種）

☼ ◊ ❀ ❀ ❀　　❦

鐵線蓮
「格拉維提美人」
性狀：生長勢強，灌木狀，花量繁多。**花**：小型，單瓣花，形似鬱金香，具有細長的花瓣，盛放時直徑可達 8 公分，花色深櫻桃紅。
- 栽培　半遮陰或全日照下均可生長良好。
- 株高　2.5 公尺
- 株寬　1 公尺

鐵線蓮「格拉維提美人」
C. 'Gravetye Beauty'
（晚花性小花品種）

☀ ◊ ❀❀❀

鐵線蓮「印度之星」
性狀：生長勢強，花量極多。**花**：單瓣，直徑 8-10 公分，開放後會由深紫紅色漸退為藍紫色，每枚寬闊的花瓣中央均有一道深洋紅色的條斑，花藥淺褐色。
- 株高　3 公尺
- 株寬　1 公尺

鐵線蓮「印度之星」
C. 'Star of India'
（晚花性大花品種）

☀ ◊ ❀❀❀　　♛

鐵線蓮
「爾尼斯特・馬克漢」
性狀：生長勢強。**花**：單瓣，直徑10公分，花瓣尖端鈍，花色豔紫紅，花藥巧克力色。
- 栽培　全日照下可生長良好。
- 株高　3-4 公尺
- 株寬　1 公尺

鐵線蓮「爾尼斯特・馬克漢」*C.* 'Ernest Markham'
（晚花性大花品種）

◐ ◊ ❀❀❀

鐵線蓮「總統」
性狀：生長勢強，花量繁多。**花**：單瓣花略呈杯狀，直徑可達18公分，早夏至早秋開花，花朵正面呈豔紫色，背面銀色，花藥紅色。
- 株高　2-3 公尺
- 株寬　1 公尺

鐵線蓮「總統」
C. 'The President'
（早花性大花品種）

☀ ◊ ❀❀❀　　♛

鐵線蓮
「洛夫萊斯公爵夫人」
性狀：生長勢弱。**花**：重瓣，直徑10公分，花瓣先端銳尖，早夏開花，夏末可二度綻放單瓣花，花色淺藍紫，花藥乳白色。
- 栽培　若頂芽因嚴冬酷寒而枯萎，則次年僅能開出單瓣花。
- 株高　2.5 公尺
- 株寬　1 公尺

鐵線蓮「洛夫萊斯公爵夫人」
C. 'Countess of Lovelace'
（早花性大花品種）

◐ ◊ ❀❀❀

鐵線蓮
「理查・潘奈爾」
性狀：生長勢普通。**花**：單瓣，直徑 12-15 公分，春末至仲夏開花，花色豔藍紫，花藥金黃色。
- 株高　2-3 公尺
- 株寬　1 公尺

鐵線蓮「理查・潘奈爾」
C. 'Richard Pennell'
（早花性大花品種）

☀ ◊ ❀❀❀　　♛

鐵線蓮「阿斯科特」
性狀：生長勢強，花量極多。**花**：單瓣，直徑 9-12 公分，花瓣先端銳尖，花呈豔藍紫色，花藥綠褐色。
- 株高　3-4 公尺
- 株寬　1 公尺

鐵線蓮「阿斯科特」
C. 'Ascotiensis'
（晚花性大花品種）

☀ ◊ ❀❀❀　　♛

鐵線蓮
「愛爾莎・史巴斯」
性狀：生長勢普通。**花**：單瓣，直徑 15-20 公分，花瓣重疊，全夏開花不斷，花呈藍紫色，每枚花瓣中央有一道較深色的條斑，花藥紫褐色。
- 株高　2-3 公尺
- 株寬　1 公尺

鐵線蓮「愛爾莎・史巴斯」
C. 'Elsa Spath'
（早花性大花品種）

☀ ◊ ❀❀❀

鐵線蓮「楊氏」

性狀：株形密實飽滿。
花：單瓣，直徑10公分，
早夏開花，有時可秋季二
度開花，花色藍紫，花藥
乳白色。
- 栽培　適合做為盆栽或
　用於天井花園。
- 株高　2.5 公尺
- 株寬　1 公尺

鐵線蓮「楊氏」
C. 'H. F. Young'
（早花性大花品種）

☼ ◊ ❀❀❀　　🏆

鐵線蓮「傑克曼」

性狀：生長勢強，花量極
多。**花**：單瓣，直徑8-10
公分以上，花瓣柔滑，仲
至晚夏開花，花色藍深
紫，花藥淺褐色。
- 栽培　全日照或遮陰下
　均可生長良好。
- 株高　3-4 公尺
- 株寬　1 公尺

鐵線蓮「傑克曼」
C. 'Jackmanii'
（晚花性大花品種）

☼ ◊ ❀❀❀　　🏆

鐵線蓮「沃塞斯特佳人」

性狀：生長勢較較於同群
系的品種衰弱。**花**：重
瓣，直徑10公分，早夏開
花，夏末可二度綻放單瓣
花，花色綻藍紫，花藥乳
白色。
- 栽培　頂芽枯死後只能
　開出單瓣花。
- 株高　2.5-3 公尺
- 株寬　1 公尺

鐵線蓮「沃塞斯特佳人」
C. 'Beauty of Worcester'
（早花性大花品種）

☼ ◊ ❀❀❀

鐵線蓮「紫星」

性狀：生長勢極強，花量
繁多。**花**：平展狀，單瓣
花，直徑可達 4-6 公分，
於仲至晚夏開花，花色豔
藍紫。**葉**：全裂，具有細
長的披針形至廣卵形小
葉，色綠。
- 株高　3-4 公尺
- 株寬　1.5 公尺

鐵線蓮「紫星」
C. 'Etoile Violette'
（晚花性小花品種）

☼ ◊ ❀❀❀　　🏆

鐵線蓮「拉瑟斯登」

性狀：生長勢強。**花**：單
瓣，直徑 15-20 公分，花
瓣重疊、具波緣，花色粉
藍紫，花藥乳白色。
- 株高　2-3 公尺
- 株寬　1 公尺

鐵線蓮「拉瑟斯登」
C. 'Lasurstern'
（早花性大花品種）

☼ ◊ ❀❀❀　　🏆

鐵線蓮「威廉・肯奈特」

性狀：生長勢強，花量繁
多。**花**：單瓣花，直徑
10-12公分以上，在夏季
開花，花色粉藍紫，花瓣
中央具有一道逐漸褪色的
深色條斑。
- 株高　2-3 公尺
- 株寬　1 公尺

鐵線蓮「威廉・肯奈特」
C. 'William Kennett'
（早花性大花品種）

☼ ◊ ❀❀❀

鐵線蓮「薇薇安・潘奈爾」

性狀：生長勢強。花：重瓣，直徑可達15公分以上，夏季開花，花色深藍紫，花心略帶紫色和紅色雜斑，秋季可二度綻放藍紫色單瓣花。

- 栽培　若頂芽枯死則僅能開出單瓣花。
- 株高　可達 3.5 公尺
- 株寬　1 公尺

鐵線蓮「薇薇安・潘奈爾」
C. 'Vyvyan Pennell'
（早花性大花品種）

☼ ◊ ✽✽✽　♛

高山鐵線蓮「法蘭西斯・瑞維斯」

性狀：生長勢強。花：燈籠形單瓣花，長 7 公分，花瓣略捲曲，花色粉藍。葉：全裂，具 9 枚卵形至披針形、有齒緣的小葉，色淺綠。

- 異學名　*C. a.* 'Blue Giant'.
- 株高　2–3 公尺
- 株寬　1.5 公尺

高山鐵線蓮「法蘭西斯・瑞維斯」*C. alpina* 'Frances Rivis'（早花品種）

☼ ◊ ✽✽✽　♛

鐵線蓮「藍珍珠」

性狀：生長勢強，花量繁多。花：單瓣，直徑 10–15 公分，瓣尖反捲，夏季開花，花瓣天藍色，花藥淺黃綠色。

- 栽培　全日照或半遮陰下均可生長良好。
- 株高　3–4 公尺
- 株寬　1 公尺

鐵線蓮「藍珍珠」
C. 'Perle d'Azur'
（晚花性大花品種）

☼ ◊ ✽✽✽　♛

長瓣鐵線蓮

性狀：枝葉稀疏，花量繁多。花：半重瓣，長 5 公分，春末和夏季開花，花色淡藍紫，花心顏色較淡。葉：全裂，小葉卵形至披針形，葉緣淺裂狀、有鋸齒，色鮮綠。

- 株高　可達 3 公尺
- 株寬　1.5 公尺

長瓣鐵線蓮
C. macropetala
（早花品種）

☼ ◊ ✽✽✽

長花鐵線蓮

性狀：生長勢極強。花：芳香的筒型單瓣花，長 1–2 公分，疏聚成直立花序，夏末秋初開花，花色淺黃。葉：全裂，具 7–9 枚粗糙、有齒緣的小葉，色淺綠。

- 株高　6–7 公尺
- 株寬　2–3 公尺

長花鐵線蓮
C. rehderiana
（晚花品種）

☼ ◊ ✽✽✽　♛

捲鬚鐵線蓮

性狀：生長勢強。花：鐘形，直徑 3 公分，冬末春初開花，花色乳黃，有時內側有紅色斑點。葉：常綠單葉或三出複葉，色光滑暗綠，入冬後有時略帶紫色。

- 株高　3–4 公尺以上
- 株寬　2–3 公尺

捲鬚鐵線蓮
C. cirrhosa
（早花品種）

☼ ◊ ✽✽

唐古特鐵線蓮

性狀：生長勢強，枝葉濃密。花：燈籠形單瓣花，長可達 5 公分，花瓣肉質、柔軟光滑，夏季和早秋開花，花色金黃。葉：全裂，小葉卵形至披針形，葉緣淺裂狀，色綠。

- 栽培　喜遮蔽圍牆、樹木和日照充足的河岸。
- 株高　5–6 公尺
- 株寬　2–3 公尺

唐古特鐵線蓮
C. tangutica
（晚花品種）

☼ ◊ ✽✽✽

鐵線蓮「比爾・馬堪奇」

性狀：生長勢極強。花：燈籠形單瓣花，略低垂，直徑7 公分，花瓣肉質、柔軟光滑，瓣尖反捲，夏末開花，花色黃。葉：全裂，小葉平滑，色綠。

- 株高　7 公尺
- 株寬　3–4 公尺

鐵線蓮「比爾・馬堪奇」
C. 'Bill Mackenzie'
（晚花性小花品種）

☼ ◊ ✽✽✽

藍雪科 Plumbaginaceae	CAPE LEADWORT

藍雪花　*Plumbago auriculata*

性狀：生長勢強，木質藤本，蔓生性。**花**：筒型小花具開展裂瓣，聚成圓錐花序，夏至冬初開花，色天藍。**葉**：常綠，長橢圓形至匙形，色綠。

- 原生地　非洲南部。
- 栽培　宜種植於溫室中，以肥份極高而富含腐殖質的土壤或培養土栽培，生長期間應隨時澆水施肥，冬季則少澆為宜，需提供保護與支撐。
- 繁殖　夏季實施半硬木插。
- 異學名　*P. capensis.*

☀ ◌

最低溫
5–7℃

株高
3–6公尺

蘿藦科 Asclepiadaceae	

尖瓣花　*Tweedia caerulea*

性狀：草質藤本，纏繞性。**花**：花瓣肉質，夏至早秋成簇綻放，初開時呈天藍色，盛開轉為紫色，花梗有白色細毛。**葉**：長橢圓至心形，呈柔和綠色。

- 原生地　巴西南部和烏拉圭。
- 栽培　宜種植於溫室中，或採露地栽培當作一年生草花，任何中等肥沃的土壤均適用於栽培，幼株可實施摘心以促進分枝。
- 繁殖　春季播種。
- 異學名　*Oxypetalum caeruleum.*

☀ ◌

最低溫
5℃

株高　可
達1公尺
以上

忍冬科 Caprifoliaceae	HONEYSUCKLE

美國忍冬　*Lonicera × americana*

性狀：木質藤本，纏繞至蔓生性，花期不定。**花**：具濃香的大型喇叭狀花，多數輪生於枝條末端，夏季開花，花呈柔和的膚色，略帶紫紅色雜斑。**葉**：落葉性卵形葉，色濃綠。

- 原生地　東歐與南歐。
- 栽培　植株可耐全日照，偏好根部有遮陰的環境，任何肥沃而排水良好的土壤均適用於栽培，需對植株提供支撐。
- 繁殖　夏季實施半硬木插、或秋末實施硬木插。

☀ ◌
❀❀❀

株高　可
達7公尺

忍冬科 Caprifoliaceae	JAPANESE HONEYSUCKLE

忍冬「哈利安娜」
Lonicera japonica 'Halliana'

性狀：木質藤本，纏繞性藤莖被軟毛。**花**：細緻柔美的筒型花，香氣極濃郁，夏至秋季開花，花色白，老化後轉為淺黃色。**葉**：常綠或半常綠，長橢圓形卵形，葉緣有時呈淺裂狀，色鮮綠。

- 原生地　園藝品種，分布於中日韓的疏木林。
- 栽培　偏好根部有遮陰的環境，任何肥沃而排水良好的土壤均適用於栽培，需對植株提供支撐。
- 繁殖　夏季實施半硬木插、或秋末實施硬木插。

☀ ◌
❀❀❀

株高　可
達10公尺

忍冬科 Caprifoliaceae	COMMON HONEY- SUCKLE, WOODBINE

歐洲忍冬「葛拉漢・湯瑪斯」 ♈

Lonicera periclymenum 'Graham Thomas'

性狀：木質藤本，纏繞性，花期不定。花：具濃香的大型喇叭狀花，花朵多數輪生排列，夏季開花，花色白，老化後轉為黃色。葉：落葉性，卵形至長橢圓形，色濃綠。

- 原生地　英國忍冬的天然變種。
- 栽培　全日照下可生長良好，但偏好根部有遮陰的環境，宜使用肥沃而富含腐殖質的土壤栽培。
- 繁殖　夏季實施半硬木插、或秋末實施硬木插。

☀ ◊
❄ ❄ ❄

株高　可達 4 公尺

金蓮花科 Tropaeolaceae	CANARY CREEPER

金絲雀金蓮花 *Tropaeolum peregrinum*

性狀：草質藤本，葉柄纏繞性攀緣植物。花：花小，2 枚上瓣大而有鬚邊，夏季至初霜降臨前盛開，花色鮮黃。葉：具 5 枚深裂片，色淺灰綠。

- 原生地　秘魯及厄瓜多爾山地森林。
- 栽培　在冷涼地區宜當作一年生草花應用，任何不太肥沃的土壤均適用於栽培，種植地點應溫暖避風，需有豆莖架或細棒加以支撐。
- 繁殖　春季播種。
- 異學名　*T. canariense.*

☀ ◊
❄

株高　可達 2 公尺

葫蘆科 Cucurbitaceae	

赤瓟 *Thladiantha dubia*

性狀：生長快速的捲鬚性攀緣植物。花：醒目的鐘形花，夏季開花，花色鮮黃。葉：落葉或常綠性，卵形至心形，色翠綠，葉背有軟毛。

- 原生地　韓國和中國東北的密灌叢、叢林及疏木林。
- 栽培　宜使用肥沃而排水良好的土壤栽培，並種植於溫暖而日照充足的避風地點，需對植株提供支撐。
- 繁殖　早春播種或分株繁殖。

☀ ◊
❄ ❄

株高
3 公尺

夾竹桃科 Apocynaceae	

軟枝黃蟬「韓德森」
Allamanda cathartica 'Hendersonii'

性狀：生長勢強，木質藤本，蔓生性。**花**：大型喇叭狀花，花瓣蠟質、肥厚，夏至秋季開花，花色鮮黃，略帶紅褐色，花喉有白色斑點。**葉**：披針形常綠葉，革質，輪生排列，色光滑翠綠。

• **原生地**　原生種分布於熱帶南美洲山谷森林。
• **栽培**　宜種植於溫室中，以混入粗砂、肥沃而富含腐殖質的中至酸性土壤或培養土栽培。炎夏時節應提供半遮陰，以免葉片灼傷枯黃，生長期間

應隨時補充水分，此外少澆為宜，冬季則應保持幾近乾燥。植株需加以綁縛支撐，春季應將前一季長出的枝條剪短至僅餘 1-2 個芽點。
• **繁殖**　春或夏季實施軟木插。

☀ ◊

最低溫
13-15 ℃

株高　可
達 5 公尺

金虎尾科 Malpighiaceae	GOLDEN VINE

纖毛胡姬蔓 *Stigmaphyllon ciliatum*

性狀：生長快速，木質藤本，纏繞性。**花**：小型爪狀花，具 5 枚大小不一皺瓣，春至夏季成簇綻放，色鮮黃。**葉**：心形常綠葉，有鬚邊，色淺綠。

- 原生地　貝里斯至烏拉圭一帶。
- 栽培　宜種植於溫室中，以排水性佳的沃土或培養土栽培，種植地點平時應採光良好，豔陽高照時需遮陰。生長期間應隨時澆水，低溫時應少澆水，細枝可於春季進行疏枝修剪，需提供支撐。
- 繁殖　夏季實施半硬木插。

☼ ◦
最低溫
10-13℃
株高
5 公尺以上

爵床科 Acanthaceae	BLACK-EYED SUSAN

黑眼鄧伯花 *Thunbergia alata*

性狀：生長快速的纏繞性攀緣植物。**花**：小型短筒花，具有圓形平展的裂瓣，早夏至早秋開花，花色乳黃至橙，花心深褐色，花色由淺至深、變化繁多。**葉**：有齒緣，卵狀橢圓形至心形，色翠綠。

- 原生地　熱帶非洲。
- 栽培　本種常被當作一年生草花，但在涼溫室中可培育成漂亮的攀緣植物。
- 繁殖　春季播種。

☼ ◦
❄
株高
3 公尺

紫葳科 Bignoniaceae	ANIKAB

貓爪藤 *Macfadyena unguis-cati*

性狀：生長快速，木質藤本，捲鬚性攀緣植物。**花**：大型筒花，長可達10公分，春末或早夏開花，花色黃，花喉有橙色條斑。**葉**：常綠，分裂成 2 枚狹卵形小葉，具爪狀捲鬚，色綠。

- 原生地　墨西哥至阿根廷一帶。
- 栽培　宜種植於涼溫室中，以肥沃土壤或培養土栽培，生長期間應隨時補充水分，需提供支撐。
- 繁殖　夏季實施半硬木插。
- 異學名　*Doxantha unguis-cati.*

☼ ◦
最低溫
5℃
株高
8-10 公尺

百合科 Liliaceae	

黃嘉蘭 *Littonia modesta*

性狀：有塊根，捲鬚性多年生攀緣植物。**花**：懸垂狀鐘形花，夏季開花，花色金橙。**葉**：落葉性，線形至卵狀披針形，色翠綠。

- 原生地　非洲南部。
- 栽培　宜種植於溫室中，以添加粗砂、肥沃而富含腐殖質的土壤栽培。每二週應施肥一次，生長期間應隨時補充水分，需對植株提供支撐，冬季應將塊根掘起，貯存於乾燥無霜雪之處。
- 繁殖　春季播種或分株繁殖。

☼ ◦
最低溫
8℃
株高
2.5 公尺

百合科 Liliaceae	CHINESE-LANTERN LILY, CHRISTMAS BELLS

宮燈百合 *Sandersonia aurantiaca*

性狀：有塊根，枝條纖細，捲鬚性多年生攀緣植物。**花**：懸垂狀燈籠形花，花梗長，夏季開花，花呈柔和的橙色。**葉**：落葉性，數量稀少，披針形，色鮮綠。

- 原生地　非洲南部的破空灌叢草原。
- 栽培　宜種植於溫室中，以添加粗砂、肥沃而富含腐殖質的土壤栽培，每二週應施肥一次，生長期間應隨時補充水分。
- 繁殖　春季播種或分株繁殖。

☼ ◊

最低溫
8 ℃

株高
60公分

金蓮花科 Tropaeolaceae	

線紋球根金蓮花「肯恩・阿斯利特」

Tropaeolum tuberosum var. *lineamaculatum*
'Ken Aslet'

性狀：有塊莖的草本攀緣植物。**花**：花梗長、有花距的筒型花，仲夏至秋季開花，花色黃，萼片橙紅色。**葉**：3-5 裂，葉柄長，色灰綠。

- 原生地　園藝品種。
- 栽培　日照充足的溫暖避風處以排水性佳的輕質土壤栽培，需提供支撐，冬季應塊莖掘起貯存。
- 繁殖　春季取基部莖條扦插或以塊莖切塊繁殖。

☼ ◊
❋

株高　可
達 2.5 公尺

百合科 Liliaceae	

卡達斯抱麻 *Bomarea caldasii*　♈

性狀：草質藤本，有塊根，纏繞性。**花**：筒型至漏斗狀花，5-40 朵聚成圓形花序，夏季開花，花色橙紅，內側有洋紅色斑點。**葉**：長橢圓形至披針形，葉面平滑，色翠綠。

- 原生地　南美洲北部地區。
- 栽培　喜砂質沃土，生長期應隨時澆水，葉轉黃時，應將花後老枝剪至齊地，並防霜雪侵襲。
- 繁殖　早春播種或分株繁殖。
- 異學名　*B. kalbreyeri* of gardens.

☼ ◊
❋

株高
3-4 公尺

紫葳科 Bignoniaceae	CROSS VINE, TRUMPET FLOWER

吊鐘藤 *Bignonia capreolata*

性狀：生長勢強，葉鬚性攀緣植物。**花**：漏斗狀，夏季由葉腋成簇開出，花呈略帶紅的橙色。**果實**：秋季可結莢果。**葉**：常綠或半常綠，分裂成 2 枚狹橢圓形小葉，色暗綠。

- 原生地　美國東南部。
- 栽培　宜使用肥沃的土壤栽培，種植於溫暖而日照充足的避風處，必要時可實施春季修剪。
- 繁殖　夏秋採莖條扦插、或冬季壓條繁殖。
- 異學名　*Doxantha capreolata*.

☼ ◊
❋ ❋

株高　10
公尺以上

紫葳科 Bignoniaceae	

智利懸果 *Eccremocarpus scaber* ♈

性狀：亞灌木狀，捲鬚性攀緣植物。**花**：筒型花聚成總狀花序，全夏開花不斷，花色橙紅。**果實**：膨大莢果，長可達 3.5 公分。**葉**：分裂成有齒緣的心形小葉，色翠綠。

- 原生地　智利安地斯高原。
- 栽培　常被當作一年生草花，宜種植於溫暖、日照充足的避風處，並以肥沃而且排水迅速的土壤栽培。
- 繁殖　春季播種。

☼ ◊
❄

株高
2–3 公尺

菊科 Compositae	MEXICAN FLAME VINE

火焰藤 *Pseudogynoxys chenopodioides*

性狀：木質藤本，纏繞性。**花**：形似雛菊，成簇綻放，花期主要在夏季，初開時為橙黃色，老化後轉橙紅色。**葉**：狹卵形常綠葉，有齒緣，色淺綠。

- 原生地　哥倫比亞。
- 栽培　宜種植於溫室中，以肥沃而排水迅速的土壤或培養土栽培，生長期間應適量澆水，此外則少澆為宜。
- 繁殖　夏季實施半硬木插。
- 異學名　*Senecio confusus*.

☼ ◊

最低溫
7–10 ℃

株高 可
達 3 公尺

忍冬科 Caprifoliaceae	

紅金忍冬 *Lonicera* × *tellmanniana* ♈

性狀：木質藤本，纏繞性。**花**：大而柔美的筒花，呈鮮豔的橙褐色，花苞略帶紅色，春末和夏季成簇盛放。**葉**：落葉性，卵形至長橢圓形，葉面色深綠、葉背色白。

- 原生地　園藝品種。
- 栽培　植株可耐全日照，但種植於遮陰或半遮陰環境開花最盛，任何肥沃而排水性佳的土壤均適用於栽培，種植地點應能避風。
- 繁殖　夏季實施半硬木插、或秋季實施硬木插。

☼ ◊
❄❄

株高 可
達 5 公尺

爵床科 Acanthaceae	

格巧鄧伯花 *Thunbergia gregorii*

性狀：木質藤本，纏繞性。**花**：筒型，具外展的裂瓣，夏季開花，花呈耀眼的鮮橙色。**葉**：三角形至卵形，有齒緣，具翼狀葉柄，色鮮綠。

- 原生地　熱帶非洲。
- 栽培　本種常被當作一年生草花，任何中等肥沃的土壤均適合栽培，宜種植於溫暖而日照充足的避風處，需對植株提供支撐。若栽培於玻璃溫室中，生長期間應隨時澆水，冬季則應保持乾燥。
- 繁殖　春季播種。

☀ ◊

最低溫
10℃

株高　可
達3公尺

菊科 Compositae	

蔓性帚菊木 *Mutisia decurrens*

性狀：灌木狀，捲鬚性攀緣植物。**花**：大而形似雛菊，夏季開花，花色豔橙紅。**葉**：常綠，狹長橢圓形，色灰綠。

- 原生地　智利與阿根廷安地斯山山麓丘陵林地。
- 栽培　任何排水性佳的沃土均適合栽培，宜種植於溫暖而日照充足的避風處，並使根部位於遮陰下，春季為疏剪擁擠枝的適期，使植株不易定根。
- 繁殖　春季播種、夏季採莖條扦插、或秋季實施壓條。

☀ ◊
❄❄

株高　可
達3公尺

蓼科 Polygonaceae	MILE-A-MINUTE PLANT, RUSSIAN VINE

俄羅斯藤 *Fallopia baldschuanica*　♔

性狀：生長勢強，木質藤本，纏繞性，生長極旺盛。**花**：細小，聚成懸垂的花序，夏秋開花，花色白裡透紅。**葉**：落葉性卵形葉，色翠綠。

- 原生地　伊朗和烏茲別克斯坦。
- 栽培　植株可耐乾旱土壤和半遮陰，但生長在全日照下開花最盛，土質不拘，唯氮肥不宜過重，因為氮肥會促進葉片生長，導致花量稀少。
- 繁殖　夏季實施半硬木插。
- 異學名　*Polygonum baldschuanicum.*

☀ ◊
❄❄❄

株高
12公尺

紫葳科 Bignoniaceae	

達鈴凌霄花「蓋倫夫人」 ▽

Campsis × *tagliabuana* 'Madame Galen'

性狀：木質藤本，氣生根性攀緣植物。**花**：喇叭狀花聚成下垂的花序，夏末至秋季開花，花色暗粉橘。**葉**：落葉性，分裂成 7 枚以上有齒緣的狹卵形小葉，色暗綠。

- 原生地　園藝品種
- 栽培　宜種植於溫暖而日照充足的避風處，使用肥沃的土壤栽培，冬末春初為疏枝修剪壓期。
- 繁殖　夏季實施半硬木插、或冬季實施壓條。

☼ ◊
❄❄

株高　可
達 10 公尺

西番蓮科 Passifloraceae	RED PASSION FLOWER

紅花百香花　*Passiflora manicata*

性狀：生長勢強，木質藤本，捲鬚性攀緣植物。**花**：花大，瓣狹長，夏秋開花，色深緋紅，絲狀副花冠色白具紫色橫紋。**葉**：常綠三裂葉，色鮮綠。

- 原生地　南美洲。
- 栽培　宜種植於溫室中，以富含腐殖質的砂質土壤或培養土栽培，生長期間應隨時補充水分，此外適量澆水即可，需設置鐵絲網或花格架提供支撐，春季為疏剪擁擠枝的適期。
- 繁殖　春季播種或於夏季半硬木插。

☼ ◊

最低溫
7℃

株高
3–5 公尺

葡萄科 Vitaceae	MINIATURE JAPANESE IVY

爬牆虎「羅氏」

Parthenocissus tricuspidata 'Lowii'

性狀：生長勢強，木質藤本，捲鬚末端具有吸盤的攀緣植物。**花**：細小不顯眼，花色黃綠。**葉**：落葉性，具深缺刻，有 3–7 枚略捲皺的裂片，色暗綠，入秋轉深紅。

- 原生地　園藝品種。
- 栽培　任何肥沃、富含腐殖質的土壤均適用於栽培，可種植於全日照或半遮陰處。
- 繁殖　夏季軟木插或綠木插、或早春硬木插。

☼ ◊
❄❄❄

株高　可
達 20 公尺

葡萄科 Vitaceae	VIRGINIA CREEPER

五葉爬牆虎　*Parthenocissus quinquefolia* ▽

性狀：生長勢強，木質藤本，捲鬚具吸盤的攀緣植物。**花**：細小，色黃綠。**葉**：落葉性，具 5 枚卵形有齒緣的小葉，色暗綠，入秋轉為燦爛深紅色。

- 原生地　美國東岸地區。
- 栽培　任何肥沃的土壤均適用於栽培，非常適合應用於北向或東向牆面。
- 繁殖　夏季實施軟木插或綠木插、或早春實施硬木插。
- 異學名　*Vitis quinquefolia.*

☼ ◊
❄❄❄

株高　可
達 15 公尺
以上

葡萄科
Vitaceae

BOSTON IVY, JAPANESE IVY

爬牆虎 *Parthenocissus tricuspidata*

性狀：生長勢強，木質藤本，捲鬚末端具吸盤的攀緣植物。**花**：細小不顯眼，花色黃綠。**果實**：形似漿果的小果實，色暗藍、被果粉。**葉**：落葉性，葉形多變，有時呈廣卵形，有時分裂成圓邊三角形裂片，色綠，入秋轉為燦爛的深紅和緋紅色。

- 原生地　中國及日本重濕森林地。
- 栽培　任何肥沃而富含腐殖質的土壤均適用於栽培，宜種植於遮陰或半遮陰環境中，非常適合應用於覆蓋大面積的北向或東向牆面或景觀欠佳的建築物。每年秋季應執行年度修剪，使枝條分布於限定範圍、並避開屋簷和排水溝，定植初期須提供支撐，直到吸盤發育完成為止。
- 繁殖　夏季實施軟木插或綠木插、或早春實施硬木插。
- 異學名　*Ampelopsis tricuspidata.*

株高　可
達20公尺

葡萄科 Vitaceae	CRIMSON GLORY VINE

紫葛葡萄 *Vitis coignetiae* ♈

性狀：生長勢強，木質藤本，捲鬚性攀緣植物。
花：細小不明顯，色淺綠。**果實**：細小的黑葡萄。
葉：落葉性，3-5 裂，裂片呈圓邊三角形，有齒緣，葉色暗綠，葉背被褐色軟毛，入秋轉為鮮豔的深紅色。

- 原生地　日本、韓國及庫頁島。
- 栽培　宜使用排水良好的中至鹼性土壤栽培，種植於不甚肥沃的土壤中秋色最美。
- 繁殖　秋末實施硬木插。

☀ ◌
❀ ❀ ❀

株高 25
公尺以上

葡萄科 Vitaceae	TEINTURIER GRAPE

歐洲葡萄「紫葉」 ♈
Vitis vinifera 'Purpurea'

性狀：木質藤本，捲鬚性攀緣植物。**花**：細小，夏季開花，花色淺綠。**果實**：綠或黑色小葡萄。**葉**：落葉性，3-5 裂，具白色絨毛，成熟時變成深紫紅色，老化後轉為紫色。

- 原生地　園藝品種。
- 栽培　宜使用排水良好的中至鹼性土壤栽培，種植於不甚肥沃的土壤中秋色最美。
- 繁殖　秋末實施硬木插。

☀ ◌
❀ ❀ ❀

株高 可
達 7 公尺

葡萄科 Vitaceae	

湯姆森烏蘞莓 *Cayratia thomsonii*

性狀：枝條纖細，木質藤本，捲鬚性攀緣植物。
花：細小不明顯。**果實**：黑色球形小果實，形似漿果，秋季結實。**葉**：落葉性，全裂為 5 枚卵形小葉，色光滑暗綠，秋季轉為紫褐色。

- 原生地　中國中、西部森林。
- 栽培　任何肥沃、富含腐殖質的土壤均適用於栽培，非常適合應用於北向牆面。
- 繁殖　夏季實施軟木插或綠木插。
- 異學名　*Parthenocissus thomsonii.*

☀ ◌
❀ ❀

株高 可
達 10 公尺

葡萄科 Vitaceae	JAPANESE IVY

爬牆虎「維奇氏」
Parthenocissus tricuspidata 'Veitchii'

性狀：生長勢強，木質藤本，捲鬚具吸盤的攀緣植物。**花**：細小，花色黃綠。**果實**：形似漿果的小果實，色深藍、被果粉。**葉**：落葉性，全緣卵形葉或三裂葉，新葉色紫，入秋轉為鮮豔的紫紅色。

- 原生地　園藝品種。
- 栽培　任何肥沃而富含腐殖質的土壤均適用於栽培，全日照或半遮陰環境均能適應。
- 繁殖　夏季實施軟木插、或早春實施硬木插。

☀ ◌
❀ ❀ ❀

株高 可
達 20 公尺

葡萄科 Vitaceae	

東北蛇葡萄

Ampelopsis glandulosa var. *brevipedunculata*

性狀：生長勢強，木質藤本，纏繞及捲鬚性攀緣植物。**花**：不明顯，夏末開花。**果實**：鮮藍色的小漿果。**葉**：落葉性，心形或 5 裂，葉面平滑，葉色暗綠。

- 原生地　中國、日本及韓國。
- 栽培　植株可耐部分遮陰，但生長於全日照下才能結實纍纍，可適應任何肥沃的土壤。
- 繁殖　仲夏實施綠木插或半硬木插。

☀ ◊
❄❄❄

株高
5 公尺以上

海桐花科 Pittosporaceae	

長花海桐花　*Billardiera longiflora*

性狀：木質藤本，纏繞性植物。**花**：鐘形，小花，於夏季綻放，花色黃綠。**果實**：渾圓的長橢圓形肉質漿果，色藍紫。**葉**：常綠葉，狹橢圓形至披針形，葉色翠綠。

- 原生地　澳洲塔斯馬尼亞島。
- 栽培　可適應任何排水性佳的土壤，需防寒風吹襲，冷涼地區應種植於溫室中，需要提供支撐。
- 繁殖　春季播種，或夏、秋採莖條扦插。

☀ ◊
❄

株高　可
達 2 公尺

金蓮花科 Tropaeoleaceae	

球根金蓮花　*Tropaeolum tuberosum*

性狀：有塊根的草本攀緣植物。**花**：花梗長、有花距的筒型花，秋末開花，花色深黃，具橙紅色萼片。**葉**：3-5 裂，葉柄長，色灰綠。

- 原生地　秘魯、玻利維亞及厄瓜多爾。
- 栽培　宜種植於溫暖而日照充足的避風處，以排水良好的輕質土壤栽培，需對植株提供支撐，冷涼地區應將塊根掘起貯藏越冬。
- 繁殖　春季以基部莖條或根部切塊繁殖。

☀ ◊
❄

株高　可
達 2.5 公尺

紫葳科 Bignoniaceae	FLAME FLOWER

炮仗花　*Pyrostegia venusta*

性狀：生長快速，木質藤本，捲鬚性攀緣植物。**花**：筒型花密聚成簇，秋至春季開花，花呈耀眼的金橙色。**葉**：大型常綠葉，卵形至長橢圓狀披針形，革質，色暗綠。

- 原生地　南美洲森林。
- 栽培　於溫室中以添加粗砂富含腐殖質的沃土或培養土栽培，生長期適量澆水，冬季少澆為宜。
- 繁殖　夏季實施半硬木插。
- 異學名　*Pyrostegia ignea.*

☀ ◊

最低溫
13-15 ℃

株高　10
公尺以上

木樨科 Oleaceae	

多花素馨 *Jasminum polyanthum* 🏆

性狀：生長勢強，木質藤本，纏繞性。**花**：小而極香的筒型花，具 5 枚裂瓣，春至秋季依氣溫狀況成簇綻放，花色白，外側略帶粉紅色。**葉**：常綠或半常綠，分裂成 5-7 枚橢圓形小葉，色暗綠。

• 原生地　中國雲南省。
• 栽培　植株可耐半遮陰，但全日照下開花最盛，宜種植於溫暖避風處，任何中等肥沃的土壤均適用於栽培，冷涼地區需提供避寒保護。
• 繁殖　夏季實施半硬木插。

☀ ◌
❄

株高
3公尺以上

杜鵑花科 Ericaceae	

大花樹蘿蔔 *Agapetes macrantha*

性狀：枝葉稀疏，枝條彎垂，蔓爬性。**花**：低垂的高腳杯形小花，冬季會成簇開花，花色白或淡粉紅，具有暗紅斑紋。**葉**：常綠葉，披針形至橢圓形，色暗綠。

• 原生地　印度東北部。
• 栽培　宜種植於溫室中，以質地粗糙而疏鬆、富含腐殖質的酸性土壤或培養土栽培，生長期間應隨時補充水分，此外則適量澆水即可。
• 繁殖　春季播種、或夏季實施半硬木插。

☀ ◌ pH

最低溫
10℃

株高
1-2公尺

桔梗科 Campanulaceae	CANARY ISLAND BELLFLOWER

加拿利吊鐘花 *Canarina canariensis* 🏆

性狀：草質藤本，有塊根的蔓生性植物。**花**：下垂的蠟質鐘形花，秋末至春季開花，花色金橙，瓣脈栗色。**葉**：三角形，葉緣鋸齒狀，色翠綠。

• 原生地　西班牙加納利群島。
• 栽培　宜種植於溫室中，以肥沃的土壤或培養土栽培，早秋至春季應適量澆水，休眠期間則應保持乾燥並剪除枯枝。
• 繁殖　秋季播種、或春季採基部莖條扦插。

☀ ◌

最低溫
7℃

株高
2-3公尺

百合科	
Liliaceae	

攀緣天門冬 *Asparagus scandens*

性狀：蔓生性，藤莖分布鬆散。**花**：細小而下垂，2-3 朵聚為一簇，夏季開花，花色白。**果實**：紅色球形小漿果。**葉**：常綠，短而捲曲的扁平葉狀莖，2-3 枚輪生排列，色淺綠。

• 原生地　南非。

• 栽培　於室內或溫室中以任何沃土栽培，地點應採光良好或有半遮陰，但不宜日光直射，生長期間應隨時補充水分，此外則適量澆水即可。

• 繁殖　春季播種或分株繁殖。

☀ ◌

最低溫
10℃

株高
1 公尺以上

菊科	VARIEGATED NATAL IVY,
Compositae	VARIEGATED WAX VINE

金玉菊「斑葉」　♀

Senecio macroglossus 'Variegatus'

性狀：木質藤本，纏繞性。**花**：美觀醒目，形似雛菊，花梗長，冬季為主要花期，花色淺乳黃。**葉**：三角形常綠葉，肉質，色暗綠，具寬闊的白色和乳白邊。

• 原生地　非洲東南部、辛巴威及莫三鼻克。

• 栽培　於溫室中以肥沃而排水迅速的土壤或培養土栽培，生長期間應定期施肥並適量澆水。

• 繁殖　夏季實施半硬木插。

☀ ◌

最低溫
7-10℃

株高
3 公尺

天南星科	
Araceae	

黃金葛「白金葛」

Epipremnum aureum 'Marble Queen'

性狀：生長快速，木質藤本氣根性攀緣植物。**葉**：卵形常綠色濃綠，具白色條紋和塊斑，葉柄白色。

• 原生地　園藝品種。

• 栽培　宜種植於室內或溫室中，以富含腐殖質、保水力佳的土壤或培養土栽培，生長期間應定期澆水，天冷時則應減少澆水，需要提供支撐。

• 繁殖　春末取葉芽或莖條扦插或於夏季壓條。

• 異學名　*Scindapsus aureus* 'Marble Queen'.

☀ ◌

最低溫
15-18℃

株高
3-10公尺

天南星科	
Araceae	

星點藤「銀斑」

Scindapsus pictus 'Argyraeus'

性狀：生長緩慢，木質藤本，氣根性攀緣植物。**葉**：心形常綠葉，色銀綠、具銀白色斑點。

• 原生地　園藝品種。

• 栽培　於室內或溫室中無日光直射的半遮陰或明亮處以富含腐殖質、保水力佳的土壤或培養土栽培，生長期間定期澆水，天冷時則應減少澆水。

• 繁殖　春末取葉芽或莖條扦插或於夏季壓條。

• 異學名　*Epipremnum pictum* 'Argyraeus'.

☀ ◌

最低溫
15-18℃

株高　2-3
公尺以上

天南星科	
Araceae	

合果芋「三裂」
Syngonium podophyllum 'Trileaf Wonder'

性狀：木質藤本，氣根性攀緣植物。**花**：不明顯。**葉**：常綠，幼株葉呈箭鏃形，成株為三出複葉，葉色灰綠、葉脈銀白色。

- 原生地　園藝品種。
- 栽培　宜種植於室內或溫室中，以富含腐殖質、保水力佳的土壤或培養土栽培，生長期間應定期澆水，天冷時則應減少澆水。
- 繁殖　夏季取葉芽或枝條頂梢扦插。

☀ ◐ ◇

最低溫
18 ℃

株高
2 公尺以上

葡萄科	IVY OF URUGUAY,
Vitaceae	MINIATURE GRAPE IVY

條紋白粉藤　*Cissus striata*

性狀：生長快速，木質藤本，捲鬚性攀緣植物。**葉**：常綠，分裂成 3-5 枚卵形、鋸齒緣之小葉，葉面光亮，色濃綠。

- 原生地　智利和巴西南部。
- 栽培　宜種植於室內或溫室中、或溫暖的戶外地點，以添加有機質和粗砂的肥沃土壤或培養土栽培，生長期間定期澆水，低溫時則減少澆水。
- 繁殖　夏季實施半硬木插。
- 異學名　*Ampelopsis sempervirens, Vitis striata.*

☀ ◇
❊

株高　10
公尺以上

薯蕷科	
Dioscoreaceae	

雙色薯蕷　*Dioscorea discolor*

性狀：木質藤本，纏繞性，具塊根。**葉**：心形常綠葉，長 12-15 公分，色深橄欖綠，具銀、淺綠和褐色斑，葉背紅色。

- 原生地　南美洲熱帶地區。
- 栽培　宜種植於溫室內的半遮陰或全日照位置，以富含腐殖質而排水迅速的土壤或培養土栽培，生長期間應適量澆水，天冷時則減少澆水，需對植株提供支撐。
- 繁殖　春或秋季以分株法或根部切塊繁殖。

☀ ◇

最低溫
5 ℃

株高
2-3 公尺

天南星科	
Araceae	

合果芋　*Syngonium podophyllum*

性狀：木質藤本，氣根性攀緣植物。**葉**：常綠，幼株葉形如箭簇，成株葉長 30 公分，分裂成 7-9 枚光滑濃綠、葉脈色淺的小葉。

- 原生地　墨西哥至巴西及玻利維亞一帶。
- 栽培　宜種植於室內或溫室中，生長期間應定期澆水，天冷時則應減少澆水，植株需對植株提供支撐。
- 繁殖　夏季採葉芽或枝條頂梢扦插。
- 異學名　*Naphthytis triphylla* of gardens.

☀ ◇

最低溫
16-18 ℃

株高
2 公尺以上

天南星科 Araceae	BLACK-GOLD PHILODENDRON

黑金蔓綠絨 *Philodendron melanochrysum*

性狀：生性強健，生長緩慢，基部木質化的氣根性攀緣植物。**葉**：心形常綠葉，長可達 75 公分，色光滑深橄欖綠，具紅褐色光澤，葉脈淺綠色。

- 原生地　哥倫比亞。
- 栽培　宜種植於室內或溫室半遮陰處，以富含腐殖質、排水迅速的土壤或培養土栽培，生長期間應適量澆水，天冷時則少澆為宜。
- 繁殖　夏季取葉芽或枝條末梢扦插。

☀ ◐ ◌

最低溫
15–18℃

株高
3 公尺以上

菊科 Compositae	VELVET PLANT

紅鳳菊 *Gynura aurantiaca*

性狀：基部木質化，枝條柔軟，半蔓性或灌木狀。**花**：形似雛菊，冬季成簇綻放，花色橙黃。**葉**：常綠，卵形至橢圓形，色暗綠，被絲絨狀紫色細毛。

- 原生地　爪哇。
- 栽培　宜種植於溫室中，任何肥沃而排水性佳的土壤或培養土均適用於栽培，平時應適量澆水，天冷時則少澆為宜。
- 繁殖　春或夏季實施軟木插或半硬木插。

☀ ◐ ◌

最低溫
16℃

株高
2–3 公尺

葡萄科 Vitaceae	CHESTNUT VINE, LIZARD PLANT

蜥蜴藤 *Tetrastigma voinierianum* ♈

性狀：生長勢強，木質藤本，捲鬚性攀緣植物。**葉**：常綠，具 3–5 枚橢圓形至菱形小葉，色光滑暗綠，新葉鏽紅色、被軟毛。

- 原生地　東南亞熱帶森林。
- 栽培　宜種植於室內或溫室中，以肥沃而富含腐殖質的土壤或培養土栽培，種植地點應有遮陰，生長期間需隨時補充水分，低溫時應少澆水。
- 繁殖　春季實施壓條、或夏季實施半硬木插。
- 異學名　*Cissus voinieriana.*

☀ ◐ ◌

最低溫
15–18℃

株高　10
公尺以上

葡萄科 Vitaceae	KANGAROO VINE

南極白粉藤 *Cissus antarctica* ♈

性狀：生長勢強，木質藤本，捲鬚攀緣植物。**葉**：卵形常綠，先端尖，葉緣疏鋸齒狀，光亮墨綠。

- 原生地　澳洲雨林地區。
- 栽培　宜種植於涼溫室中，以添加有機質和粗砂的肥沃土壤或培養土栽培，生長期間應定期澆水施肥，低溫時則宜減少澆水，需提供良好的通風條件，並以綁縛方式支撐藤莖。春季為修剪擁擠枝的適期，葉片在日光直射下會枯黃。
- 繁殖　夏季實施半硬木插。

☀ ◐ ◌

最低溫
5℃

株高　可
達 5 公尺

天南星科 Araceae	SWISS-CHEESE PLANT

龜背芋 *Monstera deliciosa* ♆

性狀：生性強健，木質藤本，氣根性攀緣植物。
花：成株可開出乳白色的大型佛焰苞。**果實**：密聚
成串、芬芳可食的白色漿果。**葉**：大型常綠裂葉，
成株葉片具長橢圓形裂孔，革質，色墨綠。

- 原生地　南美洲熱帶森林。
- 栽培　宜使用富含腐殖質而排水迅速的土壤或培
  養土栽培，生長期間應適量澆水，天冷時則少澆
  為宜，需防植株乾枯。
- 繁殖　春季取葉芽或枝條末梢扦插。

☀ ◐ △

最低溫
15-18 ℃

株高　可
達 6 公尺

天南星科 Araceae	HEART LEAF PHILODENDRON

心葉蔓綠絨 *Philodendron scandens* ♆

性狀：生長相當快速，基部木質化，氣根性攀緣植
物。**葉**：心形常綠葉，幼株葉長 10-15 公分，成株
葉長可達 30 公分，色光滑濃綠。

- 原生地　墨西哥、西印度群島及巴西東南部的潮
  濕熱帶森林。
- 栽培　宜使用粗鬆疏鬆、富含腐殖質的土壤或培
  養土栽培，生長期間應適量澆水，天冷時則少澆
  為宜，夏季期間需提供遮陰。
- 繁殖　夏季取葉芽或枝條末梢扦插。

☀ ◐ △

最低溫
15-18 ℃

株高
4 公尺

葡萄科 Vitaceae	VENEZUELA TREEBINE

羽裂菱葉白粉藤 *Cissus rhombifolia* ♆

性狀：生長勢相當強，木質藤本，捲鬚性攀緣植
物。**葉**：常綠，掌裂成 3 枚具銳齒緣的菱形至卵形
小葉，葉面光亮，色濃綠。

- 原生地　南美洲熱帶森林。
- 栽培　宜使用添加有機質和粗砂的肥沃土壤或培
  養土栽培，生長期間應定期澆水施肥，低溫時則
  應減少澆水，需提供良好的通風條件，並加以綁
  縛支撐，春季為疏剪擁擠枝的適期。
- 繁殖　夏季實施半硬木插。

☀ ◐ △

最低溫
7 ℃

株高
3 公尺以上

茄科 Solanaceae	ORANGE BROWALLIA, MARMALADE BUSH

橙木 *Streptosolen jamesonii* ♆

性狀：枝條細瘦、疏鬆蔓生。**花**：喇叭狀，春至夏
季成簇綻放，花筒紅色、裂瓣深橙色。**葉**：常綠或
半常綠，卵形，有皺紋，色暗綠。

- 原生地　哥倫比亞和秘魯。
- 栽培　宜使用肥沃而富含腐殖質的土壤或培養土
  栽培，生長期間應隨時補充水分，其餘時期則應
  減少澆水，生長期間應追加施肥。
- 繁殖　夏季實施軟木插或半硬木插。

☀ ◐ △

最低溫
7 ℃

株高
2-3 公尺

常春藤

　　常春藤（*Hedera* ）是一群多年生的常綠木質藤本植物，具附壁性，多半原生於歐洲、亞洲和北非疏林地和林緣地帶，常生長在密蔭蔽天的環境中。

　　常春藤很適合用來遮蔽牆壁與籬笆，特別是金黃或乳白色斑葉品種，或是入冬以後會呈現古銅色或紫色的品種，因爲這類品種需要比較明亮的光線；非斑葉品種則是遮陰地點的理想地被植物。常春藤大約需要一年的時間才能完全定根，而且植株並不十分耐寒，斑葉品種在嚴寒的冬季裡可能會發生霜害和風害，較不耐寒的變種可採溫室栽培的方式培育。常春藤偏好鹼性土壤，可於夏季實施軟木插或截取已發根的壓條繁殖。

常春藤「直立」

性狀：生長緩慢的非攀緣性植物，枝條堅挺，直立生長。**葉**：三裂，前鏃形，色暗綠，葉脈色淺。

- 栽培　適合應用於石景花園。
- 株高　1 公尺
- 株寬　1.2 公尺

常春藤「直立」
H. helix 'Erecta'

☀ ◌ ❄❄❄ ♆

常春藤「碧波」

性狀：矮灌木狀，攀緣性弱。**葉**：葉小，具 5 處深缺刻和略顯參差的裂片，色翠綠，具明顯的淺綠色葉脈。

- 栽培　適合當作地被植物或種於矮牆邊。
- 株高　1.2 公尺
- 株寬　1.2 公尺

常春藤「碧波」
H. helix 'Green Ripple'

☀ ◌ ❄❄

波斯常春藤「齒葉」

性狀：生長勢極強，是具有附壁性或蔓性的植物。**葉**：大型不規則卵形葉，無裂片，葉片低垂，色光滑淺綠。

- 栽培　極適合應用於北向牆面，可耐酸性土壤。
- 株高　10 公尺
- 株寬　5 公尺

波斯常春藤「齒葉」
H. colchica 'Dentata'

☀ ◌ ❄❄❄ ♆

常春藤「捲尾」

性狀：藤莖細瘦而疏展。**葉**：具 5 枚整齊明顯的裂片，呈優雅的扭曲狀，色光滑淺綠。

- 株高　1 公尺
- 株寬　1 公尺

常春藤「捲尾」
H. helix 'Telecurl'

☀ ◌ ❄❄❄

常春藤「鳥爪」

性狀：生長勢普通。**葉**：具 5 枚極瘦長的裂片，形狀似鳥爪，葉面具有金屬光澤，色灰綠，葉脈灰白色。

- 栽培　不適合當作地被植物。
- 異學名　*H. helix* 'Caenwoodiana'.
- 株高　4 公尺
- 株寬　3 公尺

常春藤「鳥爪」
H. helix 'Pedata'

☀ ◌ ❄❄❄ ♆

愛爾蘭常春藤「三角葉」

性狀：生長勢強。**葉**：心形，葉面光亮，色暗綠，入秋後泛紫褐色。

- 栽培　非常適合應用於北向牆，但不適合當作地被植物。
- 異學名　*H. helix* 'Deltoidea'.
- 株高　5 公尺
- 株寬　3 公尺

愛爾蘭常春藤「三角葉」
H. hibernica 'Deltoidea'

☀ ◌ ❄❄❄

愛爾蘭常春藤

性狀：生長勢極強。**葉**：具 3-5 枚三角形裂片，中央裂片較大，基部呈心形，葉色光滑翠綠，葉脈呈淺灰綠色。
- 異學名　*H. helix* subsp. *Hibernica, H. helix* 'Hibernica'.
- 株高　6 公尺
- 株寬　6 公尺

愛爾蘭常春藤
H. hibernica

☼ ◊ ❀❀❀　　　♛

常春藤「美麗常春藤」

性狀：灌叢狀，攀緣性弱。**葉**：具 5 枚整齊的尖銳裂瓣，色光滑翠綠。
- 栽培　不適合當作地被植物。
- 株高　1 公尺
- 株寬　1.2 公尺

常春藤「美麗常春藤」
H. helix 'Pittsburgh'

☼ ◊ ❀❀❀

常春藤「細莖」

性狀：藤莖細瘦而疏展。**葉**：具尖銳的裂片，色暗綠，入冬後泛紫色。
- 栽培　不適合當作地被植物。
- 株高　5 公尺
- 株寬　5 公尺

常春藤「細莖」
H. helix 'Gracilis'

☼ ◊ ❀❀❀

常春藤「梅里奧美葉」

性狀：灌叢狀，攀緣性弱。**葉**：具 5 枚整齊的尖銳裂片，色光滑翠綠。
- 栽培　不適合當作地被植物。
- 株高　1.2 公尺
- 株寬　1 公尺

常春藤「梅里奧美葉」
H. helix 'Merion Beauty'

☼ ◊ ❀❀

常春藤「埃華拉斯」

性狀：灌叢狀，生長勢普通。**葉**：具有 5 枚淺裂片，葉面呈波狀捲曲，葉色光滑暗綠。
- 栽培　為優良的地被和矮牆覆蓋植物。
- 株高　1 公尺
- 株寬　1.2 公尺

常春藤「埃華拉斯」
H. helix 'Ivalace'

☼ ◊ ❀❀❀　　　♛

愛爾蘭常春藤「三裂大葉」

性狀：生長勢強。**葉**：大型，三裂葉，葉色光滑且呈暗綠色。
- 異學名　*H. helix* 'Lobata Major'.
- 株高　5 公尺
- 株寬　5 公尺

愛爾蘭常春藤「三裂大葉」
H. hibernica 'Lobata Major'

☼ ◊ ❀❀❀

常春藤「黃邊」

性狀：生長勢普通。**葉**：中等大小，呈不規則的 3-5 裂，色灰綠，葉面和葉緣略有淺黃色雜斑。
- 栽培　為優良的攀牆和地被植物。
- 異學名　*H. hibernica* 'Sulphurea'.
- 株高　3 公尺
- 株寬　3 公尺

常春藤「黃邊」
H. helix 'Sulphurea'

☼ ◊ ❀❀❀

阿爾及利亞常春藤「瑞文蕭斯特」

性狀：生長勢強，具附壁性。**葉**：葉大，卵形至三角形，不分裂，葉色光滑翠綠。
- 栽培　若遇嚴冬可能會凍死或凍傷。
- 異學名　*H. canariensis* 'Ravensholst'.
- 株高　可達 6 公尺
- 株寬　5 公尺

阿爾及利亞常春藤「瑞文蕭斯特」*H. algeriensis* 'Ravensholst'

☼ ◊ ❀❀　　　♛

常春藤「洋芹葉」

性狀：分枝旺盛的蔓垂性植物。葉：波狀捲皺，葉脈明顯，葉緣肉冠狀，色鮮綠。

- 栽培　不適合當作地被植物。
- 異學名　*H. helix* 'Cristata'.
- 株高　2 公尺
- 株寬　1.2 公尺

常春藤「洋芹葉」
H. helix 'Parsley Crested'

☀️ ◐ 💧 ❄❄

常春藤「格林姆」

性狀：藤莖細瘦，枝條相當疏展。葉：卵形，先端尖，入冬季有時會捲曲或扭曲，色光滑暗綠，冬季轉為紫色。

- 栽培　不適合當作地被植物。
- 異學名　*H. helix* 'Tortuosa'.
- 株高　2.5 公尺
- 株寬　2 公尺

常春藤「格林姆」
H. helix 'Glymii'

☀️ ◐ 💧 ❄❄❄

愛爾蘭常春藤「掌葉」

性狀：生長勢強。葉：葉面寬闊，分裂成 5 枚指狀裂片，色光滑暗綠。

- 栽培　非常適合應用於北向牆面，不適合當作地被植物。
- 株高　6 公尺
- 株寬　6 公尺

愛爾蘭常春藤「掌葉」
H. hibernica 'Digitata'

☀️ ◐ 💧 ❄❄❄

常春藤「暗紫」

性狀：生長勢強。葉：五裂，色深綠、無光澤，入冬轉為紫色，此時葉脈通常保持綠色，枝條和葉柄則呈紫色。

- 栽培　非常適合遮陰牆面的綠化植物。
- 株高　4 公尺
- 株寬　2.5 公尺

常春藤「暗紫」
H. helix 'Atropurpurea'

☀️ ◐ 💧 ❄❄❄　🏆

常春藤「黑葉」

性狀：枝葉茂密。葉：葉小，呈極深的墨綠色，入冬轉為紫黑色。

- 栽培　適合應用於低矮的北向牆。
- 株高　1.2 公尺
- 株寬　1.2 公尺

常春藤「黑葉」
H. helix 'Nigra'

☀️ ◐ 💧 ❄❄❄

常春藤「曼達波葉」

性狀：枝葉茂密。葉：葉片五裂，先端尖，具有波緣，色翠綠，入冬後泛紅銅色。

- 栽培　優良地被植物。
- 株高　2 公尺
- 株寬　2 公尺

常春藤「曼達波葉」
H. helix 'Manda's Crested'

☀️ ◐ 💧 ❄❄　🏆

常春藤「沃納」

性狀：生長勢強。葉：鈍裂狀，色灰綠、葉脈色淺，入冬轉為紫色。

- 栽培　非常適合應用於北向和東向牆。
- 株高　4 公尺
- 株寬　3 公尺

常春藤「沃納」
H. helix 'Woerner'

☀️ ◐ 💧 ❄❄❄

常春藤「亞當」

性狀：枝葉茂密。葉：葉小，三淺裂，色淺綠，具淡乳黃色雜斑。

- 栽培　常被當作室內觀賞植物，露地栽培植株入冬以後可能會凍傷，但通常可以恢復生機。
- 株高　1.2 公尺
- 株寬　1 公尺

常春藤「亞當」
H. helix 'Adam'

☀️ ◐ 💧 ❄

常春藤「喜斯」

性狀：枝葉茂密。葉：小型葉，呈灰綠色、具有乳白色斑。

- 栽培 適合應用於邊界明確的避風地點當作地被植物。
- 異學名 *H. helix* 'Mini Green'.
- 株高 30 公分
- 株寬 60 公分

常春藤「喜斯」
H. helix 'Heise'

☼◑ ◊ ❄❄

常春藤「冰河」

性狀：藤莖細瘦，但枝葉濃密。葉：銀灰綠色，具狹窄的白邊。

- 栽培 能適應半遮陰的環境，很適合當作地被植物。
- 株高 3 公尺
- 株寬 2 公尺

常春藤「冰河」
H. helix 'Glacier'

☼ ◊ ❄❄❄　　　🏆

常春藤「華貴」

性狀：藤莖細瘦，但枝葉濃密。葉：葉小，色灰綠，具乳白色斑。

- 栽培 經常被當作室內觀賞植物，露地栽培植株入冬後可能會凍傷，但通常可以恢復生機，適合應用於遮蔽溫暖的牆面。
- 株高 1.2 公尺
- 株寬 1 公尺

常春藤「華貴」
H. helix 'Eva'

☼ ◊ ❄❄　　　🏆

愛爾蘭常春藤「安妮・瑪莉亞」

性狀：枝葉密。葉：常呈六裂狀，淺灰綠，具乳白色斑，色斑多位於葉緣。

- 栽培 經常被當作室內觀賞植物，露地栽培植株入冬後可能會凍傷，但通常可恢復生機，適用於遮蔽溫暖的牆面。
- 株高 1.2 公尺
- 株寬 1 公尺

愛爾蘭常春藤「安妮・瑪莉亞」
H. hibernica 'Anne Marie'

☼ ◊ ❄❄

常春藤「尖葉金光」

性狀：生長勢普通，分枝疏展而不規則。葉：三裂，色光滑淺綠，具鮮黃色斑。

- 栽培 不適合當作地被植物。
- 株高 4 公尺
- 株寬 2.5 公尺

常春藤「尖葉金光」
H. helix 'Angularis Aurea'

☼ ◊ ❄❄❄　　　🏆

常春藤「金心」

性狀：生長勢普通。葉：五裂，中間裂片長而尖，色暗綠，中央有黃斑。

- 栽培 需要很長的時間才能完全定根，但定根後即可快速生長，不適合當作地被植物，但非常適合用於遮蔽東向或西向牆面。
- 株高 6 公尺
- 株寬 6 公尺

常春藤「金心」
H. helix 'Goldheart'

☼ ◊ ❄❄❄

常春藤「黃葉」

性狀：生長勢普通。葉：呈現濃淡不一的淺綠色，日照下會變成黃綠色或鮮黃綠色。

- 栽培 適合用於日照充足的牆面。
- 株高 2 公尺
- 株寬 2.5 公尺

常春藤「黃葉」
H. helix 'Buttercup'

☼ ◊ ❄❄　　　🏆

常春藤「黃心」

性狀：生長勢極強，附壁性或蔓性植物。葉：大而寬闊，不規則卵形，色暗綠，中央有黃色雜斑，葉緣呈淺綠和深綠色。

- 栽培 *H. colchica* 'Paddy's Pride'.
- 株高 5 公尺
- 株寬 3 公尺

常春藤「黃心」
H. helix 'Sulphur Heart'

☼ ◊ ❄❄❄　　　🏆

其他原生種與栽培品種

　　自然界存在有許多和原生種略有差異的變種植物，有些變種植物是在野生狀態下自然產生，這類變種就稱為亞種（subsp.）、變種（var.）、或品型（f.），此外則稱為栽培品種（Cultivars），其英文字源為「栽培變種」（Cultivated varieties）的縮寫，而這些品種也的確只存在於人工栽培環境中。栽培品種的名稱一律置於分類學名之後，用引號（「」）加以圈示，例如：鼠李「花瀑」（Ceanothus 'Cascade'）。以下所列為本書灌木與攀緣植物圖鑑以外的其他品種，並同時列出其同種植物或近似種的所在頁次，以便讀者前後對照。

灌木類

☙ 印度風鈴花「傑明斯」Abutilon×suntense 'Jermyns'　形似「紫花」品種（見120頁），但花呈明豔的深紫色。

☙ 雞爪槭「石榴紅」Acer palmatum 'Garnet'　生長旺盛的栽培品種，細緻的掌裂葉呈深石榴紅色，形似「皺紋槭樹」品系。

☙ 福來卡小蘗「阿姆斯提文」Berberis×frikartii 'Amstelveen'　枝葉茂密小型常綠灌木，高達1公尺，枝條彎曲，葉緣有刺，色光滑深綠，春季開淺黃花，形似☙疣枝小蘗（見77頁）。

☙ 福來卡小蘗「通訊衛星」Berberis×frikartii 'Telstar'　形似「阿姆斯提文」品種（如上述），但株形略為高壯，高可達1.2公尺，且樹冠株寬較大。

☙ 中間小蘗「帕裘威」Berberis×media 'Parkjuweel'　枝葉茂密、枝上有刺的低矮灌木，株高約1公尺，半常綠性，色光滑翠綠，入秋轉為鮮紅色，形似藍果小蘗（見76頁）。

☙ 小蘗「貝加泰爾」Berberia thunbergii 'Bagatelle'　非常密實的落葉性矮灌木，高約30公分，形似暗紫小蘗（見75頁），但株形嬌小許多，葉帶深紫色。

☙ 大葉醉魚草「黑騎士」Buddleja davidii 'Black knight'　漂亮的栽培品種，芳香的小花組成長串花序，花呈極深的紫色，形似☙「皇家紅」

品種（見38頁）。

☙ 大葉醉魚草「達特穆爾」Buddleja davidii 'Dartmoor'　同上，但以擁有異常密實而醒目的紫紅色圓錐花序而著稱。

☙ 大葉醉魚草「帝國藍」Buddleja davidii 'Empire Blue'　同上，但花呈鮮豔的藍紫色，每朵小花均有橙紅色花心。

☙ 蘭香木「天堂藍」Caryopteris×clandonensis 'Heavenly Blue'　形似「亞瑟・西蒙斯」品種（見201頁），但植叢較密實，花色偏深藍。

☙ 美洲茶「柏克伍德」Ceanothus 'Burkwoodii'　枝葉茂密、開展性的常綠灌木，株高可達1.5公尺，青翠的葉面富有光澤，可夏秋二季連續綻放鮮豔的深藍花朵，形似「秋藍」品種，但株形較嬌小。

☙ 美洲茶「花瀑」Ceanothus 'Cascade'　生長勢強的常綠灌木，高可達4公尺，晚春至早夏可綻放多數粉藍色小花組成的長花序，形似匍匐藍花美洲茶（見200頁），但枝幹開展而彎曲。

☙ 德利爾美洲茶「黃玉」Ceanothus×delileanus 'Topaz'　落葉灌木，高可達3公尺，花色淡藍紫，全夏開花不斷，形似「凡爾賽之光」品種（見201頁）。

☙ 美洲茶「帕傑特藍花」Ceanothus 'Puget Blue'　枝葉茂密、花期不定的常綠灌木，春季至早夏期間綻放深藍色花朵，形似聖巴巴拉美洲茶（見122頁），但葉形較狹長。

☙ 壯麗貼梗海棠「紅花金蘗」Chaenomeles×superba 'Crimson and Gold'　枝葉茂密而多刺的落葉灌木，高約1公尺，形似「羅威藍」品種（見163頁），但可盛放花蘗金黃色的深紅色花朵，花後結黃色球形果實。

☙ 壯麗貼梗海棠「滿山紅」Chaenomeles×superba 'Knap Hill Scarlet'　同上，可綻放大量鮮豔橙紅色花，花期長，由春季持續至早夏。

☙ 墨西哥桔「阿茲特克之珠」Choisya 'Aztec Pearl'　芳香的常綠小灌木，葉色光滑青翠，形

似墨西哥桔（見68頁），但花朵較大且略帶粉紅色，花期在春季，晚夏可二度開花。

✿ 墨西哥桔「日舞」*Choisya ternate* 'Sundance' 形似墨西哥桔（見68頁），但嫩葉呈鮮黃色，而後逐漸褪為暗黃綠色。

✿ 黃櫨「皇家紫」*Cotinus coggygria* 'Royal Purple' 形似「那卡斑葉」品種（見40頁），但擁有暗紫紅色的葉片和深粉紅色羽狀花穗。

✿ 金雀花「柏克伍德」*Cytisus* 'Burkwoodii' 生長勢強、枝條彎曲的落葉灌木，形似安德利金雀花（見209頁），但花呈鮮豔的櫻桃紅，翼瓣則為深紅色、有黃邊。

✿ 金雀花「莉娜」*Cytisus* 'Lena' 株形密實、生長勢強、花期不定的灌木，形態同上，但花色暗紅，翼瓣有黃邊，龍骨瓣色淺黃。

✿ 寶錄瑞香「葛卡」*Daphne bholua* 'Gurkha' 為原生種（見141頁）極耐寒的落葉性變種，可綻放香氣十分濃郁的紫粉紅和白色花朵。

✿ 寶錄瑞香「潔奎琳・波斯提爾」*Daphne bholua* 'Jacqueline Postill' 形態同上，但為耐寒的常綠或半常綠種型，花形更大、更豔麗。

✿ 中位連翹「大連翹」*Forsythia×intermedia* 'Lynwood' 生長勢強、花期不定的栽培品種，形似「碧翠斯・費倫」品種（見90頁），可旺盛綻放鮮黃色的闊瓣大花。

✿ 染料木「盛花」*Genista tinctoria* 'Flore Pleno' 株形低矮的半平伏性種型，形似原生種（見168頁），但開花更盛，且花為黃色重瓣花。

✿ 雜交金縷梅「潔莉娜」*Hamamelis & intermedia* 'Jelena' 形似「黛安」（見51頁），但可開出略帶褐紅色大型黃花組成的密生花序。

✿ 長階花「紅緣」*Hebe* 'Red Edge' 矮生性灌木，形似白長階花（見180頁），本種葉片藍灰有紅邊，生長極緊密，夏季開淡紫色花朵。

✿ 繡球花、洋繡球「馬瑞氏」*Hydrangea macrophylla* 'Mariesii' 屬於「蕾絲帽」（Lacecap）品系的栽培品種，可開出粉玫瑰色的平展形頭花，若種植於酸性土壤，花色會轉變成

鮮藍色，形似「粉紫」品種（見132頁）。

✿ 金絲桃「羅威藍」*Hypericum* 'Rowallance' 株形優美、株高可達2公尺的半常綠灌木，夏至秋季之間可開出鮮豔的金黃色碗狀花，花徑可達7公分，景觀效果與希德寇特（見207頁）相仿，但較不耐寒。

✿ 山月桂「奧斯托紅花」*Kalmia latifolia* 'Ostbo Red' 形態與原生種相同，但可開出深粉紅色小花組成的大而艷麗的花序，早夏為盛花期，花朵由外表呈捲嫩狀的紅色花苞綻放出來。

✿ 薰衣草「泛紫」*Lavandula angustifolia* 'Twickel Purple' 形似「希德寇特」品種（見199頁），但枝葉更密實，高約60公分，且葉片較寬闊，花色淡藍紫。

✿ 荷蘭種大薰衣草 *Lavandula×intermedia* Dutch Group 形態同上，但生長勢更強，株高可達1.2公尺，擁有寬闊的葉片和淡藍紫色花朵組成的細長花穗。

✿ 西班牙薰衣草 *Lavandula stoechas* subsp. *pedunculata* 形同原生種，但花穗較短、花莖較長，花為暗紫色、外被略帶紅色的苞片。

✿ 花魁「巴恩斯利」*Lavatera* 'Barnsley' 形似塊紅花葵（見111頁），但花色白至極淺的粉紅，且有紅色的花心。

✿ 卵圓葉女貞「黃邊」*Ligustrum ovalifolium* 'Aureum' 形似原生種（見55頁），生長勢很強的常綠或半常綠灌木，葉色翠綠，有寬黃邊。

✿ 雜交十大功勞「萊昂內爾」*Mahonia×media* 'Lionel Fortescue' 花期不定的栽培品種，形似「巴克蘭」品種（見51頁），但擁有長而直立的總狀花序，花呈鮮黃色。

✿ 瓦格納十大功勞「波緣」*Mahonia×wagneri* 'Undulata' 形似胡桃葉十大功勞（見166頁），但株高可達2公尺，葉面平滑、葉緣波浪狀，春季可開出深黃色花序。

✿ 山梅花「西碧爾」*Philadelphus* 'Sybille' 枝條彎垂的落葉灌木，株高約1.2公尺，形似「比悠克拉克」品種（見91頁），花期不定，白色的花瓣基部帶紫色，香氣十分濃郁。

❦ 銅頂石楠、一堂春「紅羅賓」 *Photinia*× *fraseri* 'Red Robin' 形似「伯明罕」品種（見24頁），是一種枝葉茂密的直立性常綠灌木，葉面光滑，葉緣有尖銳的鋸齒，嫩葉鮮紅色。

❦ 馬醉木「銀葉」 *Pieris* 'Flaming Silver' 密實的灌木，形似梫木（見19頁），但株形較小，嫩葉鮮紅色，爾後從葉緣逐漸出現粉紅邊，成熟時則轉為耀眼的銀白色。

❦ 梫木「新秀」 *Pieris japonica* 'Debutante' 梫木（見19頁）的矮生性品種，植株非常密實，可形成低矮的常綠葉叢，並能密集開出直立圓錐花序，花色白。

❦ 梫木「燃山紅」 *Pieris japonica* 'Mountain Fire' 形態與梫木（見19頁）相同，但鮮紅色嫩葉為光滑的栗褐色所取代。

❦ 梫木「幽谷情人」 *Pieris japonica* 'Valley Valentine' 形態與梫木（見19頁）相同，但可抽出一簇簇大而低垂的深紅色花苞，綻放成暗紫紅色花朵。

❦ 俄國矮扁桃「火焰山」 *Prunus tenella* 'Fire Hill' 形似原生種（見160頁），株高達 2 公尺（6 呎），直立的枝條上可開滿單生小花，花形近似杏花，花色深粉紅，仲春至晚春開花，花後可結形似杏子的小果實。

❦ 血紅茶藨子「泰德門白花」 *Ribes sanguineum* 'Tydeman's White' 形似「巴布洛緋紅」品種（見73頁），花色純白，為最出色的白花品種。

❦ 迷迭香「賽文海」 *Rosmarinus officinalis* 'Seven Sea' 似原生種但枝條彎曲，鮮明藍色花。

❦ 紫葉鼠尾草 *Salvia officinalis* Purpurascens Group 常綠或半常綠矮灌木，葉橢圓色灰綠帶紫，可作香料，另見「黃斑」品種（見224頁）。

❦ 錦帶花「白朗峰」 *Weigela* 'Mont Blanc' 生長勢強的落葉灌木，春末至早夏間可抽出大而芬芳的繖形花序，色純白，老化後略帶粉紅色，另可參見「佛利斯紫葉」品種（見183頁）。

❦ 細葉王蘭「金劍」 *Yucca flaccida* 'Golden Sword' 形似細葉王蘭「象牙」（見178頁），但葉片中央有一道寬闊的乳黃色條斑。

攀緣植物類

❦ 羽裂菱葉白粉藤、委內瑞拉白粉藤「艾倫‧丹尼加」 *Cissus rhombifolia* 'Ellen Danica' 生長勢強的矮灌木狀栽培品種，形似原生種（見282頁），擁有平滑的綠色大型深裂葉。

❦ 素方花「銀斑」 *Jasminum officinale* 'Argenteovariegatum' 形態與原生種（見246頁）相近，但葉色灰綠，葉緣有銀白邊。

❦ 淡紅素馨 *Jasminum*×*stephanense* 生性耐寒、生長勢強的攀緣植物，高度可達 7 公尺以上，形態與素方花（見246頁）相似，但仲夏可開出芳香的淺粉紅色花朵。

❦ 白智利鐘花 *Lapageria rosea* var. *albiflora* 似智利鐘花（見250頁）但呈肉質大型白鐘花。

❦ 智利鐘花「納許宮」 *Lapageria rosea* 'Nash Court' 形似於智利鐘花（見250頁），但呈柔和的粉紅色，瓣緣有深粉紅色邊。

❦ 歐洲忍冬「比利時」 *Lonicera periclymenum* 'Belgica' 形似於歐洲忍冬「葛拉漢‧湯瑪斯」（見268頁），但這種「早花荷蘭忍冬」（Early Dutch honeysuckle）的花呈紅至紫色，花開後逐漸轉黃，花期在早夏，晚秋可二度開花。

❦ 歐洲忍冬「晚花」 *Lonicera periclymenum* 'Serotina' 形態同上。這種「晚花荷蘭忍冬」（Late Dutch honeysuckle）可從仲夏至末夏綻放大量紅至紫色的花朵。

❦ 西番蓮「恆星」 *Passiflora caerulea* 'Constance Elliott' 大小、形態和花形均近似原生種（見258頁），但可開出美麗非凡的乳白色花朵。

❦ 葡萄「黑雁」 *Vitis* 'Brant' 生長勢強的耐寒攀緣植物，株高可達 9 公尺，葉色鮮綠，入秋轉深紅至紫色，葉脈黃綠，秋可結香甜可口的黑色葡萄。另參見「紫葉」品種（見276頁）。

❦ 歐洲葡萄「印加」 *Vitis vinifer* 'Incana' 形似「紫葉」品種（見276頁），但葉色灰綠，葉脈白色，葉面有有蜘蛛網般的短絨毛。

❦ 多花紫藤「瑰紅」 *Wisteria floribunda* 'Rosea' 形似「白花」品種（見244頁），但長串的總狀花序由淺玫瑰色花組成，小花瓣尖略帶紫色。

灌木與攀緣植物的栽培

灌木和攀緣植物需要適合的生長環境才能展現出最美的一面。雖然很少有花園原本就具備肥度適中、保水力強、排水又好的沃土，不過大部分的土壤都可以藉由添加腐熟有機質的方式來改善排水、通氣和保水性。

非常潮濕的土地可以用排水系統來改善，而土壤酸鹼性的調節，則可以藉由添加石灰粉於酸性土壤、或是將腐熟的有機質混入鹼性土壤而達到某種程度的改良，但由於土質主要取決於母岩的種類，因此這些土壤改良方法頂多只能當作短期的改良措施。

各種土壤都有其適合潮濕或乾燥、黏重或鬆軟、偏酸或偏鹼的自然生長傾向，很幸運的是，有許多的灌木和攀緣植物都可以適應各種各樣的花園環境，即使是種植在土質極為惡劣的環境中，也都能夠隨遇而安。

大多數的灌木植物對於土壤 pH 值（酸鹼度）和土質都不甚苛求，攀緣植物則由於生長通常較為旺盛，因此養分需求也比較高，若能添加養分均衡的多用途肥料，將更有利於生長。

選擇灌木和攀緣植物時，必須考慮種植地點正常的降雨量和溫濕度水準，同時找出降霜區和避風帶等局部氣候因素（特別是海岸花園可能有鹽霧的問題），並確定日照條件是否合宜。

栽培攀緣植物時，務必配合植物的成株大小、生長活力和攀緣習性，提供適合的支撐結構。

灌木的挑選訣竅

灌木盆苗
優良苗木

生機旺盛、頂芽均衡發育

不良苗木

枝幹瘦弱稀疏、發育遲緩

盆縛根

灌木根球苗
優良苗木

根球要結實

不良苗木之更新

疏開盤結的根系、修剪受傷或過長的根條

包裝要完整　鬚根系發育良好

土壤的翻整與定植方法

　　市面上販售的灌木和攀緣植物應該要有正確的標示，特別注意植株健康、枝葉健全且無病蟲害。購買時一定要仔細檢查苗木，特別要注意灌木接近地面的枝幹是否分枝勻稱；標準樹形苗的分枝應該從光禿主幹的指定高度上方長出；攀緣植物應該具備強壯枝條組成的勻稱枝幹結構和健康而蓄勢待發的芽苞。切勿購買帶有病蟲害感染症狀或枝條瘦弱的苗木。

攀緣植物的挑選訣竅

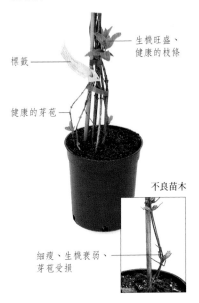

優良苗木

標籤

生機旺盛、健康的枝條

健康的芽苞

不良苗木

細瘦、生機衰弱、芽苞受損

優良苗木

可以看到健康的根條，但沒有盤根的現象

不良苗木

根條緊緊地盤繞於根球周圍

苗木的挑選

　　市面上的灌木和攀緣植物通常以盆苗型態銷售，需要注意的是，有些灌木苗是在上市前不久才從田間倉促移入盆中，因此如果情況允許，最好檢查一下苗木的根系是否擁有健康的白色根尖，並呈現發育良好的樣子，根條盤捲於根球外圍或突出花盆底部的盆縛苗也不宜購買。

　　落葉植物有時會以休眠裸根苗的形態販售，購買這種苗木時應留意植株是否有發育均衡的鬚根系，並注意根部有無乾枯現象。常綠灌木和針葉樹另有以網袋或麻布包裹根系和周圍土壤的根球苗，購買時要留意根球是否結實，包裝是否完好。

栽種的時機

　　休眠期是栽種灌木裸根苗和根球苗的最佳時機。秋末冬初土溫夠暖和，有助灌木定根發育，一旦春神降臨便可蓬勃生長。

　　冬季期間只有暖和的日子裡才可以栽種植物，因爲植物的根部無法在冰凍的土壤中順利生長，且可能會因結冰或受到土壤病菌的侵害而枯死。原則上，灌木盆苗一年到頭都可定植，但十分耐寒的植物仍以秋天爲最佳栽種時機。春天種植的灌木須

灌木盆苗定植方法

1 對灌木盆苗充分澆水,挖一個寬度約爲根球兩倍大的植穴,用手托住植株和根球、讓苗木緩緩脫離花盆,將根球置於預先挖好的植穴中。

2 把藤條橫跨在植穴的洞口,檢查根球頂部是否和植穴周圍的土面齊高,若需調整種植深度,可以在根球下方添土或把植穴底部的土壤剷掉一些。

3 將土壤分次回填於根球周圍的空隙中,一邊回填、一邊稍微壓實回填土。輕輕地搖一搖植物,避免回填土中留下空隙,並使土壤和根球密合,然後充分澆水並鋪上覆被材料。

4 剪掉所有罹病、受傷、向內生長和交錯的木質莖,修剪太長、瘦弱或凌亂的枝條以及任何破壞植株整體平衡感的部位。

多加留心照顧，澆水工作尤其輕忽不得，以免植物缺水而死或發育不良。攀緣植物的盆苗同樣可在任何季節栽種，只要土壤並未處於凍結狀態或乾旱潦溼即可。常綠性和草本攀緣植物適合在土壤開始回溫的春季裡定植，這時對於根部的發育最為有利。秋高氣爽的季節也是定植適期，但植株必須種植在氣候溫和的避風地點。不耐寒的灌木和攀緣植物最好在春季定植，以便植株在寒冬降臨之前完成定根發育。

土壤的翻整

夏末和秋季是翻整土壤的最佳季節，而且翻整範圍必須涵蓋整個預定種植區。整地的第一步是耘除雜草，尤其是多年生雜草，接著要反覆翻耕種植區內的土壤，在掘出的壕溝內施用充分腐熟的有機物質（另一種方法是把大量的有機物質混入表層30-45公分的土壤中）。如果要種植攀緣植物，必須同時混入養分均衡的緩效性粒肥，施用量為每平方公尺50-85公克。

定植方法

種植盆苗或根球苗時，請先挖好一個寬度約為根球直徑兩倍大的植穴，如果種植地點屬於黏質土壤，則植穴寬度必須為根球直徑的三倍大。灌木裸根苗的植穴必須足以讓根系充分伸展，植穴深度則必須和植物在花盆或苗圃中的種植深度一樣（可參考主幹上的土痕高度）。牆邊灌木應栽種於距離牆腳約22公分之處（如此根部生長範圍才不會落在牆壁的遮雨範圍內），讓植株往牆壁的方向傾斜。

攀緣植物的植穴必須為原有花盆直徑的兩倍大，種在寄主植物下方時，應盡量挖出大小可以輕易容納整個根球的植穴。種好的根球頂部通常應該和周圍的土壤保持齊平，但鐵線蓮的根球可以種得比盆栽時深5-6公分（萬一地上部枯萎，這個種植深度可以支持植株重新發芽生長），攀緣植物的嫁接苗也應該種到這麼深，把嫁接點埋在土中，使接枝本身可以發根。回填時應一邊把土壤稍微拍實，在植株的基部插上支柱（小心不要傷到根系），把支柱固定在旁邊的支架上，然後撐開主要的枝條，把夠長的枝條牢而不緊地綁在支柱和支架上，最後剪掉所有枯死、受傷或交錯的枝條即可。纏繞性或捲鬚性的攀緣植物可以輕易攀著支架往上生長，但最初可能需要稍加輔助引枝。

對種好的灌木和攀緣植物充分澆水，並於基部周圍半徑60公分的範圍內覆蓋5-7公分厚的覆被層，以增加土壤的保水力、並抑制雜草萌芽。

牆邊植株的栽種要訣

在距離牆腳約22公分處挖一個植穴，把根球放進植穴中，讓植株往牆邊傾斜。回填並稍微拍實土壤，將枝條綁在支柱上。支柱必須和牆面的鐵絲網連結在一起，使側芽可以獲得支撐並沿著鐵絲網攀爬而上。纏繞性攀緣植物的新枝條有時必須另外綁縛支撐。

日常的照顧

灌木和攀緣植物的幼苗需要規律的日常照顧，才能在定植後的第一個生長季裡把根扎穩。除了澆水施肥這些基本的照顧之外，應定期檢查植株是否有病蟲害，並隨時加以治療處理。當植物開始蓬勃生長並盛放繽紛時，這份最初的心血將帶給你豐厚的回報。

澆水與覆蓋

植物充分定根以前必須特別注意水分的補充。每一次的澆水均應對植物的基部充分澆灌，使土壤吸飽水分；切忌少量多澆，因為少量多澆將使根系往土壤表面發展，淺層根系易因溫度的變動而受損，也比較無法熬過乾旱。定根完成的灌木和攀緣植物只有在久旱不雨時才需要特別澆水，但由於缺水期間可能發佈灌溉禁令，因此旱季時節最好在根系範圍的土面上鋪設厚厚的覆蓋層，幫助土壤保持濕度。大量使用充分腐熟的有機物質來覆蓋土面最是理想，保濕之餘，還可以順便改良土質。覆蓋層不僅有助於保持土壤濕潤，而且可以緩和根部生長範圍的劇烈溫差變化、抑制雜草生長，樹皮或碎木片都是很好的覆蓋素材，也是兼具美觀大方的地被材料。

除草

雜草會和灌木及攀緣植物競爭養分，因此初定植的灌木和攀緣植物周圍應保持雜草淨空，直到根系發育完成、且植株的生長足以抑制雜草萌發為止。覆被層的厚度應介於 5-10 公分，但須注意避開主幹周圍的空間。新植獨立木的覆被範圍必須比根系生長範圍（直徑）寬45公分，已定根植株的覆被範圍應該延伸到冠幅以外15-30公分處，乾燥的土壤或寒冷時節不宜施用覆被。

修剪枯枝

枯枝是植物病害的潛在食物來源，出現病害症狀時應立即加以處理，從枝條基部或位置適當的健康芽點上方剪除枯枝均可。剪除枯枝可以使植株變得更美觀，並可為新芽提供成長空間。

杜鵑之除花

凋謝的花朵最好在新花苞形成之前儘速摘除。摘時應捏緊枯花末端，從花梗基部俐落地扭斷（見插圖），小心不要傷到花梗附近的新芽。

去除吸芽

發現吸芽時，最好立即用拇指和食指把它捻掉。如果吸芽已經大得無法用手指捻掉，可改由吸芽的萌發點徹底切除或拔除。若以拔除方式處理，最後應以銳利的刀子削平傷口，使切口保持乾淨平整。

修剪藤蔓

使用銳利的修枝剪截掉長出指定範圍或擋住排水溝的藤蔓。修剪時應採不規則方式，使全株保持自然的樣貌。上圖所示為波斯常春藤「硫磺心」品種（*Hedera colchica* 'Sulphur Heart'）。

施肥

　　大多數的灌木施肥以後都可以長得更好，經常被修剪的植物尤其如此。緩效性肥料在早春施用效果最好，用量請參考製造商的建議；速效性肥料在萬物勃發的春末使用最能促進快速生長；液態肥料的效果更快，適合在灌木的生長全盛期施用。攀緣植物每年都需要施肥才能保持旺盛而健康的生長，定植後的頭兩年春天最好追施全效性肥料，以後則參考肥料製造商的建議用量施用緩效肥。

除花

　　有些灌木和攀緣植物在摘除枯花之後可以長得更好，這是因為用來產生種子的能量被轉移於植株生長的緣故。花朵凋謝以後用食指和拇指捏住摘除即可，除花時應小心勿傷及新芽。有些攀緣植物（例如：許多鐵線蓮品種）可以結出漂亮的果實或種莢，這類植物只要摘除1/4-1/3的枯花即足以誘發二度開花，而且不影響果實和種子的結成數量。

去除吸芽

　　有些嫁接而成灌木從嫁接點下方的莖或根部長出吸芽，如果放任吸芽成長將會使株形走樣，或是和上部枝葉競爭養分，因此最好在吸芽長成新枝以前將它除掉。若吸芽已經萌發成枝條，應盡量從吸芽基部徹底切除。

截除返祖遺傳的枝條

　　許多植物的變葉品種都是用綠葉品種的突變或芽條變異部位繁殖而成，這些品種偶爾會因為返祖遺傳的作用而回復親代的綠葉性狀。由於返祖遺傳的枝條通常比較強健，若放任不管，其生長勢將凌駕於變葉枝條之上，為了避免這種情況發生，最好在發現返祖遺傳的枝條時，立即從枝條和主莖相連的基部截斷。

修剪與整枝

有些灌木（特別是株形整潔密實的常綠灌木）除了枯枝、交錯枝、受傷枝或罹病枝的日常修剪之外，很少需要特別加以修剪，然而，也有很多灌木則需要藉由修剪或是修剪配合整枝，才能呈現出最美麗的姿態。

修剪

修剪的目的在於創造均衡的枝幹架構，促進健康的新枝條生長，並維持花、果、葉或枝幹的生長品質。所有的灌木和攀緣植物都需要定期修剪枯、病、傷枝，修剪有時也可以作為促進老株或生長過度的獨立木更新生長的手段。

修剪通常可以刺激生長，因為頂芽含有抑制下層芽苞萌發的化學物質，頂芽去除以後往往會促進下層枝條的發育更加旺盛。重度修剪通常比輕度修剪更能促進枝條的蓬勃生長，修剪或調整不平衡的生長時，可以謹記這項要訣。生長勢較弱的植

整形修剪

如果希望攀緣植物發育出健康而強壯的枝幹架構，冬末或春初定植以後應著手整枝修剪。例圖所示為迎春花。

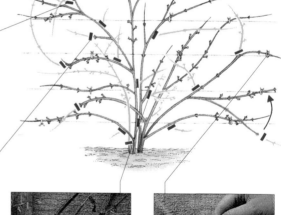

以銳利的修枝剪截除交錯或相互摩擦的枝條，從健康芽點的正上方齊平剪斷。

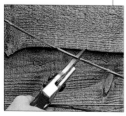

欲促進新芽生長，可從位置適當的芽點上方截短側枝。

從植株中央剪除與新芽競爭養分的擁擠枝。

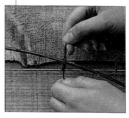

用麻繩把所有的側枝牢牢固定在支架上。

株可以利用重度修剪的手法刺激生長，生長旺盛的植株則只要稍加修剪即可。

攀緣植物通常需要加以整枝修剪才能長成強壯的枝幹架構，並使藤蔓覆蓋支架，此後的定期修剪重點則在於促進開花或結果枝的產生和控制生長，以免藤蔓淹沒其他生長勢較弱的植物或是損壞屋頂、排水溝或磚造牆壁。

有時候，植株雖然經過細心修剪，但仍然無法恢復茂盛生長，這時必須當機立斷，決定是要繼續栽培施肥，還是乾脆把整棵植物換掉。

修剪的位置

就像其他的機械性傷害一樣，修剪以後產生的傷口會變成病菌入侵的潛在入口，為了降低罹病的風險，務必使用乾淨而銳利的工具，使切口保持乾淨平整。

修剪輪生（三個以上的芽點從枝條圓周的不同點長出）或互生排列的枝條，應從朝向適當方向的芽點上方截除，在健康芽點上方切出平行於芽點朝向的斜角，斜角

的最高點恰好位於芽點基部的上方。需要多加注意的是，切口如果太接近芽點可能會造成芽點受傷或死亡，距離太遠則可能造成整根枝幹枯死。

枝葉對生的植物，應該從健康芽點的上方垂直剪斷枝條。

攀緣植物的整枝

攀緣植物最好從定植後的第一個生長季開始整枝。首先把最強壯的枝條綁在支架上，引導藤莖朝向期望的方向生長，這時的目標應該放在培育平均覆蓋整個支架的亭勻骨幹，其後再隨著植物的成長，逐步引導柔軟的藤蔓和捲鬚攀附在支架上。

定植後的第一個冬末春初之交，等到嚴霜威脅已過，便可以從接近主幹的適當芽點上方截短側枝，並將修剪後的枝條綁牢，第二年再度逐一將枝條修剪至朝向適當方向的芽點上方，並固定新生的枝條，如此即可培育出主要的藤莖骨幹。其他不宜培育為骨幹架構的枝條則由距離主莖約二個芽點之處剪短。

對生枝
對生枝應從強壯的對生芽點或嫩枝上方剪斷，使切口保持垂直平整。

互生枝
互生枝應從新芽的上方截剪成斜角。

如何剪枝
切口應剪成斜角，其中斜角的最低點正對著芽苞基部，頂部則順勢斜向芽苞上方。

已定根攀緣植物之修剪

有些攀緣植物係利用當年生（偶爾為去年生長末季萌發）枝段開花，這些植物宜在新芽尚未萌發的冬末或初春時期進行修剪，當季稍後即可開花於新生枝條上。另外有些攀緣植物則是利用前一季長出的成熟木質莖或老枝開花，這類植物必須在開花後立即加以修剪，使新枝在入冬以前有充分的時間成熟為來年的開花枝，若能及早修剪，有些花期較早的攀緣植物可以在同一生長季裡二度開花。

一年生枝條和二年生枝條有很明顯的不同：一年生枝條柔軟而富有彈性，且通常呈綠色；二年生枝條多呈灰色或褐色。修剪攀緣植物時，應剪除所有的枯枝、傷枝、以及擁擠枝，枝條一旦長出指定範圍

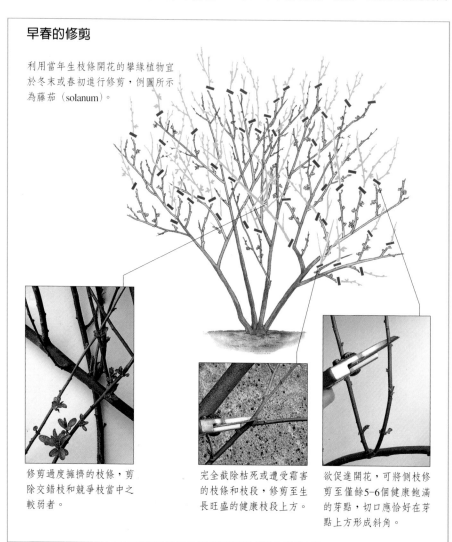

早春的修剪

利用當年生枝條開花的攀緣植物宜於冬末或春初進行修剪，例圖所示為藤茄（solanum）。

修剪過度擁擠的枝條，剪除交錯枝和競爭枝當中之較弱者。

完全截除枯死或遭受霜害的枝條和枝段，修剪至生長旺盛的健康枝段上方。

欲促進開花，可將側枝修剪至僅餘5-6個健康飽滿的芽點，切口應恰好在芽點上方形成斜角。

便須加以修剪，以便常保株形之美觀，並控制過度的生長。

常綠攀緣植物最適合在嚴霜已過、新芽萌發的早春時節進行修剪，但花、葉皆具觀賞效果的常綠攀緣植物都是利用去年枝開花，因此必須等待開花後再行修剪。枯枝或傷枝應全數剪除，伸展過度的枝條並需加以調整，以便使枝葉保持在一定的範圍內。

生長季間已經歷一度修剪的攀緣植物，入冬完全休眠以後可以進行二度修剪，以便改善並調整株形。這道手續對於落葉植物尤其重要，因為枝幹在葉片落盡的冬季裡會完全顯露出來，有利於進行修剪的工作。切勿修剪成熟的枝條，因為這些枝條將在來年綻放花朵，而且天寒地凍的時候

早夏的修剪

利用去年長出的成熟枝段開花的攀緣植物，開花後應立即加以修剪，使新枝得以在入冬之前成熟。例圖所示為初夏開花的素馨。

剪除生長擁擠處之弱枝。

將開過花的枝條剪短至下方強健的新芽之上。

枯死或遭受霜害的枝條全數剪短至健康的枝段上方。

也不宜修剪植物。

生長過度或曾經被棄而不顧的攀緣植物，可以藉由重度修剪至只留主要枝幹而回春生長，此後可視情況需要予以二度修剪。重度修剪可能造成植物一或二季不開花，但如果能夠同步配合施用追肥、充分澆水、並鋪設覆被層，植物往往可以因此而再現蓬勃的生機。

氣根性攀緣植物定根以後，便不太需要加以修剪，其他類型的攀緣植物則必須年年修整新枝，才能維持理想的株形。

每一個生長季節可以選擇最強壯的枝條來加以固定，使得藤莖的結構往外延展或維持枝條的骨幹，主要枝條並應該經常重新綁縛固定住，最好能定期檢查全部的藤莖綁縛點，以免繩索壓迫到逐年加粗的藤

初冬的修剪

利用冬季修剪攀緣植物，比較容易深入整頓主要的藤莖骨幹、調整新生枝條。例圖所示為北五味子。

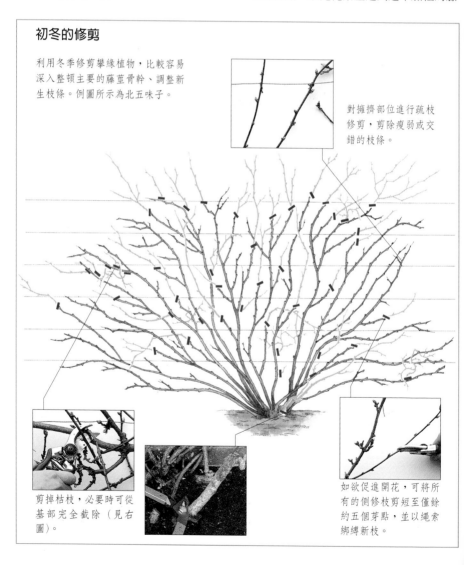

對擁擠部位進行疏枝修剪，剪除瘦弱或交錯的枝條。

剪掉枯枝，必要時可從基部完全截除（見右圖）。

如欲促進開花，可將所有的側修枝剪短至僅餘約五個芽點，並以繩索綁縛新枝。

莖，而且必要時也應該加以鬆綁或重新綁縛固定。

灌木的修剪

常綠灌木一般不太需要加以整形修剪，但有時必須進行局部修整，以保持株形均衡發育。修剪工作最好在定植後的仲春時節進行。落葉灌木的整形修剪最好利用休眠期實施，時間大約在中秋至仲春之間，於定植時或定植後進行，修剪幅度則視灌木種類和苗木的品質而定。修剪的目的在於使整株灌木發育成疏密合度、分布均衡的形態，定植後應剪除所有枯枝、傷枝和弱枝，交錯生長和過度擁擠的枝條應修剪至朝外生長的新芽上方，或是從基部將之截掉，以便培育出向外開展的枝幹架構。

常綠灌木的修剪

常綠灌木開花後即應予以修剪，截除枯死和受傷的枝條、剪短開花枝，同時修剪任何破壞植株輪廓的雜枝。例圖所示為葡萄牙稠李。

將開過花的枝條剪短至主要的新芽上方，擁擠枝和交錯枝一律剪除。

任何位置欠佳的枝條均應剪除，留下健康、位置良好、朝外生長的枝條。

將所有枯死或受傷枝條剪短至健康枝段上方，必要時可從基部完全截除。

若有生長特別強旺的枝枒破壞了植株的整體平衡，可稍微加以修剪。如果剛購得的苗木並未形成強壯的分枝架構，可利用重度修剪的方式促進生長，但是生長速度緩慢的灌木並不適合使用這種方式，例如：雞爪槭（*Acer palmatum*）便只能實施微幅修剪。槭樹類植物最好在夏季實施修剪，因為在春季修剪會造成植株流失樹液。株形良好的灌木有時會發生枝葉生長過盛、超過根系負荷的問題，要使植株的生長狀態穩定下來，應該疏掉大約三分之一的枝條，其餘的枝條則剪掉三分之一的長度。

維護性修剪

談到維護性修剪時，首先必須將落葉灌

落葉灌木的微幅修剪

開花後應立即剪除枯枝、弱枝或糾結的枝條，以保持株形向外開展。例圖所示為金縷梅。

利用修枝剪截除所有交錯摩擦的枝條，以紓解擁擠的枝枒，特別應從灌木的中心部位開始進行修剪。

剪掉主幹上瘦弱、凌亂、位置欠佳、或畸形的枝條。

木分成四個大類：只需微幅修剪者；適合在春季修剪、通常著花於當年生枝段者；通常著花於去年生枝段，適合在夏季開花後進行修剪者；以及分蘗旺盛者。

微幅修剪

基部或下層枝條很少萌發大量枝條的灌木，如：唐棣（*Amelanchier*）只需要實施微幅修剪即可。

這類灌木最重要的修剪需求在於去除枯枝、病枝和傷枝，維持枝幹架構的平衡，並促進健康枝枒的生長。微幅修剪應待植株開花後再進行。

春季修剪

將枯枝或傷枝截短至強健的枝段上方，必要時可溯及基部，贏弱、細瘦或徒長的枝條則應從基部全段截除。為了維持開展的枝幹架構，可以對其餘的枝枒實施 1/5-1/3 的疏枝修剪，先從基部最老的枝條開始修剪，最後再將上一個生長季萌發的枝條剪短至距離老枝僅 2-4 個芽點的長度，以促進新芽萌發。

有些大灌木，例如：落葉性的鼠李（*Ceanothus*），會發育出永久性的枝幹架構，定植後的第一個春季應微幅修剪主要的枝幹，第二年再將去年長出的枝段剪短二分之一，此後則於每年冬末春初實施重度修剪，僅在前一年長出的枝段上保留 1-3 對新芽即可。

植株成熟以後可每年固定剪除部分老枝，以免枝枒過度擁擠。

夏季修剪

花期在春季和早夏的落葉灌木會著花於去年枝或是去年枝上的側枝，鋪地蜈蚣（*Cotoneaster*）和洋丁香（*Syringa*）即屬於此類。

這類植物應在定植時剪掉所有的弱枝和傷枝，並將主要的枝條剪短至健康的芽苞上方，以促進發育出強壯的枝幹。如果定植後的第一季即開始著花，那麼開花後應立即實施二度修剪，將開花枝修剪至強健的芽苞上方，同時剪掉徒長枝。修剪後應追施覆被和肥料，此後則年年重複實施這一套流程。

當植物達到成熟階段，亦即定植滿三年以後，每年最多可以對 1/5 的老枝實施疏枝修剪，將枝條剪短至離地面 5-8 公分的高度。

修剪時必須注意維持株形發育的平衡，依照本書的建議修剪樹木時，也應該保持因地制宜的彈性。有些適合夏季修剪的灌木會在開花時期同步旺盛生長，修剪開花枝時應注意避免傷害新芽，以免破壞植物來年的開花能力。其他如貼梗海棠類（*Chaenomeles*）的植物天生即多細枝，因此若欲栽培為獨立觀賞木，植株成熟後很少需要修剪。

分蘗旺盛灌木之修剪

有些灌木，如：棣棠花（*Kerria*），係著花於去年生枝段上，但是新芽卻多半是從地面長出來，此往往和宿存枝幹的開花能力形成競爭關係。

分蘗性灌木在定植時必須截除弱枝、保留強壯的枝條和側枝，第二年開花後立即截除所有的弱、枯、傷枝，並對開花枝重度修剪至強壯的芽苞上方，第三年以後再疏掉 1/4-1/2 的開花枝，將枝條修剪至距離地面 5-8 公分的長度。

其餘的開花修枝應剪短 1/2，並留下強健的新芽以待生長，修剪後則應該追施覆被與肥料。

繁殖方法

灌木和攀緣植物都可以使用播種、扦插、高壓、分株或嫁接等方法繁殖。播種繁殖的方法很簡單,但是需要很長的時間才能培育出適花年齡的植物,而且並不適用於雜交和栽培品種植物的繁殖,因為播種育成的子代會產生變異。不過播種繁殖是培育一年生攀緣植物的唯一方法,也是繁殖草本攀緣植物最簡便的方式。

有多種扦插繁殖法可用於繁殖植物,方法多半相當簡單,而且具有子代和親代完全相同的優點,因此適用於繁殖栽培品種、雜交品種和芽條變異品種。

種子繁殖法

種子可由市面購得或從自家花園裡的植物上採集,但雌雄異株的植物必須雌雄混植才能產生種子。有些種子必須實施預處理才能播種成功,例如牡丹等種皮堅硬植物,必須事先在種皮上劃出刻痕或以砂紙將種皮磨薄,使種子能夠吸收發芽所需的水分,其他種皮堅硬的植物則須先在冷水或溫水中浸泡數小時再行播種,前者如山茶花、海桐等,後者如雞錦兒、小冠花。

許多溫帶植物的種子須經過一段低溫期才能發芽,這個過程可以藉由秋播於露天苗床中,或將種子混以潮濕蛭石並貯存於溫度設定在 0.5-1℃的冰箱裡而達成。各種植物的低溫需求不同,從某些落葉植物的 6-8 週、到有些松屬植物的短短 3 週不等,冷藏期間應經常檢查,發現發芽徵兆應立即取出播種。大多數耐寒植物的種子都適合秋季播種,不耐寒植物的種子則適合春播於玻璃溫室中。如果購買的是袋裝種子,請依照包裝袋上的指示播種栽植。

播種之前,先在播種盆或淺盤裡盛滿播種專用培養土,並以平板將土壤略微壓實,然後將種子撒布於土面,以篩過的播種培養土覆蓋適當的厚度,最後再以細孔澆壺從表面澆水。細小的種子可用乾燥的園藝用細沙加以混合,以便疏散而均勻地

軟木插

1 春季時,採收已長出3-5對葉子的非開花枝作為插穗,從莖節以下的位置垂直切斷,截成8-10公分的長度(見插圖)。

2 摘掉下層葉片,盡快將插穗插入預先盛妥扦插專用培養土的盆中,使插穗間保持適當的距離,避免葉片互相接觸。

撒布種子,撒種後毋須覆蓋培養土。細小種子的播種盤應置於盛水的淺盤上,使培養土由下方吸水,因為從上方澆水會擾亂種子的分布狀態。

在播種盤上撒一層薄薄的園藝用粗砂覆蓋種子,或在表面上覆蓋一層透明的塑膠膜或玻璃,防止培養土乾掉。播種後,將播種盤置於低溫栽培床(Cold Frame)、溫室或繁殖裝置中——溫帶植物的發芽適溫約介於12-15℃之間,暖溫帶植物和溫帶植物之發芽適溫則為21℃,之後則定期檢查,並於必要時補充水分。

種子發芽後應適當噴灑殺菌劑,以降低發生灰黴病(葡萄孢菌)和其他真菌性病害的風險。實生苗成長至可以移植的大小時(至少長出二片葉子),小心地將幼苗從播種盤中取出,移植到內填培養土的假植盤(分散疏植)或花盆中。

將實生苗置於光線充足但不受日光直射之處,直到充分定根為止。在苗木成長至可以種植於戶外環境之前,應逐步使其適

盆播法

將種子置於對折紙張的內凹面,輕敲紙張,使種子均勻撒布於播種培養土上,以篩過之培養土覆蓋種子至適當深度,澆水、加以標示,並依照種子發芽所需之溫度條件置於低溫栽培床或繁殖裝置中。當實生苗發育到可以移植的大小時,即可挑選健壯的幼苗加以移植:注意拿取幼苗時僅可碰觸其葉片。將實生苗疏開,移植到裝妥培養土的假植盤或個別花盆中,移植之初應該避免陽光直曬,直至幼苗完全定根為止。

3 以殺菌劑水溶液灌溉插穗,貼上標籤,置於繁殖裝置中,使內部溫度保持在18-21℃。

4 充分發根後,先使幼苗逐步健化,輕輕分開幼苗、分別植於盆後,將新植幼苗置於遮陰處,直到定根完成為止。

槌形扦插法

由去年生枝段上採取莖條，從每一根側枝長出的位置上方和以下 2.5 公分處切斷，將側枝剪成10-13 公分長並摘除下層葉片即成。

應戶外溫度（健化）。若幼苗在能夠移植到戶外之前，其根部即已充滿花盆，則應換盆移植到較大的花盆中。

軟木插

軟木插（softwood cuttings）適合用於繁殖許多種（主要為落葉性）灌木和攀緣植物，這種扦插法的插穗取自春天快速成長的新枝末梢，可以迅速發根，但如缺乏適當的栽培條件，插穗會迅速枯萎腐爛。

剪取插穗最好在清晨時分進行，從柔軟的單出新枝上採收，並放入不透明塑膠袋中保持濕度，接著再進行準備與扦插工作（見第304-305頁）。

完成扦插後，應充分澆水並施用殺菌劑，然後置於網室或繁殖裝置中，或以手持式噴水器定期噴水保濕，使插穗周圍保持約18-21℃之溫度與高濕度狀態，同時每週噴灑一次殺菌劑。

插穗發根後，逐漸開放更多的空氣進入繁殖裝置，使幼苗健化，然後輕柔地將已發根的插穗從盆中移出，並小心分開各苗株的根系，將幼苗分別種植於花盆中，移置於遮陰場所，直到幼苗完全定根為止。

綠木插

幾乎所有適用軟木插繁殖的植物都適用綠木插（greenwood cuttings）。這類插穗可在生長速度趨緩的春末時節由生機旺盛的略硬枝條上取得，扦插前的處理方式與軟木插相同，但若先沾取一些發根劑再插到培養土中，發根效果將會更好。若插穗長於8-10公分，可將柔軟的枝梢切掉並摘除下層葉片。綠木插也可以保留踵部（見第310頁），踵部切口應保持平整乾淨。

半硬木插

很多常綠性灌木和部分落葉性灌木均適用以半硬木插（semi-ripe cuttings）繁殖。這類插穗取自盛夏至夏末、乃至早秋的當年生枝條，這時枝條的基部已經硬化，但枝梢仍保持柔軟，能提供輕微的抗拒力，承受得起以手指彎折的力量。

從母株的莖節（葉片著生點）上方剪取一段枝條，採下主莖上的側枝並逐一剪成10-15公分長之插穗。剪掉每一根插穗柔軟的枝梢，並去除最下方的二對葉子，切口應與莖條平行。在插穗上削一道傷口（見306頁），並於基部位置沾上發根劑、

半硬木插

在半硬木插的基部位置削一道切口以促進發根，從基部的一側薄薄地縱向削掉大約2.5公分長的樹皮即可（見插圖）。

促進發根,將插穗插入塡妥扦插專用培養土的育苗盤或個別花盆,移放至繁殖裝置或低溫栽培床,待插穗根系發達時,再移植到較大的花盆中,使插穗在各自的花盆中健化、成長,靜待其發育至可以移植於戶外的程度。

槌形扦插法

槌形扦插(mallet cuttings)的插穗取自於盛夏至夏末之間的枝條,屬於另一種類型的半硬木插。這種插穗的基部保留了一段截自去年生枝條的槌形木段(見第306頁圖示),由於老木段較不易腐爛,一般適用於繁殖莖條中空或含髓質的灌木。

備妥花盆或設有底部加溫裝置的繁殖箱,塡滿扦插專用培養土或顆粒細的碎樹皮,或以等比例的泥炭土和珍珠石或粗砂混合而成的栽培介質。從母株上挑選健壯的枝枒截成插穗,插入培養土中,使插穗保持葉片互不接觸的間距,因爲重疊的葉片是腐朽眞菌的溫床。將插穗埋妥,並以殺菌劑水溶液充分澆灌,然後移放至低溫栽培床或底部溫度設爲21℃的繁殖裝置中,使培養土保持適度的濕潤。置於低溫

硬木插

1 從當季生長的枝條上選擇強健且充分成熟、約鉛筆粗的莖條(右側插圖最左邊),避免挑選瘦弱的莖條(中間)和蒼老的枝幹(右邊)。

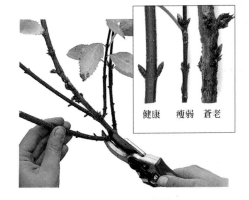

健康　瘦弱　蒼老

2 去除落葉性的葉片和柔軟的頂梢,截成15公分長的莖段,在基部沾上發根劑。

3 將插穗插入預先備妥專用培養土的花盆中,使插穗露出土面2.5-5公分,加上標籤、澆水、置於低溫栽培床。

栽培床的插穗必須避免接觸霜雪，只要在低溫栽培床上覆蓋麻布或舊地毯即可，若有底部加溫裝置，插穗應可於來春發根，若無加溫設備，則必須經過一整個生長季才能長出發達的根系，而且發根以後的秋季仍尚未完全定根。低溫栽培床一般應保持密閉，但若逢氣候和暖的冬日應打開通風，春末秋初則應逐步開放空氣進入低溫栽培床，使扦插苗健化，同時開始每二週澆水一次。插穗需要充足的光線，但應避免日光直射，待根系發育良好時，將幼苗分別移植於花盆或列植於露地，待其充分長成再定植於最終種植地點。

硬木插

硬木插適用於許多常綠和落葉灌木及攀

簡易壓條法

1 把一根枝齡尚短、位置低矮而有彈性的枝條彎垂到地面上，用藤條標示觸地位置，挖一個淺穴，並將主莖上所有的側枝和葉片完全去除。

2 在藤莖接觸土面位置的下側切開一道淺口（見插圖），在切口塗上發根劑促進發根。

3 用U形鐵絲將藤莖固定在土面上，使莖上的切口接觸到土壤，然後以土壤回填植穴，並將土面稍微拍實。

4 當壓條的藤莖發根後，小心地挖起新植株，並從接近新苗根部之處切斷與母株的連結，將壓條苗種於盆中或移種於戶外定點。

緣植物之繁殖，此類插穗須於秋季至初冬之間，由去年長出、已呈木質化狀態的成熟莖條上採取（見第307頁說明圖）。剪下一段鉛筆粗的枝條，從去年生和當年生枝段的交會點剪斷，將剪斷枝條截成15公分長的小段，前端在芽點上方剪平，尾端在芽點下方剪成斜角，若為常綠灌木的插穗，則前端切口應位於葉片上方，尾端切口亦位於葉片下方。摘除莖條下端三分之二部位的所有葉片，若剩餘的葉片很大，則可再將之剪半，然後將插穗末端沾上發根劑。

硬木插可在露天壕溝中發根，扦插時在深約12-15公分、底部鋪粗砂的壕溝裡貼著平坦的溝背，每隔約15公分插一枝。另亦可扦插在低溫栽培床的花盆中，插穗距離以10公分為宜。插穗上端應突出土面2.5-5公分，將土面拍實，並充分澆水。

使扦插苗床保持雜草淨空，給予適當的灌溉，降霜後應檢查露地苗床的情況，若插穗為霜雪擊倒，應重新將土壤填實。置於低溫栽培床的插穗應可於來春發根，移入盆中或移植到露地之前，應先對幼苗實施健化。扦插於露地苗床的插穗應保留至秋季再移植到指定位置。

壓條法

壓條法為植物繁殖方法之一，其特色在於利用未切離母株的莖條養成苗株。壓條繁殖有許多變化手法，其中，以迂迴壓條法（Serpentine layering）和簡易壓條法（Simple layering）最為簡單，許多落葉和常綠灌木如：蠟瓣花（Corylopsis）、卡彭特木（Carpenteria）、桃葉珊瑚（Aucuba）等可用簡易壓條法繁殖，很多攀緣植物則具有自行壓條繁殖的能力，只要藤莖觸及土面即可發根長出小苗。

實施壓條以前，必須提前約十二個月利用秋或春季修剪母株的近地低枝，促進母株萌發更多新枝，第二年開始翻耕準備實施壓條的土地，使土壤保持鬆軟的狀態，並添加粗砂和腐殖質改良黏重土。

將選定的嫩枝固定在土面上（見第308頁說明圖），在接下來的生長季期間，使壓條發根範圍內的土壤保持濕潤。壓條將於秋季發根，但應將新苗留置於原地直到來春。

將幼株從母株上切離移植到盆中或戶外前，須先檢查發根情況是否良好。若發根情況欠佳，應使幼株在原地多停留一個生長季，使根系有足夠的時間發育完全。

迂迴壓條法

很多攀緣植物都可以用迂迴壓條的技術加以繁殖。實施時，先小心地將藤莖從植株彎到事先整理好的土面上，將莖上的葉片和側芽全數摘除，在莖節附近劃出切口，並對切口撒上發根劑，然後以U形鐵絲逐點固定（見插圖）。入秋後將發育完成的植株分開，並於移植立樁之前，將新植株上殘留的老莖剪掉。

踵狀插

踵狀插的插穗可由嫩枝、半成熟或成熟莖條取得，它的特色是在插穗基部保留一小塊較老莖段的「踵部」。踵部含有濃度較高的天然生長激素，有助於促進發根。從當年生的枝條上採取一根強健的側枝，採枝時應在側枝基部保留老木上的踵部，以銳利的刀子修掉踵部多餘的末梢，然後插入培養土中即可。

攀緣植物的壓條繁殖

攀緣植物的壓條方式與灌木大體相同，但通常不必進行預備性的修剪即可產生適合壓條的強健枝條，紫藤等生性強健的植物，毋須使用發根激素即可發根。

迂迴壓條法可以從同一根藤莖上培養出許多棵新植株（見第309頁說明圖）。

根插法

有些灌木，如小花七葉樹和漆樹屬植物，以及攀緣植物，如藤茄，適合採用根插法繁殖。休眠中的幼小灌木可以整株拔起，讓土壤和根系分離，不過這個方法並不適用於大型灌木和攀緣植物，這時可以在植物基部的適當距離之外小心地挖掘一個30-60公分寬的洞穴，讓植物的根部出露，挑選粗細約 0.5-1 公分的根條，從接近主根的地方切斷（見右頁說明圖），置於潮濕的布袋或塑膠袋中保存，等待後續處理。

清洗表面的泥土並去除鬚根和側根，頭端切平、尾端截成斜角，以確保扦插時不致上下顛倒。插穗應為 5-15 公分長，插床愈冷、根條愈細，插穗就必須切得愈長，例如在露地上扦插的根插插穗至少應有10公分的長度。為插穗塗上殺菌劑，插入盛裝培養土的花盆，使水平切口端朝上。發根容易的灌木可以直接扦插在露地鬆軟的土壤中，比較不易發根的攀緣植物和灌木則應扦插於事先備妥的花盆中，使用扦插專用培養土或以等比例的泥炭土和粗砂混合而成之栽培介質。將插穗垂直插入土中，間隔約 5-7 公分，上端切口水平略突出於土面，然後在土面覆上 3 公釐厚之細石或粗砂，插上標籤，充分澆水，使多餘的水分排出。直到新芽長出以前，必須對苗床充分供水，但應注意澆水過度會造成插穗腐爛，特別是天氣寒冷的時候。

將花盆置於低溫栽培床、冷涼溫室或繁殖裝置中。露地扦插的插穗將在10週內發根，置於低溫栽培床或溫室內的插穗則 8 週內可發根，若置於溫度18-24℃的繁殖裝置中，新芽將於 4-6 週內冒出。若扦插苗成長迅速，只要等待新苗的根系發育良好即可移到盆中，生長慢的扦插苗可在原地留置12個月，但應每二週施一次液肥。

踵狀插

踵狀插（heel cuttings）也是一種扦插繁殖法，它的扦穗可取自嫩枝、半成熟或成熟莖條。這種扦插法的優勢是插穗保有較高濃度的天然生長激素，可促進植物快速發根。

根插法

1 在植物基部相當距離之外挖掘一個洞穴，使植物的根部出露。選擇直徑約1公分粗的根條，用修枝剪截下數根至少10公分長的根段。

2 洗淨根上附著的土壤並去除鬚根及側根，將根段切成長約 5 公分的小段，頭端切平、尾端切成斜角（見例圖）。

3 將根條垂直插入備妥扦插培養土的盆中，使上端略突出於土面，並於土表覆蓋 1 公分厚的沙層。充分澆水、加上標籤，移置於低溫栽培床、溫室或繁殖裝置中等待發根。

4 當根條已充分發根並長出高約2.5~5公分的新芽時，即可移植到獨立盆中，在生長季間逐步健化幼苗並施予液肥，攀緣植物並需設立支柱，秋季或春季即可移植於戶外。

名詞釋義

粗體字表示另有獨立條目。

不定根 Adventitious (of root)
直接由莖幹或葉片長出之根。

分株 Division
植物繁殖法之一,利用休眠時期將母株分成數個獨立植株。

火燒病 Fireblight
一種細菌性病害,首先侵襲花朵,然後逐步蔓延至莖、葉。

多肉植物 Succulent
莖、葉肥厚多肉,可貯藏大量水分的植物。

有機質 Organic
1.由動植物之有機體分解而成之含碳化合物。
2.泛指覆蓋、堆肥等由植物材料製成之物質。

羽狀(葉) Pinnate (of leave)
複葉,於主葉柄兩側各長有一排小葉。

扦插 Cutting
植物繁殖法,將植的部分切離以繁殖新個體。

佛焰苞 Spathe
圍繞一團花簇或一個**芽**體的大型苞片,通常為1片,偶有2片。

亞灌木 Sub-shrub
基部為木本,但細枝入冬後會枯萎的植物。

芽接法 Budding
利用芽片嫁接的植物繁殖法,參見〈灌木與攀緣植物的栽培〉一章,第290-311頁。

芽條變異 Sport
一種由誘發或自發性基因改變所造成的突變現象,可導致產生與母株不同特徵的枝條或顏色不同的花朵。

花冠 Corolla
花朵由花瓣組成的部位。

花柱 Style
花朵中支撐**柱頭**之構造。

花萼 Calyx
花朵的外層部位,通常小而綠,但有些品種的花萼外型搶眼,色澤鮮豔;其構造係由萼片演變而來,將花瓣包覆於花苞之中。

花藥 Anther
雄蕊產生花粉之部位。

返祖遺傳 Revert
回復原始狀態,如斑葉品種長出完全的綠葉。

附生植物(氣生植物) Epiphyte
指非寄生性地附生於其他植物上,根部無須深入土壤即可由空氣中獲取養分和水氣的植物。

苞片 Bract
位於花或叢生花基部的變態葉,有的狀似葉片,有的退化成鱗片狀,通常大而色彩鮮艷。

柱頭 Stigma
花朵中的雌性器官,用來接受花粉的部位。

根莖 Rhizome
生長在地底的水平地下莖,常為植物的養份儲藏器官,具有葉狀枝條。

氣生根 Aerial root
從土面上的莖幹萌發而成、具固著作用之根。

常綠植物 Evergreen
指除了一些較老的葉片會定期掉落更新之外,終年保有綠葉的植物。半常綠植物僅能保留部分葉片,或只有在新葉長出時,老葉才會掉落。

捲鬚 Tendril
一種由葉或莖變形而來的器官,多呈長而纖細之形狀,可勾纏於支撐物之上,另可參見**攀緣植物**。

雄蕊 Stamen
花朵中的雄性器官,頂部具有可以產生花粉的**花藥**。

圓錐花序 Panicle
複生、有分枝之總狀花序,其花朵著生於由主花軸分枝出來的花柄(花梗)上。

葇荑花序 Catkin
花序之一種,通常呈下垂狀,花朵無瓣,且通

常無花柄，外環鱗片狀之花托，一般為單性花。

塊莖 Tuber
由莖或根衍生而成之養分貯藏器官，外形肥厚，通常埋藏於地底下。

嫁接 Grafting
植物繁殖法之一，把一棵植株的枝幹或是生長點組織接植到另外一顆植株的莖幹組織上。

微氣候 Microclimate
大型氣候區中的小型、局部性的氣候環境，如溫室或花園中受保護的區域。

葉簇 Rosette
一群幾乎自同一生長點長出，且呈放射狀排列的葉叢，大都生長在接近地面的短縮莖基部。

萼片 Sepal
組成**花萼**之部分，雖然多為綠色且不甚顯眼，但有時亦具觀賞價值。

摘心 Pinch out
以食指與拇指摘除植物之生長頂芽，誘發側芽產生或花苞形成之方法。

種 Species
植物分類系統中的一個分類階層，其位階在**屬**之下，包含親緣相近、極為類似之各種植物。

雌雄同株 Hermaphrodite
指雙性同體，即單朵花中同時具有雄性（雄蕊）與雌性（雌蕊）生殖器官。

層積 Stratification
將種子置於低溫環境下一段時間，以打破休眠、促進發芽的方法。

輪生 Whorl
於同一生長點上有 3 個或更多器官（如葉或花）的排列形態。

壓條法 Layering
植物繁殖法之一，藉由將未切離母株的枝條壓入土中而促使其發根。

營養繁殖 Vegetative propagation
以種子以外的營養器官達成之植物繁殖過程，通常可產生基因相同之後代。

營養生長 Vegetative Growth
只長葉而不開花。

總狀花序 Raceme
一種無分枝的花序，花軸上有多朵有柄花獨立著生於其上，最晚開的花位於花軸頂端。

繁殖裝置 Propagator
可為幼苗、插枝，或其他繁殖用之植物提供濕潤空氣之設備。

覆蓋 Mulch
覆於土壤表面或植株四周，可保持濕度並保護根部免於霜害，同時能抑制雜草生長、使土壤肥沃之**有機質**。

雜交種 Hybrid
經由兩個不同基因型的親本植物雜交授粉所繁殖之後代，通常是栽培過程中偶發或人工栽培的結果，但也有可能在自然狀態下發生。

繖形花序 Umbel
一種通常呈平頂或球狀之花序，每一朵小花的花柄均由同一個中心點長出。聚繖花序每一根初級花柄的末端均為一朵繖形花序。

繖房花序 Corymb
指內側花柄較外側為短、整體呈圓形或平頂形之花序。

攀緣植物 Climber
指利用其他植物或物體之支撐往上攀緣生長之植物，其中：「葉柄型攀緣植物」係以葉柄盤捲於支撐物上；「根附型攀緣植物」會產生氣生支持根；「附壁型攀緣植物」藉由吸盤緣壁而上；「捲鬚型攀緣植物」係利用捲鬚來纏繞支撐物；「纏繞型攀緣植物」則是利用藤莖盤繞攀升。「蔓生或蔓爬型攀緣植物」會長出長長的蔓莖披覆於支撐物表面，鬆散或完全不附著於其上。

屬 Genus
植物分類系統中的一個分類階層，由一群親緣相近的**種**所構成。

灌木 Shrub
木本植物的一種，通常從基部或接近基部的地方開始分枝。

中文索引

一劃

一葉豆屬 *Hardenbergia*
不耐霜雪之常綠纏繞性攀緣植物或亞灌木，以葉和蝶形花爲栽培目的。

二劃

丁香屬 *Syringa* (Lilac)
落葉灌木（和喬木），以通常香味極濃之花爲栽培目的，花聚爲密圓錐花序。灌木（和喬木），以通常香味極濃之花爲栽培目的，花聚爲密圓錐花序。

七葉樹屬 *Aesculus* (Buckeye, Horse-chestnut)

九重葛屬 *Bougainvillea*
不耐霜雪之落葉或常綠蔓生性攀緣植物，具有外被漂亮苞片的不明顯花朵。

八仙花屬 *Hydrangea*
落葉灌木和落葉或常綠攀緣植物，以豔麗之頭狀花序爲栽培目的，有時葉姿亦有觀賞價值，頭狀花序主要呈圓頂或扁平狀。

六道木屬 *Abelia*
落葉、常綠、或半常綠灌木，以花、葉爲栽培目的。
「高奇爾」 'Edward Goucher' (Goucher abelia) 181
四川六道木 *schumannii* 181
三花六道木 *triflora* 36

分藥花屬 *Perovskia*
落葉亞灌木，以細長的枝條、芬芳的葉片和藍色花朵爲栽培目的。
濱藜葉分藥花 *atriplicifolia*
「藍塔」 'Blue Spire' 201

天門冬屬 *Asparagus*
常綠、半常綠、或落葉灌木和攀緣植物，以其美麗的葉姿爲栽培目的。本屬亦有多年生草本植物。
攀援天門冬 *scandens* 279

文冠樹屬 *Xanthoceras*
一屬一種之落葉灌木，以葉和花爲栽培目的。
文冠樹 *sorbifolium* 33

木通屬 *Akebia*
落葉或半常綠之纏繞性攀緣植物，以花、葉爲栽培目的，通常必須二株以上群植方能結果。
木通 *quinata* (Chocolate vine) 239

木槿屬 *Hibiscus*
常綠或落葉灌木，似似錦葵之花爲栽培目的。本屬亦有喬木和多年生、一年生草本植物。
朱槿（扶桑花）*rosa-sinensis* (Chinese hibiscus)
「總統」 'The President' 111
華木槿 *sinosyriacus*
「紫后」 'Lilac Queen' 119
木槿 *syriacus*
「青鳥」 'Oiseau Bleu' 122
「紅心」 'Red Heart' 105
「木橋」 'Woodbridge' 111

木樨屬 *Osmanthus*
常綠灌木和喬木，以葉和香花爲栽培目的。
博氏木樨 ×*burkwoodii* 20
山桂花 *delavayi* 19
柊樹（刺格）*heterophyllus*
「黃邊」 'Aureomarginatus' 59

木藍屬 *Indigofera*
落葉灌木，以葉和蝶形花爲栽培目的。本屬亦有多年生草本植物。
麗江木藍 *dielsiana* 182
異花木藍 *heterantha* 109

木蘭屬 *Magnolia*
落葉、半常綠、或常綠灌木和喬木，以通常具有香味之花朵爲栽培目的。
日本毛木蘭（重華辛夷）*stellata* (Star magnolia) 71
「睡蓮」 'Waterlily' 71

火把花屬 *Colquhounia*
常綠或半常綠灌木，以夏末至秋季之花姿爲栽培目的。
深紅火把花 *coccinea* 137

火刺木屬 *Pyracantha* (Firethorn)
常綠灌木，以葉花果爲栽培目的，枝條多刺。
全緣火刺木 *atalantioides*
「金光」 'Aurea' 50
「金美人」 'Golden Charmer' 138
「金圓頂」 'Golden Dome' 138
瓦特爾火刺木 ×*watereri* 94

火焰草屬 *Manettia*
不耐霜雪之常綠纏繞性攀緣植物，可開出亮眼的小花。
巴西火焰草 *luteorubra* (Brazilian firecracker) 239

火焰藤屬 *Pseudogynoxys*
不耐霜雪之常綠灌木和攀緣植物，以雛菊形之

合果芋屬 Syngonium

不耐霜雪之常綠氣生根型攀緣植物，以漂亮之葉爲栽培目的，栽培品種鮮少開花。

尖藥木屬 Acokanthera

不耐霜雪之常綠灌木和喬木，以樹姿和花朵爲栽培目的。

地錦屬 Parthenocissus

落葉攀緣植物，以觀賞平時之葉姿和秋季葉色爲主，捲鬚具吸盤，花不明顯。

安息香屬 Styrax

落葉灌木和喬木，以花和葉爲栽培目的。

污生境屬 Coprosma

常綠灌木和喬木，以葉、果爲栽培目的，花朵不顯眼，雌雄株同植一處方能結果。

灰木屬 Symplocos

常綠或落葉灌木和喬木，以花和果爲栽培目的，數株群植方能纍纍結實。

米花屬 Pimelea

不耐霜雪常綠灌木，花和樹姿爲栽培目的。

羊蹄甲屬 Bauhinia

不耐霜雪之常綠、半常綠或落葉灌木和攀緣植物，具有美麗的花朵。本屬亦有喬木種。

老鼠刺屬 Escallonia

常綠、半常綠或落葉灌木和喬木，具有富光澤之葉片和繽紛盛放之花朵，爲適合用於海岸花園之優良綠籬植物。

栽培目的。
黃果草馬桑 *terminalis* var. *xanthocarpa* 214

流蘇樹屬 *Chionanthus*
落葉灌木，以白色的花朵為栽培目的，炎夏之際開花最盛。
美國流蘇樹 *virginicus* (White fringe tree) 33

洛美塔屬 *Lomatia*
常綠灌木（和喬木），以花、葉為栽培目的，花具四片狹長扭曲之花瓣。
野芹花 *silaifolia* 178

炮仗花屬 *Pyrostegia*
不耐霜雪之常綠捲鬚性攀緣植物，以花為栽培目的。
炮仗花 *venusta* (Flame flower) 277

珊瑚小蘗屬 *Berberidopsis*
一屬一種之常綠纏繞性攀緣植物。
珊瑚小蘗 *corallina* (Coral plant) 254

珊瑚豌豆屬 *Kennedia*
不耐霜雪之常綠蔓性攀緣植物，開蝶形花。
深紅珊瑚豌豆 *rubicunda* (Dusky coral pea) 238

珊瑚藤屬 *Antigonon*
不耐霜雪之常綠捲鬚性攀緣植物，以葉姿和花簇為栽培目的。
珊瑚藤 *leptopus* (Coral vine) 248

珍珠梅屬 *Sorbaria*
落葉灌木，以葉和白花圓錐花序為栽培目的。
珍珠梅 *sorbifolia* 96

省沽油屬 *Staphylea* (Bladder nut)
落葉灌木和喬木，花朵和膨大之果實具有觀賞價值。
膀胱果 *holocarpa*
「大花」 'Rosea' 22

羽葉省沽油 *pinnata* (European bladdernut) 21

相思樹屬 *Acacia* (Mimosa, Wattle)
常綠、半常綠、或落葉灌木和喬木，以花、葉為栽培目的。
灰葉栲 *baileyana* (Cootamundra wattle, Golden mimosa) 54
三角相思樹 *cultriformis* (Knife-leaf wattle) 90
極彎相思樹 *pravissima* (Ovens wattle) 54
多刺相思樹 *pulchella* (Prickly Moses) 168

科力木屬 *Colletia*
落葉灌木，以花朵和造型奇巧、多刺、通常無葉的枝條為栽培目的。
刺科力木 *hystrix* 133

紅千層屬 *Callistemon* (Bottlebrush)
常綠灌木，栽培目的在於觀賞瓶刷狀的花穗，葉常為狹長形、先端尖。
紅千層 *citrinus* (Crimson bottlebrush)
「璀璨」 'Splendens' 116
淡白瓶刷樹 *pallidus* (Lemon bottlebrush) 124
紅瓶刷樹 *rigidus* (Stiff bottlebrush) 116

紅鐘藤屬 *Distictis*
不耐霜雪之常綠捲鬚性攀緣植物，以豔麗之喇叭形花朵為栽培目的。
紅鐘藤 *buccinatoria* 237

美洲合歡屬 *Calliandra*
不耐霜雪之常綠灌木和攀附型（Scandent）攀緣植物。本屬亦有喬木類植物。
綿毛葉美洲合歡 *eriophylla* (Fairy duster, Mesquitilla) 212
美洲合歡（粉紅花型） *haematocephala* (Powder puff tree, pink form) 133
美洲合歡（白花型） *haematocephala* (Powder puff tree, white form) 141

有香味之白色花朵。

米氏香花木　*milliganii* 99
尼曼香花木　×*nymansensis* 32

香豌豆屬　*Lathyrus*

一年生和多年生捲鬚性草本攀緣植物（和叢生性多年生草本植物），以通常香味濃郁之花朵為栽培目的。

大花香豌豆　*grandiflorus* (Everlasting pea) 249
寬葉香豌豆（紅連理）　*latifolius* (Perennial pea) 255
明脈香豌豆　*nervosus* (Lord Anson's blue pea) 259
香豌豆　*odoratus* (Sweet pea)
　「黛安娜小姐」　'Lady Diana' 256
　「紅旗」　'Red Ensign' 251
　「瑟拉娜」　'Selana' 247
　「異地」　'Xenia Field' 248

香薷屬　*Elsholtzia*

落葉灌木和亞灌木，以花為栽培目的，花期通常在秋季。本屬亦有多年生草本植物。

木香薷　*stauntonii* 214

柊豆屬　*Chorizema*

不耐霜雪之常綠亞灌木、灌木和攀附型攀緣植物，以花姿為主要栽培目的。

多青葉柊豆　*ilicifolium* (Holly flame pea) 169

柃木屬　*Eurya*

不耐霜雪之常綠灌木和喬木，以葉為栽培目的，花朵不明顯。

濱柃木（凹葉柃木）　*emarginata* 222

十劃

翅桂屬　*Anopterus*

不耐霜雪之常綠灌木或小喬木，以花、葉為栽培目的。

塔斯馬尼亞月桂樹　*glandulosus* (Tasmanian laurel) 19

凌霄花屬　*Campsis*

具氣生根落葉攀緣植物，花姿為栽培目的。

達鈴凌霄花　×*tagliabuana*
　「蓋倫夫人」　'Mme Galen' 274

唐棣屬　*Amelanchier*
(Juneberry, Serviceberry, Shadbush)

落葉灌木與喬木，以大量盛放之春花為栽培目的，且常具有美麗的秋季葉色。

平滑唐棣　*laevis* (Allegheny serviceberry) 20
拉馬克唐棣　*lamarckii* 19

唐棣屬　*Aronia* (Chokeberry)

落葉灌木，以花、果和秋季葉色為栽培目的。

紅唐棣　*arbutifolia* (Red chokeberry) 70
黑唐棣　*melanocarpa* (Black chokeberry) 94

夏蠟梅屬　*Calycanthus*

落葉灌木，夏季可開出具有條狀花瓣之紫或褐紅色花朵。

加州夏蠟梅　*occidentalis* (California allspice) 114

宮燈百合屬　*Sandersonia*

落葉、有塊根之攀緣植物，以壺形花為栽培目的。全屬僅有一種。

宮燈百合（宮燈花）　*aurantiaca* (Chinese-lantern lily, Christmas bells) 271

柴胡屬　*Bupleurum*

具有美麗花、葉的常綠灌木。本屬亦包含多年生草本植物。

兔耳柴胡　*fruticosum* (Shrubby hare's ear) 124

格林膠菊屬　*Grindelia*

常綠亞灌木，以雛菊形之頭狀花為栽培目的。本屬亦有一年生、二年生和多年生草本植物。

智島格林菊　*chiloensis* 208

桃葉珊瑚屬　*Aucuba*

常綠灌木，以葉、果為栽培目的（雌雄植株混

質花爲栽培目的。

非洲茉莉（蠟茉莉） *floribunda* (Madagascar jasmine, Wax flower) 236

鈕釦花屬 *Hibbertia*

耐霜雪之常綠灌木和纏繞性攀緣植物，花朵漂亮迷人。

楔葉鈕扣花 *cuneiformis* 126

黃亞麻屬 *Reinwardtia*

不耐霜雪之常綠灌木，可以開出漂亮的花朵。

黃亞麻（石海椒） *indica* (Yellow flax) 208

黃花木屬、金鏈葉 *Piptanthus*

落葉或半常綠灌木，以葉和花爲栽培目的。

金鏈葉黃花木 *nepalensis* 126

黃梔屬 *Gardenia*

不耐霜雪之常綠灌木和喬木，以葉和芳香之花朵爲栽培目的。

黃梔花（梔子花） *augusta* (Cape jasmine, Common gardenia)
「玉樓春」 'Fortuniana' 171

黃楊屬 *Buxus* (Box)

常綠灌木和喬木，以葉姿和樹姿爲栽培目的，植株耐修剪，適合當作綠籬和樹雕植物。

小葉黃楊 *microphylla* (Small-leaved box)
「綠枕」 'Green Pillow' 11, 222
洋黃楊 *sempervirens* (Common box)
「漢斯沃斯」 'Handsworthiensis' 153
「半灌木」 'Suffruticosa' (Box, Edging box) 223

黃嘉蘭屬 *Littonia*

植株不耐霜雪，落葉、附生型、有塊根之攀緣植物，可開出漂亮的鐘形花。

黃嘉蘭 *modesta* 270

黃蝦花屬 *Pachystachys*

不耐霜雪之常綠灌木，以花爲栽培目的。本屬亦有多年生草本植物。

黃蝦花 *lutea* 167

黃蟬屬 *Allamanda*

不耐霜雪之常綠攀緣植物，花爲喇叭形。

軟枝黃蟬 *cathartica* (Golden trumpet)
「韓德森」 'Hendersonii' 269

黃櫨屬 *Cotinus*

落葉灌木和喬木，以花以及入秋常可轉成斑爛色彩的葉爲栽培目的，唯有炎熱之夏季方能確保開花。

黃櫨 *coggygria* (Smoke tree, Venetian sumach)
「那卡斑葉」 'Notcutt's Variety' (Smoke bush) 40
「皇家紫」 'Royal Purple' 288
「火焰」 'Flame' (Smoke bush) 49

貼梗海棠屬、木瓜屬 *Chaenomeles* (Flowering quince, Japonica)

落葉、通常有刺之灌木，以春花和秋實爲栽培目的，果實烹煮後可食。

貼梗海棠（花木瓜） *speciosa*
「摩露塞」 'Moerloosei' 72
壯麗貼梗海棠 ×*superba*
「紅花金藥」 'Crimson and Gold' 287
「滿山紅」 'Knap Hill Scarlet' 287
「尼可鈴」 'Nicoline' 163
「羅威藍」 'Rowallane' 163

菫寶連屬 *Myrtus* (Myrtle)

常綠灌木（有時可長成樹形），具有芳香之花朵、果實、和氣味芬芳之葉片。

香桃木 *communis* (Common myrtle) 71

十三劃

滑榆屬 *Fremontodendron*

常綠或半常綠灌木，以大而美觀之花朵爲栽培目的。

滑榆「加州榮耀」 'California Glory'

露兜樹屬 Pandanus (Screw pine)
不耐霜雪之常綠灌木和蔓生性攀緣植物，以觀
賞葉姿和樹形為主，植株成熟後方能開花結
果。本屬亦有喬木類植物。

巖南天屬 Leucothoë
常綠、半常綠或落葉灌木，花葉為栽培目的。

變葉木屬 Codiaeum
不耐霜雪之常綠灌木，以葉姿為栽培目的。

鷹爪豆屬 Spartium
落葉灌木，以綠色枝條和漂亮的花朵為栽培目
的，枝上毫無葉片。

鷹爪楓屬 Holboellia
不耐霜雪之常綠纏繞性攀緣植物，以獨具特色
之葉姿為栽培目的。

觀音棕竹屬 Rhapis
不耐霜雪之常綠棕櫚植物，以葉和樹姿為栽培
目的。

鑽地風屬 Schizophragma
落葉性氣根型攀緣植物，以花和葉為栽培目
的。

Y

Yucca 王蘭屬

aloifolia (Dagger plant, Spanish bayonet) 王蘭 154

filifera 'Ivory' 見 *Y. flaccida* 'Ivory'

flaccida 細葉王蘭

'Ivory' 「象牙」 178

'Golden Sword' 「金劍」 289

gloriosa (Roman candle, Spanish dagger) 刺葉王蘭（鳳尾蘭） 97

whipplei (Our Lord's candle) 短莖王蘭（聖燭樹） 177

Z

Zanthoxylum 花椒屬

piperitum (Japan pepper) 胡椒木（蜀椒） 123

simulans 刺花椒 （野花椒） 137

Zenobia 鈴蘭木屬

pulverulenta 鈴蘭木 101

符號縮寫表

℃	攝氏	sp.	種
cv.	栽培種	subsp.	亞種
f.	品型	var.	變種

國家圖書館出版品預行編目資料

灌木與攀緣植物園藝圖鑑 / 安德魯等作（Susyn Andrews）；高慧雯翻譯. ―― 初版. ―― 臺北市 ： 貓頭鷹出版：城邦文化發行，2002〔民91〕

面 ； 公分. ――（園藝圖鑑；5）

含索引

譯自 ： Shrubs & climbers

ISBN 986-7879-04-X（精裝）

1. 木本花卉 － 圖錄

435.41025   91008373